선시감상사전

중국 · 일본편

선시감상사전

중국·일본편

석지현 편저

민족사

머리말

《선시(禪詩)》를 펴낸 지 어언 이십이 년이 지났다. 그동안 나의 정신적 편력은 불교에서 탄트라 감각의 세계로, 라즈니쉬로, 구약과 신약의 세계로, 힌두 명상의 세계로 끝없이 이어졌다. 이제 그 방황은 가장 겸허한 하나의 인간으로, 나 자신에게로 되돌아오는 것으로 대강 그 윤곽이 잡혀가고 있다.

이 침묵 속에서, 아무것도 남아 있는 게 없는 이 동굴의 침묵 속에서, 나는 이십이 년 전으로 되돌아가 내 영혼을 차갑게 울리던 그 감성 앞에 다시 서게 되었다. 기존의 책 《선시(禪詩)》를 기초로 내 일생에서 가장 중요한 작업 가운데 하나인 《선시 감상사전》을 계획하기에 이른 것이다. 작업이 워낙 방대하고 힘든 일이라 처음에는 어디서부터 어떻게 손을 대야 할지 도무지 감이 잡히지 않았다.

그러나 그 무슨 힘이 나로 하여금 이 일을 감당하게 한 것일까. 일단 작업을 시작하자 생각지도 않던 자료가, 내 힘으로는 구할 수 없는 희귀한 책들이 하나둘 내 손에 잡히기 시작했다. 그래서 나는 이 일에 매달리기를 사 년, 몇 번의 우여곡절 끝에 이제 이 작업을 마무리하기에 이르렀다.

그리고 이 《선시감상사전》에 실린 경봉(鏡峰) 노스님 서문은 원래 《선시(禪詩)》의 초판본(1975년)에 실렸다가 분실됐던 것인데 이번에 다시 찾은 것이다. 잘못된 곳은 공부가 익는 대로 바로 잡아나갈 생각이다.

일본측 자료를 구해 준 고바야시 아쓰시(小林敦, 小林銀淑) 부부, 중국측 희귀한 자료를 건네준 민족사 윤창화 사장님, 편집과 교정에 수고해 준 민족사 편집부 여러분, 그리고 알게 모르게 순(順)으로 역(逆)으로 도움을 준 모든 분들께 감사드린다. 이분들의 도움이 없었더라면 이 《선시감상사전》은 빛을 보지 못했을 것이다.

1997년 가을 저녁(秋夕)
나도산 아래 간운제(看雲齋)에서
석 지 현

재판에서는 초판의 오자(誤字)를 모두 바로잡았다. 이 과정에서 도움을 주신 신홍식 선생께 감사드린다.

2016. 3. 15. 석 지 현

산은 은은하고 물은 잔잔함이여

이것(이 도리)은 보여주기도 어렵고 말하기도 어렵도다.
자, 어디 한번 일러봐라.
산은 은은하고 물은 잔잔함이여.
꽃은 웃고 새들은 노래하니
이 무슨 소식인고. 하, 하, 쯧, 쯧.
삼각산 지현사리(智賢闍梨)의 성심원력으로
옛 조사들의 현묘한 송구들을 가려뽑아
현대시미(現代詩味)로써 해석(解之釋之)하여
간행 유포하니 이에 찬탄하며 고개를 끄덕이는도다.

그대 더불어 저 '정상에 오른 이(截流機)'를 가리키노니
흰구름은 다시 청산 밖에 있도다.
앗차!(이 무슨 망언이람…….)

　　　　영취산(靈鷲山) 삼소굴(三笑窟) 두타(頭陀) 경봉(鏡峰)

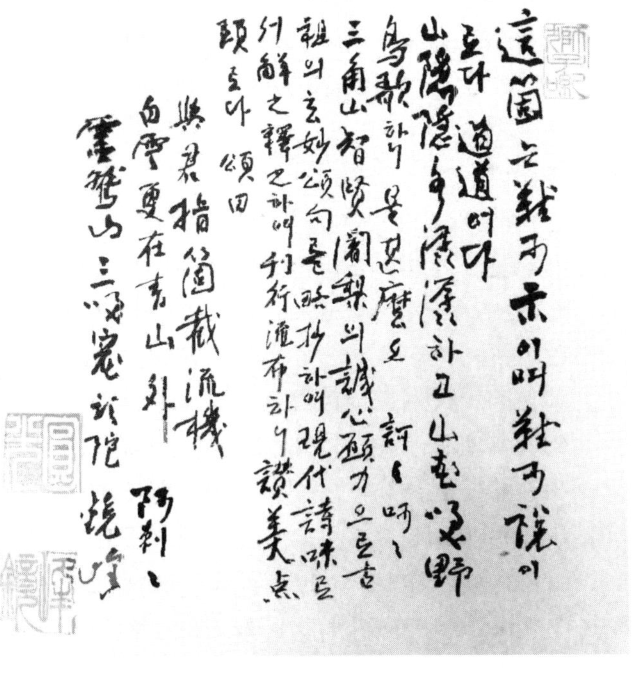

這箇는 箴이며 鞭이니 鞭이 說이니
로다 道道이다

山陽隱多瀧瀧하고 山호 野
烏歌하니 뭇 곳곳도 좋다 新~에
三角山 智賢 闍梨의 誠心 �'s力으로
祖의 玄妙 頌句를 聯抄하여 現代 詩味로
써 解之釋코저 刊行 流布하니 讚美할
頌이다 頌曰

與君 拈簡 裁流機
白雲 更在 靑山外

靈鷲山 三笑窟 院 院主 ▨▨

일 러 두 기

가. 수록인 · 수록선시 · 수록범위

이 《선시감상사전》 속에는 중국, 한국, 일본의 선자(禪者)들과 시인(詩人)들 306명의 작품 1,431편이 실려 있다. 중국 169명 260편, 한국 107명 997편, 일본 30명 174편.

나. 작품 배열 순서

① 작품배열은 국가 · 연대 · 작가별로 했다.

② 수록된 각 개인의 배열순서는 〈단 하나의 예외〉를 제외하고는 모두 출생연대순으로 했다. 출생연대가 분명치 않은 경우는 전후 사정을 참작하여 적당한 자리에 넣었다. 그래도 출생연대를 전혀 추측할 수 없는 경우는 〈연대미상〉편에 별도로 묶었다. 작자가 분명치 않은 경우와 연대가 분명치 않은 경우는 〈연대 · 작자 미상〉편에 묶었다. 〈단 하나의 예외〉: 일본 작자 가운데 백은혜학(白隱慧鶴, 1685~1768)을 송미파초(松尾芭蕉, 1644~1694) 앞에 실었다. 왜냐면 정수혜단(正受慧端, 1642~1721, 백은혜학의 스승)과 백은혜학 사이에 송미파초를 놓기가 좀 무리이기 때문이다. 앞의 두 사람은 사제지간이요 정통 임제종 선승들이지

만 송미파초는 이 두 사람과는 전혀 연관이 없는 하이쿠
(俳句)의 대가이기 때문이다.

다. 수록인들의 이름 표기에 대하여

① 선자(禪者)들은 보통 본인의 의사와는 관계 없이 뒷사람들
에 의하여 여러 개의 이름으로 불리는 경우가 있다. 이런
경우는 가장 무리 없는 쪽의 이름을 택했다.

　　보기) 西山大師 → 淸虛休靜으로.

　　　　　수록인들의 이름 뒤에 붙는 존칭(국사, 왕사, 선사,
　　　　　대사, 존자, 화상 등)은 모두 생략했다.

② 중국·일본 작자들의 이름은 모두 우리나라 한자 발음으
로 표기했다. 왜냐면 특히 중국 선자들의 경우 우리에겐
오래 전부터 우리식 한자 발음이 중국의 원발음보다 더
귀에 익었기 때문이다.

일본 선자들의 경우도 표기의 일관성을 기하기 위하여 역
시 우리식 한자 발음으로 표기했다.

라. 작품 선정 기준

작품 선정 기준은 일정한 분배식의 획일적인 방법을 지양하
고 대신 작품성 위주로 했다. 그러므로 어느 작자의 경우는 많
은 분량이 수록됐는가 하면, 또 어느 작자의 경우는 한두 편이
실린 경우도 있다.

그리고 한국 선시가 제일 많은 분량을 차지하고 있는 것은
한국 선시에 많은 비중을 두었기 때문이다.

마. 작품의 구분

중국편은 〈선자(禪者)들의 선시〉와 〈시인(詩人)들의 선시〉로
구분했으나 한국·일본편은 굳이 그런 구분을 두지 않았다.

바. 각 작품의 편집체재

① 수록작품 한 편 한 편마다 다음의 순서를 따랐다.

　　번역시, 원시(原詩), 주(註 : 낱말풀이), 형식(시의 형식), 출전,
　　감상.

② 〈번역시〉의 경우 원시의 뜻을 상하지 않는 범위 내에서
　　우리말의 시적인 정서와 선적(禪的)인 분위기를 살려 내는
　　데 최선을 다했다.

③ 〈원시의 제목(原題)〉은 번역시 제목의 (　) 안에 넣었다.

　　보기) 산에서 (山居)

④ 〈주(낱말풀이)〉는 되도록 간략하게 했으며 각 주마다 순
　　서대로 일정한 약물(◆)로 표시하였다.

⑤ 〈형식(시의 형식)〉은 각 작품마다 분류해 놨으며

⑥ 〈출전〉은 되도록 상세하게 밝혔다.

⑦ 〈감상〉은 시의 핵심적인 곳만을 언급, 긴 말을 피했다.

사. 《신심명(信心銘)》·《증도가(證道歌)》·《선문염송(禪門拈頌)》

선시 가운데 가장 긴 장시 《신심명(信心銘)》과 《증도가(證道
歌)》는 읽는 이의 편의를 위하여 한 단락이 끊어지는 곳마다
번역시에 우리말 임시번호를 붙였다.

즉 《신심명(信心銘)》의 경우는 〈하나〉에서 〈서른다섯〉까지,

《증도가(證道歌)》의 경우는 〈하나〉에서 〈예순〉까지의 임시번호를 붙였다.

《선문염송(禪門拈頌)》은 법보원의 간행본(法寶院 刊, 1966년, 張雪峰 懸吐)을 대본으로 사용했다. 해당 선시의 근거가 되는 공안의 번호가 한국불교전서본(韓國佛敎全書 第七冊) 등과 일치하지 않는 것은 이 때문이다.

아. 감상

작품의 〈감상〉 속에는 다음 전문용어들이 자주 나오고 있다.

① 시상(詩想) : 한 편의 시를 구성하고 있는 기본 생각.

② 시정(詩情) : 한 편의 시 속에 깃들여 있는 정서.

③ 시어(詩語) : 시에 사용된 각 낱말들.

④ 선지(禪智) : 시 속에 깃들여 있는 선적인 예지, 즉 직관력.

⑤ 선리(禪理) : 상대적인 대립차원을 초월하여 절대일원의 입장에서 모든 걸 바라보고 있는 선의 입장, 즉 선의 이치적인 측면.

자. 작자소개

부록으로 작자들의 간략한 소개를 실어 작품의 배경을 이해하는 데 도움이 되도록 하였다. 작자들의 생몰연대는 모두 《선학대사전(禪學大辭典)》(日本 東京 駒澤大學 禪學大辭典 편찬연구소)과 《한국불교인명사전(韓國佛敎人名辭典)》(李政 編, 불교시대사)의 연대를 기준으로 삼았다.

차. 찾아보기

해당 작자와 작품을 손쉽게 찾을 수 있도록 작자와 원제(原題)별로 나누어 〈찾아보기〉를 실었다.

① 작자별 찾아보기

② 원제(原題)별 찾아보기

차례

〈중국편〉

선자(禪者)들의 선시

제1부 진 · 남북조 · 수(晋 · 南北朝 · 隋, ~617)

제2부 당(唐, 618~959)

제3부 송(宋, 960~1279)

제4부 원·명·청(元·明·淸, 1260~1911)

제5부 연대미상

제6부 연대 · 작자 미상

시인(詩人)들의 선시

제1부 당(唐, 618~959)

제2부 송(宋, 960~1279)

제3부 원·명·청(元·明·淸, 1260~1911)

〈일본편(1200~1831)〉

36

선시해설

·

·

·

1. 선시란 무엇인가

(1) 선이란 무엇인가

선(禪)이란 무엇인가?

선(禪)의 원어인 '드야나(Dhyana)'는 명상을 뜻하는 산스크리트(고대 인도어)로서, 중국인들은 '사유수(思惟修)'라 번역하고 있다. 사유수란 생각을 어느 한 곳에 집중하는 정신통일법 또는 의식(意識)의 흐름을 주시하는 수련법, 즉 자각(自覺)을 뜻한다. 이 경우 전자는 후자를 수련하기 위한 그 준비단계이다.

드야나 명상법의 기원은 B.C. 800년경 고대 우파니샤드 시대까지 거슬러 올라간다.[1] 그러나 이 드야나 명상법은 그 후 오랫동안 잊혀졌다가 지금부터 2,500년경 고타마 붓다(부처)라는 한 수행자에 의해서 재발견되고 체험되면서 다시 활기를 띠게 되었다.[2]

그로부터 한참 후대로 내려가서 이 드야나 명상법은 달마(達磨, ?~528)라는 인도 수행자를 통해 중국에 소개되었다. 달마가 소개한 이 드야나 명상은 그의 제자 혜가(慧可)로 전해지고, 혜가에게서 승찬(僧璨) → 도신(道信) → 홍인(弘忍)을 거쳐 신

---

1) 드야나 명상법은 고대 중기 경에 편찬된 《슈베타 스바타라 우파니샤드》 등에 언급되어 있다.
2) 고타마 붓다를 따르던 이들은 그가 죽은 후 집단을 형성했는데, 이 집단은 그 후 불교라는 명상수행집단으로 확대 변모되었다.

수(神秀)와 혜능(慧能)에게 와서 노장(老莊)의 무위자연(無爲自然)
과 결합, 우리가 알고 있는 오늘날의 선(禪)으로 변형·발전(?)
하였다.

그러면 이 드야나 명상법의 중국적인 변형인 '선(禪)'은 구체
적으로 어떤 것인가?

첫째, 선(禪)은 사고와 감정의 근원을 추적해 들어가는 수행
법이다. 즉 의식의 흐름을 주시함으로써 그 의식의 흐름이 시
작되는 발원지를 추적하는 것이다. 좀 더 비약적으로 말하자면
시간과 공간이 분리되기 이전의 차원을 이론이 아니라 체험적
으로 추적해 들어가는 것이다.

"의식의 최초의 움직임을 주시하지 않으면 안 된다. 의식이
묵묵히 유동함에 따라 그 오고 가는 상태를 깨달아 알고 다이
아몬드같이 빛나는 지혜에 의해서 그 의식의 실체를 밝혀내는
것이다(《楞伽師資記》道信章)."

둘째, 선(禪)이란 존재의 본질을 깨닫는 깨달음, 그 자체다.
이 경우 선은 이제 단순한 수행법이 아니라 '깨달음, 그 자체'를
뜻한다. 즉 선은 관념적인 이해의 차원에서 직관적인 자각의
차원으로 옮겨가는 수련법이며, 동시에 '직관적 자각, 그 자체'
다. 아니 '지금 여기' 이 삶 전체가 직관적 자각화, 즉 깨달음화
되는 전환 상태를 말한다. 선에 대한 이 놀라운 발전은 중당(中
唐)의 선승 마조(馬祖, 769~798)에 의해서였다. 마조에 와서 선
은 비로소 삶, 이 자체로 굽이치게 된 것이다.

"깨달음이란 무엇인가. 그것은 지금 여기 있는 바로 이 평범
한 마음(平常心)을 깨닫는 것이다. 아니 평범한 마음 이대로가

깨달음이요 도(道)인 것이다.

평범한 마음이란 어떤 것인가. 조작이 없고 시비가 없으며 취하고 버림이 없고 끊어짐과 항상함이 없으며 성자와 속인의 차별심이 없는 바로 '지금 여기'에 있는 이 마음이다(平常心是道 ─馬祖)."

(2) 시란 무엇인가

시(詩)란 무엇인가?

동서고금을 통해서 수많은 비평가와 시인이 시에 대한 정의를 내리고 있다. 그러나 이 많은 정의를 여기 다 소개한다는 것은 불가능한 일이며, 또한 그럴 필요도 없다. 여기서는 선시(禪詩)를 낳은 중국인들의 시에 대한 견해만을 살펴보고자 한다. 왜냐면 인도의 드야나 명상이 중국의 한자와 만나서 비로소 '선시(禪詩)'라는 아주 특이한 시를 낳았기 때문이다.

중국인들은 대체적으로 시에 대하여 다음 네 가지 견해를 가지고 있다.

첫째, 도학적인 관점(道學派).

이는 공자를 선두로 한 유가(儒家)의 입장으로서 시의 효능면에 중점을 두고 있다. 이들은 시를 도덕교육과 사회비평의 도구로 보고 있다. 이들에 의하면 시란 개인의 덕성을 기르는 도구요, 정부에 대한 국민들의 감정을 반영하고 사회악을 고발하는 것이다.

둘째, 개성주의적 관점(個性派).

이는 초기 유가의 입장으로서 주로 시의 정서적인 면에 중점을 두고 있다. 이들은 시를 자기표현의 한 수단으로 보고 있다.

"시란 마음에 바라는 바를 말로 표현하는 것이다(詩言志－舜임금)."

셋째, 기교적 관점(技巧派).

이는 송대(宋代) 시인들의 입장으로서 주로 시의 기교적인 면에 중점을 두고 있다. 송대 이후 많은 문인들은 강렬한 정서적 자극이 없이 시를 써 왔다. 이들은 정규적으로 모임을 갖고 어떤 한 주제나 글자를 미리 정해 놓고 번갈아 가며 화답 형식으로 시를 썼다. 그러므로 이런 분위기에서 개성 있는 작품은 나올 수 없었다.

넷째, 직관적 관점(直觀派).

이는 당대(唐代) 시인들의 입장으로서 주로 시의 영감적인 면을 강조하고 있다. 이들은 시를 직관이나 깨달음의 표현으로 보고 있다. 이들의 입장은 사공도(司空圖, 837~908)와 엄우(嚴羽, ?~?)에 의해서 체계화되었다.

"시의 최고 경지는 단 한 가지, 입신(入神)하는 데 있다. 만일 시가 입신하는 데 성공한다면 그 정점에 도달할 것이며 더할 나위가 없을 것이다(詩之極致有一曰入神 詩而入神 至矣盡矣 蔑以加矣－嚴羽·滄浪詩話)."

이 직관파 시인들은 현학적인 모방과 기교에 사로잡히는 것을 비판하고 대신 영감과 직관의 중요성을 강조하고 있다. 이 점에서 직관파 시인들은 개성파 시인들과 비슷한 데가 있다. 그러나 그들의 기본 태도는 개성파의 입장에서 한 걸음 더 나아가고 있다. 그들은 이렇게 말한다.

　"시란 시인 자신의 개성을 표현하는 데 만족해서는 안 된다. 진정한 시란 존재와 세계에 대한 통찰을 심화시키는 데 있다."

　　(3) 선시

　선(禪)은 언어를 부정하는 불립문자(不立文字)로부터 출발한다. 그러므로 언어에 뒤따르는 사고작용마저 선은 용납하지 않는다. 대신 선에서는 오직 자기 자신 속에서의 직관적인 깨달음만을 강조하고 있다.

　그러나 여기 선(禪)을 표현하는 데 한계가 있다. 선을, 그 깨달음을 제삼자에게 알리자면 여하튼 어떤 식으로든 표현의 방법이 있어야 한다. 그래서 선승 임제는 제자들의 물음에 대한 대답 대신 크게 고함을 질렀고(臨濟喝), 덕산은 무조건 몽둥이를 휘둘러댔던 것이다(德山棒). 일반의 상식에서 벗어난 이런 식의 미치광이 짓을 통해서 그들은 솟구치는 깨달음의 희열을 어느 정도 전달할 수 있었다. 그러나 이 미치광이 짓을 통해서는 깨달음의 그 섬세한 느낌은 도저히 전달할 수 없었다.

　그들은 자칫하면 저 관념의 바다 속으로 흔적도 없이 사라져 버릴지도 모르는 그 깨달음의 섬세한 느낌을 전달하기 위하여 시(詩)를 택하지 않을 수 없었다.

　시란 언어의 설명적인 기능을 최대한 억제시킨 비언어적인 언어이기 때문이다. 그래서 선승들은 그들의 깨달음을 시를 통하여 표현하기 시작했는데 이것이 첫 번째 선시의 출현(以詩寓

禪)이다.

　이렇게 하여 남성적인 '선'은 여성적인 '시'와 만나 더욱 활기차게 발전해 갔다. 선이 시와 결합하여 이런 식으로 발전해 가자 이번에는 시인들 사이에서 시의 분위기를 심화시키기 위하여 선에 접근하는 풍조가 일기 시작했다. 이것이 두 번째 선시의 출현(以禪入詩)이었다.

　첫 번째 선시는 대통신수(大通神秀)를 위시한 중국·한국·일본 선승들의 작품인데, 깨달음의 희열을 읊은 개오시(開悟詩〔悟道頌〕)와 산생활의 서정을 노래한 산거시(山居詩〔山情詩〕)가 그 주류를 이루고 있다. 그리고 두 번째 선시는 주로 왕유(王維)를 위시한 당송 시인들의 작품인데 선적(禪的)인 분위기가 풍기는 선취시(禪趣詩)와 산사의 풍경을 읊은 선적시(禪迹詩)가 주류를 이루고 있다.

　선승들과 시인들 사이에서 이런 식으로 선시를 쓰는 풍조가 일자 선과 시는 상호보충적이며 둘이 아니라는 직관파 시론가들의 선시론(禪詩論)까지 나오게 되었다.

　"시는 선객(禪客)에게는 선을 장식하는 비단 위의 꽃이요, 선은 시인에게 있어서 언어를 절제하는 절옥도(切玉刀 : 옥을 자르는 칼)이다(詩爲禪客添花錦 禪是詩家切玉刀 − 元好問)."

　"선의 핵심은 깨달음에 있다. 시의 핵심 역시 깨달음에 있다. 오직 깨달음을 통해서만 진정한 자기 자신일 수 있고 자기 자신만의 목소리를 낼 수 있다(禪道惟在妙悟 詩道亦在妙悟 惟妙悟乃爲當行 乃爲本色 − 嚴羽·滄浪詩話)."

　직관파 시론가의 대표적 인물인 엄우의 이 묘오론(妙悟論)은 후대에 시를 지나치게 선적(禪的)으로 해석했다는 비판을 받기도 했다. 그러나 이 문제는 지금 여기서 논할 성질의 것이 아니므로 우선 접어두기로 한다.

결론적으로 말해서 선시(禪詩)란 무엇인가?

선이면서 선이 없는 것이 시요(禪而無禪便是詩),

시이면서 시가 없는 것이 선이다(詩而無詩禪儼然).

그러므로 선시란 언어를 거부하는 '선'과 언어를 전제로 하는 '시'의 가장 이상적인 만남이다. 부정이라는 남자와 긍정이라는 여자의 가장 이상적인 만남이다.

2. 선시의 역사

(1) 중국 선시

양 무제 보통원년(普通元年, 520) 달마(達磨)라는 인도 수행자가 바다를 건너 중국 광주에 들어오면서 선(禪)은 본격화되었다. 달마로부터 시작된 선은 제2조 혜가 → 제3조 승찬 → 제4조 도신 → 제5조 홍인(601~674)에 이르러 어느 정도 제 모습을 갖추기 시작했는데 이때가 바로 당(唐)의 건국 초였다.

홍인(弘忍)의 제자 가운데 대통신수(大通神秀, 606~706)와 혜능(慧能, 638~713)이 있었다. 이 둘은 각각 북종(北宗)과 남종(南宗)으로 특색 있게 발전해 가면서 선은 개화(開花) 직전에 이르게 되었다.

이 무렵 당은 현종(玄宗)이 즉위하면서(712) 그 황금기(盛唐期, 712~766)를 맞게 되는데 이때는 정치, 경제, 문화면에서 전례 없는 발전을 거듭했고 수도 장안은 세계 제일의 도시가 되었다. 이때 시단에서는 왕유(王維), 이백(李白), 두보(杜甫) 등이 잇 달아 출현했다.

선은 원래 불립문자(不立文字)를 주장했기 때문에 언어 사용을 극도로 절제했다. 그러나 어떤 식으로든 선을 설명하지 않을 수 없었기 때문에 당시의 선승들은 언어 표현의 수단으로 시를 택하지 않을 수 없었다. 왜냐면 시는 언어 속의 설명적인 요소를 최대한 절제하고 있기 때문이다. 그리하여 시를 빌려 깨달음의 경지를 읊은 최초의 선시가 신수와 혜능에게서 나왔다. 물론 그 이전에 제3조 승찬의 〈신심명(信心銘)〉이라는 잠언 시가 있긴 하지만 일반적으로 본격적인 선시의 출현을 신수와 혜능의 개오시(開悟詩)로 보려는 경향이 있다.[3]

이 두 사람에 뒤이어 영가현각(永嘉玄覺, 675~713)이라는 선 승이 출현, 〈증도가(證道歌)〉를 남겼다. 이 증도가는 깨달음의 희열을 노래한 장편시로서 깨달음의 기쁨을 참지 못하여 단 하 룻밤 만에 완성했다는 작품이다. 이 뒤를 이어 석두희천(石頭希 遷, 709~791)의 〈참동계(參同契)〉가 나왔다. 선승들이 시를 빌려 자신의 심정을 읊은 것(以詩寓禪)과 마찬가지로 시인들 사이에 서도 시의 정취를 심화시키기 위하여 선에 접근하는 풍조가 일

---

3) 杜松柏 著, 《禪學與唐宋詩學》, pp. 207~211 참조, 臺北 : 黎明文化事 業股份有限公司, 1978.

기 시작했다.[4] 그 최초의 시인은 왕유(王維, 701~761)였다.

왕유는 선의 체험을 그대로 시화(詩化)했던 시인으로서 후세에 선시의 거장으로 일컬어지고 있다. 왕유는 신회(神會, 670~762), 보적(普寂, 651~738) 등 당시 제1급 선승들과 교제가 깊었으며 시간만 나면 언제나 좌선의 실습을 게을리하지 않았다. 왕유에 이어 맹호연(孟浩然, 689~740), 이백(李白, 706~762), 두보(杜甫, 712~770), 장계(張繼, ?~?) 등 성당(盛唐)의 제1급 시인들이 다투어 선에 접근하기 시작하면서 당시(唐詩)라 일컬어지고 있는 불후의 명작이 쏟아져 나오기 시작했다.[5]

그러나 이백은 선(禪)에서 출발하여 도가(道家)의 유현한 세계로 들어갔고, 두보는 비참한 현실고(現實苦)를 시화(詩化)해 나갔다.

중당기(中唐期, 767~829)에 접어들자 마조도일(馬祖道一, 769~798)이 출현, 중국 선종은 본격적으로 발전하기 시작했다. 그는 '평상심시도(平常心是道)'를 외치며 지금까지의 상류층 중심의 선을 서민층 중심의 생활선(生活禪)으로 구체화시켰다. 마조의 제자 백장회해(百丈懷海, 749~814)에 이르러서는 본격적인 선 수행장(禪修行場)이 만들어지게 되었다.

백장은 '일일부작 일일불식(一日不作 一日不食)'의 실천을 통하여 집단농장 체제의 선 수행장을 만들었는데 이 선 수행장의 생활 지침서인 〈백장청규(百丈淸規)〉가 이때 나왔다. 말하자면

---

4) 《禪學與唐宋詩學》, p. 407. "詩至極盛之時 禪人以詩寓禪 禪極風行之後 詩家以禪入詩."
5) 韓進廉 編, 《禪詩一萬首》, p. 182, 中國 : 河北科學技術出版社, 1994.

인도의 소극적인 계율이 중국의 적극적인 윤리강령으로 바뀐 것이다. 전설적인 인물 한산(寒山, 766?~779?)이 나타난 때도 이무렵이었다. 한산은 인생무상을 읊어 산거선시(山居禪詩)의 전형을 남겼다. 이어 한퇴지, 백낙천, 유종원, 이하 등이 등장한다. 철저한 배불론자(排佛論者)였던 한퇴지(韓退之, 768~824)는 불경의 역문체(譯文體) 영향을 받아 산문으로 시를 쓰는 산문체 시형식을 완성시켰다.6) 그는 또한 선사상(禪思想)을 유학(儒學)으로 개조하였으며 성리(性理)를 논하는 그의 문장은 송대 성리학(性理學)의 기초가 되었다.7)

백낙천(白樂天, 772~846)은 원화체(元和體)의 대표적인 인물이다. 원화체란 불경 속의 게송(偈頌) 번역문체의 영향을 받아 중당기(中唐期) 원화 연간(元和年間, 806~824)에 성립된 통속시문체(通俗詩文體)를 말한다. 이 원화체는 〈장한가(長恨歌)〉를 통하여 그 극치를 이루고 있다. 〈장한가〉는 안녹산의 난(755)에 얽힌 현종과 양귀비의 이야기를 다룬 작품으로서 많은 사람에게 널리 읽히고 있다.

그런데 백낙천의 이 〈장한가〉는 《잡보장경(雜寶藏經)》 환희국왕연(歡喜國王緣)의 일부가 변문(變文)되어 민간에 흘러다니던 설화를 근거로 창작되었다고 한다.8) 백낙천은 또한 마조의 제자인 홍선유관(興善惟寬, 755~817)에게서 정식으로 선의 법맥을

---

6) 그 구체적 예가 불경 《佛所行讚(曇武讖譯)》과 韓退之의 〈南山詩〉다.
7) 柳田聖山 著, 안영길·추만호 옮김, 《선의 사상과 역사》, p. 215, 서울 : 民族社, 1991.
8) 앞의 책, p. 193.

이어받고 있다.9)

유종원(柳宗元, 773~819)은 주로 선철학(禪哲學 : 天台學)의 심오한 철리를 시화(詩化)하려고 했다.

시의 귀재인 이하(李賀, 790~816)는 언제나 《초사(楚辭)》와 《능가경(楞伽經)》을 손에서 놓지 않았다.10) 그의 비극성은 《초사》에서 유래되었으며 존재의 덧없음과 세월의 신속함을 꿰뚫어보는 그의 예지는 초기 선종의 교과서인 《능가경》에서 유래되었다. 이 무렵 선승의 작품으로는 동산양개(洞山良价, 807~869)의 〈보경삼매가(寶鏡三昧歌)〉가 있다.

만당기(晚唐期, 827~907)에 접어들면서 선은 더욱 발전해 갔는데 이때 조주(趙州, 778~897), 임제(臨濟, ?~866) 등이 출현하였다. 전통을 거부한 임제의 활기찬 선풍(禪風)은 그 후 송·원·명·청을 거쳐 지금까지 선종의 가장 큰 맥으로 흘러오고 있다.

조주는 120세를 산 선승이었는데 그의 선문답(公案)인 '무(無)'자는 그 후 송·원·명·청을 거쳐 지금까지 선문답(공안)의 전형으로 전해 온다. 조주는 또한 〈십이시가(十二時歌)〉라는 격외선시(格外禪詩)를 남겼다. 이때 시승으로 이름 있던 선월관휴(禪月貫休, 832~912)가 있었는데 그는 호방한 산거시(山居詩)를 많이 남겼다. 제기(齊己, 862~?)라는 시승의 활약도 대단했다.

시인으로서는 이상은, 사공도가 나왔다.

---

9) 馬祖 ┬ 百　丈 ― 黃　壁 ― 臨濟
　　　└ 興善惟寬 ― 白樂天

10) 楞伽推案前 楚辭繫肘後 ― 李賀·贈陳商.

52

이상은(李商隱, 812~858)은 선의 영향 아래에서 무상감과 인간고를 시화했다. 사공도(司空圖, 837~908)는 주로 도피적인 산림(山林)의 정서를 읊어 나갔다.

회창(會昌)의 폐불사건(廢佛事件, 845~847)을 거쳐 오대(五代, 907~959)에 들어서자 선종은 오가(五家)로 분파되면서 더욱 발전을 거듭했다. 이때는 선승 운문문언(雲門文偃, 864~949)이 활동하던 시기다. 운문은 당(唐) 중기 이후 발전해 온 선과 시를 결합시킨 인물이다. 시작(詩作)에 능했던 그는 특히 선문답을 통하여 일자시(一字詩 : 一字關)라는 독특한 선시를 많이 남겼다. 이 무렵 선의 역사서이자 선문답집인 《조당집(祖堂集)》과 《전등록(傳燈錄)》이 간행되었다.

송대(宋代, 960~1279)에 들어서자 운문의 계열에서 설두중현(雪竇重顯, 980~1052)이 나왔다. 그는 모든 시체(詩體)에 능했던 시인이며 동시에 선(禪)의 거장으로서 《설두송고(雪竇頌古)》라는 송고선시집(頌古禪詩集)을 남겼다. 이 송고선시집은 그 후 원오극근(圜悟克勤, 1063~1135)이 주석과 비평을 덧붙여 《벽암록(碧巖錄)》으로 출간, 이 《벽암록》은 그 후 선종의 영원한 명저(宗門第一書)로 남게 되었다.

시단에서는 한산시풍(寒山詩風)을 모방한 왕안석(王安石, 1021~1086)이 나왔고,[11] 선 수행에 남다른 열성을 보인 소동파(蘇東坡, 1036~1121)가 나왔고, 선종 분파에 영향받아 생겨난 강서시파(江西詩派)의 중심인물 황산곡(黃山谷, 1045~1105)이 나왔다.[12]

---

11) 《禪詩—萬首》, p. 10. "如王安石就寫過模倣寒山的作品."

소동파는 임제문하 제7대 황룡혜남의 제자인 소각상총(昭覺常總, 1025~1091)의 선법을 정식으로 이어받았고, 황산곡 역시 황룡혜남의 제자인 회당조심(晦堂祖心, 1025~1100)의 선법을 정식으로 이어받았다.13)

특히 소동파 이후에는 문인들 사이에서 선 수행을 하는 이가 급격히 증가하기 시작했다.14) 그리고 이때 묵조선(默照禪)의 거장 천동정각(天童正覺, 1091~1157)의 출현을 통하여 선시의 가장 심원한 세계가 펼쳐지기 시작했다. 그는 공안선시집《송고백칙(頌古百則)》을 지어 선시의 금자탑을 쌓았다. 그의《송고백칙》은 뒷날 칭기즈칸의 행정고문관 야율초재(耶律楚材, 1190~1244)의 주선으로 만송행수(萬松行秀, 1166~1246)의 주석과 비평을 붙여《종용록(從容錄)》으로 출간되었다.

이《종용록》은 앞의《벽암록》과 쌍벽을 이루는 공안선시집(公案禪詩集)이다.《벽암록》이 직관적이며 역동적이라면《종용록》은 명상적이며 내면적이라고 할 수 있다. 이 두 권의 공안선시집은 중국 선시가 이룩한 두 개의 기념비라 할 수 있다.

천동정각과 동시대에 대혜종고(大慧宗杲, 1089~1163)가 출현, 공안선(公案禪 : 看話禪)을 제창했다. 선은, 이 간화선의 거장 대혜종고를 통해서 다시 한 번 활기를 되찾았는데 대혜종고 이

---

12)《禪學與唐宋詩學》, p. 395.

13)　臨濟 — …… 黃龍慧南 ┬ 昭覺常總 ── 蘇東坡
　　　　　　　　　　　　　　└ 晦堂祖心 ── 黃山谷

14)《禪學與唐宋詩學》, p. 379. "蘇東坡以後 以參禪之法 求法者漸多."

후에는 선이 문학의 영역을 넘어 성리학(性理學)에까지 영향을 미치기에 이르렀다.15) 그리고 대혜종고가 제창한 공안선의 입장을 조주의 '무(無)'자 공안에 의해서 통일시킨 선의 귀재가 나왔으니 그가 바로 무문혜개(無門慧開, 1183~1260)였다. 무문혜개는 그의 공안시집 《무문관(無門關)》(1228)을 통해서 1,700여 가지 공안을 '무(無)'자 공안으로 묶어 버렸다.

이렇게 하여 인도에서 비롯된 드야나(선) 명상법은 기나긴 굴절과정을 거쳐 마침내 그 극치에 이르게 된 것이다. 이 외에 송대에 활약한 선시승(禪詩僧)에는 단하자순(丹霞子淳, 1064~1117), 야보도천(冶父道川, ~1127~) 등이 있다. 야보도천의 〈금강경선시(金剛經禪詩)〉는 직관력이 가장 뛰어난 선시로 오늘날까지 많은 이의 입에서 오르내리고 있다.

송대에는 선의 공안과 일화 등을 실은 어록(語錄) 출간이 성행했는데 이 영향을 받아 엄우(嚴羽)의 《창랑시화(滄浪詩話)》를 비롯, 많은 시화집(詩話集)이 출간되었다.16) 시화집이란 작시법을 곁들인 일종의 시 평론집을 말한다.

이처럼 당송 시(唐宋詩)의 주류를 이루고 있는 특징은 선적(禪的)인 취향에 있었다.17)

원대(元代, 1271~1368)에는 몽골족이 들여온 티베트 불교의 영향을 받아 문단에서는 희곡이 성행, 선시는 사람들의 기억

---

15) 《禪學與唐宋詩學》, p. 385.
16) 《禪學與唐宋詩學》, p. 390.
17) 杜松柏 著, 《禪與詩》, p. 163, 臺北 : 弘道書局, 1980. "唐宋詩的特質在禪趣."

속에서 점차 사라져 갔다. 그러므로 원대의 선 시인은 대부분 선승(禪僧)에 국한되었다. 수상(守常), 육당(栯堂), 조백(祖柏) 등이 그 대표적인 시인이다.

명대(明代, 1367~1644)에는 다시 선종이 활기를 띠었으나 당송의 융성에는 어림도 없었다. 이때의 이름 있는 선시승(禪詩僧)은 감산(憨山, 1546~1623), 자백(紫柏), 연지(蓮池), 우익(蕅益) 등이 고작이다.

청대(淸代, 1645~1911)에는 그 시대 조류가 유·불·선 삼교의 통합이었다. 그러므로 선시는 그 독립성(禪趣)을 상실했으며 빼어난 선시도 나오지 않았다. 이때 활약한 선시승은 창설(蒼雪), 천연(天然), 차암(借庵), 입운(笠雲), 기선(寄禪) 등이다. 그리고 이때 선화(禪畵)에 능통한 네 선승이 나왔는데 팔대산인(八大山人), 석도(石濤), 석계(石溪), 절강(浙江)이 그들이다.

〈禪과 詩의 발전과정〉

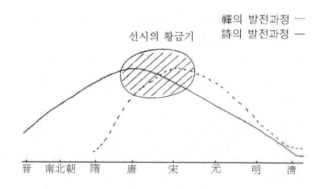

(2) 한국 선시

한국에 처음 선(禪)을 전한 이는 법랑(法郎)이다. 그는 신라 선덕여왕 때(632~647) 당(唐)에 들어가 중국 선종 제4조 도신(道信)의 선법을 받아 왔다. 그러나 본격적으로 선이 전래된 것은 신라 말에서 고려 초기(875~943)에 개설된 구산선문(九山禪門)을 통해서이다. 구산선문이란 '우리나라에 최초로 개설된 아홉 군데 선 수련장'을 말한다. 이 선문구산파의 선승들은 대부분 마조(馬祖)문하의 선법을 받아 왔는데 홍척(洪陟 : 智異山 實相寺派 開設)과 도의(道義 : 迦智山 寶林寺派의 元祖) 등이 그 주축을 이루고 있다.

그러나 지눌(知訥, 1158~1210)의 출현에 의해서 선은 완전히 한국적인 것으로 정착하게 된다. 그리고 그의 제자 진각혜심(眞覺慧諶, 1178~1234)에 이르러 본격적인 선시가 나오기 시작했다. 진각혜심은 공안, 공안시, 공안평론집의 대백과사전인 《선문염송(禪門拈頌)》(30권)을 편찬, 당송 이후의 모든 선어록을 총정리했다. 이 《선문염송》의 출현은 확실히 선종사에 하나의 굵은 획을 긋는 작업이었다. 그것도 한국인의 손에 의해서 그 방대한 선종의 모든 문헌이 체계적으로 총정리된 것이다.

지눌과 같은 시대에 살았던 선승 일연(一然, 1206~1289)이 지은 《삼국유사(三國遺事)》는 정말 귀중한 책이다. 이 책 속에는 삼국시대부터 전해 오던 향가(鄕歌) 14수가 실려 있는데 균여(均如, 923~971)의 〈보현십원가(普賢十願歌)〉 11수와 함께 향가

문학의 극치를 이루고 있다. 이 향가의 시인들로서는 월명사(月明師, ~742~)와 충담(忠談, ~765~) 등이 있다. 그리고 구법승(求法僧) 혜초(慧超, 704~787)를 빼놓을 수 없다. 그는 717년 중국에서 인도로 불적(佛跡) 순례를 떠나, 십 년 후인 727년 중국에 돌아와 순례기행문 《왕오천축국전(往五天竺國傳)》을 썼다. 이 책 속에는 가슴을 울리는 순례시가 여러 편 실려 있는데, 이 순례시들은 동서고금의 순례시 가운데 제1급에 속하는 작품이다.

지눌→진각을 거쳐 제6대로 내려가서 원감국사 충지(圓鑑國師 沖止, 1226~1292)가 출현, 정밀하기 이를 데 없는 선시를 썼다. 그런데 지눌이 제창한 소위 보조선(普照禪)은 당의 규봉종밀(圭峰宗密)이 주장한 교선일치(敎禪一致)의 복합적인 선풍(禪風)이었다. 고려 말이 되자 백운경한(白雲景閑, 1299~1375), 태고보우(太古普愚, 1301~1382), 나옹혜근(懶翁惠勤, 1320~1376) 등에 의해서 순수한 임제선(臨濟禪)이 도입,18) 본격적인 선시(禪詩)의 시대가 시작된다. 태고는 주로 장시풍 선시를 많이 썼고, 나옹은 직관력이 번뜩이는 단시풍 선시를 많이 남겼다. 그리고 백운은 한국 선시의 무한한 가능성을 제시해 준 인물이다.

---

18)

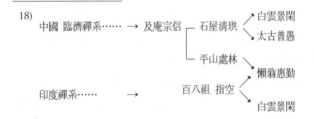

1392년 고려가 망하고 조선 왕조가 들어서면서 정치이념은 유교로 바뀌는데 이 무렵 함허득통(涵虛得通, 1376~1433)이 출현, 불후의 명작 〈금강경선시(金剛經禪詩)〉를 남겼다. 함허는 태조 이성계의 왕사(王師)인 무학(無學)의 제자였고, 무학은 고려 말 임제풍 선시의 거장 나옹의 제자였다. 그러나 나옹의 임제풍 선시는 무학을 거쳐 함허에게 와서 애석하게도 그만 끊겨 버리고 만다. 그래서인지 함허의 선시에서부터 체념적인 정서가 한국 선시에 스며들기 시작한다.

본격적인 배불(排佛)정책은 제3대 태종(太宗) 때(1400~1418)부터 시작되어 세종(世宗)으로 이어지는데 이때 매월당 김시습(梅月堂 金時習, 1435~1493)이 출현, 비애감 어린 선시를 남겼다. 그는 원래 생육신의 한 사람이었으나 후에 선승이 되어 우리나라 방방곡곡을 정처 없이 떠돌면서 두보(杜甫)를 능가하는 비애풍 선시를 많이 남겼다. 그러나 그는 시를 써서는 곧잘 흐르는 물에 띄워 보내곤 했기 때문에 지금 그의 문집에 남아 있는 작품보다 물에 흘러간 작품이 훨씬 더 많다고 한다.

제13대 명종(明宗) 때(1545~1567) 활약한 선승으로 허응당 보우(虛應堂 普雨, 1515~1565)가 있는데 그는 패기 넘치는 선시와 화엄시를 남겼다. 보우의 뒤를 이어 청허휴정(淸虛休靜＝西山大師, 1520~1604)이 출현, 한국 선시는 그 전성기를 맞게 된다.

청허는 우리에게 임진왜란 때 활약했던 도승(道僧) 또는 승군 총사령관(僧軍總司令官) 정도로 알려졌다. 그러나 청허는 정말 도가 높은 선승이었고 이백(李白)의 영향을 받긴 했으나 이백을 능가하는 선시의 거장이었다. 청허 이전의 선시는(매월당

김시습을 제외하고는) 대부분 중국 임제풍 선시의 영향에서 크게
벗어나지 못하고 있었다. 그러나 청허에 와서 한국 선시는 비
로소 임제풍에서 완전히 벗어나 한국 특유의 은둔적이며 체념
적인 서정풍으로 변모해 버렸다. 《청허당집(淸虛堂集)》 속에는
몇백 편을 웃도는 제1급 선시가 실려 있다. 그러므로 청허는
한국 선시의 원조라고 할 수 있다. 청허휴정에 의해서 분출된
한국 선시의 광맥은 그의 제자들에 의해서 찬란하게 꽃피었으
니 그 주역들은 다음과 같다.

정관일선(靜觀一禪, 1533~1608), 사명유정(四溟惟政, 1544~
1610), 청매인오(靑梅印悟, 1548~1623. 그는 公案禪詩의 거장이기도
하다), 기암법견(奇巖法堅, 1552~1634), 소요태능(逍遙太能, 1562~
1649), 중관해안(中觀海眼, 1567~?), 편양언기(鞭羊彦機, 1581~
1644).

또한 서산과 동문수학한 부휴선수(浮休善修, 1543~1625)가 있
는데 그는 우수어린 이별풍의 선시를 잘 썼다. 그의 제자 취미
수초(翠微守初, 1590~1668) 역시 전원풍의 선시를 남기고 있다.

다음 두보(杜甫)의 영향을 받은 사명유정 계통에서 허백명조
(虛白明照, 1593~1661)가 나왔다. 월봉책헌(月峯策憲, 1624~?), 백
암성총(栢庵性聰, 1631~1700), 설암추붕(雪巖秋鵬, 1651~1706), 무
용수연(無用秀演, 1651~1719), 환성지안(喚惺志安, 1664~1729) 등
도 모두 뛰어난 선시를 남긴 선승이다.

서산 이후 또 한 사람의 뛰어난 선시 거장을 우리는 기억해
둘 필요가 있다. 그가 바로 정관일선 계통에서 나온 무경자수
(無竟子秀, 1664~1737)이다. 그의 천변만화풍(千變萬化風) 선시는

예지로 가득 차 있으며 시상(詩想)이 단 한 군데도 막힘이 없이 동서남북, 상하좌우로, 과거·현재·미래로 마구 굽이치고 있다. 다분히 체념적인 시풍이 주류를 이루고 있던 조선조 중기 이후의 한국 선시에 무경자수는 강한 충격을 주고 있다. 무경자수 이후에는 허정법종(虛靜法宗, 1670~1733), 천경해원(天鏡海源, 1691~1770) 등이 돋보인다.

초의의순(艸衣意恂, 1786~1866)은 시승으로보다는 다승(茶僧)으로 더 알려진 인물이다. 그는 문장력이 뛰어나 추사 김정희를 비롯하여 당시의 문사(文士)들과 주고받은 화답시를 많이 남겼지만 빼어난 선시가 별로 없는 게 흠이다(이는 또한 조선조 후기 대부분의 시승들에게도 적용되는 말이다).

포의심여(浦衣心如, 1828~1875)는 짧은 생애를 통해서 섬세하고 투명하기 이를 데 없는 〈감성선시(感性禪詩)〉를 남겼다.

조선조 말기, 한 사람의 득도인이 나타났으니 그가 바로 보월거사 정관(普月居士 正觀, ~1862~)이다. 어디서 무엇을 했던 사람인지 그에 대한 기록은 전혀 없지만, 그러나 그는 당송의 선승을 능가하는 선시를 남기고 있다. 그는 어느 누구의 영향도 받지 않은 채 자신이 깨달은 경지를 거침없이 읊어내고 있다. 보월거사라는 이름으로 봐서 그는 분명 선승이 아니라 평범한 재가수행자(在家修行者)이다. 말하자면 당대의 백낙천이나 송대의 소동파 같은 인물이다. 보월거사 정관의 느닷없는 출현은 한국 선시에 하나의 불가사의한 사건이 아닐 수 없다.

그리고 이 무렵 경허성우(鏡虛惺牛, 1849~1912)가 있었는데 그 역시 느닷없이 튀어나온 선승이다. 왜냐면 그는 이렇다 할 스승이 없이 자신의 힘만으로 깨달음을 체험한 선승이기 때문이다. 그의 선시는 한국 선시 가운데 가장 다양한 색깔을 지니고 있다. 서산대사 청허휴정에게서 비롯된 한국 선시는 마침내 경허성우에 와서 선시가 아닌 인간의 시(人間詩)로 탈바꿈해 버린 것이다. 경허의 제자인 만공월면(滿空月面, 1871~1946)과 한암중원(漢岩重遠, 1876~1951) 역시 멋진 선시를 남겼지만 경허의 선시에는 전혀 미치지 못하고 있다.

이 무렵 시문(詩文)에 능했던 불경의 거장 석전정호(石顚鼎鎬, 1870~1948)가 있었지만 그의 시문 역시 선미(禪味)가 적은 게 흠이다. 《님의 침묵》이라는 현대 시집을 낸 만해 한용운(萬海 韓龍雲, 1879~1944)도 적지 않은 선시를 남겼지만 크게 주목할 만한 작품은 없다.

근래의 선승으로는 원광경봉(圓光鏡峰, 1892~1982)이 있는데 그는 조주풍(趙州風)의 선시를 잘 썼다. 그는 서도(書道)에도 능하여 적지 않은 서예 작품을 남겼다. 뛰어난 전법게(傳法偈)를 남긴 운봉성수(雲峰性粹, 1889~1947)의 제자 가운데 향곡혜림(香谷蕙林, 1912~1978)이 있는데 그는 나옹혜근의 선시풍에 이어지는 임제풍 선시를 남기고 있다.

(3) 일본 선시

일본에 처음 선(禪)을 전한 사람은 명암영서(明庵榮西, 1141~1215)이다. 그러나 본격적인 선은 영평도원(永平道元, 1200~1253)에 의해서였다. 그는 송에 들어가 조동종 계통의 천동여정(天童

如淨, 1163~1228)으로부터 선법을 받은 후 일본에 돌아와 일본 조동종의 창시자가 되었다. 그의 저서 《정법안장(正法眼藏)》(95권)은 일본 선종의 크나큰 업적이다. 그에게는 이 밖에도 적지 않은 송고선시(頌古禪詩)가 있어 시인으로서의 역량도 유감없이 발휘하고 있다.

영평도원보다 조금 앞서 송에 들어가 임제종 계통의 무준사범(無準師範, 1178~1249)으로부터 선법을 받아 온 사람으로 원이변원(圓爾辯圓, 1202~1280)이 있는데 그 역시 약간의 선시를 남겼다. 송(宋)이 멸망하는 1279년 전후로 많은 중국의 선승들이 해외로 망명하는데 이 무렵 일본에 온 선승에 난계도륭(蘭溪道隆, 1213~1278)과 요원조원(了元祖元, 1226~1286) 등이 있다. 난계도륭은 최초로 일본에 온 선승으로서 그의 제자에 남포소명(南浦紹明, 1235~1308)이 있어 그의 선시풍을 이었다. 두 번째로 일본에 온 중국 선승 요원조원은 선배인 난계도륭의 뒤를 이어 선의 순수성을 제창하면서 수준 높은 선시를 썼다. 그러나 본격적인 선문학(禪文學)인 오산문학(五山文學)의 흥기는 중국 선승 일산일녕(一山一寧, 1247~1317)의 일본 도래(1299)로부터다.

'오산문학'이란 무엇인가. 가마쿠라(鎌倉) 말기(1342) 오산십찰(五山十刹)의 관사(官寺)에 속해 있던 선승들이 중심이 되어 전개한 선문학운동을 말한다. 이들은 주로 임제종 계통의 선승들이었는데 그 주축은 호관사련(虎關師鍊, 1278~1366), 설촌우매(雪村友梅, 1290~1346), 중암원월(中巖圓月, 1300~1375), 의당주신(義堂周信, 1325~1388), 절해중진(絶海中津, 1336~1405) 등이다.

이 다섯 사람 가운데 특히 의당주신과 절해중진은 오산문학의 쌍벽으로 불리고 있다. 이 오산문학의 흥기에 결정적인 역할을 한 일산일녕은 임제종 대혜종고 계통의 선승이며 선철학자(禪哲學者 : 天台學의 권위자)였다. 그의 문하에 몽창소석(夢窓疎石, 1275~1351), 설촌우매, 호관사련 등이 있어 그의 선시풍을 이었다.

중국 선승인 축선범선(竺仙梵僊, 1292~1348)의 일본 도래는 오산문학의 비약적인 발전을 가져오는 계기가 되었다. 축선범선은 임제종 양기파(楊岐派) 고림청무(古林淸茂)의 제자로서 시(詩)·서(書)·범패·출판 등에 능했던 선승이다. 당시 중국에 들어간 일본의 유학승 대부분이 그의 스승인 고림청무의 문하에서 수학했던 것으로 봐서 그의 일본 도래와 오산문학의 흥기는 필연적인 것이었다고 할 수 있다.

고림청무는 또한 오산문학을 게송 중심(偈頌中心 : 禪詩中心)으로 정착시키는 데 결정적인 영향을 준 사람이다. 고림청무 사후(死後), 일본에 와서 오산문학을 이끌어 간 인물이 바로 축선범선이다. 이 축선범선의 문하에는 중암원월(中巖圓月)과 춘옥묘파(春屋妙葩, 1311~1388)가 있다. 축선범선의 사후 송에 있던 일본 선승 용산덕견(龍山德見, 1284~1358)의 입국(1350)으로 하여 오산문학은 그 절정기를 맞는데 이 용산덕견의 문하에는 오산문학의 쌍벽인 의당주신과 절해중진이 있다.

그리고 이 오산문학의 중심에서 비껴나 나름대로 일가를 이룬 선승에는 묵조풍 선시를 쓴 영평의운(永平義雲, 1253~1333), 역시 선시의 대가인 기타대지(祇陀大智, 1289~1366), 원(元)에 들어가(1320) 중봉명본(中峰明本)과 고림청무 등의 문하에서 수학하고 선비풍의 선시를 쓴 적실원광(寂室元光, 1290~1367), 몽창 소석의 제자로서 좋은 선시를 남긴 실봉양수(實峰良秀, ?~1405), 그리고 철주덕제(鐵舟德濟, ?~1366) 등이 있다.

오산문학파의 선승들은 중세 일본문화의 발전에 막대한 공헌을 했다. 그러나 오산문학이 주축이 된 일본 선시는 중국풍 선시의 영향에서 크게 벗어나지 못했다. 아니 오산문학파 선승들의 궁극적인 목적은 중국풍 선시를 착실히 본뜨는 것이었다. 그래서 그들은 시작법(詩作法)의 교재로 엄우의 《창랑시화》를 택했다. 그들은 500쪽짜리 책 40권 이상에 달하는 엄청난 양의 작품을 남겼다. 그러나 그 많은 작품에도 불구하고 오산문학파 선시들은 크게 빼어난 작품이 적다. 이것이 바로 오산문학의 한계이다. 그러나 오산문학이 쇠퇴기에 접어들 무렵 일휴종순(一休宗純, 1394~1481)이 출현하면서 일본 선시는 중국풍에서 완전히 벗어났다. 일휴는 그의 시집 《광운집(狂雲集)》을 통해서 지금까지 전무후무한 파격풍(破格風) 선시를 보여주고 있다.

술과 여자(酒色)는 선문(禪門)에서 오랫동안 금기시되어 온 두 가지다. 그러므로 이 두 가지는 선시의 주제로 채택된 일이 드물다. 한국의 선승 경허에 의해서 술의 금기는 깨져 버렸지만, 그러나 여자에 대한 금기를 깬 사람은 지금까지 아무도 없었다. 그러나 일본 선승 일휴에 의해서 여자에의 금기는 마침내 깨져 버리고 말았다.

일휴의 선시가 택하고 있는 주제의 대부분이 여자, 그것도 여자와의 성교장면, 아니 좀 더 구체적으로 말하자면 여성의 성기에서 흐르는 애액(愛液)이다. 수선화꽃 향내가 나는 그 신비한 액체이다(美人陰有水仙花香 : 일휴 시의 제목임). 이처럼 일휴의 선시는 애액을 주제로 종횡무진 굽이치고 있어 그 시들을 접하는 순간 그만 말문이 콱 막혀 버리고 만다. 일휴, 이렇게 치열한 인간은 일찍이 없었다. 한국의 경허가 선시를 '인간의 시'로 확장시켰다면, 일본의 일휴는 경허보다 455년 전에 이 인간의 시를 '본능의 시'로 매듭지어 버렸다. 그러므로 선시는 일휴에게서 끝났다고 할 수 있다. 그러나 일휴에게는 선사풍(禪師風)의 고고한 선시도 적지 않다는 사실을 알아두기 바란다. 이렇게 하여 일휴는 그 자신의 의사와는 관계 없이 파격풍 선시의 거장이 된 것이다.

도를 깨닫게 되면 선승은 그 스승으로부터 깨달음을 인정해 주는 '전법게(傳法偈)'를 받게 된다. 이 전법게는 보통 질긴 종이에 스승이 친필로 써서 스승의 낙관을 찍어 주는데, 이를테면 재산상속증과도 같은 것이다. 그러므로 선승에게 있어서 이 '전법게'란 생명보다 더 귀중하다. 전법게는 그의 깨달음을 보증해 주는 보증수표이기 때문이다. 그러나 일휴는 그의 스승으로부터 전법게를 받는 순간 그 자리에서 불 속에 집어던져 버렸다. 그에게는 이런 식의 권위마저 통하지 않았다. 전법게를 불태운 선승은 일휴를 빼고는 중국·한국·일본을 통틀어 아마 그 유례가 드물 것이다. 전법게를 태워 버린 후 일휴는 발길 닿는 대로 떠돌면서 선(禪)에조차 얽매이지 않고 한세상을 희롱하며 살다 간 것이다.

일휴 이후에는 특방선걸(特芳禪傑, 1419~1506), 월주종호(月舟宗胡, 1618~1696), 일사문수(一絲文守, 1608~1646) 등이 있어 그

저 그런 몇 편의 선시를 남겼다.

일본 임제풍 선시의 거장이요 백은(白隱)의 스승이었던 정수혜단(正受慧端, 1642~1721)은 지독한 애주가(愛酒家)였다고 한다.

하이쿠(俳句)의 거장 송미파초(松尾芭蕉, まつおばしょう, 1644~1694)가 활동하던 시대도 바로 이때였다. 하이쿠란 하이카이 렌가(俳諧連歌, 낭송용 즉흥시)의 첫 구절(發句)이 독립되어 하나의 시형식이 된 '하이카이 홋쿠(俳諧發句)'의 준말이다. 형식적이며 해학적이었던 이 하이쿠에 선(禪)의 직관을 토대로 사상적, 문학적 깊이를 준 이는 바로 파초(芭蕉)였다.

하이쿠는 세계에서 가장 짧은 시(一行詩)로서 17음률을 기본음으로 하고 있으며 간결, 즉물적, 그리고 직관적(禪的)인 표현이 특징이다.

일본 임제선의 부흥자 백은혜학(白隱慧鶴, 1685~1768) 역시 깔끔한 선시를 여러 편 남겼다.

이제 우리는 일휴와 함께 꼭 기억해 둬야 할 한 사람 앞에 섰으니 그가 바로 대우양관(大愚良寬, 1758~1831)이다. 그는 중국의 한산시풍(寒山詩風)을 이어받아 산거시(山居詩)를 완성한 사람으로서 일생 동안 일의일발(一衣一鉢)에 청빈한 수행자로 살면서 선시를 쓴 선승이다. 양관, 그는 그의 시와 삶이 완전히 하나였던 사람이다. 아무것도 소유한 게 없는 수행자, 그래서 어디에도 걸림이 없는 사람, 선(禪)의 이상을 시를 통해서 실현하고 삶을 통해서 구체화한 사람, 그가 바로 양관(良寬)이다.

3. 시풍(詩風)

(1) 중국 선시

중국 선시에는 다음 다섯 가지 특징이 있다.

첫째, 규모가 크고 호방하다.

둘째, 구사력이 뛰어나다.

셋째, 훈시적(訓示的)인 면이 강하다.

넷째, 풍류적이다.

다섯째, 도가적(道家的)인 색채가 짙다.

중요한 작가들의 시풍(詩風)을 보면 다음과 같다.

1 삼조승찬의 잠언시 〈신심명(信心銘)〉

일종의 잠언체(銘體)로 된 장시로서 유무(有無), 선악(善惡), 시비(是非), 애증(愛憎) 등 서로 상반되는 개념 40여 개가 대칭을 이루며 전개된다. 양 극단에 치우치는 편견을 버리고 그 중간에조차 머물지 않는, 살아 굽이치는 생명의 세계를 갈파한 이 잠언시는 예로부터 선승들의 좌우명으로 널리 읽히고 있다.

2 깨달음의 희열을 읊은 영가현각의 〈증도가(證道歌)〉

깨달음의 희열에 넘쳐 단 하룻밤 만에 완성했다는 이 장시는 직관력과 감성이 용암처럼 분출하고 있다. 예로부터 〈신심명〉과 함께 선승들 사이에서 널리 읽히고 있는 작품이다.

③ 왕유의 〈선화시(禪畵詩)〉

선의 직관적 세계는 당의 시인 왕유에 의해서 최초로 선명하게 시각화되었다. 왕유는 또한 문인화인 남종화(南宗畵)의 창시자이며 비파 연주의 명인이었다고 한다.

④ 한산의 〈무상시편(無常詩篇)〉

일생 동안 문전 걸식하며 떠돌던 수행자 한산의 시는 인생의 덧없음을 읊는 허무적인 요소가 짙다. 한산이야말로 선시에 허무적인 정서를 최초로 가미시킨 허무선시(虛無禪詩)의 창시자이다.

⑤ 조주종심의 〈무위선시(無爲禪詩)〉

120년을 살았던 당의 선승 조주, 그는 〈십이시가(十二時歌)〉를 통하여 '선'이라는 이 틀마저 벗어난 무선(無禪)의 세계를 보이고 있다. 그저 평범한(사실은 비범하기 이를 데 없는) 한 시골 노인의 하루(十二時) 생활을 있는 그대로 묘사하고 있으나 이것이야말로 무르녹은 자신의 경지를 나타낸 것이다.

⑥ 선월관휴의 〈산거시(山居詩)〉

그는 산중생활의 기쁨을 경쾌한 필치로 묘사하고 있다. 그러나 그의 시에는 조선조 선승들의 산거시에서 나타나는 체념적인 요소는 전혀 보이지 않는다.

⑦ 설두중현의 〈공안시편(公案詩篇)〉

선문답, 즉 공안의 경지를 본격적인 시로 읊은 것은 설두중현에 의해서이다. 그러므로 그는 공안시의 창시자라 할 수 있다.

⑧ 천동정각의 〈묵조시(默照詩)〉

심묵적조(深默寂照)의 경지를 읊은 천동정각의 시는 명상적 요소가 짙은 묵조시의 시발이 되고 있다. 고도로 응축된 시어(詩語)가 돋보인다.

⑨ 야보도천의 〈금강경선시(金剛經禪詩)〉

원래 활잡이(弓手)였던 야보는 《금강경》의 뜻을 절묘하게 시화(詩化)함으로써 금강경선시의 제일인자가 되었다. 그의 〈금강경선시〉는 일상의 차원을 뒤집어엎는 직관력이 주조를 이루고 있다. 선의 명상적 요소가 천동정각에 의해서 〈묵조시〉로 구체화됐다면, 선의 직관적 요소는 야보도천에 의해서 〈금강경선시〉로 구체화되었다.

⑩ 확암사원의 〈십우도시(十牛圖詩)〉

깨달음의 단계를, 잃어버린 소(牛)를 찾아가는 열 단계에 비유해 읊은 확암사원의 십우시(十牛詩)는 원래 십우도(十牛圖)라는 열 장의 선화에 덧붙인 그림시였다. 확암의 이 〈십우도시〉가 나온 후 많은 십우도시가 쏟아져 나왔다.

(2) 한국 선시

한국 선시에는 다음 다섯 가지 특징이 있다.

첫째, 은둔적이며 체념적이다.

둘째, 서정성이 강하다.

셋째, 자연과의 교감력이 뛰어나다.

넷째, 단순하고 소박한 맛이 있다.

다섯째, 시의 흐름이 너무 획일적(임제풍 일변도적)이다.

① 혜초의 〈순례시(巡禮詩)〉

먼 이국 땅에서 고향을 그리는 나그네의 심정이 혜초의 시 구절마다 사무치고 있다. 그는 인도순례기 《왕오천축국전(往五天竺國傳)》을 썼는데 이 책 속에 여러 편의 감명 깊은 순례시가 실려 있다. 그리하여 인도 구법승(求法僧) 혜초는 순례시의 제일인자가 되었다.

② 진각혜심의 〈유려선시(流麗禪詩)〉

시상(詩想)이 선명하고 문장력이 뛰어났던 그는 한국 선시 가운데 가장 유려한 작품을 남겼다.

③ 원감충지의 〈선정시(禪情詩)〉

고려의 선승 가운데 가장 시정(詩情)이 풍부했던 원감충지의 시에서 우리는 선지(禪智)와 시정의 절묘한 조화를 볼 수 있다.

④ 백운경한의 〈득도시(得道詩)〉

자신의 부도마저 세우기를 거부한 사람 백운경한, 그는 득도자의 여유 만만한 삶을 거침없는 필체로 읊었다.

⑤ 태고보우의 〈장편시가(長篇詩歌)〉

한국 선승 가운데 태고는 장편 선시를 가장 많이 쓴 사람이다. 그의 시는 시상이 호방하고 시어가 거침없다. 중요한 장편시로 〈태고암가(太古庵歌)〉, 〈산중자락가(山中自樂歌)〉 등이 있다.

6 나옹혜근의 〈임제풍(臨濟風) 선시(禪詩)〉

한국 선승 가운데 선지(禪智)가 가장 밝았던 인물이다. 시마다 뇌성벽력 같은 임제풍 선지가 번뜩인다.

조선조에 들어서면서 특히 선시가 융성했는데, 그 이유는 다음 셋을 들 수 있다.

첫째, 배불정책으로 인한 승려들의 활동범위 제약.

둘째, 유가(儒家) 시문학 발달의 영향.

셋째, 서산(西山) 이후 선승들의 생활권이 아예 산중으로 제한되었기 때문.

7 함허득통의 〈청정시편(淸淨詩篇)〉

중국의 야보도천과는 또 다른 〈금강경선시〉를 쓴 함허득통의 시는 너무 맑고 투명하여 슬픔이 인다. 한국 선시에 체념적이며 은둔적인 정서가 깃들이기 시작한 것은 함허득통의 시에서부터이다. 역사적으로 볼 때 함허득통 때부터 본격적인 배불정책이 시작되어 선승들의 활동영역이 급속도로 위축되었다.

8 매월당 김시습의 〈유랑시(流浪詩)〉

생육신의 한 사람인 그는 선승이 되어 이 나라 방방곡곡을 다니며 비감(悲感)어린 유랑시를 많이 남겼다. 언어 구사력이 뛰어났던 그는 선지(禪智) 또한 예리하여 거장다운 선시를 많이 남겼다. 시상은 거침없고 언어는 절제되어 그가 남긴 시는 어느 것 하나 수작(秀作) 아닌 것이 없다.

⑨ 허응보우의 〈회고시(懷古詩)〉

남달리 열정적이던 그는 퇴락해 가는 옛 절들을 보며 곧
잘 개탄해 하는 회고시를 많이 남겼다.《화엄경(華嚴經)》
에도 조예가 깊어 빼어난 화엄시 여러 편을 남겼다.

⑩ 청허휴정의 〈산정시(山情詩)〉

그는 서정성이 강하고 자연과의 교감력이 뛰어났던 선승
이다. 산중의 정서(山情)를 읊은 본격적인 한국 선시는 청
허휴정으로부터 시작되었다. 그의 시가 풍기는 도가풍(道
家風)의 탈속적인 분위기는 당의 시인 이백을 능가한다.
한국 선시는 청허휴정에 와서 완전히 정착된다. 그러므
로 청허휴정 이후의 한국 선시는 직접적으로든 간접적으
로든 모두 청허휴정의 영향을 받고 있다.

⑪ 정관일선의 〈도가적(道家的) 선시(禪詩)〉

정관일선의 시는 도가적인 분위기가 짙다. 차라리 고적감
(孤寂感)마저 감돈다.

⑫ 부휴선수의 〈선정시(禪淨詩)〉

그의 선시는 한국 선시 가운데 가장 서정적이며, 선지(禪
智)와 서정이 절묘한 조화를 이루고 있다. 너무나 청정무
구한 나머지 적막감마저 감돈다.

⑬ 사명유정의 〈진중시(陳中詩)〉

임진왜란 때 스승 서산(西山 : 淸虛)을 이어 승군 총사령관
으로 참전했던 그의 시 대부분은 진중에서 쓴 것으로, 전
란으로 인한 황폐함을 읊고 있다. 인간의 비극적인 시상
(詩想)을 형상화하는 데 뛰어났던 그는 당의 시인 두보와

견줄 수 있다. 스승 서산의 시가 탈속적인 이백풍이라면, 그의 시는 재속적(在俗的)인 두보풍이다.

⑭ 청매인오의 〈공안시(公案詩)〉

서산의 제자였던 그는 특히 공안에 대한 통찰력이 뛰어나 많은 공안시를 남겼다.

⑮ 기암법견의 〈인상파적(印象派的) 산시(山詩)〉

그의 선시는 마치 꿈꾸는 듯한 한 폭의 인상파 그림 같다. 간결한 시어와 응축된 시상, 선의 직관력이 절묘한 조화를 이루고 있다.

⑯ 소요태능의 〈자재시편(自在詩篇)〉

그의 시에는 선지(禪智)가 물결처럼 굽이치고 있다. 자연과의 교감력과 서정성이 뛰어나고 문장의 응축력, 구사력이 자유자재하여 그는 한국 선시 가운데 가장 활기찬 선시를 남겼다.

⑰ 중관해안의 〈평상선시(平常禪詩)〉

그의 시에는 일상의 생활감각과 예리한 직관력이 잘 조화를 이루고 있다. 그리고 여성적인 섬세함이 돋보인다.

⑱ 운곡충휘의 〈선가풍시(仙家風詩)〉

운곡충휘의 시에는 특히 도가적인 분위기가 짙다. 이 때문에 그의 시는 선시(禪詩)라기보다는 차라리 선시(仙詩)에 가깝다.

⑲ 영월청학의 〈훈고풍시(訓古風詩)〉

영월청학의 시는 서정성보다 사상성이 강하다. 그는 감성과 관념 사이를 곡예하듯 아슬아슬하게 넘나들고 있다.

20 편양언기의 〈산고수장시(山高水長詩)〉

편양언기의 시에는 산인(山人)의 정서가 선지(禪智)를 앞
지르고 있다. 간략한 시어 속에 유유자적하는 여유감이
일품이다.

21 취미수초의 〈선적시(禪的詩)〉

그의 시는 한국 선시 가운데 가장 선적(禪的)인 분위기가
짙다. 그는 자신을 대상화하여 제삼자의 입장에서 선시
를 쓰고 있다. 선시에 선(禪)의 특성을 삭제한 다음 선적
인 분위기만을 남기는 선적시(禪的詩)는 그에 의해서 최
초로 시도되었다.

22 허백명조의 〈절창시(絶唱詩)〉

이 책에 실린 선시 1,400여 편 가운데 최고의 수작은 허
백명조에 의해서 쓰여졌다. 허백명조의 시에는 응결될
대로 응결된 선의 직관력과 압축의 극을 달리는 시구의
결합이 있다.

23 월봉책헌의 〈무위진인시(無位眞人詩)〉

월봉책헌은 마음의 부사의한 작용과 그 능력을 종횡무진
하는 필치로 시화하고 있다.

24 백암성총의 〈탐미선시(耽味禪詩)〉

백암성총은 한국 선승 가운데 가장 탐미적인 선시를 썼
다. 그는 타고난 섬세한 감각을 통하여 가장 세밀한 곳까
지 이 자연현상을 통찰했다. 그 결과 그가 찾아낸 시정
(詩情)은 탐미의 극치였다.

25 설암추붕의 〈무상시(無常詩)〉

설암추붕의 시에는 인생의 무상감이 짙게 배어 있다. 붉게 핀 꽃을 보면서, 동시에 바람에 떨어져 날아가는 꽃잎을 느끼고 있다. 장자의 허무풍(虛無風)은 그의 시작 동기에 결정적인 영향을 주고 있다. 그의 시에 자주 나오는 '빈 배(虛舟)', '나비(蝶)' 등은 모두 장자의 특허품이다.

26 무용수연의 〈유수시(流水詩)〉

무용수연의 시는 마치 잔잔히 흐르는 물처럼 조용하고 막힘이 없다. 이는 선적(禪的)인 체험과 시적인 정서, 압축된 문장, 이 세 가지의 절묘한 조화 때문이다.

27 환성지안의 〈천진시(天眞詩)〉

환성지안의 시는 마치 동화의 세계처럼 천진무구함으로 가득 차 있다. 더러움도 씻겨 가고 깨끗함마저 사라져 버린 저 인간 본연의 세계가 그의 시를 통하여 남김없이 드러나고 있다.

28 무경자수의 〈천변만화시(千變萬化詩)〉

그의 시는 차갑게 불타고 있는 선(禪)의 예지로 가득 차 있다. 시상(詩想)은 단 한 군데도 막힘이 없이 천변만화의 형세로 굽이치고 있다. 체념적이며 은둔적인 한국 선시에 그는 세찬 활력을 불어넣고 있다.

29 허정법종의 〈좌관성패시(坐觀成敗詩)〉

허정법종의 시에는 천지만물의 흥망성쇠와 인간사 희비애락을 그윽이 관찰하는 통찰자의 안목(坐觀成敗)이 있다. 아울러 산인(山人)의 고적감이 감돌고 있다.

30 천경해원의 〈무소유시(無所有詩)〉

무소유한 은자의 삶이 천경해원의 시에 담겨 있다. 청허 휴정 이후 한국 선시의 또 하나의 전형을 우리는 그의 시에서 발견할 수 있다.

[31] 포의심여의 〈감성선시(感性禪詩)〉

그는 한국 선승들 가운데 시적 감성이 가장 투명했던 인물이다. 선지(禪智)와 섬세한 시정이 결합된 그의 시는 한국 선시에 한 특이한 예를 남기고 있다.

[32] 보월거사 정관의 〈현성공안시(現成公案詩)〉

정관의 시는 처음부터 끝까지 일상의 삶과 초월의 세계가 '하나도 아니요 둘도 아니다'는 부즉불리(不卽不離)의 경지를 종횡무진으로 읊어내고 있다. 선지(禪智)와 선기(禪氣), 그리고 시정(詩情)이 이처럼 굽이쳐 흐른 예는 지금까지 별로 없었던 일이다. 이는 정말 불가사의한 중에 더욱 부사의한 일이 아닐 수 없다. 그의 시는 시구 한 구절 한 구절이 그대로 살아 있는 공안이요, 살아 굽이치고 있는 생명의 파장(現成公案)이다.

[33] 경허성우의 〈야풍류시(也風流詩)〉

경허성우는 스승 없이 혼자 대오(大悟)의 경지에 이른 선승이다. 그는 문장 구사력이 뛰어났으며 남다른 시적 감성이 있었기 때문에 많은 선시를 남겼다. 그의 시에는 다음과 같은 세 가지 특징이 있다.

첫째, 외길 가는 구도자의 의지력(漢岩重遠이 계승).

둘째, 장자풍의 호방한 기개(滿空月面이 계승).

셋째, 불꽃 튀는 선지(慧月 → 雲峰을 거쳐 香谷蕙林이 계승).

34 만공월면의 〈유선시(裕禪詩)〉

경허성우의 제자였던 만공월면은 글이 짧았으나 확실한 선적(禪的) 체험을 근거로 호방한 선시를 남겼다. 음운법칙(音韻法則)과 시형식에 구애받지 않고 느끼는 대로 마구 쓴 그의 선시에서 우리는 여유 만만한 장자풍을 느낄 수 있다. 경허성우의 '호방한 기질'을 그대로 계승하고 있다.

35 한암중원의 〈유선시(唯禪詩)〉

천성이 단아하고 올곧은 선비였던 한암중원은 문장력이 뛰어났던 경허의 제자이다. 오대산 상원사에서 절문 밖에 나오지 않고 일생을 마친 그는 경허의 '외길 가는 구도자의 의지력'을 그대로 계승하고 있다.

36 운봉성수의 〈정문일침시(頂門一鍼詩)〉

한암과의 선문답 논쟁(法戰)으로 유명했던 운봉은 뛰어난 선지(禪智)의 소유자이기도 하다. 그의 시는 겉보기엔 그저 조용한 선승의 시 같으나 좀 더 깊이 들여다보면 시마다 정문(頂門)에 일침(一鍼)을 가하는 소식이 있다.

37 원광경봉의 〈선다시(禪茶詩)〉

원광경봉은 근래 한국 선승들 가운데 가장 시정(詩情)이 풍부했던 인물이다. 그의 시풍은 여유롭기 그지없는 조주풍(趙州風)이다. 자연과의 교감력과 언어감각이 뛰어났던 그는 많은 선시를 남겼다. 또한 옛 선승들의 도인풍을 보여준 이 시대의 마지막 선승이기도 하다.

38 향곡혜림의 〈일할시(一喝詩)〉

고려 말 임제풍 선시의 거장 나옹혜근에게서 보던 임제

가(臨濟家)의 기상이 향곡혜림에게서 되살아나고 있다. 향곡혜림의 '일할시'는 원광경봉의 '선다시'와 좋은 대조를 보이고 있다. 그는 혜월(慧月) → 운봉(雲峰)을 거쳐 '불꽃 튀는 경허의 선지(禪智)'를 계승하고 있다.

(3) 일본 선시

일본 선시에는 다음의 다섯 가지 특징이 있다.
첫째, 섬세하고 예리하다.
둘째, 시정(詩情)의 변화가 많다.
셋째, 즉물적이며 문학적이다.
넷째, 노골적으로 성적(性的)인 회열을 표출한다.
다섯째, 시의 흐름이 다양하다.

① 영평도원의 〈공안시(公案詩)〉
　영평도원의 시에는 명상적 분위기가 짙다. 그러나 너무 천동여정의 영향이 깊어 독창성이 약하다는 약점을 극복하지 못하고 있다.
② 원이변원의 〈달마시(達磨詩)〉
　멋진 달마시를 남긴 원이변원의 시는 간결하면서도 끝맺음이 당찬 것이 특징이다.
③ 난계도륭의 〈일장검시(一長劍詩)〉
　난계도륭의 시는 부드럽기 그지없지만 그 부드러움 속에는 일장검처럼 빛을 내뿜는 선지(禪智)가 있다. 시의 구성

도 치밀하기 이를 데 없다.

④ 요원조원의 〈관음선시(觀音禪詩)〉

중국 선승으로 일본에 온 요원조원은 신앙적인 분위기가 강한 관음시가(觀音詩歌) 수십 편을 남겼다.

⑤ 백운혜효의 〈태평선시(太平禪詩)〉

선 수행마저 초월한 무사태평인의 삶을 노래하고 있다.

⑥ 남포소명의 〈성전일구시(聲前一句詩)〉

그는 티끌 한 오라기조차 용납하지 않는 직관의 세계를 고고한 필치로 읊어내고 있다.

⑦ 일산일녕의 〈유유자적시(遊遊自適詩)〉

일산일녕은 인연 따라 넉넉하게 살아가고 있는 도인의 삶을 유려한 필치로 읊어내고 있다.

⑧ 축선범선의 〈춘풍시(春風詩)〉

축선범선은 중국 선승으로 일본에 와서 일본 선문학(오산 문학) 발전에 큰 업적을 남겼다. 그는 이 삶 자체를 멋진 풍류로 보는 낙천적인 입장에서 시를 썼다.

⑨ 영평의운의 〈청풍명월시(淸風明月詩)〉

영평의운의 시에는 노자의 무위자연적인 색채가 짙다. 그는 묵조풍(默照風) 선시를 썼다.

⑩ 몽창소석의 〈사통팔달시(四通八達詩)〉

몽창소석은 득도자(得道者)의 무애자재한 삶을 노래하고 있다.

⑪ 철주덕제의 〈본원천진시(本源天眞詩)〉

철주덕제는 타고난 성품대로 살아가는 본원천진의 경지

를 읊었다.

⑫ 기타대지의 〈묵조선시(默照禪詩)〉

일본 묵조풍 선시의 거장인 기타대지는 시의 구성력과 전개력이 뛰어나며, 시의 흐름이 다양하고 규모가 크다. 그의 시에는 묵조풍, 임제풍, 노자풍, 고행풍(苦行風), 문인화풍, 은자풍(隱者風)이 한데 뒤섞여 있다.

⑬ 적실원광의 〈정법안장시(正法眼藏詩)〉

적실원광의 시에는 차갑게 빛나는 선승의 응집력이 있다. 격조 높은 서정과 음악성이 있고 단아한 선비의 품격이 있다.

⑭ 춘옥묘파의 〈무영시(無影詩)〉

춘옥묘파의 시는 군더더기가 전혀 없어 마치 그림자 없는 나무(無影樹)를 연상케 한다.

⑮ 무문원선의 〈청빈낙도시(淸貧樂道詩)〉

무소유한 선승의 삶을 노래한 무문원선의 시는 단순 소박하기 그지없다.

⑯ 실봉양수의 〈주객일여시(主客一如詩)〉

실봉양수의 시에는 묵조풍의 유현한 분위기가 감돈다. 그의 시상(詩想)은 중국 묵조풍 선시의 거장 천동정각과 동일한 흐름을 타고 있다.

⑰ 우중주급의 〈이명절상시(離名絕相詩)〉

심원한 시정(詩情)에서 출발한 우중주급의 시는 언제 어디서나 저 이명절상의 경지(불멸의 경지)를 향하고 있다.

⑱ 의당주신의 〈오산선시(五山禪詩)〉

그는 오산문학파의 대표적인 인물이었지만 시가 너무 중국적이라는 데 한계가 있다. 이는 그의 시상(詩想) 자체가 중국 선승들의 작품에 근거하여 출발하고 있기 때문이다. 만일 그가 중국적인 이 자기한계를 극복할 수만 있었다면 정말 대단한 선시를 남겼을 것이다.

⑲ 발대득승의 〈본연시(本然詩)〉

발대득승은 타고난 성품대로 살아가는 본연의 모습을 읊었다. 시상과 시어가 아주 명쾌하다.

⑳ 절해중진의 〈오산선시(五山禪詩)〉

역시 대표적인 오산문학파의 시승이었던 절해중진은 원(元)에 가서도 이름을 날릴 정도로 대단한 인물이었다. 시상(詩想)이 유현하고 선명한 그의 시에는 일상적인 답답함이 전혀 없다.

㉑ 일휴종순의 〈묘적청정시(妙適淸淨詩)〉

일휴종순의 시에는 다음의 두 갈래 상반되는 흐름이 주조를 이룬다.

첫째, 준엄한 선승의 세계. 둘째, 성적(性的)인 희열을 노골적으로 읊은 에로티시즘의 세계.

애증의 감정표현이 결여되었던 선시는 일휴종순의 출현으로 하여 비로소 내시(內侍)적인 분위기에서 벗어나 생동감으로 넘치게 되었다.

㉒ 일사문수의 〈섬섬옥수시(纖纖玉手詩)〉

그는 일본 선승들 가운데 가장 섬세한 시를 썼다. 그의 감각에 잡히는 사물은 모두 동화 속의 세계로 돌아간다.

동화 속에서 존재의 꿈을 꾸기 시작한다. 아니 사물 자체
가 꿈으로 변해 버린다.

[23] 월주종호의 〈단도직입시(單刀直入詩)〉
그는 시정과 시상을 모두 제거해 버리고 선(禪)의 본질만
단도직입식으로 내뱉듯이 토해내고 있다.

[24] 정수혜단의 〈환희용약시(歡喜踊躍詩)〉
정수혜단은 일본 임제풍 선시의 대표적인 인물이다. 그
의 시에는 날카로운 선지와 자유로운 시상이 돋보인다.
그리고 환희 용약하는 천진성이 도처에서 빛나고 있다.

[25] 백은혜학의 〈즉물선시(卽物禪詩)〉
백은혜학은 사물과 그 사물을 인식하는 자기 자신 사이
의 간격을 제거해 버림으로써 '사물, 즉 그 자신'이라는
즉물적(卽物的)인 경지를 노래하고 있다. 그러면서도 시적
인 분위기를 잃지 않는 것은 정말 불가사의한 일이다. 그
의 시에는 또한 정처 없이 떠도는 수행자의 고독감이 배
경음으로 깔리고 있다.

[26] 송미파초(마쓰오 바쇼)의 〈일행선시(一行禪詩)〉
하이쿠(俳句→行禪詩)의 거장 바쇼의 시는 내면적이며 구
도적인 특징이 있다. 그리고 인간 본연의 고적감이 짙게
깔려 있다. 극과 극의 절묘한 결합은 그가 도달한 동양정
신의 극치였다. 그는 하이쿠를 읊으며 일생 동안 방랑자
로 떠돌다가 방랑길에서 숨을 거뒀다.

[27] 대우양관의 〈청빈무위시(淸貧無爲詩)〉
평생을 옷 한 벌, 밥그릇 하나로 살다 간 대우양관의 시

에는 다음의 네 가지 특징이 있다.

첫째, 인생무상감. 둘째, 청빈한 수행자의 정서감. 셋째,
고적감을 통한 본래 자기에로의 귀환. 넷째, 천진무구한
본연의 세계.

그는 또한 선시의 가장 이상적인 모델인 한산시(寒山詩)
를 계승, 완성시켰다.

4. 선시의 종류

선시에 대한 이해를 돕고자 선시를 형식과 내용에 따라 성격
별, 집단별, 내용별 세 가지로 분류하였다.

(1) 성격별 분류

우선 객관적인 입장에서 선시를 편의상 색깔별로 묶어 분류
하는 입장이다.

① 의선시(擬禪詩) : 선시를 모방하여 쓴 시로서, 현대 시인들
   이 쓰고 있는 '모방선시'를 말한다.

② 반선시(半禪詩) : 불완전한(半) 선시로서 고려와 조선시대
   의 시승(詩僧)들이 남긴 시가 이에 속한다.

③ 선시(禪詩) : 당송의 선 시인(禪詩人)과 선승들의 시가 이에
   속한다.

④ 격외선시(格外禪詩) : 깨달음을 얻은 선(禪)의 거장들이 남

긴 시를 말한다.

(2) 집단별 분류

선을 시화(詩化)한 당송 시인들과 시를 선화(禪化)한 선승들
을 그 집단별로 묶어 분류하는 입장이다. 이 집단별 분류방식
은 중국 두송백(杜松栢) 선생의 견해를 참작했다.

선을 시화(詩化)한 당송 시인들의 작품
① 선전시(禪典詩) : 선의 어휘(禪語)를 사용하여 쓴 시. 왕유의
  〈과향적사(過香積寺)〉는 대표적인 선전시다.
② 선적시(禪迹詩) : 선승들의 주석지(住錫地), 행적, 부도 등을
  소재로 하여 쓴 시. 장계(張繼)의 〈풍교야박(楓橋夜泊)〉은
  대표적인 선적시다.
③ 선리시(禪理詩) : 선의 이치를 시화한 작품으로 소동파의
  〈오도송(悟道頌)〉은 대표적인 선리시다.
④ 선취시(禪趣詩) : 선미(禪味)가 깊은 시. 당송 시 가운데 수
  작은 대부분 이 선취시에 속하는데, 그 대표적인 예는 왕
  유의 〈신이오(莘荑塢)〉·〈조간명(鳥澗鳴)〉과 이백의 〈자견
  (自遣)〉·〈정야사(靜夜思)〉 등이다.

시를 선화(禪化)한 선승들의 작품
① 산거시(山居詩) : 산중생활의 서정을 읊은 시. 선월관휴, 한
  산, 청허휴정, 대우양관 등의 작품이 이에 속한다.

② 시법시(示法詩) : 스승이 제자에게 선법(禪法)을 전해 주는 전법게(傳法偈). 운봉성수 등의 작품이 있다.

③ 선기시(禪機詩) : 선의 직관력이 번뜩이는 시. 조주종심, 나옹혜근, 기타대지 등이 멋진 작품을 남겼다.

④ 파격시(破格詩) : 그야말로 파격적인 비선시적(非禪詩的) 선시. 조주종심과 일휴종순이 돋보인다.

⑤ 송고시(頌古詩) : 선문답의 내용을 읊은 공안시(公案詩). 대표적인 송고시에는 설두중현의 〈설두송고(雪竇頌古)〉와 천동정각의 〈송고백칙(頌古百則)〉이 있다.

⑥ 개오시(開悟詩) : 깨달음의 감격을 읊은 오도시(悟道詩). 영가현각의 〈증도가(證道歌)〉는 대표적인 작품이다.

⑦ 시적시(示寂詩) : 임종 직전에 읊은 임종게(臨終偈). 천동정각의 〈임종게〉는 압권이다.

(3) 내용별 분류

당송 시인과 선승을 구별하지 않고 한데 묶어 그들의 작품 속에 담겨 있는 내용과 정서에 따라 앞의 두 가지 방식을 좀 더 자세하게 분류하는 입장이다.

① 선미시(禪味詩) : 선적인 분위기가 있는 시. 선을 시화한 당송 시인들의 작품 대부분이 이에 속한다. 중요한 선미시를 남긴 시인은 맹호연, 왕유, 이백, 두보, 장계, 위응물, 한산, 한퇴지, 백낙천, 유종원, 가도, 이하, 이상은, 사공도(→唐), 왕안석, 소동파, 황산곡(→宋) 그리고 일본의 파초

(바쇼) 등이다.

② 산정시(山情詩) : 산중의 서정을 읊은 시. 한산, 청허휴정, 대우양관 등이 대표적인 산정시를 썼다.

③ 회고시(懷古詩) : 지난일을 회상하거나 폐허가 된 옛 절을 읊은 시. 허응보우의 시가 돋보인다.

④ 이별시(離別詩) : 벗 또는 제자와의 이별을 읊은 시로서 한국 선승들의 작품이 주류를 이룬다. 돋보이는 이별시를 남긴 이는 부휴선수다.

⑤ 운수시(雲水詩) : 구름처럼 물처럼 정처 없이 떠도는 선자들의 삶을 읊은 시. 매월당 김시습의 작품이 있다.

⑥ 전법시(傳法詩) : 스승이 제자에게 선법(禪法)을 전하는 시.

⑦ 달마시(達磨詩) : 달마대사에 관한 시. 원이변원을 비롯하여 일본 선승들의 시가 돋보인다.

⑧ 선지시(禪智詩) : 선의 직관적 경지를 읊은 시. 야보도천의 시가 있다.

⑨ 심전시(心田詩) : 마음의 불가사의한 작용을 읊은 시. 삼조승찬의 〈신심명(信心銘)〉과 함허득통의 〈금강경선시(金剛經禪詩)〉가 있다.

⑩ 묘적시(妙適詩) : 성적(性的)인 희열감을 읊은 시. 일휴종순의 《광운집(狂雲集)》이 있다.

⑪ 격외시(格外詩) : 깨달은 이의 삶을 읊은 시. 조주종심의 〈십이시가(十二時歌)〉 등이 있다.

⑫ 공안시(公案詩) : 선문답의 경지를 읊은 시. 《벽암록(碧巖錄)》, 《종용록(從容錄)》 등이 있다.

⑬ 오도시(悟道詩) : 깨달음의 희열을 읊은 시. 영가현각의
〈증도가(證道歌)〉가 있다.

⑭ 임종시(臨終詩) : 임종에 읊은 시. 천동정각과 만송행수 등
의 임종시가 돋보인다.

〈세 가지 분류방식의 상호관계〉

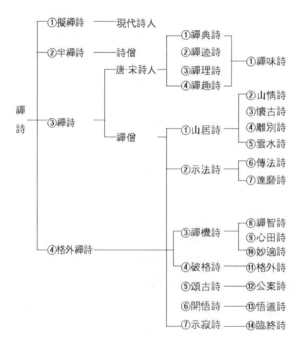

중국편

선자(禪者)들의 선시

⋮

제 1 부

진 · 남북조 · 수(晋 · 南北朝 · 隋, ~617)

임종에 읊음 (臨終偈)

육체는 내 것이 아니요
오온 또한 내 소유가 아니네
흰 칼날 목에 와 번뜩이나니
그러나 봄바람 베는 것 그와 같아라.

四大非我有　五蘊本來空
以首臨白刃　猶如斬春風

주 ◆사대(四大) : 육체(물질)를 구성하고 있는 네 가지 요소, 즉 흙·물·
불·바람. ◆오온(五蘊) : 객관현상과 이를 느끼는 주관작용 일체. 色(색채
와 형태)·受(감수작용)·想(사고작용)·行(행위)·識(식별작용).

형식 : 오언절구
출전 : 전등록(傳燈錄)

감상 승조는 구마라집 삼장의 수제자였다. 여기 이 〈임종게〉는
관리가 되라는 왕명을 거역한 죄로 처형당할 때 읊은 것이라 한
다. 죽음을 초월한 한 구도자의 면모를 엿볼 수 있는 작품이다.

빈손에 호미 들고(偈頌其二)

빈손에 호미 들고
물소 등에 올라앉아
다리 위를 지나는데
다리는 흘러가고 물은 흐르지 않네.

空手把鋤頭　步行騎水牛
人從橋上過　橋流水不流

주 ◆ 조두(鋤頭) : 호미. '頭'는 어조사.

형식 : 오언절구, 평성우운(平聲尤韻)
출전 : 오등회원(五燈會元)

감상 다리는 흘러가고 물은 흐르지 않는다?
우리의 눈에는 분명히 물은 흘러가지만 다리는 흐르지 않는다.
그러나 깨달은 이의 눈으로 보면 그 반대이다. 다리가 흘러가고
물이 흐르지 않는다.
깨달음마저 버린 사람의 눈에는 어떻게 보이는가.
다리도 물도 흘러가지 않는다. 그러면서 동시에 다리도 흘러가
고 물도 흘러간다.

바람 소리(風聲)

고목이 지저귀고
대숲이 울부짖네
이 가을 밤 내내 웬 곡성인가
울부짖는 그 소리 끊이질 않네.

枯木唯格格 叢篁怨恨深
秋來連夜哭 嘶啞至當今

注 ◆격격(格格) : 들어 올리는 모양. 새소리. ◆총황(叢篁) : 대숲. ◆시아(嘶啞) : 울부짖다.

형식 : 오언절구
출전 : 선시육백수(禪詩六百首)

감상 울부짖는 바람 소리를 잡아 아주 멋진 시를 읊어내고 있다. 시정에 앞서 감정의 소용돌이가 급하다. 선시에 앞서 그냥 시로서 좋은 작품이다.

오도송 (悟道頌)

통현봉 위에는
인간 세상 아니네
마음 밖에 법이 없나니
눈에 가득 푸른 산이네.

通玄峰頂 不是人間
心外無法 滿目靑山

㈜ ◆통현봉(通玄峰) : 중국 천태산에 있는 봉우리 이름. ◆법(法) : ①불멸
의 진리, 영원불변의 진리. ②이 현상계의 온갖 사물. 여기선 ②의 뜻임.

형식 : 사언고시(四言古詩)
출전 : 선시육백수(禪詩六百首)

감상 이 시의 작자는 천태지의가 아니라 천태덕소(天台德韶,
891-972)이다. 그의 오도송인 이 시는 제4구로 하여 아주 멋진
작품이 되었다.

봄의 어느 날(不聞聞)

학의 울음소리 목이 메는데
복사꽃은 환하게 피어 웃고 있네
짚신에 대지팡이 벗삼아
온종일 서성이며 봄기운에 취하네.

陽鳥啼聲嚘 桃花笑臉開
芒鞋靑竹杖 終日自徘徊

㊟ ◆양조(陽鳥) : 鶴의 다른 이름. ◆열(嚘) : 목이 메다. ◆검(臉) : 얼굴.

형식 : 오언절구
출전 : 인천안목(人天眼目)

감상 선시의 품격마저 뛰어넘은 초선시(超禪詩)다. 무위자연에 돌
아간 작자의 여유로운 심정이 잘 드러나 있다. 그러나 시상(詩想)
이 너무 안일하다. 제3구쯤에서 한 번 굽이쳤더라면……

신심명 (信心銘)

하나

지극한 이치여, 어려울 게 없나니
주의할 건 오직 하나, 밉다 곱다 가림이네
밉다 곱다 가리는 그 마음만 버리면
저 하늘 보름달이듯 넓게 빛나리.

至道無難　唯嫌揀擇
但莫憎愛　洞然明白

㊟ ◆지도(至道) : 오묘한 이치. 玄理. 無上大道. ◆무난(無難) : 어렵지 않
다. 쉽다. ◆혐(嫌) : 싫어하다. 꺼려 하다.(女母嫌之 欲勿與－吳志) ◆간택(揀
擇) : 옛날 왕실에서 왕비나 태자비를 세울 때에 어떠한 기준하에 여러 규
수들을 선발했다. 이것을 '간택한다'고 말한다.(搏愛容衆 無所揀擇－魏志)
◆막(莫) : 금지의 뜻. ~을 하지 말라.(莫多飮酒－魏志) ◆통연(洞然) : 시야
가 확 트인다. '통연'이라 읽는다.(括蔽洞胸－史記) 洞然은 가로로 트인 모
양. 廓然은 세로로 트인 모양. 드넓은 모양.(廓然獨居－漢書) ◆명백(明白) :
분명하다.

형식 : 명체(銘體)
출전 : 연등회요(聯燈會要) 권 30

[감상] 이 〈신심명〉은 선 수행자들 사이에서 일종의 좌우명처럼
소중히 여겨지는 작품이다. 가르침의 핵심은 '부정과 긍정의 이
원적 입장에 머물지 말라'는 것이다.

둘

털끝만한 그 차이에서
하늘과 땅의 다름이 생기나니
분명히 깨닫고자 하거든
비위에 맞느니 틀리느니 그런 생각 두지 말라.

毫釐有差 天地縣隔
欲得現前 莫存順逆

㊟ ◆호리(毫釐) : 아주 작고 미세한 것.(十絲曰毫 十毫曰釐－算經) ◆현격(縣隔) : 심한 차이가 나다.(優劣相縣－馬融) ◆현전(現前) : 눈앞에 나타나듯 분명하다. ◆막존(莫存) : ~을 두지 말라.(操則存舍則亡－孟子) ◆순(順) : 비위에 맞다.(祇順德意－李覯) ◆역(逆) : 비위에 거슬리다.(順天者存 逆天者亡－孟子)

㊙ 깨닫고자 하는가. 그렇다면 긍정과 부정의 대립에서 벗어나야 한다. 그대 가슴 속에 긍정과 부정이 남아 있는 한 깨달음은 불가능하다.

셋

싫다 좋다 다투는 것
이야말로 마음의 큰 병인 것을
지극한 이치는 알지 못하고
부질없이 생각만을 재우려 하네.

違順相爭 是爲心病
不識玄旨 徒勞念靜

㊟ ◆위순(違順) : 역순(順逆). ◆상쟁(相爭) : 서로 다투다.(莫與汝爭能－書經)
◆현지(玄旨) : 현묘한 이치.(玄之又玄－老子) ◆도로(徒勞) : 한갓 수고로이.
(徒勞無功 徒善不足以爲政－孟子)

㊂㊟ 긍정과 부정은 마음이라는 호수에 이는 물결이다. 물결이
이는 한 마음의 반사능력은 그 기능을 제대로 발휘하지 못한다.

넷

뚜렷하고 원만하기 저 하늘 같아
모자람도 남음도 도무지 없건마는
진실로 취하고 버리기 때문이라
그래서 뜻 같음과 같지 않나니.

圓同太虛 無缺無餘
良由取捨 所以不如

㊟ ◆원(圓) : 원만하다. 걸림이 없다.(智欲圓而行欲方－准南子) ◆태허(太
虛) : 허공. ◆결(缺) : 모자라다.(粟缺于倉－大戴禮) ◆여(餘) : 남다.(亦無使有
餘－呂氏春秋) ◆양유(良由) : 진실로 ～을 말미암아.(弗良及也－左傳) ◆소
이(所以) : 그러기 때문에. 이유, 까닭.(視其所以觀其所由－論語) ◆불여(不
如) : 뜻 같지 않다.

[감상] 우리의 마음은 원래 저 허공과 같이 무한하다. 그러나 취
하고(긍정) 버리는(부정) 분별의식 때문에 유한한 것처럼 왜곡되
는 것이다.

다섯

이 현상의 모습에도 좇아가지 말고
허무, 그 심연에도 빠지지 말라
한결같이 이 마음 고요해지면
모든 번뇌 사라져 훤히 빛나리.

莫逐有緣 勿住空忍
一種平懷 泯然自盡

㈜ ◆유연(有緣) : 주관의 인식작용과 여기에 상대되는 객관(境)과의 상호결
합에 의하여 빚어지는 사고와 감정. ◆공인(空忍) : 空은 虛無, 忍은 인식의
'認'자와 같다. 모든 것이 허무하고 마침내는 斷滅된다는 허무적인 생각.
◆일종(一種) : 有, 空 등의 이원적 편견을 초월한 절대적인 평등의 세계.
◆평회(平懷) : 안정된 마음상태. ◆민연(泯然) : 자취도 없이 사라지는 모양.
(幸此書之不泯-中庸章句) ◆자진(自盡) : 남에 의해서 다함이 아니라 스스로
잦아지는 것. 사람이 '자진'한다고 할 경우, 이는 자살을 뜻하는 말이다.

㈝ 물질적인 것에도 집착하지 말고 정신적인 것에도 집착하지
말라.

여섯

잠든 물결 휘저어 물 재우려 하면
자던 물만 더욱더 깨어나리니
고요함과 시끄러움, 이 두 곳에 걸리면
이 두 곳을 넘어선 그 곳 어찌 알리.

止動歸止 止更彌動
唯滯兩邊 寧知一種

주 ◆지(止) : 마음의 물결이 자는 상태.(天台・摩訶止觀) ◆미(彌) : 더욱더.
(仰之彌高−論語). ◆체(滯) : 막혀 통하지 못하다.(流而不滯−淮南子) ◆양변
(兩邊) : 서로 대립되는 상대개념. 선악, 명암, 남녀 등등……. ◆영지(寧知) :
어찌 ～을 알겠는가.(寧可以馬上治之乎−史記)

감상 억지로 마음을 고요히 하려 하면 고요히 하려는 그 의도적
인 시도 때문에 마음은 더욱더 혼란에 빠지게 된다.

일곱

저 허공 드넓듯이 통하지 못한다면
물질(有)과 정신(空), 양쪽에서 헤매이리니
물질(有)을 버리면 물질에 빠지고
정신(空)을 따르면 정신을 등지게 되네.

一種不通　兩處失功
遣有沒有　從空背空

㈜ ◆양처(兩處) : 양쪽, 즉 정신(空)과 물질(有). ◆견(遣) : 버리다. ◆몰(沒) :
빠지다.(乃夫沒人−莊子)　◆종(從) : 따르다. 순종하다(不信則民弗從).　◆배
(背) : 등지다. 배반하다.

감상 유한한 것(물질)과 무한한 것(정신), 이 둘은 서로 다르지 않
다. 그러나 이 불이(不異)의 이치를 알지 못한다면 유한한 것(물
질)에도 걸리고 무한한 것(정신)에도 막히게 된다.

여덟

말이 많고 생각이 어지러우면
점점 깨달음과는 멀어지리니
말이 끊기고 생각의 바람이 자면
통하지 않는 곳 없을 것이네.

多言多慮 轉不相應
絶言絶慮 無處不通

㊟ ◆여(慮) : 생각. 思慮.(慮而垢能得－大學) ◆전(轉) : 한층 더, 더욱더.(老來
事業轉荒唐－蘇軾) ◆상응(相應) : 물에 달이 비치고 달이 물에 비치듯 서로
응하다.

감상 '언어를 절제하라. 사고를 절제하라.'
……이것이 깨달음에 이르는 비결이다.

아홉

뿌리에 돌아가면 실체를 얻고
가지만을 따라가단 길을 잃나니
잠시 생각의 근원 되돌아보면
예전의 꿈속에서 깨어나리라.

歸根得旨 隨照失宗
須臾返照 勝却前空

㊀ ◆근(根) : 근본. 사고와 감각과 형태가 나오는 근원.(重爲經根－老子)
◆조(照) : 천차만별로 변하는 현상의 겉모습. ◆종(宗) : 根과 같은 뜻.(禮之
宗也－國語) ◆수유(須臾) : 잠깐 사이. ◆반조(返照) : 생각을 되돌려 생각
이 나오는 곳을 비쳐 봄. 물의 흐름을 거슬러 올라가 그 근원을 찾는 것같
이 五官의 작용과 사고를 거꾸로 거슬러 올라가서 형태와 사고가 나오는
근원을 추적하는 것. ◆승각(勝却) : ～보다 낫다. 이겨 물리친다는 뜻으로
초월을 뜻함. 却은 조사.(實勝善也 名勝恥也－周子通書) ◆전공(前空) : 예전
의 헛된 생각.

㊀ 언어의 뒤꽁무니를 따라가지 말고 언어가 나오는 근원을
찾아가라. 사고의 물결에 휩쓸려 가지 말고 사고가 비롯되는 그
근원을 추적하라.

열

꿈속의 헛된 생각 굽이침은
이 모두 망상의 나타남이라
참된 것 구하려 날뛰지 말고
구하려는 그 마음만 쉬게 하라.

前空轉變 皆由妄現
不用求眞 唯須息見

㈜ ◆전변(轉變) : 굴러 변함. ◆망(妄) : 실체가 없는 것, 헛된 것, 부질없는
망상. 迷妄(認妄爲眞－圓覺經) ◆견(見) : 망견. 보고 듣는 이것 외에 따로
실체가 있는 줄 알고 참을 구하는 잘못된 견해, 또는 그런 식의 태도

㉕㉑ 깨달음은 '깨달음을 구하는 그 마음' 때문에 방해를 받는
다. 그대 마음에 어떤 것도 머물지 못하게 하라. 그리하여 텅 빈
대나무가 돼라. 그러면 거기 불멸의 소리가 나게 될 것이다.

열하나

옳다 그르다 이 두 곳에 머물지 말고
뒤쫓아가거나 찾는 짓 아예 삼가라
옳다거나 틀렸다는 생각의 물결이 일면
이 마음은 어지러이 흩어지리라.

二見不住 愼勿追尋
纔有是非 紛然失心

㊟ ◆이견(二見) : 서로 대립되는 두 가지 견해. ◆재(纔) : 겨우, 잠깐, 조금
이라도(纔小怠於防嚴－歐陽修) ◆분연(紛然) : 마구 헝클어짐. 紛紛. 紛紜.(落
花紛紛. 雪落紛紛那忍觸－蘇軾)

㊐ 시비에 말려들지 말라. 옳다거나 옳지 않다는 이 대립개념
이 들어오면 그 마음호수에는 거친 물결이 일게 된다.

열둘

두 가지 대립은 하나 때문이니
하나 이것마저 지키지 말라
한 생각 물살도 일지 않으면
이 세상 이대로 잘못이 없네.

二由一有 一亦莫守
一心不住 萬法無咎

㈜ ◆이(二) : 두 가지 대립되는 것. 상대개념. ◆일(一) : 상대개념을 초월한
절대개념 혹은 절대성. ◆만법(萬法) : 이 세상의 모든 사물과 이치. ◆무구
(無咎) : 잘못됨이 없다.(天降之咎-書經)

감상 서로 대립되는 두 가지는 하나를 설정해 놓았기 때문이다.
목숨처럼 소중하게 여기고 있는 그 하나마저 버리라. 그러면 거
기 절망의 극치에서 빛은 터져 나오리라.

열셋

번뇌가 없으면 차별성도 없고
차별성이 없으면 마음마저 없나니
주관은 객관을 따라 허물어지고
객관은 주관을 좇아 사라지네.

無咎無法 不生不心
能隨境滅 境逐能沈

㊟ ◆법(法) : 여기서는 현상계의 사물을 말한다. '法이 없다(無法)'는 말은
각양 각색의 이 현상계 차별성이 그대로 본체의 파동이라는 뜻. ◆능(能) :
주관. ◆경(境) : 주관에 대한 객관. ◆침(沈) : 물에 잠기다. 가라앉다.(載沈載
浮一詩經)

㊼ '하나'를 버릴 때 서로 대립되는 그 '두 가지'는 사라지게
된다. 여기 절대마저 초월한 그 절대의 경지가 있다.

열넷

객관은 주관 때문에 성립된 객관이요
주관은 객관 때문에 성립된 주관이니
이 두 곳을 알고자 하는가
원래는 깊고깊은 한 뿌리네.

境由能境　能由境能
欲知兩段　元是一空

주 ◆일공(一空) : 眞空. 但空(허무)이 아니라 현상의 근원으로서의 진공이
다. 따라서 진공의 내용은 妙有(다양한 차별성)이다.

감상 객관은 주관을 전제로 해야 가능하며 주관은 또 객관을 전
제로 해야 가능하다. 그러므로 이 둘은 원래 한 뿌리에서 비롯
된 두 갈래의 가지에 불과한 것이다.

열다섯

한 뿌리 두 곳으로 굽이 뻗으며
두루 삼라만상을 품어 안았네
정밀한 것과 거친 것을 보지 않거니
어찌 편견(偏)과 무리지음(黨)이 있겠는가.

一空同兩 齊含萬象
不見精麤 寧有偏黨

㊟ ◆제(齊) : 가지런히 하다. 고르다.(不齊出于南畝ー史記) ◆정추(精麤) : 精
은 정밀.(惟精惟ーー書經) 麤는 麤率, 즉 거친 것으로서 이 둘은 서로 반대
된다.(用意向麤ー公羊傳) ◆편당(偏黨) : 편파적인 것.

㊙ 그리하여 주관과 객관이 하나일 때 여기 더 이상 긍정할
것도 없고 부정할 것도 없게 된다.

열여섯

큰 도의 실체는 너그러워서
어려울 것도 쉬울 것도 도무지 없건마는
비좁은 소견으로 의심하고 있나니
성급히 굴수록 도리어 멀어만 지네.

大道體寬　無易無難
小見狐疑　轉急轉遲

㊚ ◆체(體) : 본체, 본질. ◆소견(小見) : 생각이 좁은 것. 管見. ◆호의(狐疑) : 여우는 의심이 많은 동물이라 한다. 이에서 '狐疑'라는 말이 만들어졌는가 보다. '疑'는 의심. '狐'는 '疑'를 수식한다.(三人疑之－戰國策) ◆지(遲) : 더디다. 느리다.

㊙ 불멸의 진리는 광대 무변하다. 그러나 편견이나 선입관을 가지게 되면 우리는 결코 저 광대 무변한 곳에 이를 수 없다.

열일곱

도에 집착하면 되레 법도를 잃어
반드시 가짓길로 미끄러지네
이 모든 걸 순리에 내맡길지니
본질은 오고 감도 머무름도 없네.

執之失度 必入邪路
放之自然 體無去住

㈜ ◆지(之) : 사물을 가리키는 지시사. 여기서는 앞 구절의 '大道'를 가리킨
다.(老者安之 朋友信之 少者懷之-論語) ◆도(度) : 법도(度不可及-左傳) ◆자
연(自然) : 無爲. 人爲가 없는 무위자연.

㈜ 진리에도 집착하지 말라. 집착하는 순간 그것은 이미 진리
가 아니다. 바람처럼 물처럼 그렇게 가라.

열여덟

본성에 내맡기면 도에 합하나니
번뇌 없는 곳에서 자유자재하리라
그러나 생각에 얽매이면 진리와는 어긋나리니
길이 어둠 속을 방황하리라.

任性合道 逍遙絶惱
繫念乖眞 昏沈不好

㈜ ◆임(任) : 맡기다.(陳平智有餘 然難獨任－史記) ◆소요(逍遙) : 아무 거리
낌 없이 자유자재한 모습.(河上平逍遙－詩經)《莊子》에 ‘逍遙遊篇’이 있다.
◆괴(乖) : 어긋나다. 빗나가다. 틀어지다.(家道窮必乖－易經傳) ‘逍遙’와 ‘昏
沈’, ‘任性’과 ‘繫念’, ‘合道’와 ‘乖眞’은 서로 상반되는 말이다.

㈎ 그 본성에 내맡겨라. 넉넉하고 훈훈하게 가라.
생각을 쥐어짜면 본성에서 멀어진다. 하지만 무조건 가만히 앉
아 있으라는 말은 아니다. ‘자연스러우라’는 말과 ‘무사안일’은
엄연히 다르다.

열아홉

정신을 수고로이 씀은 좋지 않나니
뭣하러 소(疎)와 친(親)을 가름하는가
절대경지(一乘)에 이르고자 하면
번뇌망상의 바다 속으로 뛰어들어라.

不好勞神 何用疎親
欲取一乘 勿惡六塵

㊟ ◆신(神) : 정신. 여기서는 지나친 분석과 사고. ◆소친(疎親) : 친하지 않
음과 친함(愛와 憎, 선과 악 등). 보통은 '親疎'라 쓴다. 여기서는 운을 맞추
기 위하여 거꾸로 사용하고 있다. 따라서 '疎'와 '親'은 상반어다. ◆일승
(一乘) : 여기서는 絕對無인 眞空을 가리킨다. ◆오(惡) : 싫어하다. 미워하
다. 발음은 '오'.(周鄭交惡－左傳) ◆육진(六塵) : 六境. 인식작용의 근거가 되
는 객관계. 즉 형태와 빛깔(色), 소리(聲), 냄새(香), 맛(味), 감촉(觸), 그 밖의
것(法).

[감상] 번뇌망상을, 감각적인 것들을 거부하지 말라. 바로 그것들
속에 '절대'에 이르는 길이 있다.

스물

이 티끌세상을 거부하지 않는다면
그가 바로 진실로 깨달은 사람이네
지혜로운 이는 무위자연의 이치에 따르나
어리석은 이는 스스로 자신을 속박하네.

六塵不惡 還同正覺
智者無爲 愚人自縛

㊟ ◆정각(正覺) : 萬有의 실상을 깨달은 것 또는 그런 사람. 여기서는 '깨
달은 사람(悟者)'으로 쓰고 있다. ◆무위(無爲) : 조작이나 인위가 완전히 배
제된 세계. 봄이면 꽃 피고 겨울이 오면 잎 지는 이치, 또는 그것을 체험하
여 체질화한 것. ◆자박(自縛) : 무위와 반대되는 세계. 관념에 막히고 인위,
조작에 얽매여서 뜻 같지 않은 것. 괴로움은 이러한 세계의 특징이다. '智
者'와 '愚人'은 상반어.

㊀ 번뇌망상을, 감각적인 것을 거부하지 않을 때 깨달음은 가
까이 다가온다. 그러나 이는 쾌락주의자가 되라는 말은 아니다.

스물하나

진리는 모두 하나로 통하건만
이것이라 저것이라 분별심을 내고 있네
분별이 없는 마음으로 분별심을 내고 있으니
이보다 더한 잘못 어디 있으리.

法無異法 妄自愛着
將心用心 豈非大錯

㊂㊌ 그대 전체가 그대로 살아 굽이치는 생명 덩어리인데, 깨달
음 그 자체인데 어디 가서 무얼 찾고 있는가.

스물둘

깨닫지 못하면 고요함과 어지러움이 생기고
깨달으면 선도 악도 간데없어라
온갖 것 둘로 대립되는 건
이것이다 저것이다 짐작하기 때문이네.

迷生寂亂　悟無善惡
一切二邊　良由斟酌

㈜ ◆미(迷) : 혼미함, 깨닫지 못함. ◆적란(寂亂) : '寂'은 고요함, '亂'은 어
지러움. '寂'은 '亂'의 상대격으로서 '寂'이요, '亂' 또한 '寂'에 대한 반대
입장으로서의 '亂'이다. 그러므로 '寂'과 '亂'은 兩邊이며 二見이다. ◆오
무선악(悟無善惡) : 선과 악은 시간과 공간의 이동에 따라 변하는 성질의
것이다. 따라서 선은 절대적인 선이 아니요, 악 또한 절대적인 악이 아니
다. ◆이변(二邊) : 二見. 양변. ◆양유(良由) : 참으로 ~때문이다.(弗良及也
-左傳) ◆짐작(斟酌) : 확실하게 알지 못하고 주관적으로 따지고 분별하여
추측하는 것.(而後王斟酌焉-國語)

㉧ 고요하고 시끄러움이 생기는 것은 우리가 지금 의식의 혼
수상태에 있기 때문이다. 생명의 근원을 체험하지 못했기 때문
이다.

스물셋

부질없는 허공꽃 이 꿈속에서
무엇을 잡겠다고 그리 바쁜가
얻었다 잃었다 맞았다 틀렸다를
한 다발로 묶어서 저 멀리 던져 버리라.

夢幻空華 何勞把捉
得失是非 一時放却

주 ◆몽환공화(夢幻空華) : 夢은 꿈, 幻은 幻想의 幻.(一切有爲法 如夢幻泡影
－金剛經) 空華는 눈병 난 사람에게 보이는 허공의 꽃 같은 무늬. 이것들은
모두 실체가 없다. ◆하로(何勞) : 어찌 수고스럽게 ～을 하려고 하는가.
◆일시(一時) : 한꺼번에, 단번에. ◆방각(放却) : 잡았던 물건을 놓아 버리
다. 가졌던 물건을 버리다. 却은 조사.

감상 이 삶이 꿈이라면 아아, 무엇을 잡아야 한단 말인가. 던질
일이다. 내던져 버릴 일이다. 부귀든 명예든 사랑이든 그 무엇이
든…….

스물넷

그 눈매 길이 잠들지 않으면
모든 꿈은 스스로 사라지리라
이 마음거울같이 텅 비게 하라
만상을 따라서 굽이치리니.

眼若不睡 諸夢自除
心若不異 萬法一如

㊒ ◆약(若) : 만일, 만약.(君若降送之 則不敢顧－儀禮) ◆제(除) : 없어지다.
사라지다.(蔓草猶不可除－左傳) ◆불이(不異) : 마음의 바탕과 능력은 거울의
그것과 같다. 마음이 텅 비게 되면(거울면에 때가 끼지 않으면) 그 가운데
비치는 萬象은 모두 제 모습 그대로이다. 붉은 꽃이 비치면 거울(마음)은
붉은 꽃이 된다. 검은 돌이 비치면 거울(마음)은 검은 돌이 된다. 그러나 붉
은 꽃과 검은 돌이 다 가 버리면 거울(마음)은 텅 비어 아무것도 없다. 이
러한 거울의 바탕을 '眞空', 비치는 능력을 '妙有', 이 두 가지를 '般若'라
한다. '不異'란 거울(마음)의 능력을 말한다. ◆일여(一如) : 不異의 주관(거
울)에 비치는 현상의 착오 없음을 말한다. 객관인 현상은 주관(거울)의 변
형이며 주관의 心과 객관의 현상은 전혀 이질적인 것이 아니라 동일한 것
의 두 양상인 것이다.

㊏㊞ 내가 대상과 하나가 될 때 삼라만상은 그대로 나 자신의
연장이다.

스물다섯

굽이치는 이 마음 깊고 멀어서
우뚝이 온갖 얽힘에서 벗어났구나
삼라만상 온갖 이치 그대로 보면
꽃 피고 새 울고 물 흐르리라.

一如體玄 兀爾忘緣
萬法齊觀 歸復自然

㊟ ◆현(玄) : 그 이치가 매우 깊고 멀다.(玄之又玄－老子) ◆올이(兀爾) : 무리 가운데 우뚝 드러나다. 爾는 兀의 어조를 수식하는 조사. ◆연(緣) : 주관인 六根의 내연과 객관인 六境의 외연. ◆제(齊) : 있는 그대로 보다.(齊明而不竭－荀子) ◆귀복(歸復) : 復歸. 본래 위치로 돌아가다.(言歸思復－詩經) ◆자연(自然) : 無爲法, 無漏法.

㊎㊛ 잘못된 것은 바로 나 자신이다. 나 자신의 편견이다.

스물여섯

다시는 의심 없는 경지에 오면
무엇에다 견주고 비기겠는가
움직임 그치려야 움직임 없고
그침을 움직이려야 그침이 없네
움직임과 그침이 모두 없거니
어찌 하나인들 있겠는가.

泯其所以 不可方比 止動無動
動止無止 兩旣不成 一何有爾

㈜ ◆소이(所以) : 까닭.(視其所以 觀其所由-論語) ◆방비(方比) : 견주고 비
교하다. ◆양(兩) : 止와 動. ◆유이(有爾) : 있겠는가.

감상 시끄러움(動)이 없거늘 고요함(靜)이 어디 있겠는가. 이 두
가지가 없거니 하나인들 존재할 수 있겠는가.

스물일곱

지극한 이치의 궁극처에 있어서는
규칙 따위는 전혀 두지 않나니
마음은 평등에 합하게 되어
인위적인 행위는 모두 사라지고
이것일까 저것일까, 의심덩이 녹아서
확고한 믿음만이 활줄같이 곧으리라.

究境窮極 不存軌則 契心平等
所作俱息 狐疑盡淨 正信調直

㊀ ◆구경(究境) : 최종적으로 도달하는 이상의 경지. '究境'했다 할 경우,
최종 이상에 도달했다는 뜻이다. ◆궁극(窮極) : 더 나아갈 데 없는 종극.
◆궤칙(軌則) : 기차의 레일처럼 틀에 박힌 규칙. ◆소작(所作) : 인위적으로
조작하는 것. ◆조직(調直) : 고르고 곧음. 안정되고 평온함.

㊀ 진리의 절정은 인위적인 것의 철저한 배격이다.

스물여덟

아무것도 발붙일 곳 없는 이 산정
기억하고 되새길 것 하나도 없네
비고 밝아서 스스로 비추는지라
마음의 조작 따위는 필요 없네
생각으로 갈 수 없는 이곳이여
따지고 헤아려도 추측할 길 끊겼네.

一切不留 無可記憶 虛明自照
不勞心力 非思量處 識情難測

주 ◆허명자조(虛明自照) : 거울의 면에 먼지가 닦이면(마음에 관념의 티끌이
가시면) 거울은 텅 비고(虛) 밝으며(明), 거울 자체가 가지고 있는 비침의 능
력으로 인하여 스스로 만상을 자신 속에 비춤(自照). ◆심력(心力) : 마음을
움직여 관념으로 알려고 몸부림치는 것. ◆식정(識情) : 사고와 감정. ◆측
(測) : 추측하다. 헤아리다.(人心難測也－漢書)

감상 따지고 추측하는 사고작용이 더 이상 갈 수 없는 곳, 거기
가 바로 우리가 이르고자 하는 그 곳이다.

스물아홉

저 진여의 법계에는
그대도 없고 나도 없나니
여기에 속히 이르고자 한다면
나와 남을 굳이 구별하지 말라.

眞如法界 無他無自
要急相應 唯言不二

㊟ ◆진여(眞如) : 宇宙萬有에 보편한 常住不變의 본체. 우리가 보고 듣고 느끼는 우리의 마음. 이 마음에 두 가지 면이 있다. 불변적인 면(眞)과 상대를 따라 천차만별하는 수연성(如)이 그것이다. 물에 비유해 보면, 물의 습성은 眞, 물의 표면으로서의 안개·구름·비·얼음·눈 등은 如. ◆법계(法界) : 萬有諸法의 體性. 不思議界, 無相, 勝義, 實相妙有, 如如, 佛性, 如來藏, 中道, 第一義諦. ◆상응(相應) : 물에 달이 비치고 달에 물빛 비추이듯 서로 응하는 것. 事에 契合하는 것과 理에 계합하는 것 두 가지가 있다. ◆불이 (不二) : 하나도 아니지만(不一), 둘도 아닌 것(不二). 眞空妙有의 도리.

㊙ 여기 오직 생명현상이라는 이 거대한 순환운동이 있을 뿐……

서른

둘이 아닌 이곳이여 우린 하나인지라
온갖 것 두루두루 싸안았구나
이 누리의 저 모든 지자(智者)들이
마침내는 이곳에 와 짐을 풀리라.

不二皆同 無不包容
十方智者 皆入此宗

圕 ◆불이개동(不二皆同) : '皆同'은 '不二'의 부정적인 입장을 좀 더 적극적
으로 표현한 것이다. ◆포용(包容) : 빼놓음 없이 전부 포괄하고 섭취함.
◆시방(十方) : 동서남북의 사방, 사방의 間方, 上下二方. ◆차종(此宗) : 이
종지, 도리, 이치.

鑑賞 이 거대한 생명의 순환운동 속에서 우리는 모두 하나다.
깨달은 이들이 도달한 그 곳은 바로 여기다.

서른하나

진리는 시간을 넘어섰으니
한 생각은 영겁을 꿰뚫었네
공간에도 저 멀리 벗어났으니
세상의 온갖 모습 눈앞에 있네.

宗非促延 一念萬年
無在不在 十方目前

註 ◆종(宗) : 궁극의 진리 또는 진실성. ◆촉연(促延) : '促'은 죄다, '延'은 늘이다(시간성). ◆재부재(在不在) : 在는 존재하다. '不在'는 존재하지 않다 (공간성). ◆시방목전(十方目前) : 宗은 시간과 공간에 내재해 있으면서, 오히려 시간성이나 공간성을 넘어서 있기 때문에 一念이 千萬劫이다. 여기 이 글을 쓰고 앉아 있는 이대로 無邊十方의 세계가 눈앞에 전개되고 있는 것이다.

鑑賞 순간과 영원은 같다. 거대한 생명의 흐름 속에 있는 한 현상에 불과하다. 그리고 공간과 시간은 서로 불가분의 관계에 있는 '시공 연속체(時空連續體)'이다.

서른둘

지극히 작으면서 크나크기에
그 경계 헤아릴 길 아주 끊기고
지극히 크면서도 아주 작기에
그 겉모습을 전혀 볼 수 없네.

極小同大 忘絶境界
極大同小 不見邊表

㈜ ◆극대동소(極大同小) : '小'나 '大'는 공간성이다. 따라서 우리는 공간의
축소인 '小' 속에 앉아 공간의 무한한 확대도 가능하다. 이것은 사고로 분
별하여 알 수 있는 경지는 아니다(忘絶境界). ◆변표(邊表) : 표면.

㈜ 무한히 작은 것 속에 무한히 큰 것이 있고, 또 무한히 큰
것 속에 무한히 작은 것이 있다. 사과의 씨 속에 사과나무가 있
듯이.

서른셋

있는 것이 곧 없는 것이요
없음은 그대로가 있음이어라
만일 이런 경지 아니라면
더 이상 그 곳에 머물지 말라.

有卽是無 無卽是有
若不如是 必不須守

㈜ ◆ 유즉시무 무즉시유(有卽是無 無卽是有) : '有'는 나타남, '無'는 사라짐.
예를 들어 보자. 여기 종이가 있다(有). 성냥을 긋는다. 종이를 태운다(無).
종이의 실체가 있다면 종이는 태워도 타지 않고 불변하는 것으로 있어야
한다는 결론이 나온다. 그러나 종이는 타고 있다. 그러므로 '有'는 '無'의
浮上이다(有卽是無). 그리고 '無'는 '有'의 배경이다(無卽是有).

㉑㉑ 물질과 정신은, 보이는 것과 보이지 않는 것은 결국 같다.
같은 에너지의 두 가지 현상에 불과하다.

서른넷

하나가 곧 모든 것이요
모든 것 그대로가 하나이어라
능히 이런 경지 이르렀다면
무엇을 근심하고 초조해 하리.

一卽一切 一切卽一
但能如是 何慮不畢

注 ◆일즉일체 일체즉일(一卽一切 一切卽一) : 풀 한 포기(一) 싹트는 이치나 우주 만상(一切)을 파괴하는 원리나 똑같은 원리다. 풀 한 포기 쪽에서 보면 '一卽一切'요, 우주 만상의 편에서 보면 '一切卽一'이 된다.(一卽一切多 卽一 一微塵中含十方−法性偈) ◆여(慮) : 염려하다. 조심하다.(君臣疑慮−後 漢書)

鑑賞 하나 속에 이 우주 전체가 잠재상태로 들어 있고 이 우주 전체는 또 '하나'라는 이 기본요소의 집합이다.

서른다섯

믿음과 마음은 둘이 아니요
둘 아닌 이것이 바로 신심인 것을
언어의 길이 끊어짐이여
어제와 내일과 오늘 일이 아니네.

信心不二 不二信心
言語道斷 非去來今

㊛ ◆신심불이 불이신심(信心不二 不二信心) : 어째서 信心은 둘이 아니요,
둘 아닌 그것이 신심이란 말인가. 行住坐臥 晝夜六時를 여기에다 집중해
보라. 한밤중에 금까마귀(해) 높이 날리라.

㊂ 〈신심명(信心銘)〉해제
운문학(韻文學)에서 '명(銘)'은 좌우명 혹은 심명(心銘) 등 마음 깊
이 새겨 둘 만한 격언 또는 영구히 기념할 비명(碑銘) 같은 것으
로서 4자(字)를 1구(句), 4구(句)를 1절(節)로 엮어 가는 것이 원형
이다.
같은 운문 중에서도 순 시학(詩學)에서 따지는 기승전결 내지 평
측법(平仄法) 같은 까다로운 규칙은 없다. 다만 규정에 맞는 운목
(韻目)만 눌러 가면 되는 것이다.
이 〈신심명〉의 형식과 구조를 살펴볼 때 시학에서 따지는 것과
는 다르다 하더라도 전편이 엄연히 기승전결로 나누어져 있다.

제 2 부

당(唐, 618~959)

이 몸은(示法詩)

이 몸은 보리수요
이 마음 밝은 거울이니
부지런히 갈고 닦아
티끌 묻지 않도록 하라.

身是菩提樹　心如明鏡臺
時時勤拂拭　莫使有塵埃

㊟ ◆보리수(菩提樹) : 부처가 깨달음을 얻었다는 나무. ◆경대(鏡臺) : 밝은 거울. ◆막사유(莫使有) : 여기서는 (티끌이) '묻지 않도록 하라'.

형식 : 오언절구
출전 : 조당집(祖堂集)

감상 단계적인 수행법(漸修)의 전형적인 시구. 제1구에서는 이 육체를 '깨달음의 나무(보리수)'로, 제2구에서는 이 마음을 '밝은 거울'에 비기고 있다. 즉 우리의 몸과 마음은 깨달음의 무한한 가능성을 내포하고 있으므로 누구나 자신감을 갖고 진리의 길을 가라는 것이다. 제3구와 제4구는 이 무한한 가능성을 가능성인

채로 묻어 두지 말고 부지런히 갈고 닦아서 새싹이 트고 빛을 발하게 하라는 가르침이다.

"(혜능이 본질 일변도적이었던 데 비하여) 신수는 본질과 그 활용면을 모두 꿰뚫고 있다. 왜냐면 신수는 '우리 본성은 본래 청정하지만 그러나 왜곡된 편견과 잘못된 습관으로 인하여 많은 굴절(먼지낌현상)이 생겼기 때문에 이 굴절을 바로잡아야만 비로소 본래 청정성이 드러난다(體用同時)는 것'을 깨달았기 때문이다. 본성은 본래 청정하여 닦을 것이 없지만 그러나 '닦을 것 없는 바로 그것'을 닦아야 하며 닦는다는 것(수행)은 '닦는다는 그 자체'가 바로 다름 아닌 본성의 역동화현상인 것이다.(大通雙眼圓明 大通已悟須修拂塵鏡朗 所以道 正雖正却偏 偏雖偏却圓……—《請益錄》卷下 第九十九則 洞山鉢袋)"

본래 아무것도 없거니 (示法詩)

이 몸은 보리수 아니요
마음 또한 거울 아니네
본래 아무것도 없거니
어디에 티끌이 묻겠는가.

身非菩提樹 心鏡亦非臺
本來無一物 何處有塵埃

㊒ ◆ 무일물(無一物) : 아무것도 없다.

형식 : 오언절구
출전 : 조당집(祖堂集)

감상 이 시는 신수의 입장(漸修)을 정면으로 비판하고 있다. 즉
이 육신을 '깨달음의 나무'니 이 마음을 '밝은 거울'이라 하는
생각 자체가 잘못된 편견이라는 것이다. 편견이라는 이 병이 있
기 때문에 깨달음이라는 약이 필요한 것이다. 그러나 편견이 없
다면 깨달음도 소용없다. 혜능의 이 '단도직입적인 수행법(頓悟)'
은 일상을 거부한 표본이다.

"혜능은 다만 진리의 한쪽 면만을 보았을 뿐이다. 왜냐면 그는 진리의 본질적인 입장(體)을 보았을 뿐, 그 본질을 활성화시키는 현실감각(用)이 없었기 때문이다(有體無用). 그러기에 그는 '본래 청정한데 먼지를 닦을 필요가 있는가'라고 반문했던 것이다.(大鑑祇具一隻眼 何者 大鑑具理而無行 謂本來常淨 不假拂塵……─《請益錄》卷下 第九十九則 洞山鉢袋)"

혜능 이후 선종의 주류는 불행하게도 대부분 이 혜능의 입장 쪽으로 기울어 버렸다.

깨달음의 노래 (證道歌)

하나

그대여 보지 못했는가
더 이상 배울 게 없어 무위로운 사람은
번뇌를 거부하지도 않고 불멸을 갈구하지도 않나니
번뇌는 불성이요
덧없는 이 육신은 이대로 불멸의 몸인 것을.

君不見 絶學無爲閑道人 不除妄想不求眞
無明實性卽佛性 幻化空身卽法身

注 ◆절학(絶學) : 더 이상 배울 것이 없다. ◆무위(無爲) : '有爲'의 반대. 조
작이 없는 것. ◆무명실성(無明實性) : 우리의 본래 마음(佛性)을 가려 어둡
게 하는 번뇌. ◆환화공신(幻化空身) : 육신은 4원소의 집합이다. 그러므로
일정한 기간을 지나 4원소가 분산되면 육신도 무너진다. 이를 실체가 없는
(幻化) 빈 몸(空身)이라 한다. ◆법신(法身) : '幻化空身'의 상대어. 이 현상을
생성, 변화시키는 법칙의 인격화.

형식 : 가체(歌體)
출전 : 연등회요(聯燈會要) 권 30

감상 깨달음과 번뇌는 결국 같다. 같은 에너지의 액체적인 면(번
뇌)과 기체적인 면(깨달음)이다. 영원과 순간은, 물질과 정신은 같
다. 같은 것의 안과 밖에 지나지 않는다. 그러므로 물질을 버리
고 정신을, 순간을 버리고 영원을 찾으려 하지 말라.

둘

영원불멸, 이것 외에는 아무것도 없는지라
이 모습 이대로가 본래 천진부처네
생멸 변화의 그 뜬구름만 속절없이 오감이여
번뇌의 물거품만이 저 바다에서 일었다 사라지네.

法身覺了無一物　本源自性天眞佛
五陰浮雲空去來　三毒水泡虛出沒

㊟ ◆무일물(無一物) : 현상계에 있는 낱낱의 사물. 그 천차만별은 다름 아
닌 法身의 파동이다. '법신'을 제외하고는 어떤 개체도 존재할 수 없다.
◆본원자성(本源自性) : 본래부터 가지고 있는 마음의 순수성. ◆오음(五
陰) : 五蘊. 무릇 생멸 변화하는 것을 종류대로 모아 다섯 갈래로 나눈 것.
①色陰 ; 스스로 변하고 또 다른 것을 장애하는 물체. ②受陰 ; 苦樂. 無
記(不苦不樂)를 느끼는 마음의 작용. ③想陰 ; 외계의 사물을 마음 속에
받아들여 그것을 비교추리, 상상하는 마음의 작용. ④行陰 ; 이러한 마음
의 작용이 生住移滅의 순서로 끊임없이 이동하는 것. 시간성. ⑤識陰 ; 앞
의 受·想·行을 있게 하는 주체, 즉 의식. ◆삼독(三毒) : 인간의 마음에
괴어 있는 독소 가운데 가장 강렬한 세 요소. 이것이 모든 번뇌의 시발점
이 된다. ①貪欲 ; 소유의 욕망. ②瞋恚 ; 성냄. 이 성냄은 뜻 같지 않음에
서 오는 반발작용이다. ③愚痴 ; 지적으로 혼란한 상태 또는 지나친 자만
심이나 자기도취(大乘義章).

[감상] 이 누리 전체가 그대로 저 영원한 것의 나타남이다. 여기 영원의 바다에 번뇌의 물거품만이 일었다 사라지고 있다.

셋

실상을 깨달으니 사람도 없고 사물도 없음이여
저 무간지옥의 업이 순식간에 없어지네
나 그대를 속이는 이 말이라면
이 혓바닥을 뽑아서 밭을 갈리라.

證實相無人法 刹那滅却阿鼻業
若將妄語誑衆生 自招拔舌塵沙劫

㊀ ◆실상(實相) : 이 세상에 존재하는 모든 것의 실상. ◆인법(人法) : 人은
주관, 즉 개체. '法'은 객관의 사물 일체. ◆찰나(刹那) : 시간의 단위. 75분
의 1초. ◆아비업(阿鼻業) : '阿鼻'는 '阿鼻地獄'의 준말. '業'은 '행위하다',
'짓하다'의 뜻. '아비지옥'은 그 고통이 쉴새없다고 하여 '無間'이라 의역한
다. '無間地獄에 갈 짓을 하다'의 뜻. ◆중생(衆生) : 모든 생명체. ◆발설(拔
舌) : '拔舌地獄'의 준말. 거짓말을 한 사람이 간다는 지옥으로서, 그 갚음
으로 혀를 뽑아 밭을 간다는 표현이 있다. ◆진사겁(塵沙劫) : '塵沙'는 '劫'
을 수식한다. '겁'이란 '헤아릴 수 없이 긴 시간을 말한다. 이에 대해 여러
설과 비유가 있으나 여기서는 자른다. 13억 4천4백만 년을 一劫으로 하기
도 한다. '塵沙劫'이란 먼지나 모래알의 숫자와 같이 많은 겁(俱舍論).

㊂ 주관(人)과 객관(法)이 없는 경지에 이르게 되면, 이제 우리
는 그 기나긴 꿈에서 깨어나게 된다.

넷

무지의 잠에서 깨어 보니
원래부터 모든 것 나에게 있었네
꿈속에선 지옥도 있고 고통도 있었으나
꿈 깨고 보니 한 구슬 빛뿐이네.

頓覺了如來禪 六度萬行體中圓
夢裡明明有六趣 覺後空空無大千

㊁ ◆여래선(如來禪) : 부처의 禪. ◆육도만행(六度萬行) : 六度는 六波羅蜜.
究境에 이르는 여섯 길이라 하여 六舟라고도 한다. ① 布施 ; 주는 것. 물건
을 남에게 주는 것을 財施, 지적으로 개발시켜 줌을 法施. ② 持戒 ; 사고와
행동을 어떤 절제 아래 두어 그 흩어짐을 막는 것. ③ 忍辱 ; 모욕이나 괴로
움을 참고 견딤. ④ 精進 ; 추진력과 끈기. ⑤ 禪定 ; 정진으로 인하여 얻어
지는 마음의 집중. 마음의 집중으로 인한 평정상태. ⑥ 智慧 ; 禪定의 결과
로 얻어지는 直觀智. 이 여섯 가지는 모든 행동의 근원이 된다 하여 '六度
萬行'이라 함. ◆체(體) : '界', '性'이라 번역. 만물을 생성케 하고 파괴하면
서 불변하는 본체. 차별현상의 근본. ◆육취(六趣) : 생명 있는 것들이 각자
의 '지음'에 따라 윤회(회전)한다는 여섯 갈래의 세계. 지옥, 아귀, 축생, 인
간, 수라, 천상. ◆대천(大千) : '三千大千世界'의 줄임말. 이 우주 전체.

㊂ 꿈속에서는 선과 악이 분명했으나 꿈 깨고 나니 선도 없고
악도 없음이여.

다섯

죄도 복도 없고 손해와 이익도 없음이여
이 적멸성 가운데서 묻거나 찾지 말라
요사이는 마음거울을 갈고 닦지 않았으니
오늘에야 비로소 산산조각 내버리네.

無罪福無損益 寂滅性中莫問覓
比來塵鏡未曾磨 今日分明須剖析

㈜ ◆비래(比來) : 요사이, 근래. ◆부석(剖析) : 두 동강이를 내다.

㈎㈛ 모든 것은 이 본성(적멸성) 속에 있다. 그러므로 이 본성의
입장에서 본다면 '마음 닦는 것', 이 자체마저 부질없는 짓이다.
왜냐면 거기 닦아야 할 마음마저 없기 때문이다. 그러나 이는 너
무 어려운 경지다. 잘못하다간 허무주의에 떨어질 위험이 있다.

여섯

뉘가 생각도 없고 태어남도 없다 하느냐
태어남도 없고 다시 태어나지 않음마저 없는 것을
나무로 만든 저 사람에게 한번 물어 보라
자선한 대가로 성불을 바라는 그 짓 과연 옳은가를.

誰無念誰無生 若實無生無不生
喚取機關木人問 求佛施功早晚成

㈎㈏ 부처인 그대가 부처를 찾아 헤매다니…….
그대의 본질은 부처이다. 그러니 밖에서 찾지 마라. 열쇠는 그대
안에 있다.

일곱

그 어디에도 집착 말고
본성의 흐름대로 살아가라
모든 것 덧없고 부질없나니
'부질없는 이것'이야말로 저 불멸이네.

放四大莫把捉　寂滅性中隨飮啄
諸行無常一切空　卽是如來大圓覺

㈜ ◆사대(四大) : 우주와 육체를 구성하고 있는 네 가지 원소, 흙·물·
불·바람.　◆제행무상(諸行無常) : 존재의 시간적인 고찰. 모든 존재(諸)는
시간적으로 볼 때 끊임없이 이동하기 때문에(行) 고정 불변하는 것은 하나
도 없다(無常).　◆여래(如來) : 부처의 다른 이름.

⟨감상⟩ 모든 것은 부질없이 변한다. 사랑도 젊음도 속절없이 흘
러간다. 그러나 '속절없음' 이대로가 그대로 저 영원불멸인 것
을…….
그러므로 벗이여, 삶은 삶에게 맡기고 죽음은 죽음에게 맡기라.

여덟

결정적인 말씀이여, 진승(眞乘)의 길이라
믿지 않는 사람 있다면 멋대로 두겠나니
곧바로 근원에 도달함은 부처의 인정한 바요
지말적인 것에 매달림은 내 할 일이 아니네.

決定說表眞乘 有人不肯任情徵
直截根源佛所印 摘葉尋枝我不能

[주] ◆정징(情徵) : 제멋대로, 제 뜻대로. ◆인(印) : 印可. 스승이 제자의 깨달음(得法, 悟道)을 증명하고 인정함. ◆적엽심지(摘葉尋枝) : 문자만을 깨우쳐 깨달음을 구하려 하는 등의 技末的인 것 일체를 말함. 문자는 깨달음을 담는 그릇일 뿐(載道之器), 진정한 깨달음은 문자 밖에 있다.

[감상] 진실을 나타내기 위해서는 많은 말이 필요치 않다. 아는 자는 말하지 않고 말하는 자는 알지 못한다.(知者不言 言者不知-老子)

아홉

마니의 구슬이여 아는 이 없나니
마음바다 깊은 곳에서 얻을 수 있네
여섯 감각의 그 묘한 작용이여
한 덩이 둥근 빛은 빛 아닌 빛이네.

摩尼珠人不識　如來藏裡親收得
六般神用空不空　一顆圓光色非色

㊉ ◆마니주(摩尼珠) : 如意珠라 번역. 이 구슬을 지니면 불에 뛰어들어도
타지 않고 독약도 해를 끼치지 못한다고 한다. 여기서는 마음의 자유자재
한 妙用에 비유한다. ◆여래장(如來藏) : 인간의 마음 속에 잠재되어 있는
불멸성, 즉 부처가 될 수 있는 가능성. ◆육반신용(六般神用) : 우리의 감각
이 객관적 사물을 인식하는 감지력 자체를 불가사의한 신통력(초능력)으로
본 것이다. 즉 눈이 사물을 보고 그 사물의 빛깔과 형태를 느끼는 것, 귀가
소리의 크고 작음을 구별하는 등의 작용은 아무리 생각해 봐도 不思議다.
이러한 不思議性은 '空 아닌 空', 또는 '空이로되 空이 아니다' 등으로 표
현된다. 더 나아가자면 이야기 끝이 안 보일 것 같아 이쯤에서 매듭짓는
다. ◆일과원광색비색(一顆圓光色非色) : '이게 무슨 말인가, 무엇을 뜻함인
가……' 그대 스스로가 알 일이요, 아예 누구에게 묻거나 배우려는 그런
짓 말아 주기 바란다.

㊊ 여기에서 마음은 여의주(摩尼珠)로 상징되고 있다.
이 마음으로부터 보고, 듣고, 맛보고, 냄새 맡고, 감촉을 느끼고,

생각하는 여섯 가지 작용이 비롯되나니…….

그러므로 감각은 그대로 마음의 굽이침이다. 그대여, 가장 유치하면서 동시에 가장 고상해져라.

열

다섯 눈 맑힘이여 다섯 힘 얻음이여
오직 체험할 수 있을 뿐, 짐작 길 끊겼네
거울에 비친 모습 보기는 쉬우나
저 물 속의 달을 어찌 건질 수 있겠는가.

淨五眼得五力 唯證乃知難可測
鏡裏看形見不難 水中捉月爭拈得

㊀ ◆오안(五眼) : 다섯 가지 투시력, 肉眼·天眼·慧眼·法眼·佛眼(金剛
般若波羅蜜經). ◆오력(五力) : 불가사의한 작용이 있는 다섯 가지 힘. ①定
力 ; 집중력. ②通力 ; 형체의 자유자재한 변화력. ③借識力 ; 관념의 물결
이 가셨으나 오히려 관념 그 물결을 멋으로 흐르게 하는 것. '不風流處 也
風流'의 경지. ④願力 ; 중생의 수와 정비례하는 사명감. ⑤法威德力 ; 보
기도 하고 듣기도 하는, 이 뿌리로 되돌아감에 두려움이 없는 절대신념과
그 힘. ◆염득(拈得) : 손으로 잡아내다.(舍四柔桑葉可拈－杜甫)

㊊ 마음의 작용은 이 여섯 감각을 통해서 감지할 수 있지만 내
마음을 그대에게 내보일 수 없나니…….
저 물에 비친 달을 건져 보라. 거기 부서지는 달빛이 있을 뿐…….

열하나

외로 가는 길손이여 그림자만 따르나니
깨달은 이들 한가지로 이 길에서 노니네
옛 가락 맑은 바람 풍채도 드높나니
깡마른 뼈뿐이라 보는 이마저 없음이여.

常獨行常獨步　達者同遊涅槃路
調古神淸風自高　貌悴骨剛人不顧

㈜ ◆풍(風) : 모습·용모·풍채·風度.(有國士之風－史記) ◆췌(悴) : 야위다.
(形貌毁悴－後漢書)

㈔ 혼자 가라. 무리를 짓지 말라. 깡마른 그 모습에서 가을 바
람 일게 하라. 그 눈빛 새파랗게 불타게 하라.

열둘

궁색한 수행자여, 가난하다 이르나
몸은 비록 가난할망정 마음밭은 늘 푸르네
가난함은 이 몸에 누더기를 걸쳤으나
마음밭 깊은 곳에는 진귀한 보배가 있네.

窮釋子口稱貧　實是身貧道不貧
貧則身常被縷褐　道卽心藏無價珍

㊟ ◆석자(釋子) : '子'는 '釋'의 어조사. '枕子', '燕子'의 '子'와 같은 용법.
'釋'은 釋氏, 즉 佛子, 중(僧)의 뜻.(彌天釋道安－緇門) ◆누갈(縷褐) : 떨어진
옷, 누더기. 縷는 褸와 통용.(篳路藍褸以啓山林－左傳) ◆장(藏) : 감추다. 간
직하고 있다.(我有斗酒　藏之久矣－蘇軾) ◆무가진(無價珍) : 無價寶. '珍'은
운을 맞추기 위하여 '寶' 대신 놓음. 너무 귀하여 값을 매길 수 없는 보배
중의 보배. 여기서는 비유로 쓰고 있다. 如意珠와 같다.

㊙㊞ '가난이야 한갓 남루에 지나지 않는다'고 우리의 노시인은
노래했다. 그러나 이 땅에는 지금 하루아침에 벼락부자가 된 졸
부들이 판을 치고 있다.

열셋

무가(無價)의 보배여 써도 써도 끝이 없어
이 누리 흠뻑 적셔 인색하지 않구나
세 몸과 네 지혜가 뿌리 속에 넘침이여
팔 해탈과 여섯 신통 마음의 작용이네.

無價珍用無盡　利物應時終不吝
三身四智體中圓　八解六通心地印

㊟ ◆물(物) : 천지간에 존재하는 온갖 사물과 생물. 중생.(天地與其所産焉物也－公孫龍子) ◆삼신(三身) : 佛身을 그 성질상 셋으로 나눈다. 첫째가 法身인데 法은 불변하는 만유의 본체이고 身은 積聚의 뜻으로서 본체에 인격적 의의를 붙여 법신이라 한다. 빛깔도 형상도 없는 진리 그 자체의 인격화. 둘째가 報身인데 因位에서 지은 무량한 결과로 나타난 福德具足의 佛身. 두 종류로 나눌 수 있는데 자기만이 증득한 법열을 느끼고 다른 이와 함께하지 않는 自受用身과, 다른 이도 같이 이 법열을 받을 수 있는 몸을 나타내어 중생을 제도하는 他受用身. 셋째가 化身인데 變化身의 뜻이다. 뭇 생명을 미혹으로부터 깨어나게 하기 위하여 모양과 생각이 다른 중생들의 갖가지 모습에 맞추어 나타내는 佛의 化現身. ◆사지(四智) : 마음의 신묘한 작용을 넷으로 나눈 것. 첫째는 大圓鏡智 ; 거울에 만상이 비치는 것같이 주객이 서로 비치며 相卽相入하는 智. 둘째로 平等性智 ; 자타를 一如하게 보는 平等智. 셋째로 妙觀察智 ; 妙는 불가사의한 힘의 자재력, 觀察은 현상의 낱낱 差別相을 살펴 아는 것. 차별상을 관찰하고 거기에서 맞춰서 응하는 適應智. 넷째로 成所作智 ; 불가사의한 五官의 능력을 성취한

智. ◆팔해(八解) : 八解脫. 모든 속박에서 벗어난 상태(解脫)를 편의상 여덟 가지로 나눈 것. ◆육통(六通) : 六神通. 神은 불가사의. 通은 無碍. 부처가 얻는 神妙不測 無碍自在한 여섯 가지 신통력. ① 天眼通 ; 視界의 無碍自在. ② 天耳通 ; 청각의 無碍自在. ③ 他心通 ; 讀心術. ④ 宿命通 ; 과거를 기억해 내는 힘. ⑤ 神足通 ; 형체의 다양한 변화력. ⑥ 漏盡通 ; 번뇌를 끊는 힘의 자재함.

감상 모든 생명체를 내 몸과 같이 보는 이 연민의 마음(자비심)은 쓰면 쓸수록 솟아 나온다. 아무리 퍼내어도 마르지 않는 샘물처럼……

열넷

장부라면 단칼에 일체를 끊는 것을
졸개들은 듣고 들어도 점점 더 믿지 않네
다만 이 마음 속 때묻은 옷을 벗을 일이라
어찌 밖을 향해 수행의 힘을 뽐내겠는가.

上士一決一切了 中下多聞多不信
但自懷中解垢衣 誰能向外誇精進

㊀ ◆상사(上士) : 上根. ◆중하(中下) : 中根과 下根. ◆해(解) : 묶이거나 얽
힌 것을 풀어 버리다.(衣不解帶－小學)

㊂ 수행이 깊어지면 그럴수록 말이 적어진다. 그러므로 말이
많은 수행자는 길을 잘못 가고 있는 것이다.

열다섯

비난할 테면 비난하고 헐뜯을 테면 헐뜯어라
반딧불로 하늘 태우려는 이 어린 짓거리여
내 들음에 흡사 감로를 마신 듯하여
문득 무아지경이 되어 부사의(不思議)에 들었네.

從他謗任他非 把火燒天徒自疲
我聞恰似飮甘露 銷融頓入不思議

🈑 ◆소융(銷融) : 녹고 융합하다.(收天下之兵 聚只咸陽 銷以爲鐘鐻 −史記)

🈑 백 마디 말이 무슨 소용 있으리.
단 한 번의 체험이면 그만인 것을……

열여섯

비난을 관하면 공덕이 되나니
이로 인하여 나는 큰 스승이 되네
비난을 들어도 내 마음은 움직이지 않나니
이 깨달음을, 자비와 인내력을 과시할 필요는 없네.

觀惡言是功德 此則成吾善知識
不因訕謗起怨親 何表無生慈忍力

㊀ ◆선지식(善知識) : 우리를 진리의 길로 이끌어 주는 스승. ◆산방(訕謗) : 나무라고 비방하다. 비난하다. ◆무생자인력(無生慈忍力) : '無生'은 불멸의 진리를 깨달은 것. '慈忍力'은 그 불멸의 진리를 깨달음으로써 갖춰진 자비(慈)와 인내력(忍力).

㊂ 비난은 비난에게 맡기고 칭찬은 칭찬에게 맡겨 두라. 나는 여기 언제나 변함 없으니……

열일곱

이치로도 통하고 말로도 통함이여
정혜는 원명하여 공적한 곳에 막히지 않네
비단 나 혼자만 이런 이치 깨달은 게 아니라
저 모든 선각자들도 모두 나와 같네.

宗亦通說亦通　定慧圓明不滯空
非但我今獨達了　河沙諸佛體皆同

㊀ ◆정(定) : 명상을 통해서 얻어진 집중력. ◆혜(慧) : '定'을 통해서 우러나
오는 직관력. ◆하사(河沙) : '恒河沙數'의 준말. '恒河'는 인도의 갠지스 강.
이 강의 모래는 가늘기로 유명하다. "갠지스 강의 모래 수와 같이 많다(恒
河沙數)"는 말이 있는데 이 말은 많은 수를 나타낼 때 쓴다.

㊂ 깨달음에는 예와 지금이 있을 수 없고 너와 내가 있을 수
없다.

열여덟

사자 그 울음소리 거침없는 말씀이여
뭇 짐승 이 울음에 귀청이 터져 나가네
코끼리(香象)는 파도에 휘말려 허둥대지만
천룡(天龍)은 귀기울이며 실눈을 여나니.

獅子吼無畏說　百獸聞之皆腦裂
香象奔波失却威　天龍寂聽生欣悅

㊀ ◆백수(百獸) : 뭇 짐승. 여기서는 무지한 사람(下根). ◆문지(聞之) : 사자
의 울음소리를 듣고. ◆향상(香象) : 二乘. 여기서는 중간 사람(中根). ◆분
(奔) : 달리다. 달아나다.(鹿斯之奔-詩經) ◆천룡(天龍) : 여기서는 정신의 경
지가 아주 높은 사람(上根).

㊀ 진리의 말은, 깨달은 이의 말은 감당할 수 없는 사람들(香
象)에게는 충격이요 감당할 수 있는 사람들(天龍)에게는 감로의
물이거니……
그러나 아주 무지한 사람들(百獸)에게는 청천벽력이거니……

열아홉

강해에 노닐고 산천을 섭렵함은
스승 찾아 도를 물어 참선하려 함이었네
이제 조계의 길을 안 이후로는
생사가 서로 상관없음을 깨달았네.

遊江海涉山川　尋師訪道爲參禪
自從認得曹溪路　了知生死不相干

㊋ ◆섭(涉) : 돌아다니다. 섭렵하다.(園日涉以成趣-陶潛) ◆자종인득(自從認
得) : ~을 안 뒤부터는. ◆조계로(曹溪路) : 曹溪는 六祖慧能이 法을 편 땅
이름. 전하여 육조의 별칭이 되었다. 후에는 禪의 대명사로 쓰였다. 永嘉는
육조를 찾아가 그와의 문답에서 도를 깨달았다. 영가에게 육조는 悟道 그
자체였다. 그 날 밤의 감격이 〈證道歌〉를 낳았다.

㊌ 몰랐을 때는 문전마다 기웃댔지만 알아 버린 지금, 이제는
더 이상 구걸 따윈 하지 않는다.

스물

가는 것도 이것이요 앉는 것도 이것이니
말과 침묵 사이 가고 오는 이 사이에 지극히 편안하네
칼날이 목에 와도 눈썹 하나 끄떡 않고
독약을 마시면서도 유유자적하나니
스승은 연등(燃燈)을 만난 이후로
세세생생 인욕(인내)의 수행을 닦았네.

行亦禪坐亦禪 語默動靜體安然
縱遇鋒刀常坦坦 假饒毒藥也閑閑
我師得見燃燈佛 多劫曾爲忍辱仙

☐ ◆종(縱) : 설사, 비록.(縱江東父兄憐而王我 我何面目見之－史記) ◆종우봉
도상탄탄(縱遇鋒刀常坦坦) : 고사. 唐의 三藏 구마라집 문하에 僧肇라는 수
제자가 있었다. 나이 갓서른에 누명을 쓰고 사형대에 서는 몸이 되었다.
승조는 칼날 앞에서 다음 같은 臨終偈를 지어 놓고 가 버렸다. "四大非我
無 五蘊本來空 以首臨白刃 猶如斬春風." ◆가(假) : 설령.(假令晏子而在 余
雖爲之執鞭 所忻慕焉－史記) ◆가요독약야한한(假饒毒藥也閑閑) : 東土의 初
祖 達磨는 여섯 번이나 독약이 든 음식을 받았다. 그것은 그를 제거하려는
律師 光通과 三藏 菩提流支가 보낸 것이었다. 그러나 달마는 독약 앞에서
도 태연하였다. 여섯번째는 달마 스스로 그 독약을 먹고 동토를 떠나 버렸
다. 여기에 대하여 전설 같은 이야기가 떠돌아다닌다. ◆아사(我師) : 석가.
◆연등불(燃燈佛) : 지나간 까마득한 세상에 석가의 스승으로서 석가에게
부처가 될 것을 예언(授記)한 사람. ◆인욕선(忍辱仙) : 석가의 전생 이야기.

석가는 전생에서 忍辱行(인내력을 시험하는 수련)을 닦고 있었다. 이곳에 가리 왕이 시녀들을 데리고 놀러 왔다. 가리 왕이 잠든 사이 시녀들은 숲 사이를 노닐다가 인욕행을 닦는 仙人 석가를 만났다. 석가는 그들에게 깊은 이야기를 들려준다. 가리 왕은 잠을 깬다. 시녀들에게 둘러싸인 인욕선인 석가를 보았다. 가리 왕은 석가가 인욕선인임을 알자 오른팔을 끊었다. 왼팔을 끊었다. 한 다리를 끊었다. 남은 다리마저 끊었다. 그러나 인욕선인 석가의 마음에는 조금도 원한의 물살이 일지 않았다.(金剛般若波羅蜜經)

감상 구마라집 삼장의 수제자였던 승조(僧肇)는 사형장의 칼날 앞에서도 오히려 태연했다. 달마대사는 독약을 마시면서도 연신 콧노래를 불렀다. 왜냐면 그들은 보았기 때문이다. 육체의 죽음을 넘어선 저 불멸을 보았기 때문이다.

스물하나

얼마나 나고 또 얼마나 죽었는가
나고 죽음 이 물길 끝없이 흐르나니
나고 죽음 없는 이 경지 깨달은 뒤부터는
영욕의 이 물살에 휩쓸리지 않네.

幾廻生幾廻死　生死悠悠無定止
自從頓悟了無生　於諸榮辱何憂喜

주 ◆기(幾) : 얼마나.(上問車中幾馬－史記) ◆유유(悠悠) : 물 같은 것이 끝없이 흐르는 모양.(微則悠遠　悠遠則博厚－中庸) ◆영욕(榮辱) : 영화로움과 비참함.

감상 충만이다. 천지에 가득 넘쳐흐르고 있는 충만이다.

스물둘

깊은 산집 저 고요에 머무름이여
멧부리 그윽하여 소나무 긴 가지 아래여라
넉넉한 마음으로 풀집에 앉아 있나니
바람 자고 물도 잔 곳 달빛서리 뼈 울려라.

入深山住蘭若 岑崟幽邃長松下
優遊靜坐野僧家 閴寂安居實蕭灑

㊟ ◆난야(蘭若) : 阿蘭若의 줄임말. 조용한 암자나 토굴. ◆잠음(岑崟) : 산봉우리가 높고 험준한 모양(可使高於岑樓-孟子) ◆유수(幽邃) : 깊고 그윽하다. ◆우유(優遊) : 雅遊. 시가, 산수, 음악과 어울려 고상하게 노니는 것. ◆야승가(野僧家) : 비승비속의 僧家. ◆격적(閴寂) : 고요함.(閴其無人-易經) ◆소쇄(蕭灑) : 맑고 차가운 모양.(風蕭蕭兮易水寒-史記)

감상 자기 안의 깊은 산속으로 들어와 이 모든 허식을 던져 버리고 넉넉하게 앉아 있는 한 사람. 금빛바람이 그의 머리칼을 눈부시게 하고 있다.

스물셋

잠만 깨면 그만이라 생색을 내지 말라
유한한 진리와는 같지 않나니
생색내며 베풂은 천국에 가기 위함
하늘 향해 활 쏘는 짓 그와 같아라.

覺卽了不施功 一切有爲法不同
住相布施生天福 猶如仰箭射虛空

[주] ◆유위법(有爲法) : 無爲法의 반대말. 인위적으로 조작되었기 때문에 언젠가는 변질되는 법. 법은 법칙, 진리. ◆주상보시(住相布施) : 無住相布施의 반대. 布施란 베푸는 것. 남에게 어떤 물건이나 즐거움 따위를 베푼 다음 베풀었다고 생색 내는 것을 住相布施라 한다.(金剛般若波羅蜜經) ◆천복(天福) : 하늘나라에 태어날 수 있는 복. 복의 극치.

[감상] 꿈만 깨면 그만이라. 무엇 때문에 구구하게 치장하려 드는가.

스물넷

오르다 오르다 힘 빠지면 화살은 떨어지나니
다음 생에는 내 뜻 같지 않음만 불러오네
하염없는 이 실상문에서
여래의 경지로 들어감과 어찌 같으리.

勢力盡箭還墮 招得來生不如意
爭似無爲實相門 一超直入如來地

㈎㈚ 자선은, 적선(積善)은 좋은 것이다. 그러나 어찌 깨달음의
이 공부에 비기겠는가. 가지와 잎이 아무리 좋아도 어찌 뿌리에
견주리…….

스물다섯

뿌리만 얻을 것이 잎 따윈 걱정 마라
유리 속에 비치는 달, 그같이 청정함이여
이미 이 여의주를 얻었으니
자리행과 이타행은 끝이 없어라.

但得本莫愁末 如淨瑠璃含寶月
旣能解此如意珠 自利利他終不竭

㊐ ◆막(莫) : ~하지 말라. ◆종불갈(終不竭) : 마침내 다하지 않다.

[감상] 뿌리를 얻게 되면 가지와 잎은 저절로 따라온다. 깨닫게
되면 적선(積善)은 저절로 된다. 깨달은 이에게는 밥 먹고 잠자는
이 모든 일이 적선 아닌 게 없다.

스물여섯

강에 달 비침이여 솔바람 부는 소리
이 긴 밤 푸른 하늘 무엇을 하는 건가
불성계주는 내 마음이요
이슬과 구름 안개는 나의 옷이네.

江月照松風吹　永夜淸霄何所爲
佛性戒珠心地印　霧露雲霞體上衣

㊒ ◆청소(淸霄) : 맑은 하늘. ◆불성계주(佛性戒珠) : '佛性'은 眞如, 우리의
마음. '戒'란 마음의 순수성으로 인하여 빚어지는 마음의 율동. '珠'란 佛性
戒를 수식하는 말로서 如意珠의 珠 또는 '종횡무진한 구름(轉)'의 뜻. ◆체
(體) : 본체. 사물을 이루는 바탕.

㉒㉳ 이 마음 굽이치니 거기 솔바람 소리.
이 마음 굽이치니 거기 교교한 달빛.
이제 앞을 봐도 뒤를 봐도 위를 봐도 옆을 봐도 이 마음뿐이
어라.
이 마음의 굽이치는 물결뿐이어라.

스물일곱

용을 잡은 그릇이여, 범을 누른 지팡이여
주장자의 고리 소리 눈부시게 울림이여
겉맵시만 그럴싸한 빈 껍질이 아니라
여래의 높은 경지 나타냄이네.

降龍鉢解虎錫 兩鈷金還明歷歷
不是標形虛事持 如來寶杖親蹤跡

㊒ ◆항룡발(降龍鉢) : 부처님 당시 나제가섭이라는 사람이 부다가야에 살
고 있었다. 그는 불을 섬기는 외도(火事外道)였다. 부처는 나제가섭에게 가
서 하룻밤을 청했다. 나제가섭은 火龍(뱀)의 석굴로 안내했다. 뱀은 불을
뿜으며 대들었다. 부처는 자비심을 일으켰다. 삼매의 불꽃을 일으켰다. 뱀
은 이 불길을 피하여 부처의 밥그릇(鉢盂) 속으로 들어왔다. 부처의 밥그
릇은 청정하고 광대 무변하였기 때문이다. 이를 본 나제가섭과 그의 제자
5백 명은 부처의 제자가 되었다.(本行經) ◆해호석(解虎錫) : 고사. 齊의 高
僧 稠선사가 회주 王玉山에서 참선하고 있을 때였다. 두 호랑이가 싸우고
있었다. 稠선사는 이것을 보고 주장자를 들어 싸움을 말렸다. ◆양고(兩
鈷) : 주장자의 두 귀걸이. ◆명력력(明歷歷) : 분명하다. ◆불시(不是) : ~이
아니다.

㊂㊐ 깨달은 이에게 초능력적인 힘(神通力)은 세속인들의 마술과
는 근본적으로 다르다. 왜냐하면 그분들은 그 초능력적인 힘을
이용하여 혹세무민하려 들지 않기 때문이다.

그러나 영적인 사기꾼들은 쥐꼬리만한 초능력만 있어도 신문에 대서특필 광고를 내며 수선떨고 있다.

스물여덟

진실도 구하지 않고 거짓도 끊지 않나니
두 가지 모두 속절없음을 깨달은 때문이네
모습 없고 모습 아닌 것마저 없고,
아닌 그것마저 버림이여
이야말로 깨달은 이의 본모습이네.

不求眞不斷妄　了知二法空無相
無相無空無不空　卽是如來眞實相

㈜ ◆이법(二法) : 서로 대립되는 두 가지 견해. '眞'과 '妄' 따위. ◆무상(無相) : 객관 부정. ◆무공(無空) : 주관 부정. ◆무불공(無不空) : 주객을 부정한 부정의 부정.

㈒㈚ 거짓을 버리고 진실을 좇는 것은 좋다. 그러나 마침내는 이 진실마저 놓아 버려야 한다. 거짓에도 진실에도 그리고 이 둘을 넘어선 그것마저도 놓아 버려야 한다. 그래야 그 어디에도 걸리지 않는 바람 같은 사람이 된다.

스물아홉

마음거울 투명한 빛 걸림 없이 흐름이여
모래알같이 많은 세상 꿰뚫어 비쳐 주네
삼라만상 낱낱이 그 가운데 비침이여
한 덩어리 둥근 저 빛 안과 밖이 없는 것을.

心鏡明鑑無碍 廓然瑩徹周沙界
萬象森羅影現中 一顆圓光非內外

㊟ ◆영철(瑩徹) : 밝고 투명한 빛. 거울빛 영롱하게 비치는 모양.(不能掩其
瑩-韓詩外傳)

감상 울고 웃는 이 모든 일이 내 마음바다에서 이는 파도인 것
을……. 그대 마음바다에 이는 파도인 것을…….

172

서른

걸릴 것 하나 없다 인과(因果)마저 버림이여
주색잡기(酒色雜技) 막행 막식, 재앙을 불러오네
있음을 버리고 없음에 집착한다면 이 또한 병인 것을
홍수를 피해 가다 오히려 불길을 만났구나.

豁達空撥因果 漭漭蕩蕩招殃禍
棄有着空病亦然 還如避溺而投火

㈜ ◆발(撥) : 뿌리치다.(秦撥去古文－漢書) ◆인과(因果) : '因'은 원인, '果'
는 '因'에 의한 결과. ◆분분(漭漭) : 수면이 넓고 먼 모양. 여기서는 殃禍의
많음에 견주고 있다. ◆탕탕(蕩蕩) : 물살이 대단한 모양.(美哉蕩乎－左傳)

㈎㈏ 깨달음의 차원에서는 선과 악이, 나와 그대가 없지만 여기
육체의 차원에서는 선은 선이요 악은 악이다. 나는 나요 그대는
그대이다.

서른하나

망심을 버리고 진리를 취함이여
취하고 버리는 마음이 거짓이 되네
공부하는 이는 이 이치를 모르고 수행하나니
도적놈을 잘못 알아 내 아들이라 하는구나.

捨妄心取眞理 取捨之心成巧僞
學人不了用修行 眞成認賊將爲子

注 ◆진성인적장위자(眞成認賊將爲子) : 전도된 五管의 작용. 그로 인하여
인식의 주체인 주관과 인식의 대상인 객관이 갈린다. 이에 따라 자타의 차
별의식이 생기고 이 결과로 번뇌가 일어난다. 이 먼지(煩惱)를 마음의 본모
습인 줄 알고(眞成認賊) 따라가는 것(將爲子).(首楞嚴經)

감상 도적은 누구인가. 내 마음의 순수성에 먹칠을 하는 이 도
적놈은 누구인가. 버리고 취하는 이 분별심이다. 따지고 재어 보
는 이 차별심이다. 이놈을 내 친아들로 착각하여 내 마음을 송
두리째 내줬구나. 그래서 지금 내 마음 들판은 황무지가 돼 버
렸구나…….

서른둘

마음밭 짓밟고 공덕을 없애는 것은
이 모두가 심의식 때문이니
그러므로 선문에서는 마음의 본질 깨달아
무생지견력 속으로 즉시 들어가네.

損法財滅功德 莫不由斯心意識
是以禪門了却心 頓入無生知見力

㈜ ◆막불유사(莫不由斯) : ~을 말미암지 않음이 없다. 모두 ~때문이다.
◆심의식(心意識) : 따지고 분별하는 마음작용 일체.

감상 우리의 순수성에 먹칠을 하는 것은 주관과 객관을 철저히
분리시키는 분석적인 사고방식이다. 데카르트적인 합리적 사고
방식이다.

서른셋

대장부여 지혜의 검(劍)을 뽑았으니
반야의 칼날 위에 금강의 불길이라
외도의 마음 꺾어질 뿐 아니라
벽 사이로 드는 마귀바람마저 베어 버리네.

大丈夫秉慧劍 般若鋒兮金剛燄
非但能摧外道心 早曾落却天魔膽

주 ◆반야봉(般若鋒) : 직관의 지혜(般若)를 칼날(鋒)에 비유한 것. ◆천마(天魔) : 수행이 깊어질수록 그 수행력을 방해하는 반작용.

감상 이제 이 지혜의 검을 당할 자는 없다.
지혜만이, 그대 마음 속에서 터져 나오는 이 빛만이 저 어둠을
능히 제압하리라.

서른넷

우레 소리 울림이여 진리의 북소리여
온 누리 자비의 구름 덮여 단 빗줄기 뿌리네
큰 발길 딛는 곳마다 봄기운 감도나니
저 들판 꽃무리들 봉오리 봉오리 열리네.

震法雷擊法鼓 布慈雲兮灑甘露
龍象蹴踏潤無邊 三乘五性皆惺悟

㉗ ◆용상(龍象) : 수행자(보살)의 큰 덕을 용과 코끼리에 비긴 것. ◆삼승 (三乘) : 수행의 강도에 있어서 세 가지 다른 입장. 즉 소극적인 입장(小乘), 중간 입장(中乘), 적극적인 입장(大乘). ◆오성(五性) : 깨달을 수 있는 능력 (成佛力)을 편의상 다섯 갈래로 나눈 것.

㉦ 진리의 우레 소리 들리는 곳에 무지(無知)는 가라, 슬픔은 가라.
밤을 세워 우는 이 비극은 가라.

서른다섯

설산의 흰 소에서 갓 짜낸 우유여
난 언제나 이 우유로 빚은 치즈를 먹네
하나의 이치(一性)는 뭇 이치(一切性)에 통하고
하나의 사물(一法)은 저 모든 사물(一切法)을 포함하네
저 달빛 떨어져 일만의 강에 달빛이요
일만의 강에 잠긴 달이 저 달로 모임이여
저 세계 온갖 것 그 모든 마음이
도무지 이 한 마음에 다 들어오고
이 한 마음 도리어 저와 같아서
온갖 모습 온갖 마음이 내게 들어오네.

雪山肥膩更無雜　純出醍醐我常納
一性圓通一切性　一法徧含一切法
一月普現一切水　一切水月一月攝
諸佛法身入我性　我性還共如來合

👉 ◆설산(雪山) : 雪藏山. 히말라야 산. ◆비이(肥膩) : 설산의 눈 속에 핀다
는 靈草. '설산비이'란 '히말라야 산의 약초를 먹고 자란 흰 소에서 짜낸
우유'를 말한다. ◆제호(醍醐) : 우유로부터 뽑아낸 가장 순수한 물질, 즉
치즈. 여기서는 心淸淨, 그 극치에 견주고 있다.

[감상] 마음은 둘일 수 없다.

그대 마음이 따로 있고 내 마음이 따로 있을 수 없다.

그러므로 우리 각자의 마음은 저 마음의 근원(心源, Brahma)에서 방사되어 나온 그 빛줄기 현상(光線現象, ātman)이다.

서른여섯

하나의 경지에 모든 경지가 다 있으니
모습도 아니다, 마음도 아니다, 짓거리도 아님이여
손가락 한 번 튕김에 모든 문이 열리고
순식간에 지옥의 업마저 사라지네
말의 사태 이 숫자는 뿌리 없는 것
이 마음의 빛 가운데 어이 견디리.

一地具足一切地　非色非心非行業　彈指圓成八萬門

刹那滅却阿鼻業　一切數句非數句　與吾靈覺何交涉

㊟ ◆일지(一地) : 수행하는 과정에서 자신이 도달한 경지의 확신을 地盤의 견고함과 탄생력(흙에 씨를 뿌리면 흙 자체가 갖고 있는 힘, 열기 등에 의하여 싹이 튼다)에 비유하여 '地'라 한다. 이것을 열 가지로 체계화한 것이 《大方廣佛華嚴經》의 十地說이다. ◆탄지(彈指) : 손가락을 튕김. 여기서는 '손가락을 튕기는 것처럼 짧은 시간(一彈指 사이에 六五刹那가 있다고 한다)'. ◆팔만문(八萬門) : 모르고 있던 진리를 깨닫는 것을, 닫혔던 문이 열림에 견주었다. '八萬'이란 인도인들의 관념상 무수하다는 뜻으로 쓰이고 있다. ◆아비업(阿鼻業) : 無間地獄에 떨어질 운명. ◆수구(數句) : 數와 字句. 수와 자구는 不相應行法의 하나이다. 불상응행법이란 정신에도 물질에도 소속되어 있지 않으면서(不相應) 시간의 흐름에 따라 변질되는 성질의 것(行)이라는 뜻이다.

[감상] 언어에는 한계가 있다. 숫자에는 한계가 있다. 1초에 6만 7,500번 굽이치는 이 생각의 움직임을 언어여, 그대가 어떻게 표현할 수 있단 말인가.

서른일곱

욕할 수도 없고 추켜 올릴 길마저 끊어짐이여
본질은 허공 같아 끝간데를 모르겠네
이 자리 이대로 언제나 비치건만
찾아보면 알 것이네 아무것도 없다는 걸.

不可毀不可讚 體若虛空勿涯岸
不離當處常湛然 覓則知君不可見

㊀ ◆담연(湛然) : 물이 깊고 고요한 모양.(洞庭淵湛－魏書) ◆멱즉(覓則) : 찾
아본즉.

㊁ 내가 지금 이 글을 쓰고 있는 것은 '마음'이 있기 때문이
다. 마음이 손을 통해서 글을 쓰고 있는 것이다. 그러나 '이 마
음'을 꺼내어 보여줄 수는 없나니, 이것을 일러 옛 사람들은 "그
저 묘(妙)하다"고 감탄했다.

서른여덟

가질 수도 없고 버리지도 못함이여
얻을 수 없는 그 가운데 얻는 도리네
침묵에서 말하고 말 가운데 침묵이여
큰 문이 열리매 옹색함이 전혀 없네.

取不得捨不得 不可得中只麼得
默時說說時默 大施門開無壅塞

㊟ ◆지마득(只麼得) : 다만 이렇게 얻다. ◆대시문(大施門) : 크게 베푸는 문.

㊣ 마음이여 내 마음이여, 버릴 수도 없고 꺼내 보일 수도 없
구나.
침묵의 말이여 말의 침묵이여, 말로도 통하고 침묵으로도 통하
나니……

서른아홉

그대 무엇 얻었는가 묻는다면
마하반야 저 힘이라 귀띔하리
잘못됐다 잘됐다에 그대들은 취하나니
역행과 순행은 신마저 모르네
오랜 날 옛적부터 갈고 닦은 그 결과라
허튼 수작 빈말 쏟아 그대 속임 아니네.

有人問我解何宗　報道摩訶般若力
或是或非人不識　逆行順行天莫測
吾早曾經多劫修　不是等閑相誑惑

주 ◆유인(有人) : 어떤 사람. ◆마하반야력(摩訶般若力) : 마하반야의 힘. '摩訶'는 '크다'의 뜻으로서 '般若'를 수식한다. ◆천막측(天莫測) : 하늘의 신마저 측량할 수가 없다.

감상 일단 이 마음을 감지한 사람은 그의 언행을 도시 종잡을 수 없게 된다. 왜냐하면 그는 이제 고여 있는 물이 아니라 굽이쳐 흐르는 강물이 되었기 때문이다.

마흔

진리의 깃발 흩날리며 이 이치를 세움이여
스승의 밝고밝은 가르침이라
가섭의 그 등불 시발로 하여
스물여덟 등불이 차례로 불 밝혔네.

建法幢立宗旨　明明佛勅曹溪是
第一迦葉首傳燈　二十八代西天記

🈂 ◆법당(法幢) : 법의 幢. 인도에서는 큰 종교행사를 할 때 깃대 같은 것
을 세운다. 이것을 幢이라 하며 破邪顯正을 뜻한다. ◆제일가섭수전등(第
一迦葉首傳燈) : 靈山會上의 拈花微笑를 통하여 석가는 그 법맥을 가섭에게
전했다. ◆이십팔대서천기(二十八代西天記) : 第一祖 가섭은 다시 第二祖 阿
難 …… 第二十八祖 菩提達磨에게로 전해 왔다. 달마까지가 28번째로서 서
천(인도)의 법맥이다. 달마는 이 법맥을 가지고 중국으로 와서 중국의 第一
祖가 되었다.

🈁 깨달음의 계승을 이야기하고 있다. 이 등불에서 저 등불로
불을 점화하듯, 깨달음은 스승에게서 제자에게로 점화되어 내려
가 아, 마침내 너와 나에게까지 이르렀구나. 큰절하고 싶다. 지
나가는 바람에게 큰절을 드리고 싶다.

마흔하나

불빛은 흘러 흘러 중국에 들어와서
보리달마 그 어른이 첫 불을 밝힌 이래
여섯 대에 전해 옴은 온 천하가 아는 바라
이후로 그 등불 밝힌 이들 헤아릴 수 없네.

法東流入此土　菩提達磨爲初祖
六代傳衣天下聞　後人得道無窮數

주 ◆차토(此土) : 중국.　◆보리달마위초조 육대전의천하문(菩提達磨爲初祖
六代傳衣天下聞) : 인도의 28대조 보리달마는 법맥을 가지고 중국으로 와서
중국의 제1조가 되었다. 달마에게서→제2 慧可→제3 僧璨→제4 道信→
제5 弘忍→제6 慧能으로 이어졌다. 傳法의 표시로 석가의 袈裟와 鉢盂가
전해졌는데 이 가사와 발우를 둘러싸고 싸움이 잦았다. 그래서 뒷날 육조
는 자신과 神秀와의 그 엄청난 싸움을 생각하여 衣鉢의 전수를 폐지해 버
렸다.

감상 이 〈증도가(證道歌)〉의 작가 영가대사는 지금 육조를 찾아
가서 깨달음을 얻은 다음(육조로부터 등불을 받아 켠 다음) 그 법열
에 취하여 단 하룻밤 사이에 이 〈증도가〉를 지었다고 한다. 그
런 그가 지금 등불의 내역을 말하고 있다.

마흔둘

진실도 세우지 않음에 거짓 본래 없음이여
있다 없다 다 보냄에 공(空) 아닌 공(空)이네
이제 그 어디에도 걸림이 없음이여
깨달음의 성품은 본래 한가지네.

眞不立妄本空 有無俱遣不空空
二十空門元不著 一性如來體自同

㈜ ◆이십공문(二十空門) : 空을 20종으로 나눈 것. 內空, 外空, 內外空, 空,
大空, 小空, 勝義空, 有爲空, 無空, 畢竟空, 無際空, 散空, 無變空, 本空, 自
空, 共空, 一切空, 不可得空, 無性空, 自性空. 20空의 註에 다음과 같은 해
설이 붙어 있다. "空은 다만 하나일 뿐, 20종의 공을 부정하기 위하여 편의
상 20가지로 나눈 것이다."(大般若經)

[감상] 진리를 주장하면 진리에 걸리고 거짓을 주장하면 거짓에
걸리나니 깨달은 이는 진리에도 진리 아닌 것에도 그 어디에도
머물지 말아야 한다.

마흔셋

마음은 뿌리요 형체는 티끌이라
이 두 가지는 모두 거울에 묻은 먼지거니
이 티끌 닦아내야 지혜의 빛 나타나리
마음과 형체 다 잊으면 그 자리가 바로 불멸이네.

心是根法是塵　兩種猶如鏡上痕
痕垢盡除光始現　心法雙亡性卽眞

註 ◆근(根) : lndriya. 五管 등의 감각기관을 말함. ◆진(塵) : 감각기관에 상
대되는 客觀界. ◆심(心) : 주관. ◆법(法) : 객관.

鑑賞 이 마음이 뿌리라면 형체(육체)는 이 뿌리에서 나온 가지와
잎이다. 그러나 이 두 가지(정신과 물질)는 모두 본질의 거울에 묻
은 먼지다. 그러므로 이 두 가지 차원을 넘어서야만 그대 안에
있는 지혜는 빛을 발하게 된다.

마흔넷

아아, 말법의 이 악한 세상이여
사람들은 거칠어 가르치기 힘들구나
성인이 가신 지 오래 되어 사견만 깊나니
마는 강하고 법은 약하고 해칠 마음만 많네
단도직입적인 이 여래의 가르침을 들으면
갈가리 못 찢어서 원통해 하네.

嗟末法惡時世 衆生薄福難調制 去聖遠兮邪見深
魔強法弱多怨害 聞說如來頓敎門 恨不滅除令瓦碎

注 ◆차(嗟) : 감탄사. 슬프다. 애석하다. ◆조제(調制) : 調伏하고 제어하다.
◆사견(邪見) : 잘못된 견해. ◆마강법약(魔強法弱) : 장애는 많고 수행의 길
로 가고자 하는 마음은 약한 것. ◆돈교문(頓敎門) : 단도직입적으로 깨닫
는 방법.

鑑賞 구도자에게 이 세상은 고난의 장소다. 인간의 전 역사를
통해서 구도자가 박해를 받지 않은 시대는 단 한 번도 없었고
또 영원히 없을 것이다.

마흔다섯

마음으로 짓고 몸으로 받음이여
그대를 원망커나 꾸짖어 무엇하리
저 무간지옥에 가고 싶지 않거든
진리의 이 길을 헐뜯지 말라.

作在心殃在身　不須怨訴更尤人
欲得不招無間業　莫謗如來正法輪

㊒ ◆무간업(無間業) : 무간지옥에 떨어질 운명. ◆정법륜(正法輪) : '輪'은
'正法'을 구체화한다. '正法'은 바퀴의 그 굴림같이 쉴새없이 구르고 있다
는 뜻으로 '輪'자를 썼다. 즉 '불멸의 진리'라는 뜻.

㉦㉦ 죄악 가운데 가장 용서받지 못할 죄악은 무엇인가. 진리의
길을 비난하는 것이다.

마흔여섯

전단향 숲속에는 잡목이 없음이여
그 깊은 밀림 속에 사자가 머물면서
고요하고 여유롭게 유유자적하나니
여우무리 새떼는 멀리멀리 가 버렸네.

旃檀林無雜樹 鬱密深沈師子住
境靜林閑獨自遊 走獸飛禽皆遠去

㊟ ◆전단림(旃檀林) : 전단향나무 숲. 이 나무가 나는 곳에는 잡목이 살 수
없다고 한다. ◆울밀심침(鬱密深沈) : 나무가 울창하여 어두운 것. ◆사자(師
子) : 獅子. ◆주수(走獸) : 짐승류. ◆비금(飛禽) : 새류.

㊙ 좀 더 깊이 본다면 이 세상 전체가 그대로 진리의 굽이침
이지만 좀 더 가까이 본다면 진리는 거짓과 구별된다.
여기 진리의 전단향나무 숲속에는 사기꾼이나 협잡꾼 같은 잡목
은 살지 못한다. 이 진리의 숲속에는 사자와 같이 용맹스럽고
의지력이 강한 구도자들만이 살 수 있다.

마흔일곱

뭇 짐승의 발길이여 아기 사자(獅子兒)의 뒤를 따르나니
나이 세 살에 울음소리 산천을 뒤흔드네
여우떼 흉내내어 사자 울음 울어 보지만
백 년 묵은 귀신들마저 허탕만 칠 뿐이네.

師子兒衆隨後 三歲卽能大哮吼
若是野干逐法王 百年妖怪虛開口

㊤ ◆야간(野干) : 野狐. 들여우. ◆백년요괴(百年妖怪) : 백 년 묵은 여우나
요사스러운 귀신 따위.

[감상] 비록 아직 나이가 어리지만 진리의 길을 가는 구도자는 마
치 아기 사자(獅子兒)와 같다.
아기 사자는 비록 나이가 어려도 늑대나 여우와는 근본적으로
다르다는 것을 알아야 한다.

마흔여덟

높고 먼 이 길이여 인정으론 안 되나니
머뭇머뭇하지 말고 정면돌파 시도하라
나 잘났다 뽐내는 그런 말이 아니라
그대들 이 길에서 헛발 디딜까 염려스럽네.

圓頓敎沒人情 有疑不決直須爭
不是山僧逞人我 修行恐落斷常坑

[주] ◆원돈교(圓頓敎) : 자질구레한 설명이 있지만 여기서는 禪을 가리킨다.
◆몰인정(沒人情) : 사사로이 통할 수 있는 인정의 길이 끊기다. ◆영(逞) :
기운이 왕성하다. ◆인아(人我) : 我相 그리고 人相. 둘 다 자만심의 한 가
지. ◆단상갱(斷常坑) : 허무주의(斷)와 영원주의(常). 이 두 가지는 모두 편
협된 견해로서 진리체험에 방해가 된다.

[감상] 의심이 나면 즉시 그 의심을 해결하라. 그것이 구도자의
태도이다. 머뭇거리는 건 금물이다.

마흔아홉

잘못 아닌 잘못이여 옳음 없는 옳음이여
아차! 하는 그 사이에 천리 만리 차이 나니
옳음이여, 바다의 딸이 깨달음을 얻음이요
잘못이여, 수행자가 도리어 지옥에 떨어지네.

非不非是不是 差之毫釐失千里
是卽龍女頓成佛 非卽善星生陷墜

주 ◆ 용녀돈성불(龍女頓成佛) : 《法華經》 提婆達多品에 나오는 이야기. 여자는 결코 깨달음을 얻을 수 없다는 관례를 깨뜨리고 바다의 딸(龍女)은 깨달음을 얻음으로써 주위 사람들을 놀라게 했다는 이야기. ◆선성생함타(善星生陷墜) : 《涅槃經》에 나오는 이야기. 수행자 善星은 모든 경전에 통달했다. 그러나 '부처도 지옥도 없다'는 잘못된 생각(邪見)에 빠졌다. 그는 無因果까지 부르짖으며 온갖 악행을 밥 먹듯 했다. 그리하여 마침내는 몸째로 지옥에 떨어졌다. 이것은 부정(非)에 집착한 결과다.

감상 형식이 아니라 내용이다. 겉모습이 근엄하게 차려입은 성직자라 하여 깨달음에 가까워지는 것은 결코 아니다. 깨달음은 간절하고 진실한 마음 속에 있다. 그기에 구도자라 자칭하면서 거만을 피우는 중 선성(善星)은 지옥에 떨어졌고, 비록 여자의 몸이지만 바다의 딸(龍女)은 그 지극한 마음으로 깨달음을 얻은 것이다.

쉰

내 지금껏 글 쪼가리만 터질 듯이 쑤셔 넣고
잎 찾고 가지 찾아 밤낮으로 헤맸네
밤낮없이 분석하고 따져 보면서
바다에 들어가 모래알 헤아리기에 지쳐 버렸네.

吾早年來積學問 亦曾討疏尋經論
分別名相不知休 入海算沙徒自困

㈜ ◆소(疏) : 註解書. ◆명상(名相) : 명목과 法相. 명목은 낱낱 사물에 붙여
진 이름, 법상은 사물 낱낱의 차별상.

[감상] 학문은 학문으로 끝나고 만다.
역사가 생긴 이래 지금까지 수많은 철학자가 나와서 이 우주에
대해서, 신(神)에 대해서, 인간에 대해서 많은 말을 했지만 여기
단 하나의 의문조차 풀지 못했다. 말 잘하는 앵무새가 되기보다
는 차라리 입다물고 들에 피는 꽃이나 바라보기를…….

쉰하나

부처는 내 꼴 보고 안쓰러워 꾸짖나니
남의 돈 세어 봤자 내게 무슨 이득 되리
이제껏 비틀거리며 실속 없이 살았으니
오랜 세월 지나오며 풍진객이 되었네.

却被如來苦呵責 數他珍寶有何益
從來蹭蹬覺虛行 多年枉作風塵客

㈜ ◆각(却) : 도리어, 오히려. ◆층등(蹭蹬) : 발을 헛딛는 것, 세력을 잃어
버리는 것. ◆풍진객(風塵客) : 나그네, 객지에서 떠도는 사람.

감상 내 안에서 찾으라. 밖을 향해 찾는 것은 '남의 돈 세기'요,
내 안에서 찾는 것은 '내 돈 세기'다.

쉰둘

마음밭 잘못 가꿔 바람 파도 설침이여
부처의 그 경지에 닿지 못하네
졸개들은 애를 쓰나 그 마음길 미약하고
외도들은 총명하나 지혜가 없네.

種性邪錯知解 不達如來圓頓制
二乘精進勿道心 外道聰明無智慧

㊐ ◆제(制) : 법도. 法制의 제.(今京不度 非制也－左傳) ◆이승(二乘) : 수행자
(聲聞乘). ◆외도(外道) : 불교 외의 수행집단. 부처 당시 인도에는 96종류의
외도가 있었다. ◆지혜(智慧) : 반야, 직관지.

㊂ 지식이 많은 것과 지혜로운 것은 다르다. 지식은 생각의
확장이요 지혜는 생각의 응집이다. 다시 지식은 분별의식의 훈
련이요 지혜는 분별의식의 제거이다.

쉰셋

어리석고 어리석은 소인배여

빈 손바닥 그 위에 실체 있다 착각하네

달 가리킨 손가락 보고 달이라 하는 가관이여

안과 밖 티끌 속 무엇 그리 찾고 있는가

한 모습에도 안 걸리면 비로소 부처를 보나니

그것을 이름하여 관자재(觀自在)라 함이여

꿈 깨 보면 죄업이란 원래 없는 것이지만

잠 못 깨면 이전의 업이 이자 붙어 되오네.

亦愚癡亦小騃 空拳指上生實解

執指爲月枉施功 根境塵中虛捏怪

不見一法卽如來 方得名爲觀自在

了卽業障本來空 未了還須償宿債

㊟ ◆소(小) : 보잘것없다.(必小羅－左傳) ◆애(騃) : 어리석다. ◆실해(實解) : 없는 것을 있다고 생각하는 것. ◆집지위월왕시공(執指爲月枉施功) : 文字는 달(眞理)을 가리키는 손이다. 경전을 指月이라 함도 이런 뜻에서다. 그러나 이걸 모르고 달을 가리키는 손을 달인 줄 착각하는 데에 우리의 비극이 있고, 방황이 있고, 고뇌가 있다.(首楞嚴經) ◆날(捏) : 날조. ◆괴(怪) : 괴변. ◆방(方) : 바야흐로, 비로소.(血氣方剛－論語) ◆관자재(觀自在) : 관세음보살의 다른 이름. ◆업장(業障) : 죄업으로 인한 장애. ◆숙채(宿債) : 전생에 지은 빚.

[감상] 기차를 타고 가면서 창밖을 보라. 전봇대가 지나가고 있다. 그러나 다음 순간 기차는 정지해 있고 전봇대가 가고 있다.

자, 전봇대가 가고 있는가, 기차가 가고 있는가. 전봇대가 가고 있다고 생각하는 것은 '착각'이요, 기차가 가고 있다고 보는 것은 '깨달음'이다.

쉰넷

허기진 자 음식 만나 먹을 줄 모름이여
의사 만난 중병인들 무슨 소용 있겠는가
진흙 속에 뻗치는 이 지혜의 빛이여
불 속에 핀 연꽃이라 시들지 않나니
용시(勇施)는 큰 죄 짓고도 깨달음을 얻어
보월여래(寶月如來)라는 부처가 되었네.

飢逢王膳不能餐 病愚醫王爭得瘥 在欲行禪知見力
火裏生蓮終不壞 勇施犯重悟無生 早是成佛於今在

㈜ ◆왕선(王膳) : 진수성찬. 王은 膳을 수식한다. ◆의왕(醫王) : 名醫. ◆욕
(欲) : 五欲樂의 줄임말. 인간이 가진 욕망을 다섯 갈래로 묶음은 것. 재물
욕, 성욕, 식욕, 명예욕, 수면욕. ◆용시범중오무생(勇施犯重悟無生) : 옛날
옛적 衆香城 無垢光如來 때 비구 勇施가 있었는데 미남이었다. 유미녀와
情을 통했는데 남편이 이를 알았다. 용시가 그 남편을 죽임으로써 殺生戒
를 범하고 고민하자, 覺者 기구다라는 용시의 그런 어둠을 벗겨 줬다. 용시
는 기구다라 보살의 가르침을 받았다. 常光國土에 살면서 도를 깨닫고(悟
無生) 寶月如來가 되었다. 衆生濟度, 지금에 이르고 있다.

㈎㈐ 깨달음의 씨앗은 번뇌의 밭에서 꽃 피워야 한다. 번뇌라는
거름을 떠나, 그대여 어디 가서 깨달음을 얻겠다는 것이냐.
온갖 희비애락이 난무하는 이 세상이야말로 깨달음의 꽃을 피울
수 있는 가장 좋은 거름밭이다.

쉰다섯

사자의 울음소리 거침없는 말씀이여
어리석고 무지함을 깊이 탄식하나니
구름이 달을 가려 어둠만을 알 뿐이요
달에 걸린 실구름의 저 비밀은 모르네.

師子吼無畏說 深嗟懞憧頑皮靼
只知犯重障菩提 不見如來開秘訣

[주] ◆몽(懞) : 어리석은 모양, 무식한 모양. ◆동(憧) : 마음이 산란한 모양. ◆완피단(頑皮靼) : '頑皮'는 無知의 뜻, '靼'은 가죽의 뜻. 또는 몽고의 어느 산골 지명으로서 '無知'의 뜻으로 쓰이고 있다 함.

[감상] 어둠은, 무지(無知)는 진리의 길에 방해가 된다. 그러나 이 어둠 속에, 이 무지 속에 오히려 진리의 저 빛으로 가는 지름길이 있다는 것을 알아야 한다.

쉰여섯

간음하고 사람 죽인 두 젊은이 있었나니
존자 우파리의 반딧불만한 지식이 더욱 길만 막았네
거사 유마의 가르침을 듣고
비로소 그들의 의문점은 눈 녹듯 사라졌네.

有二比丘犯婬殺 波離螢光增罪結

維摩大士頓除疑 還同赫日銷霜雪

㈜ ◆유이비구범음살(有二比丘犯婬殺) : 婬戒와 殺戒를 범한 두 비구가 있
었다. 지계제일 우파리존자를 찾아갔다. 존자는 戒目에 따라 그 죄를 일러
주었다. 두 비구의 마음은 더욱 어두워질 뿐이었다. 居士 유마를 만났다.
유마는 "空'의 이치로 이들의 고뇌를 씻어 주었다. 두 비구는 죄책감에서
벗어나 깨달음을 얻었다.

감상 죄의 본성은 없다. 여기 천 년 동안 불을 켜지 않은 방이
있다. 그런데 어느 날 누군가가 횃불을 들고 이 방안에 들어갔
다. 그러자 천 년 동안 거기 쌓여 있던 어둠은 일시에 사라져 버
리고 말았다.
여기 어둠은 '죄'에, 그리고 횃불은 '지혜'에 견줘 보라.
……그렇다. '죄'란 원래 없는 것이다. 그것은 지혜의 부재(不在)
일 뿐이다.

쉰일곱

생각조차 못 하겠네 치뻗는 이 빛줄기
이 누리 온갖 것에 종횡무진 끝없어라
사사공양을 내 어찌 마다하리
백만 냥의 금덩이조차 거침없이 써 버리네
뼈를 부숴 가루 내어도 스승의 은혜 못 갚나니
뚜렷한 이 한 글귀는 모든 것을 초월했네.

不思議解脫力 妙用恒沙也無極
四事供養敢辭勞 萬兩黃金亦銷得
粉骨碎身未足酬 一句了然超百億

㊀ ◆사사(四事) : 신자가 수행자에게 제공하는 네 가지 생활 필수품, 즉 음
식·의복·침구류·의약품.

㊂ 깨닫고 난 다음에는 무얼 해야 하는가. 종횡무진으로 치달
으면서 이 삶의 바다 속으로 다시 뛰어들어와야 한다. 이제부터
진짜 삶이 시작되는 것이다.

쉰여덟

진리의 왕 최고의 자리여
깨달은 이들 모두 이 자리에 앉네
나 또한 이 여의주(마음)를 깨달았나니
믿는 이는 누구나가 서로 공감하고 있네.

法中王最高勝　河沙如來同共證
我今解此如意珠　信受之者皆相應

㈜ ◆신수지자(信受之者) : 믿고 몸소 실천하는 사람.

㉃ 깨달음은 절정이다. 이 세상의 어떤 자리와도 바꿀 수 없
는 그런 최고의 자리이다. 따라서 이 최고의 자리에는 깨닫게
되면 누구나 다 앉게 된다. 여기 이 세상의 유치한 자리싸움 따
위는 아예 없나니…….

쉰아홉

여기 단 한 물건도 없음이여
부처도 없고 중생도 없는 것을
모래알같이 많은 은하계는 저 바다의 거품이요
저 모든 성인은 번개치듯 반짝했다 사라지네
설령 내 머리 위에 무쇠바퀴를 씌워 돌린다 해도
이 집중력과 이 지혜의 힘은 부서지지 않을 것이니.

了了見無一物 亦無人兮亦無佛
大千沙界海中漚 一切聖賢如電拂
假使鐵輪頂上旋 定慧圓明終不失

注 ◆대천사계(大千沙界) : 온 우주. ◆철륜(鐵輪) : 무쇠로 만든 바퀴. ◆선(旋) : (바퀴 따위를) 돌리다.

鑑賞 깨달음을 부술 수 있는 것은, 마음을 부술 수 있는 것은 이 세상에 아무것도 없다. 저 에이즈균조차도 이 마음을, 이 깨달음을 부술 수는 없나니……

예순

차가운 햇빛이여, 달빛 쨍쨍 무더위여
악마의 무리도 이 말만은 못 꺾나니
코끼리 등에 높이 앉아 여유롭게 가나니
버마재비 저 따위가 어찌 길을 막겠는가
코끼리는 토끼 다니는 샛길을 가지 않고
큰 깨달음은 작은 형식에 구애받지 않네
그대 그 비좁은 소견으로 함부로 비난하지 말지니
깨닫지 못한 그대 위하여 내 이제껏 지껄였네.

日可冷月可熱　衆魔不能壞眞說
象駕崢嶸漫進途　誰見螳蜋能拒轍
大象不遊於兎徑　大悟不拘於小節
莫將管見謗蒼蒼　未了吾今爲君決

㊟ ◆쟁영(崢嶸) : 험준한 모양, 높은 모양. ◆만(漫) : 물 따위가 넓게 느릿느릿 흐르는 모양. 水漫漫, 路漫漫.(柳塘春水漫－엄유) ◆수견(誰見) : 누가 보았는가. ◆당랑(螳蜋) : 사마귀, 버마재비.(螳蜋拒轍－달걀로 바위치기) ◆토경(兎徑) : 샛길. ◆소절(小節) : 자질구레한 예의범절 따위. ◆관견(管見) : 비좁은 소견. 대나무 구멍을 통해 하늘을 보면 하늘은 대나무 구멍만큼밖에 보이지 않는다. 여기에서 ‘管見’이란 말이 나왔다.(莊子) ◆방창창(謗蒼蒼) : ‘謗’은 비방, ‘蒼蒼’은 ‘謗’을 거침없이 쏟는 모양. ◆결(決) : 애매한 것 또는 의심스런 것을 분명하게 결정해 버리다.(分爭辨訟 非禮不決－禮, 曲禮上)

[감상] 깨달음을 얻게 되면 모든 것은 순리에 따른다. 결코 형식적이거나 인위적이지 않다. 물이 가듯 여유롭고 막힘 없는 것, 그것이 깨달은 이의 모습인 것을……. '깨달음의 노래(證道歌)'는 여기서 끝난다. 벗이여, 그대에게도 큰 깨달음 있기를…….

교연(皎然, ?-799) … 1편

옛 절(古寺)

갈바람 낙엽은 빈 산에 가득한데
옛 절 등불은 돌벽 사이에 있네
지난날 예 거닐던 이들 다 가고
찬 구름만 밤마다 밤마다 날아오네.

秋風落葉滿空山　古寺殘燈石壁間
昔日經行人去盡　寒雲夜夜自飛還

형식 : 칠언절구
출전 : 서산집(杼山集)

[감상] 폐허가 된 옛 절의 풍광을 읊은 시. 쓸쓸하기 그지없다.

구슬 (翫珠吟)

타는 불 이 구슬이 측량 길 끊겼기에
바다 저 깊이깊이 얻어 볼 수 있는 것
잠겼다 떴다가 이 육체 속에 노닐면서
안과 밖 그 차가운 빛이 눈부시게 뻗치네
이 구슬 적지도 크지도 않으면서
낮밤으로 빛을 놓아 온갖 것 밝혀내네
찾아보면 모습 없어 자취 또한 없거늘
언제나 나를 따라 그 작용 분명한 것
황제가 어느 날 적수에 배 띄울 제
잃은 구슬 찾은 자 그 누구도 없었으나
장님인 망상이 무심결에 찾았으니
보는 것 듣는 것이 알고 보면 허깨비라
옛 사람 임시 방편 구슬에다 비했지만
이 구슬 얻으려다 봄물에 빠지는 자 수도 없네
어째서 기왓장 주워 들고 구슬이라 하는가
잠 깬 이는 앉아서도 이 구슬 얻는 것을
삼라의 온갖 모습 구슬 속에 빛 어리네
그 바탕 그 몸짓 구름(轉) 없는 구름이라
온갖 것 이 가운데 녹아 버리고

어느 때는 나타나서 그 수준에 응하나니
감각을 불사르고 잔가짓길 꺾음이여
자만심을 꺾고 애욕의 바다를 여지없이 말려 버리네
용왕의 딸이 부처에게 이 구슬 바침이여
수행자는 그것도 모르고 얼마나 헤맸는가
마음이다 성품이다 이름붙이나
성품도 아니요 마음도 아니요 예와 지금을 초월했네
전체가 뚜렷하나 그 뚜렷함을 얻지 못해
임시로 이름붙여 '완주음(翫珠吟)'이라 하나니.

般若靈珠妙難測　法性海中親認得
隱顯常遊五蘊中　內外光明大神力
此珠非大亦非小　晝夜光明皆悉照
覓時無物又無蹤　起坐相隨常了了
皇帝曾遊於赤水　爭聽爭求都不遂
罔象無心却得珠　能見能聞是虛僞.
吾師權指喩摩尼　采人無數溺春池
爭拈瓦礫將爲寶　智者安然而得之
森羅萬像光中現　體用如如轉非轉
萬機消遣寸心中　一切時中功方便
燒六賊　爍衆魔　能摧我山竭愛河
龍女靈山親獻佛　貧兒衣下幾蹉跎
亦名性　亦名心　非性非心超古今
全體明時明不得　權時題作翫珠吟

㊟ ◆완주음(翫珠吟) : 구슬(마음)을 음미하며 읊은 시. ◆망상(罔象) : 《莊子》天地篇에 나오는 이야기. 皇帝가 赤水에서 놀다가 구슬을 물에 빠뜨렸다. 백 보 밖의 털끝도 볼 수 있다는 明眼 離婁(離朱)를 시켜 찾도록 했으나 못 찾았다(有心故). 이번에는 契詬를 시켜 찾도록 했으나 역시 못 찾았다(亦有心故). 다시 罔象을 시켜 찾게 했더니, 망상이 가는 곳에 구슬은 찬란하게 빛나고 있었다(無心故). ◆용녀영산(龍女靈山) : 여자는 성불할 수 없다는 기존의 통례를 깨고 성불했다는 용녀의 이야기.(法華經 提婆達多品) ◆빈아의하(貧兒衣下) : 어떤 부호가 가난한 친구를 초대, 술에 취하여 자는 틈에 친구의 옷 속에 보배를 넣어 주고 바쁜 일로 외국에 갔다. 친구는 그것도 모르고 여기저기 얻어먹으며 떠돌다가 부호 친구를 만나 비로소 자신의 옷 속에 보배가 들어 있음을 알았다. 보배는 우리의 佛性이다.(涅槃經)

형식 : 칠언절구 5수와 고체시(古體詩) 2수를 연결하여 '음체(吟體)'로 했다. '음(吟)'은 '가(歌)'와 비슷한 문체의 한 종류다.
출전 : 경덕전등록(景德傳燈錄) 권 30

㊙ 마음을 한 개의 구슬에 비겨서 읊은 시.
마음을 감지하려면 어찌해야 하는가.
'마음을 감지한다'는 그 조작의 마음(作心)을 없애 버려야 한다.
그래야 '마음'은 마음으로써 감지된다. 여기 단하천연은 장자(莊子)의 이야기를 인용하고 있다.
"중국의 황제(皇帝)가 적수(赤水)라는 곳에 갔다가 보배 구슬을 물속에 빠뜨려 버렸다. 눈이 밝고 재주가 있고 능력 있는 신하들은 이 구슬을 찾지 못하고 돌아왔는데, 볼 줄도 모르고 재주도 능력도 없는 망상(罔象)이라는 장님이 구슬을 찾아왔다."
'마음을 텅 비워야만 거기에 마음이 담긴다'는 것을 읊은 시다.

……그렇다. 마음을, 진리를 찾겠다고 두 눈을 부라리는 이들은 모두 함흥차사가 됐고 마음이 뭔지도 모르는 저 무심(無心)한 바보만이 마음을 감지한다.

'용왕의 딸(龍女)이 이 마음이라는 구슬을 부처에게 바쳤다'는 것은 《법화경(法華經)》에 나오는 이야기로서 마음을 감지하는 데는, 즉 깨달음을 얻는 데는 남녀의 구별이 있을 수 없다는 것을 말하는 것이다. 그리고 자기 밖에서 찾아서는 안 된다는 뜻도 암시되어 있다.

'마음'을 마음이라 부르는 그 마음은 이미 진짜 마음이 아니요, 마음을 '마음 아니라' 부르는 그것 역시 진짜 마음이 아니거니자, 여기에서 어찌해야 하는가.

움직이면 그림자가 나타나고 깨어 있으면 살얼음이 덮인다(動則影現 覺則氷生).

어떤 사람이 (無題二)

어떤 사람이 한산의 길을 묻네
그러나 한산에는 길이 없나니
여름에도 얼음은 녹지 않고
해는 떠올라도 안개만 자욱하네
나 같으면 어떻게고 갈 수 있지만
그대 마음 내 마음 같지 않은걸
만일 그대 마음 내 마음과 같다면
어느덧 그 산속에 이르리라.

人問寒山道 寒山路不通
夏天氷未釋 日出霧朦朧
似我他由屆 與君心不同
君心若似我 還得到其中

주 ◆빙미석(氷未釋) : 얼음이 녹지 않다. ◆몽롱(朦朧) : 안개가 끼어 어둠침
침한 모양.(朦朧烟霧曉-李嶠) ◆계(屆) : 이르다. 다다르다.(無遠弗屆-書經)
◆약사아(若似我) : 만일 나와 같다면.

형식 : 오언율시, 평성경운(平聲庚韻)
출전 : 한산자시(寒山子詩)

鑑賞 길에 대하여 생각해 본 일이 있는가. '여기는 길입니다',
'그리고 이쪽은 길이 아닙니다'. 보통 이렇게 우리는 알고 있다.
길에 대하여. 그러나 천만의 말씀이다. 길이란 공간이다. 제아
무리 비좁은 공간이라도 그 공간이 있는 한 길은 아무 곳으로
나 뻗을 수 있다. 길은 만들어진 것이 아니라 만들어 가는 것이
니까.

말을 채찍해 옛 성을 지나가네 (無題三)

말을 채찍해 옛 성을 지나가나니
허물어진 저 모습 나그네 마음 흔드네
높고 낮은 성벽은 헐었는데
크고 작은 무덤은 누구누군고
외롭게 흔들리는 다북쑥 그림자
길게 우는 무덤 곁 바람 소리……
슬프다, 어찌 모두 이런 풍경뿐인가
오래 두고 남을 이름 하나 없네.

驅馬度荒城　荒城動客情
高低舊雉堞　大小古墳塋
自振孤蓬影　長凝拱木聲
所嘆皆俗骨　仙史更無名

注 ◆구마(驅馬) : 말을 몰다.(驅馬出關門 ─ 魏徵) ◆도(度) : (물 같은 곳을) 건너가다. 여기서는 지나가다.(度江河 ─ 漢書) ◆황성(荒城) : 허물어진 옛 성. ◆치첩(雉堞) : 성 위에 낮게 쌓은 담. ◆공목성(拱木聲) : 무덤가의 나무 바람 소리(墓木聲).

형식 : 오언율시, 평성경운(平聲庚韻)
출전 : 한산자시(寒山子詩)

인생무상을 뼈저리게 느끼며 읊은 시다. 선시라기보다는 차라리 '허무의 시'라고 해야 옳을 것이다.

가을날 당신은 낙엽 한 장이 되어 보십시오. 그리하여 가장 깊은 곳에서 당신의 모습과 만나십시오. 아아, 거기에는 백골의 싸늘함만이 뒹굴 뿐입니다. 저 긴 무덤의 행렬은 무엇을 말하고 있는 것입니까. 그것은 결국 미래의 내 모습입니다. 그러나 우리는, 무덤은 결코 내가 가야 할 곳이 아닌 걸로 여기고 천년을 살려는 꿈을 꾸고 있습니다. 여기에서 비극은 시작됩니다.

나는 어젯밤 꿈에 (無題四)

나는 어젯밤 꿈에 집에 갔었네
아내는 베틀에서 베를 짜고 있었네
북을 멈출 때는 무슨 생각 있는 듯
북을 올릴 때는 맥이 없어 보였네
내가 부르매 돌아보긴 했으나
멍히 앉아서 나를 알아보지 못했네
아마 서로 나누인 지 오래 됐기 때문이리
귀밑 머리털도 옛 빛이 아니었네.

昨夜夢還家　見婦機中織
駐梭如有思　擎梭似無力
呼之廻面視　怳復不相識
應是別多年　鬢毛非舊色

주　◆작야(昨夜) : 어젯밤.(周昨來－莊子)　◆기중직(機中織) : 베틀에서　베짜
다.　◆사(梭) : 베짜는 북.　◆사(似) : ~과 같다.　◆다년(多年) : 오랜 세월.
◆빈모(鬢毛) : 귀밑머리.

형식 : 오언율시, 입성직운(入聲職韻)
출전 : 한산자시(寒山子詩)

감상 '여옹침(呂翁枕)'이란 말이 있다. 당(唐)의 개원(開元) 19년, 노
생(盧生)이라는 사람이 한단(邯鄲)의 여사(旅舍)에서 도사(道士) 여
옹(呂翁)의 베개를 빌려서 잠을 잤더니 조밥을 짓는 사이에 80년
간의 영화스러운 생활을 꿈꾸었다는 이야기에서 나온 말이다.
결국 인생이란 하룻밤의 꿈이란 말인가. 어떤 사람 말하기를, 꿈
의 길이는 아무리 길다 해도 불과 몇 초를 넘지 못한다고 한다.
그렇다면 인생이란 이 길고긴 잠의 몇 초란 말인가. 너무 허망
하지 않은가. 그러나 아인슈타인도 말했다. 시간이란 중력(重力)
에 따라 길어지기도 하고 짧아지기도 한다고. 우리가 살고 있는
지구보다 몇백 배 무거운 중력을 가진 별에서 보면 우리의 백
년은 한 시간이 될 것이다. 울고불고하는 나의 일생이 어느 세
계의 한 시간이라면, 아아, 나는 바람 앞에 우는 갈꽃이다.

별들은 널려 있고 (無題五)

별들은 널려 있고 밤은 깊었는데
바위에 외로운 등불 달은 기우네
뚜렷이 찬 광명 이지러짐 없거니
하늘에 걸려 있는 이 내 마음이네.

衆星羅列夜明深 岩點孤燈月未沈
圓滿光華不磨瑩 挂在靑天是我心

注 ◆중성(衆星) : 별의 복수. ◆나열(羅列) : 널려 있다.(羅生兮堂下－楚辭)
◆암점고등(岩點孤燈) : 바위에 점 찍힌 듯 켜 있는 등불. 여기서의 '點'자
는 뒤의 '孤燈'을 살려 주는 절구. '點'자로 인하여 '孤燈'은 생명을 얻었다.
◆광화(光華) : 달빛.(月出之光－詩經) ◆괘재(挂在) : 걸려 있다.

형식 : 칠언절구, 평성침운(平聲侵韻)
출전 : 한산자시(寒山子詩)

鑑賞 한산(寒山)의 선시는 대부분 인생의 덧없음이나 산중의 즐
거움을 읊은 것이다. 그의 그러한 풍(風)은 도가(道家)의 흔적이
뚜렷하다. 그러나 여기 이 선시는 한산(寒山)의 작품에서도 보기
드문 작품이라 할 수 있다. 우선 외면적이던 그의 시 소재가 외
면을 트집으로 하여 내면화하고 있기 때문이다.

감도 없고 옴도 없고(無題一)

감도 없고 옴도 없고 본래 고요해
안에도 밖에도 중간에도 있지 않네
한 덩이 수정이여 티 하나 없어
그 빛살 이 세상을 두루 덮었네.

無去無來本湛然　不居內外及中間
一顆水晶絶瑕翳　光明透出滿人天

㊒ ◆담연(湛然) : 물이 깊고 고요한 모양. 여기서는 마음의 고요한 상태.(洞庭淵湛－魏書) ◆일과수정(一顆水晶) : 한 덩이 수정. ◆하예(瑕翳) : 옥의 상처, 티, 흠.

형식 : 칠언절구, 평성선운(平聲先韻) · 산통운(刪通韻)
출전 : 한산자시(寒山子詩)

㊌㊤ 마음을 한 덩어리 수정에 비유해 읊은 시다. 제1구와 제2구는 좀 설명적이다. 그러나 제3구와 제4구의 참신함으로 하여 시의 전편에 균형이 잡히고 있다.

우물 밑 붉은 티끌이 일고 _(無題二)

우물 밑 붉은 티끌이 일고
높은 산 이마에 파도가 치네
돌계집이 돌아기 낳고
거북털이 날로 자라네.

井底紅塵生　高山起波浪
石女生石兒　龜毛數寸長

㊟ ◆생(生) : 낳다.(生乎今之世－中庸) ◆구모(龜毛) : 거북털. 거북에게 털은 없다. 그러므로 이것은 일상적인 사고의 세계를 배격한다. 곰곰이 생각해 보라. 번개같이 느껴지는 게 있으리니. 말로서는 설명할 수 없는 그 충격이…… ◆장(長) : 자라다.(求得其養 無物不長－孟子)

형식 : 오언절구, 거성양운(去聲漾韻)
출전 : 한산자시(寒山子詩)

감상 온종일 말을 해도 말한 바가 없고(不說說) 온종일 듣고 들어도 들었다는 생각이 없는(不聞聞) 그런 경지를 이 시는 읊고 있다. 그런데 나에게는 왜 이렇게 들리는 것도 많고 지껄이는 일이 피곤한가. 마음은 저 구만리 장천을 날아가는데 몸은 한치 밖을 못 나가는구나. 불쌍한 세월이여. 용서하라, 이 가난뱅이를. 용서하라, 세월이여.

풍간(豊干, 766?-779?) … 1편

벽상시 (壁上詩)

본래 한 물건도 없음이여
티끌 묻을 것 또한 없나니
만일 이 이치를 깨달았다면
두 눈을 부라리며 앉아 있을 필요 없네.

本來無一物 亦無塵可拂
若能了達此 不用坐兀兀

㊟ ◆올올(兀兀) : 움직이지 않는 모양.(魂兀兀心亡−江淹)

형식 : 오언절구
출전 : 선시육백수(禪詩六百首)

㊉㊙ 절대경지에서 읊은 시. 간략한 시구 속에 무한한 여운이
감돌고 있다.

십이시가 (十二時歌)

하나, 닭이 우는 때(丑時)

문득 잠에서 깨어 쓸쓸한 내 모습 보네
속옷과 웃옷은 한 벌도 없고
다 해진 겉옷만 남아 있네
허리 없는 잠방이, 발 들일 곳조차 없는 바지 한 벌
머리에는 비듬이 서너 말은 되겠네
도를 깨쳐 중생제도 해보려던 내가
이렇게 멍청하게 될 줄 뉘 알았으랴.

鷄鳴丑　愁見起來還漏逗
裙子褊衫箇也無　袈裟形相些些有
褌無腰　袴無口　頭上青灰三五斗
比望修行利濟人　誰知變作不喞溜

注 ◆계명축(鷄鳴丑) : 첫닭 울 무렵. ◆누두(漏逗) : 가난한 모습, 쓸쓸한 모습. ◆군자(裙子) : 僧服. ◆편삼(褊衫) : 역시 승복. ◆사사(些些) : 아주 조금. ◆곤(褌) : 바지. ◆두상청회(頭上青灰) : 비듬. ◆비망(比望) : 이전에 희망하기를. ◆부즉류(不喞溜) : 영리하지 못하다. 멍청하다.

둘, 새벽녘(寅時)

벽촌의 부서진 암자 말로 형언키 어려워
아침 죽 속에는 쌀알이라곤 전혀 없나니
하염없이 창 틈 사이 먼지만 바라볼 뿐
들리느니 참새 지저귀는 소리뿐, 인적은 없어
홀로 앉아 잎 지는 소리 듣네
누가 말했는가 수행자는 애증(愛憎)을 끊는다고
생각할수록 눈물이 손수건을 적시네.

平旦寅 荒村破院實難論
解齊粥米全無粒 空對閑窓與隙塵
唯雀噪 勿人親 獨坐時聞落葉頻
誰道出家憎愛斷 思量不覺淚沾巾

㊀ ◆평단인(平旦寅) : 새벽녘. 새벽 4시경. ◆파원(破院) : 癈寺. ◆해제(解
齊) : 아침 식사. ◆극진(隙塵) : 창 틈 사이로 보이는 먼지. ◆수도(誰道) :
누가 ~라고 말했는가.

셋, 해 뜨는 시간(卯時)

청정함이 도리어 번뇌가 되나니

유한한 공덕은 티끌에 묻히고
무한한 마음밭은 빗질 한 번 한 적 없네
눈썹 찌푸릴 일만 많고 웃을 일 적은데
더욱 견딜 수 없는 것은 동쪽마을 황씨 노인
공양이라곤 단 한 번도 가져온 일 없는데
노새를 놓아 우리 절 앞의 풀 함부로 뜯어먹이네.

日出卯　清淨却翻爲煩惱
有爲功德被塵埋　無限田地未曾掃
攢眉多　称心少　叵耐東村黑黃老
供利不曾將得來　放驢喫我堂前草

넷, 아침 먹을 때(辰時)

이웃들의 밥 짓는 연기만 바라볼 뿐
만두와 떡은 작년에 이별했나니
지금은 생각만 해도 군침이 도네
마음을 가다듬을 수 없어 탄식만 하고 있나니
백여 호나 되는 마을에 착한 사람 하나 없네

찾아오는 이는 오직 차만 달라 하고
차를 내주지 않으면 화를 내며 돌아가네.

食時辰 煙火徒勞望四隣
饅頭餧子前年別 今日思量空嚥津
持念少 嗟歎頻 一百家中無善人
來者祇道覓茶喫 不得茶噇去又嗔

注 ◆식시진(食時辰) : 아침밥 먹을 무렵. 아침 9시경. ◆퇴자(餧子) : 찐 떡.
◆연진(嚥津) : 침을 삼키다. ◆당(噇) : 먹다. 마시다.

다섯, 해가 높아지는 시간(巳時)

머리 깎고 이 지경이 될 줄 뉘 알았으랴
어쩌다가 시골 중이 되어
굴욕과 굶주림에 죽을 지경이네
키다리 장씨 노인, 얼굴 검은 이씨 영감
나를 존경하는 마음은 전혀 없고
아까도 왔다 가더니 또다시 찾아와서는
차를 꿔 달라 종이를 꿔 달라 귀찮게 구네.

禺中巳 削髮誰知到如此
無端被請作村僧 屈辱飢悽受欲死

胡張三 黑李四 恭敬不曾生些子
適來忽爾到門頭 唯道借茶兼借紙

注 ◆우중사(禺中巳) : 오전 10시경. ◆무단(無端) : 까닭 없이. ◆사자(些子) :
조금도. ◆적래(適來) : 우연히 오다. 이따금 찾아오다.

여섯, 해가 머리 위에 온 시간(午時)

차를 마시다 밥을 먹다 도무지 순서가 없어
남쪽집에 갔다가 북쪽집에 들렀더니
쓰디쓴 소금덩이에 쉬어 버린 보리밥
수수밥에 상추를 내주고 하는 말이
식사를 소홀히 해서는 안 되니
도심(道心)은 더욱 견고해야 한다나…….

日南午 茶飯輪還無定度
行却南家到北家 果至北家不推註
苦沙塩 大麥醋 蜀黍米飯薦萵苣
唯称供養不得閑 和尙道心須堅固

注 ◆일남오(日南午) : 한낮. 정오 12시경. ◆추주(推註) : 推는 밀어내다, 배
척하다. 註는 알아보다, 아는 체하다. 즉 다시 말하자면 '推註'는 '별로 반

가위하지 않다의 뜻. ◆고사염(苦沙塩) : 쓴맛이 도는 소금. ◆대맥초(大麥醋) : 시큼한 맛이 나는 보리밥. ◆촉서(蜀黍) : 수수. ◆제(薺) : 나물. ◆와거(萵苣) : 쌈을 싸 먹는 채소, 상추.

일곱, 해가 기우는 때(未時)

이제는 굳이 밥 빌러 다닐 필요가 없네
배부르면 지난날 굶주린 일 잊는다더니
오늘 내 신세가 그리 되었네
참선도 하지 않고 경전도 안 읽나니
해어진 멍석 깔고 누워 한잠을 자네
천상(天上)의 그 어디라 해도
등을 따뜻하게 데워 주는 이런 햇살 없으리.

日昳未 者回不踐光陰地
曾聞一飽忘百飢 今日老僧身便是
不習禪 不論義 鋪箇破蓆日裡睡
想料上方兜率天 也無如此日炙背

㈜ ◆일질미(日昳未) : 오후 2시경. ◆자회(者回) : 這回. 이번에는. ◆상료(想料) : 곰곰이 생각하다. ◆일자배(日炙背) : 햇빛이 등에 따끈하게 비침.

228

여덟, 저녁때(申時)

그래도 향을 사르며 예배하는 사람 있네
다섯 할멈 가운데 세 명은 혹이 달리고
두 사람의 얼굴은 온통 주름투성이
참깨와 차를 공양 올리다니 진귀한 일이네
금강역사여, 팔뚝에 너무 힘을 주지 말게나
내년에 누에농사 보리농사 잘되면
나도 나한전에 공양 좀 올리려 하네.

晡時申 也有燒香禮拜人
五箇老婆三箇瘦 一双面子黑皺皺
油麻茶 實是珍 金剛不用苦張筋
願我來年蚕麥熟 羅睺羅兒與一文

囝 ◆포시신(晡時申) : 오후 4시경. ◆영(瘦) : 목에 난 혹. ◆일쌍면자(一双面子) : 두 사람의 얼굴. ◆준준(皺皺) : 주름살. ◆유마다(油麻茶) : 참깨와 차인 듯. ◆금강(金剛) : 金剛力士. 절의 문 입구에서 근육에 힘을 주며 인상을 쓰고 있는 수호신. ◆고장근(苦張筋) : 억지로 근육에 힘을 주다. ◆잠(蚕) : 누에(蠶). ◆나후라아(羅睺羅兒) : 여기서는 16羅漢 가운데 한 사람을 가리킴. ◆일문(一文) : 한 푼. '文'은 돈을 세는 단위.

아홉, 해지는 시간(酉時)

이 황량함밖엔 무엇이 또 남아 있는가
눈 푸른 납자(수행자)는 눈에 안 띄고
절을 거쳐 가는 사미승은 언제나 있네
벼락 치는 활구(活句)는 단 한 마디 없이
그저 엉터리로 부처의 뒤를 이어 가네
한 개의 든든한 이 쥐똥나무 주장자여
산 오를 땐 지팡이요 때론 개도 후려쫓네.

日入酉 除却荒涼更何守
雲水高流定委無 歷寺沙彌鎭長有
出格言 不到口 枉續矣尼子孫後
一條拄杖麤楜藜 不但登山兼打狗

㈜ ◆일입유(日入酉) : 오후 7시경. ◆정위무(定委無) : '별로 없다' 정도의
뜻인 듯. ◆역사(歷寺) : 잠시 절에 머물다 가다. ◆왕속(枉續) : 잘못 이어
가다. ◆날려(楜藜) : '楜'은 쥐똥나무. '藜'는 蒺藜, 즉 납가새(일년생 가시
나무).

열, 황혼의 때(戌時)

캄캄한 방에 홀로 앉아 있나니

가물거리는 호롱불은 켜 본 적 없어
눈앞은 온통 어둠뿐이네
종소리도 듣지 못한 채 하루 해가 저무나니
들리는 것은 늙은 쥐의 찍찍거리는 소리뿐
아아, 내 무슨 심정으로
저 바라밀(진리)을 생각하겠는가.

黃昏戌　獨坐一間空暗室
陽焰燈光永不逢　眼前純是金州漆
鐘不聞　虛度日　唯聞老鼠鬧啾唧
憑何更得有心情　思量念箇波羅蜜

㊟ ◆황혼술(黃昏戌) : 저녁 8시경. ◆양염(陽焰) : 아지랑이. ◆금주칠(金州漆) : 여기서는 '칠흑 같은 어둠'을 뜻함. ◆패추즉(鬧啾唧) : 여기서는 쥐새끼들의 찍찍거리는 소리. ◆개(箇) : 此, 這와 같은 뜻. ◆바라밀(波羅蜜) : 여기서는 '참선수행의 완성에 이르는 과정'을 말함.

열하나, 잠들 시간(亥時)

휘영청 저 달은 밝기만 한데
제일로 걱정되는 것은 잠자리에 누울 때라
옷 한 벌 없으니 무엇을 덮고 자겠는가
절 살림 사는 원주와 신도들은

입으론 곧잘 착한 말 하나 그 마음씨 의심스럽네
내 호주머니 이렇게 텅 비어 있는데도
물어 보면 그저 무조건 모른다고만 하네.

人定亥 門前明月誰人愛
向裏唯愁臥去時 勿箇衣裳著甚蓋
劉維那 趙五戒 口頭說善甚奇怪
任儞山僧囊磬空 問著都緣總不會

㊟ ◆인정해(人定亥) : 잠들 무렵. 밤 10시경. ◆향리(向裏) : 방안. ◆물개의
상(勿箇衣裳) : 옷이 전혀 없다. ◆착심개(著甚蓋) : 因甚蓋. 무엇으로 몸을
가리겠는가. ◆유유나(劉維那) : 유씨 성을 가진 維那. 유나는 禪院의 기강
을 관장하는 직책. ◆조오계(趙五戒) : 趙居士. 五戒는 在家信者가 받는 다
섯 가지 계율. ◆임이(任儞) : ~하게 내버려 두다(?). 여기서는 '주머니가 텅
비게 놔두다' 정도의 뜻인 듯. ◆낭경공(囊磬空) : 주머니가 텅 비어 있다.
◆문착(問著) : 묻다. '著'은 조사. ◆총불회(總不會) : 모두 모른다고 말하다.

열둘, 한밤중(子時)

생각은 잠시도 멈추지 않아
출가한 수행자 가운데
나처럼 사는 사람 얼마나 되리
맨흙바닥에 다 해어진 깔자리
느릅나무 목침에 이불은 전혀 없네

불전에 피울 향조차 없으니
재 속의 쇠똥 타는 냄새나 맡을 뿐이네.

半夜子 心境何曾得暫止
思量天下出家人 似我住持能有幾
土榻牀 破蘆簀 老楡木枕全無被
尊像不燒安息香 灰裏唯聞牛糞氣

註 ◆반야자(半夜子) : 밤 12시경. ◆노페(蘆簀) : 갈대나 대나무로 엮어 만든 깔개. 자리. ◆유(楡) : 느릅나무. ◆피(被) : 여기서는 덮고 자는 이불. ◆안식향(安息香) : 좋은 향의 한 가지. ◆문(聞) : 여기서는 냄새를 맡다.

형식 : 가체(歌體)
출전 : 조주록(趙州錄)

鑑賞 선승의 하루를 읊은 시. 언뜻 보면 청승맞은 신세 타령 같지만 그러나 선의 경지마저 벗어나 버린 평상심시도(平常心是道)의 세계를 읊고 있다. 조주는 120세를 살다 간 선승으로서 40년은 참선, 40년은 운수행각, 그리고 나머지 40년은 제자 지도로 일생을 보낸 당대 최고의 선승이다. 보라, 그의 무르녹은 경지를…… 무르녹을 대로 무르녹아 차라리 바보스럽기까지 한 이 천진 무구한 120세의 노인을……

오도송 (悟道頌)

삼십 년 동안 마음 찾던 나그네
잎 지고 꽃 피는 것 그 얼마나 보았던가
이제 복사꽃 한 번 본 후로는
다시는 더 의심할 게 없어졌네.

三十年來尋劍客　幾回落葉又抽枝
自從一見桃花後　直至如今更不疑

㈜ ◆추(抽) : 새싹이 트다. 나오다.(草以春抽－東哲)

형식 : 칠언절구
출전 : 전등록(傳燈錄) 권 11

감상 선사 영운은 어느 날 만발한 복사꽃을 보고 깨달음을 얻었
다. 그때 깨달음을 얻던 그 순간을 그는 아주 담담하게 읊고 있
다. 이 시의 특징은 시적인 영감을 완전히 배제했다는 데 있다.

무애자재 (無題)

밝게 오면 밝게 치고
어둡게 오면 어둡게 쳐라
사방 팔방으로 오면 회오리 바람으로 치고
허공으로 오면 도리깨로 후려쳐라.

明頭來明頭打　暗頭來暗頭打
四方八面來旋風打　虛空來連架打

㈜ ◆연가(連架) : 도리깨.

형식 : 육언절구
출전 : 임제록(臨濟錄)

[감상] 일생 동안 요령을 흔들며 떠돌다 사라진 방랑의 선승, 보화(普化)의 시다. 어떤 것도 용납하지 않는 그의 기백이 잘 나타나 있다.

취승도 (題張僧繇醉僧圖)

술은 언제나 떨어지지 않으니
소나무 가지엔 왼종일 술 한 병 걸려 있네
초성(草聖)의 광기가 한 번 꿈틀대면
저 그림 속의 바로 그 취승(醉僧)이 되네.

人人送酒不曾沽 終日松間挂一壺
草聖欲成狂便發 眞堪畵入醉僧圖

㊟ ◆고(沽) : 여기서는 '술을 사다'.

형식 : 칠언절구
출전 : 선시육백수(禪詩六百首)

감상 회소는 술을 좋아했고 특히 초서(草書)에 능했다. 술에 취하
면 긴 머리칼에 먹을 적셔 아무 곳에나 마구 초서를 쓰곤 했다.
그는 스스로를 '초서의 도를 통한 성인(草聖)'이라 했다.

백척간두에서 (無題)

백척간두에서 동요하지 않는 사람
비록 경지이긴 해도 아직 멀었네
백척간두에서 한 걸음 더 나아가면
온 누리가 그냥 내 몸이네.

百尺竿頭不動人 雖然得入未爲眞
百尺竿頭須進步 十方世界是全身

형식 : 칠언절구
출전 : 경덕전등록(景德傳燈錄) 권 10

[감상] 절망의 끝에서 박차고 나아가라는 교훈이 이 시의 주제이
다. 시로서 썩 좋은 작품은 아니지만 그러나 선적(禪的)인 기백은
있다.

무위자연 (無題)

연잎은 둥글둥글 둥글기 거울이요
마름 열매 뾰죽뾰죽 뾰죽하기 송곳이네
버들개지 바람 타고 솜털 날리고
배꽃에 비 뿌리니 나비가 나네.

荷葉團團團似鏡 菱角尖尖尖似錐
風吹柳絮毛毬走 雨打梨花蛺蝶飛

㊅ ◆단단(團團) : 둥근 모양. ◆능각(菱角) : 마름의 열매. 그 모양이 뾰족하게 각이 졌다. ◆첨첨(尖尖) : 뾰족뾰족한 모양. ◆유서(柳絮) : 버들개지. 버드나무의 꽃. ◆모구(毛毬) : 버드나무 꽃은 그 모양이 솜털 같아 바람에 날리다 땅에 떨어져 눈송이처럼 뭉치가 되어 굴러간다. 마치 털로 된 공이 굴러가는 것 같아서 毛毬 같다고 하는 것이다. ◆협접(蛺蝶) : 蝴蝶. 나비.

형식 : 칠언절구
출전 : 선시(禪詩)

㊙ 저 지는 배꽃잎 한 장에서 떠가는 구름 하나에 이르기까지 이 모든 것이 그대로 불멸의 가시적인 모습이다. 명명백초두 명명조사의(明明百草頭 明明祖師意)…….

동산양개(洞山良介, 807-869) … 1편

세월 밖의 봄(劫外吟)

고목에 꽃 피는 세월 밖의 봄날이여
옥상(玉象)을 거꾸로 타고 기린을 뒤따라가네
저 일천 봉우리 속으로 몸을 숨기나니
바야흐로 청풍 명월의 호시절이네.

枯木花開劫外春　倒騎玉象趁麒麟
而今高隱千峰外　月皎風淸好日辰

㊀ ◆옥상(玉象) : 옥으로 만든 코끼리. ◆진(趁) : 쫓아가다. 뒤따라가다.

형식 : 칠언절구
출전 : 오가정종찬(五家正宗贊) 권 3

㊁ 시상(詩想)은 그윽하고 시어(詩語)는 당차기 이를 데 없으나,
시정(詩情)이 거기 미치지 못하고 있다. 제4구 '호일진(好日辰)'에
약간 무리가 있다.

산노래, 둘 (山居詩二)

말로는 쉬었다 하나 마음 쉬기는 어렵네
시흥에 젖어 물가에 홀로 앉았나니
초가삼간 여기에 사람 자취 끊기어
십리 소나무 그늘에 홀로 노닐고 있네
명월과 청풍이여 우리 가풍 빛남이요
석양의 가을빛 또한 격외(格外)의 누각이네
마음은 아직 무심(無心)에 이르지 못하여
이 마음길 만 갈래가 물 따라 흘러가이.

難是言休便卽休 淸吟孤坐碧溪頭
三間茅屋無人到 十里松陰獨自遊
明月淸風宗炳社 夕陽秋色庾公樓
修心未到無心地 萬種千般逐水流

◆ 유공루(庾公樓) : 庾公이 노닐던 누각. 江西省 九江縣에 있는 揚子江
을 등진 누각. 晉나라 庾亮이 征西將軍이 되어 武昌에 있을 때 세운 건물
이라 함.

형식 : 칠언사율, 평성우운(平聲尤韻)

출전 : 전당시(全唐詩)

[감상] 거침없이 흐르는 시상(詩想)이 전편을 압도하고 있다. 그리고 여기 꾸밈 없는 인간미가 담겨 있다. 과연 대가(大家)다운 솜씨다.

산노래, 여덟 (山居詩八)

마음이여 마음이여 그윽한 곳에만 머물지 말라
돌집 바위 가파른데 긴 백발 날리며
다칠세라 길 뻗는 대죽순 피하여 가고
소나무 사랑하여 길 막는 가지조차 그대로 두네
향 사르며 발 걷을 제 뜰에는 안개 피어 오르고
발 사이 내 마음은 아득하고 달은 연못에 있네
옛 사람 하나같이 백발 되어 돌아갔거니
지금은 어디서 무엇 하는지 알 길이 없네.

心心心不住希夷　石屋巉岩白髮垂
惜竹不除當路笋　愛松留得礙人枝
焚香開卷霞生砌　卷箔冥心月在池
多少故人頭盡白　不知今日又何之

图 ◆희이(希夷) : 심오한 道理. 道의 본체(老子 道德經 권 14). ◆참암(巉岩) :
바위가 높고 험함.(登巉岩而下望兮－宋玉 高唐賦) ◆순(笋) : 죽순. 本作筍.(澤
蘭根名地笋以根可食也－本草綱目) ◆체(砌) : 섬돌.

형식 : 칠언사율, 평성지운(平聲支韻)
출전 : 전당시(全唐詩)

감상 전편의 시상(詩想)이 단 한 구절도 막힘이 없이 흐르고 있다. 특히 제1구는 절창이다.

유한(有閑)과 무사안일(無事安逸)에 떨어지기 쉬운 도가풍(道家風)의 시에 일침(一針)을 가하는 구절이다.

산노래, 열 (山居詩十)

오악은 안개로 긴 띠 둘렀고
신선의 굴은 눈앞에 보이네
돌창문 머리맡에 성근 빗발 지나고
물방아엔 사람 없어 바람만이 붐비네
동자승의 독경 소리 대밭 깊은 속이요
석양을 등에 업고 잔나비 이를 잡네
곰곰이 지난날 생각해 보니
바람 같은 물 같은 내 삶이었네.

五岳煙霞連不斷　三山洞穴去應通
石窓倚枕踈踈雨　水碓無人浩浩風
童子念經深竹裏　獼猴拾虱夕陽中
因思往事拋心力　六七年來楚水東

㊟ ◆오악(五岳) : 중국에 있는 다섯 개의 큰 산. 泰山(東岳), 華山(西岳), 衡
山(南岳), 恒山(北岳), 嵩山(中岳). ◆삼산(三山) : 三神山. 신선이 살고 있다는
仙山. 蓬萊山, 方丈山, 瀛州山. ◆수대(水碓) : 水磨. 물방아.(村舍無人有碓聲
－陸遊) ◆슬(虱) : 사람 몸에 사는 벌레, 즉 이.

형식 : 칠언율시, 평성동운(平聲東韻)
출전 : 전당시(全唐詩)

[감상] 동자승의 경 읽는 소리가 대숲 속에서 들려오는데, 원숭이는 석양을 등에 업고 이를 잡고 있다…….

이국적인 풍경이다. 그러나 이 한가로움 속에는 우리가 잃어버린 인간의 꿈이 남아 있다.

산노래, 열둘 (山居詩十二)

안개바위 푸른 틈을 뉘 있어 그릴까나
계수향 떨어지는 물에 풀잎 향기 섞이네
안개 걷고 구름 쓸며 운모(雲母)를 뜯나니
돌을 파고 솔 옮기다 복령을 얻었네
꽃 속의 예쁜 새는 경쇠 소리 엿보고
물 같은 어린 이끼 금병(金甁)을 덮네
욕하려면 욕하고 웃으려면 웃게나
천지가 개벽해도 또한 거기 맡기네.

翠竇煙巖畵不成　桂香瀑沫雜芳馨
撥霞掃雲和雲母　掘石移松得茯苓
好鳥傍花窺玉磬　嫩苔和水沒金甁
從他人說從他笑　地覆天飜也只寧

주 ◆두(竇) : 바위나 담 같은 데 뚫리거나 벌어진 구멍. ◆복령(茯苓) : 소나
무 뿌리에 기생하는 버섯 종류. 漢方에서 水腫, 淋疾 같은 데 약재로 씀.
◆눈태(嫩苔) : 어린 이끼. 嫩은 갓 돋아난 떡잎을 말함.(紅入桃花嫩－杜甫)

형식 : 칠언율시, 평성청운(平聲靑韻)
출전 : 전당시(全唐詩)

[감상] 동양과 서양의 차이는 무엇인가. 여러 사람이 여러 말을 하고 있지만 나는 산(山)에 대한 자세로 보고 싶다. 서양에서 산은 인간이 정복해야 할 것, 무한한 지하자원의 보고이다. 그러나 동양에서 산은 인간의 꿈이 실현되는 이상향이었다. 그리하여 산은 인자(仁者)의 상징으로 등장하게 되었다. 또한 산은 동양인의 은둔적인 마음의 유일한 도피처이기도 하다. 여기 선월(禪月)의 기가 찬 '산의 시(詩)'가 있다. 도피는 도피 이상의 것이 될 때 진짜 도피가 된다.

산노래, 열여섯 (山居詩十六)

암자는 아득히 저 하늘가요
대나무베개 소나무상에 푸른 산이 둘렸네
젖사슴은 눈 덮인 길을 몰래 다니고
폭포는 잔잔하게 돌 누각길 적시네
한가로운 걸음이여 어느새 뜰을 지나왔는가
긴 한 곡조에 산의 신령이 감응하네
아아, 그 누가 이 뜻을 알겠는가
성인도 범부도 버린 채 홀로 깨어 있네.

一庵冥目在穹冥　菌枕松床蘇嶂靑
乳鹿暗行樏徑雪　瀑泉微濺石樓經
閑行不覺過天井　長嘯深能動岳靈
應恐無人知此意　非凡非聖獨醒醒

주 ◆균침(菌枕) : 대나무베개.　◆소(蘇) : 苔. 이끼.(苔草亦呼宣蘇－述異記)
◆정(樏) : 낙엽과에 속하는 나무의 한 가지.　◆천정(天井) : 사방 또는 삼면
이 집으로 둘러싸인 뜰.

형식 : 칠언율시, 평성청운(平聲靑韻)
출전 : 전당시(全唐詩)

248

[감상] 산을 노래한 시들의 대부분이 은둔적이고 염세적임은 다 아는 바이다. 따라서 그 노래에 스케일 따위는 눈을 씻고 봐도 없다. 그러나 여기 예외가 있다. 그것은 제6구 '장소심능동악령(長嘯深能動岳靈)'에서 보이는 장대한 세계다. 이는 선월(禪月)이 아니고서는 그 누구도 못 가는 경지다.

산노래, 열아홉(山居詩十九)

홍란에 이슬 젖어 옥구슬(이슬)은 밭둑에 가득한데
한가로이 노닐다 어느덧 서편에 이르렀네
이 마음 연꽃이듯 물들지 않게 할 것이지
뭣 때문에 몸을 깎아 고목나무 만드는가
옛 참호에 가는 연기, 낙엽은 붉게 저물어 가고
반봉(半峯)의 잔설 속에 흰 잔나비 우네
이곳 비록 복사꽃 피는 별유천지 아니지만
봄이 오면 복사꽃잎 개울 가득 흘러가네.

露滴紅蘭玉滿畦　閑拖象屣到峯西
但令心似蓮華潔　何必身將槁木齊
古壍 細烟紅樹老　半峯殘雪白猿啼
雖然不是桃花洞　春至桃花亦滿溪

㈜ ◆규(畦) : 밭두둑.(菜茹有畦－漢書)　◆시(屣) : 신발.　◆고목(槁木) : 枯木.
◆제(齊) : ~과 같게 만들다. 여기서는 '몸을 고목과 같이 만들다'의 뜻.(與
日月兮齊光－楚辭, 九歌, 雲中君)　◆고참(古壍) : 옛날에 군사 방어용으로
파 놓았던 참호인 듯.(壍 山埋谷千八百里－史記)

형식 : 칠언절구, 평성제운(平聲齊韻)
출전 : 전당시(全唐詩)

감상 이 시에서의 핵심은 제3구와 제4구다. 물이 구르는 저 연꽃처럼 마음을 때묻지 않게 한다면 그것으로 충분하다. 그런데 또 무엇 때문에 계행을 지킨다고 몸을 고목처럼 마르게 학대하고 있는가.

……과연 옳은 말이다. 그러나 어려운 말이다. 왜냐하면 몸과 마음은 서로 붙어 다니기 때문이다.

저 흰구름에게 (雲水頌)

한 그릇으로 천가(千家)의 밥을 빌면서
외로운 몸은 만리를 떠도네
늘푸른 눈을 알아보는 이 드무니
저 흰구름에게 갈 길을 묻네.

一鉢千家飯 孤身萬里遊
靑目睹人少 問路白雲頭

㊉ ◆도(睹) : '觀'와 같은 글자. 바라보다. ◆청목(靑目) : 깨달은 이의 눈.

형식 : 오언절구
출전 : 전등록(傳燈錄) 권 27

감상 깨달은 이의 외로움을 읊은 시로서 선시의 백미에 속한다.
포대화상, 그는 포대 자루 하나를 어깨에 메고 일생 동안 떠돌
던 수행자였다. 그런 그의 떠돌이 심정이 이 시에 남김없이 드
러나 있다.

빗줄기 (浮漚歌)

빗줄기 떨어져 뜰 앞은 바다였네
물위에 거품이 둥둥 뜨고 있었네
앞엣것 꺼지면 뒤엣것 다시 뜨고
앞과 뒤가 꼬리 물듯 끝이 없었네
본시는 빗방울이 거품을 만들었으니
바람이 여기 치면 거품 문득 물인 것을,
물과 거품 둘 아님 그도 모르고
거품이다 물이다 분별심을 내고 있네
밖으로는 투명한데 안으로는 텅 비어
안과 밖 영롱하여 수정구슬과도 같네
바람 부는 그 위에선 있는 것 같지만
바람 자면 그 다음은 흔적마저 없는 것
있다 없다 그 묘한 이치 밝히기는 어려워
모습 없는 그 가운데 모습이 갖춰 있네
물거품 물로부터 비롯됨을 안다 해도
물 또한 거품에서 나오는 이치, 이를 어찌 알겠는가
물이다 거품이다 임시로 갈랐으니
이 모두가 집착하는 번뇌망상 때문이네
이런 이치 아는 곳에 물거품은 사라지고

거품도 아니요 물도 아닌 그런 것(본질) 보게 되리.

雲天雨落庭中水　水上漂漂見漚起
前者已滅後者生　前後相續無窮已
本因雨滴水成漚　還緣風激漚歸水
不知漚水性無殊　隨他轉變將爲異
外明瑩　內含虛　內外玲瓏若寶珠
正在澄波看似有　及乎動著又如無
有無動靜事難明　無相之中有相形
只知漚向水中出　豈知水亦從漚生
權將漚水類餘身　五蘊虛欑假立人
解達蘊空漚不實　方能明見本來身

㊟ ◆착(著) : 着과 통용.(逢著仙人莫下棋 —許用晦) 여기서는 '動'의 어조사.
◆찬(欑) : 모으다. 모이다. 한데 모아 쌓다.(欑至于上 —禮記)

형식 : 가체(歌體)
출전 : 전등록(傳燈錄) 권 30

㊙ 여기 '물'은 마음에, 그리고 '거품'은 마음으로부터 비롯된 이 모든 것을 상징하고 있다. 물과 거품은 둘이지만 하나다. 왜냐하면 물을 떠나서 물거품이 없고 물거품을 떠나서 물이 없기 때문이다.

오도송 (悟道頌)

작년의 가난은 가난이 아니요
올해의 가난이 진짜 가난이네
작년에는 송곳 꽂을 땅도 없더니
올해는 그 송곳조차 없어졌네.

去年貧未是貧　今年貧始是貧
去年無卓錐之地　今年錐也無

㈜ ◆탁추(卓錐) : 송곳을 꽂다.

형식 : 잡언고시(雜言古詩)
출전 : 전등록(傳燈錄)

감상 작년에는 깨달았다는 희열감으로 불타고 있었다. 그러나
올해는 깨달았다는 그 희열감마저 사라져 버렸다.

가고감에 흔적 없어 (玄旨)

가고감에 흔적 없어
올 때 또한 그러하네
그대 만일 묻는다면
해해 한 번 웃겠노라.

去去無標的 來來只麼來
有人相借問 不語笑哈哈

㊟ ◆해해(哈哈) : 기뻐서 웃는 모양.

형식 : 오언절구
출전 : 선문제조사게송(禪門諸祖師偈頌)

㊀㊂ 멋진 선시다. 바람같이 갔다가 바람같이 오는 사람.
눈 위에 발자국을 남기지 않는 사람.
언어는, 관념은 모두 사라져 버리고 마지막으로 여기 웃음밖에
남지 않은 사람, 그를 우리는 '깨달은 이'라 하나니……

삼라만상 가운데 (投機)

삼라만상 가운데 홀로 드러난 몸이여
그대 스스로 인정해야만 비로소 친숙해지네
옛적에는 길 위에서 찾아 헤매었으나
오늘은 불 속에서 얼음을 보네.

萬像之中獨露身 唯人自肯乃方親
昔時謬向途中覓 今日看來火裏冰

형식 : 칠언절구
출전 : 선종잡독해(禪宗雜毒海) 권 3

감상 득도(得道)의 경지를 읊은 시. 제4구의 '화리빙(火裏冰)'이 이
시를 살렸다.

이 천지간에 (無題)

이 천지간에 일없는 길손이요
사람 가운데 돌중이 되었네
그대들 비웃거나 말거나
내 생애는 이런대로 당당하다네.

宇內爲閑客　人中作野僧
任從他笑我　隨處自騰騰

㊞ ◆야승(野僧) : 돌중, 땡추중, 막중.　◆등등(騰騰) : 자신만만하다. 당당
하다.

형식 : 오언절구
출전 : 전등록(傳燈錄) 권 11

㊞ 돌중(엉터리 중)의 당당함을 읊은 시. 돌중이면 어떻고 막중
이면 어떠리. 가슴 속엔 언제나 새파란 불꽃이 타오르고 있는
데……

잠에서 일어 (睡起作)

가을비 멎었는데
잠에서 일어 정신을 가다듬네
물을 보고 산을 보며 앉아 있나니
부귀도 명예도 다 잊었네
옛 조사들의 마음을 시구로 읊으면서
한가롭게 차를 달이네
내 살림살이 뉘 있어 알겠는가
외로운 구름만 이따금 섬돌가에 오네.

長空秋雨歇　睡起覺精神
看水看山坐　無名無利身
偈吟諸祖意　茶碾去年春
此外誰相識　孤雲到砌頻

주 ◆다전(茶碾) : 찻잎을 가는 맷돌. ◆체(砌) : 섬돌.

형식 : 오언율시
출전 : 선시육백수(禪詩六百首)

感想 시상엔 무리가 없지만 발랄한 기운이 모자란다. 세상의 명리를 떠나 사는 선승의 일상이 담담하게 떠오르고 있다. 마지막 구절이 여운을 남기고 있다.

꽃을 보며(詠花)

꽃 피니 가지 가득 붉은색이요
꽃 지니 가지마다 빈 허공이네
꽃 한 송이 가지 끝에 남아 있나니
내일이면 바람 따라 어디론지 가리라.

花開滿樹紅　花落萬枝空
唯餘一朶在　明日定隨風

형식 : 오언절구
출전 : 전당시(全唐詩)

[감상] 그 시정이 애잔하기 이를 데 없다.
제1구의 '개(開)'와 홍(紅)', 제2구의 '낙(落)과 공(空)'의 대비를 보라. 그리고 제3구의 '일(一)'을 보라. 제4구의 '풍(風)'에서 그 시상은 절정에 이르고 있다.
한 폭의 그림으로 그렸더라면 아주 멋진 작품이 되었을 시다.

파강에서 (宿巴江)

강물 소리 오십 리
푸른 물빛 급히 흘러 현처럼 휘네
낮은 어느새 밤이 되었는가
세월은 참 덧없이 가네
골짜기에 외로운 달이여
양쪽 언덕에 두견새 우네
산그림자는 줄곧 나를 따라와
새벽 뱃머리를 덮고 있네.

江聲五十里 瀉碧急于弦
不覺日又夜 爭敎人少年
一汀巫峽月 兩岸子規天
山影似相伴 濃遮到曉船

注 ◆사(瀉) : 경사져 흐르다. ◆쟁(爭) : 어찌, 어찌하여.

형식 : 오언율시
출전 : 선시육백수(禪詩六百首)

鑑賞 시의 구성력이 빼어나다. 제2구가 멋지다.

목동(牧童)

소를 타고 이리저리
봄바람 실비 속을 가네
푸른 산 풀밭 속에
외로이 가는 한 가락 피리 소리여
날이 새면 노래부르며 갔다가
달 뜨면 손뼉 치며 돌아오네
누가 그대를 흉내내리
여기 옳음도 옳지 않음도 없는 것을…….

牛得自由騎　春風細雨飛
靑山靑草裏　一笛一蓑衣
日出唱歌去　月明撫掌歸
何人能似爾　無是亦無非

㊌ ◆사의(蓑衣) : 도롱이. 비 올 때 입는 옛날식 우비.

형식 : 오언율시
출전 : 선시육백수(禪詩六百首)

㊂ 소 치는 소년(牧童)은 흔히 선 수행자에 비유된다. 여기 선
수행자의 유유자적한 삶이 한 폭의 그림처럼 부각되고 있다.

가풍(家風)

내로라 자부하는 선객(禪客)들이여
입 벌렸다 하면 깨달음을 거론하네
하나 이 몸은 늙고 병들어 아무것도 모르나니
벌건 대낮에 새벽종을 울리고 있네.

祖師門下客 開口論無生
老我百不會 日午打三更

형식 : 오언절구
출전 : 남송원명선림승보전(南宋元明禪林僧寶傳) 권 11

感想 선리(禪理)는 있지만 시정(詩情)이 미약하다. 그리고 제4구는
너무 의도적이다.

반야송(般若頌)

마하반야여
취할 것도 없고 버릴 것도 없네
만일 이 뜻을 알지 못하면
엄동 설한에 칼바람 불어오리.

摩訶般若　非取非捨
若人不會　風寒雪下

형식 : 사언고시(四言古詩)
출전 : 전등록(傳燈錄) 권 25

[감상] 간단 명료하지만 직관적인 예지(般若)가 번뜩인다. 제1·2
구는 깨달음의 경지를, 제3·4구는 깨닫지 못한 고뇌의 상태를
읊고 있다.

제 3 부

송(宋, 960~1279)

자화상(永明偈)

'영명의 뜻'을 알고 싶거든
문 앞의 저 호수를 보라
해가 뜨면 반짝이고
바람 불면 물결이 이네.

欲識永明旨　門前一池水
日照光明生　風來波浪起

형식 : 오언절구
출전 : 연등회요(聯燈會要) 권 28

[감상] 송대(宋代) 초기에 혜성처럼 나타났던 선사, 영명연수의 시다. 보라, 영명연수의 이 종횡무진한 경지를. '해가 뜨면 빛나고 바람 불면 파도치는' 이 경지를.

임종게 (臨終偈)

저 백은의 세계 눈부시어
이 누리가 온통 한 진리네
밝음과 어둠마저 이를 수 없는 곳
오후의 햇살에 전신이 드러나네.

白銀世界金色旻 情與非情共一眞
明暗盡時都不照 日輪午後示全身

㊟ ◆민(旻) : 하늘(天) 또는 가을하늘. ◆정(情) : 有情. 생물에 대한 총칭.
◆비정(非情) : 無情. 무생물에 대한 총칭.

형식 : 칠언절구
출전 : 전등록(傳燈錄) 권 13

㊂㊂ 임종게치고는 썩 빼어난 작품은 아니지만 그러나 그런대로
선승의 품격은 유지하고 있다.

임종게 (臨終偈)

기름 다하여 등불 꺼지나니
탄지(彈指)의 이 소식 누구에게 전하리
가고 머무는 것 본래 그대로이니
봄바람은 지금 잔설(殘雪)을 쓸고 있네.

畵堂燈已滅　彈指向誰說
去住本尋常　春風掃殘雪

주 ◆화당(畵堂) : 그림으로 장식한 방, 잘 꾸며 놓은 방.

형식 : 오언절구
출전 : 보등록(普燈錄) 권 22

감상 선승이 아닌 재상의 임종게라는 점에서 특이한 시다. 죽음
앞에서 이렇게 넉넉할 수 있는 것은 정말 대단한 경지다. 제4구
를 통해 우리는 잔잔히 번져가는 선정(禪情)을 느낄 수 있다.

검은 개가 (格外)

검은 개가 은발굽을 번쩍이고
흰 코끼리 곤륜산을 타고 가네
이 두 곳에서 걸림 없으면
불 속에서 목마가 울겠네.

黑狗爛銀蹄　白象崑崙騎
於斯二無礙　木馬火中嘶

㊀ ◆난(爛) : 빛나다. 번쩍거리다.

형식 : 오언절구
출전 : 오가정종찬(五家正宗贊) 권3

㊂ 격외풍의 선시로서 일품이다. 그러나 시어(詩語)에 참신한
맛은 적다.

설두중현(雪竇重顯, 980−1052) ··· 7편

문수 전삼삼 (碧巖錄第三五則公案文殊前三三頌)

굽이지고 휘어진 저 일천 봉우리
누가 감히 문수(文殊)와 대적하리
우습구나, 이 산속의 대중 몇이나 되는가
앞에도 셋셋이요 뒤에도 셋셋이네.

千峯盤屈色如藍 誰謂文殊是對談
堪笑清凉多少衆 前三三與後三三

주 ◆반굴(盤屈) : 盤曲. 구불구불 휘어진 모습. ◆문수(文殊) : 지혜를 상징하는 보살. ◆감소(堪笑) : 몹시 우습다. 堪은 甚과 뜻이 같다. ◆전삼삼후삼삼(前三三後三三) : 내 그대를 보며 가슴을 우나니. 이곳에서 발꿈치 조금만 돌리면 그냥 천지가 개벽할 텐데······.

형식 : 칠언절구, 평성담운(平聲覃韻)
출전 : 벽암록(碧巖錄)

감상 무착(無着)이라는 중이 문수보살을 찾아가 물었다.
"이 산속에는 수행자가 몇 명이나 있습니까?"
"앞에도 셋셋이요 뒤에도 셋셋이지."
······이 무슨 말장난인가. 그러나 여기에 깨닫는 소식이 있나니 이것이 몇 명을 가리키는 숫자인지 알아볼진저······.

대광작무(碧巖錄第九三則公案大光作舞頌)

누런 종이를 황금이라고 누가 말했느냐
첫 화살 약과로다 뒤 화살이 매서운 것
선(禪)의 저 물결 이와 같다면
무수한 사람 땅에 빠져 죽었으리.

前箭猶輕後箭深 誰云黃葉是黃金
曹溪波浪如相似 無限平人被陸沈

[주] ◆수운황엽시황금(誰云黃葉是黃金) : 부처의 사십구 년 설법은 우는 아기 달래는 종잇돈(黃葉)일 뿐 진짜 황금이 아니다. 그렇다면 어떤 것이 진짜 황금인지 알아보라. ◆조계(曹溪) : 조계땅에 살았던 六祖慧能. 여기서는 육조혜능의 禪脈을 이은 후계자들, 또는 육조의 선맥 그 자체. ◆피륙침(被陸沈) : 육지에 빠져 죽게 되다. '被'에는 '~을 당하다'는 수동의 뜻이 있다.(以萬乘之國 被園─史記)

형식 : 칠언절구, 평성침운(平聲侵韻)
출전 : 벽암록(碧巖錄)

[감상] 나(我)라는 이 집념을 버릴 때 어떤 사람의 생각이든 와서 비칠 수 있다. 선승 대광(大光)의 춤도 그때가 되면 알 것이다. 《벽암록》의 제93칙 공안 〈대광작무(大光作舞)〉를 보면 이렇다.

大光作舞

僧問大光, 長慶道, 因齋慶讚 意旨如何. 大光作舞. 僧禮拜. 光云 見箇什麼
便禮拜. 僧作舞. 光云 這野狐精.

조주 지자지도(碧巖錄第五九則公案趙州只這至道頌)

물 뿌려도 묻질 않고
바람 또한 못 스미네
범의 걸음, 용의 날개
귀신의 울부짖음, 신(神)의 흐느낌
머리 길이 석 자다 이게 누군가
상대는 말없이 외발로 서 있네.

水灑不着 風吹不入
虎步龍行 鬼號神泣
頭長三尺知是誰
相對無言獨足立

주 ◆쇄(灑) : 물을 뿌리다. ◆취(吹) : 입 따위로 불다. ◆호(號) : 부르다. 부르짖다. ◆읍(泣) : 울다. 흐느끼다. ◆독족(獨足) : 왼쪽 발. 한 쪽 발.

형식 : 고체시(古體詩), 입성집운(入聲緝韻)
출전 : 벽암록(碧巖錄)

감상 생각의 차원을 넘어선 사람의 모습을 묘사한 시다. 제1구의 '수쇄불착(水灑不着)'과 제2구의 '풍취불입(風吹不入)'은 너무나 유명한 구절이다.

운문 일일호일 (碧巖錄第六則公案雲門日日好日頌)

하나마저 버리고 일곱을 얻음이여
이 세상 그 어디에 맞설 자 있으리
물소리 자욱자욱 끊어 버리고
흘끗 보매 새 날아가는 흔적 집어내 오네.

去却一拈得七 上下四維無等匹
徐行踏斷流水聲 縱觀寫出飛禽跡

㊟ ◆거각일념득칠(去却一拈得七) : 철저히 버림으로써 오히려 일체를 얻는
다는 眞空妙有의 소식. ◆사유(四維) : 사방의 間方. 乾(西北), 坤(西南), 艮
(東北), 巽(東南). ◆무등필(無等匹) : 맞설 수 없다. ◆서행(徐行) : 천천히 가
다. ◆종관(縱觀) : 세로로 보다. ◆사출(寫出) : 집어내다.

형식 : 고체시(古體詩)
출전 : 벽암록(碧巖錄)

㊙ 이 <일일시 호일>(日日是好日) 공안은 운문이 사월초파일
날 설법한 내용이다. '호일(好日)'이란 '좋은 날'이 아니라 '생일
날'이란 뜻이다. 운문이 말하는 '십오일 이전(十五日已前)'(8일에
부처가 태어났기 때문에)이란 부처 생일날을 뜻하고, '십오일 이

후(十五日已後)'란 부처 생일 이외의 날들을 말한다. 그러므로 운문의 물음에는 다음과 같은 속뜻이 있다.

'부처가 태어난 날은 묻지 않겠거니와 그 이외의 날들에 대해서 말해 봐라.'

대답하는 사람이 없자 스스로 말하기를 '나날이 부처의 생일날(日日是好日)'이라고 했다. 즉 '부처는, 부처의 씨앗이므로 우리 자신은 매일매일, 아니 매 순간 다시 태어난다.'는 것이다.

　　나날이 내 생일이다.
　　난 매일매일
　　아니 순간순간 다시 태어난다.

이 얼마나 멋진 말인가. 그러나 운문의 이 <일일시호일> 공안에는 문학적인 멋으로 위장한 엄청난 함정이 있다. <일일시호일> 공안의 진짜 속뜻은 전혀 다른 데 있다. 수박의 겉과 속이 전혀 다르듯이. 그렇다면 그 속뜻은 무엇인가.

<일일시호일>!

꽉 닫혀버린 이 철벽 앞에서 한 번 크게 죽었다가 다시 태어나지 않고는 이 공안의 문은 절대로 열리지 않는다. 적어도 생사의 문제가 걸린 이 공안 앞에서 함부로 지껄이지 말라. 염라대왕은 말 잘하는 놈을 두려워하지 않는다.

시의 제1구, 제2구는 이 공안의 문을 연 자의 당당한 모습을 그리고 있다. 제3구, 제4구는 번개보다 빠르고 정확한 그의 경지를 읊은 것이다.

설봉 진대지 (碧巖錄第五則公案雪峯盡大地頌)

소대가리로 사라졌다 말대가리로 돌아오나니
이 마음의 거울이여 한 티끌조차 없네
잘 보라고 북을 두드려도 그대 못 보나니
봄이 오면 저 꽃들 누굴 위해 피는가.

牛頭沒馬頭回　曹溪鏡裏絶塵埃
打鼓看來君不見　百花春至爲誰開

형식 : 칠언고시(七言古詩), 평성회운(平聲灰韻)
출전 : 벽암록(碧巖錄)

감상 무지무지한 속도가 이 시를 지배하고 있다. '우두몰마두회
(牛頭沒馬頭回)', 소의 대가리로 사라지는가 싶더니 말의 머리가
되어 나타났다. 이것이 무엇이냐, 도대체 무엇이냔 말이다. 주먹
으로 내리쳐도 꿈쩍 않고, 펄펄 끓는 가마솥에 처넣어도 해해

웃고, 꽁꽁 언 얼음 속에 박아 놔도 꽃이 피는 도대체 이것이 무엇이란 말이냐. 찾아보면 아무것도 없는데, 에라 모르겠다 팽개쳐 놓고 보니 물에 비치는 산그늘이듯 아리아리 영롱하게 어려오는 이것이 도대체 무엇이냐……

반산 삼계무법 (碧巖錄第三七則公案盤山三界無法頌)

이 누리 아무것도 없는데
어느 곳에서 마음을 찾겠는가
흰구름 덮개 삼으니
흐르는 물은 비파 소리네
한 곡조 두 곡조 아는 이 없으니
밤의 연못 비 지나감에 가을물만 깊어지네.

三界無法 何處求心 白雲爲蓋 流泉作琴
一曲兩曲無人會 雨過夜塘秋水深

형식 : 고체시(古體詩), 평성침운(平聲侵韻)
출전 : 벽암록(碧巖錄)

감상 깨달은 이의 말은 깨달은 이만이 알아들을 수 있다. 그러
므로 깨달은 이는 언제나 외로울 수밖에 없다. 거기 공감대가
없기 때문이다. 여기 마지막의 두 글귀는 그런 외로운 심정을
읊은 구절이다.

남전 일주화 (碧巖錄第四十則公案南泉一株花頌)

보고 듣고 느끼는 이 작용은 서로 분리되지 않았나니
거울에 비친 산하는 거울 속에 없네
서리 찬 하늘, 달은 지고 밤은 깊은데
아아, 연못에 비친 이 그림자를 누구와 함께 나누리.

見聞覺知非一一　山河不在鏡中觀
霜天月落夜將半　誰共澄潭照影寒

주 ◆견(見) : 시각작용. ◆문(聞) : 청각작용. ◆각(覺) : 지각작용. ◆비일일
(非一一) : 五官의 작용은 각각 독립되어 있는 것이 아니라 서로 유동적인
연관을 가지고 있다. 다시 말하면 시각작용이 귀로 이동하면 청각이 된다.
마찬가지로 청각작용이 코로 오면 후각작용이 된다. ◆산하부재경중관(山
河不在鏡中觀) : 평등이란 하나같이 수평적인 것이 아니라 高處高平等, 底
處底平等을 말한다. 까마귀는 검은 대신 해오라기는 희고, 참새 다리 짧은
대신 황새 다리는 길다. 이처럼 개개의 사물이 그 자신에 알맞은 모습을
지닐 때 비로소 참 평등이 된다. ◆상천(霜天) : 서리 내리는 늦가을 하늘.
◆조영한(照影寒) : 그림자가 물에 비쳐 차갑다. 그림자가 차갑게 물에 비
치다.

형식 : 칠언절구, 평성한운(平聲寒韻)
출전 : 벽암록(碧巖錄)

감상 《벽암록(碧巖錄)》제40번째 공안에 대한 시다.

육긍대부(陸亘大夫)가 말했다.

"'천지는 나와 한 뿌리요, 만물은 나와 한 몸이라'는 승조법사의 이 말은 참 기괴합니다."

남전(南泉)은 육긍대부의 이 말을 듣고 뜰의 꽃을 가리키며 육긍대부를 불러 이렇게 말했다.

"사람들은 이 꽃을 꿈속처럼 바라보고 있다네."

만물은 근원이 동일하면서 동시에 각각 나름대로의 독특한 특성과 형태를 갖고 있다. 그러므로 깨달은 이는 온갖 차별 속에서 동일성을 느끼며 동일성 속에서 다양한 개성의 차별을 느낀다. 그러므로 그에게 만물은, 모든 객관현상은 '나 자신이면서(不異) 동시에 나 자신이 아닌 것(不一)'이다.

……이것은 언어의 장난이 아니라 깨달은 이의 경지다. 그러므로 그는 유치한 것 속에서 고상한 것을 보며 또 고상한 것 속에서 유치한 것을 본다. 아니, 그는 지금 빛이 아니라 '빛과 그림자'를 동시에 보고 있다. 여기 이 시는 바로 그런 경지를 읊고 있는 것이다.

이 마음은(機用戒)

이 마음은 만경(萬境)을 따라 굽이치나니
굽이치는 곳마다 모두 그윽하네
이 흐름을 따라 본성을 깨닫는다면
여기 슬픔도 없고 기쁨도 없네.

心隨萬境轉　轉處實能幽
隨流認得性　無喜亦無憂

㊟ ◆만경(萬境) : 주관에 대한 객관의 모든 境界. ◆유(流) : 마음의 흐름.(如
川之流－詩經) ◆성(性) : 본질.(天命謂之性－中庸)

형식 : 오언절구, 평성우운(平聲尤韻)
출전 : 경덕전등록(景德傳燈錄)

㊸ 마음은 단 한 순간도 쉬지 않는다. 마음이란 1초에 6만
7,500번씩 진동하고 있는 우리의 의식을 말한다. 의식의 이 흐름
은 저 영원불멸로부터 비롯되는 것이다. 그러므로 의식의 이 흐
름을 따라 이 의식이 비롯되는 곳(본질, 法身)을 감지하게 되면
여기 이제는 슬플 것도 기쁠 것도 없다. 왜냐하면 슬픔도 영원
불멸이요 기쁨도 영원불멸이기 때문이다.

얼음이 (拈頌第七九三則公案頌)

얼음이 긴 강물 잠가 그 흐름 끊겼는데
뉘 있어 이 얼음 위에 뱃머리를 띄우리
봄 우레 울자 복사꽃 어지러이 물결침이여
한 빛 섬광 속에 조각배는 십주를 지나갔네.

氷鑠長江凍不流 厭厭誰解攝船頭
春雷送起桃花浪 一閃孤帆過十洲

㊟ ◆염념(厭厭) : 고요한 모양, 왕성한 모양, 무성한 모양. 여기서는 세 뜻이 다 들어 있다.(厭厭夜飮-唐詩) ◆뇌(攝) : 돌 굴리는 소리. 여기서는 얼음을 깨뜨리며 배 띄움을 말함. 얼음장이 뱃머리에 부딪히는 소리가 돌 굴리는 소리와 같다는 데서 '攝'를 썼다.(徹民屋爲攝石車-唐詩) ◆일섬고범(一閃孤帆) : 배가 번개같이 빠름을 말함. ◆십주(十洲) : 신선이 산다는 열 개의 섬.

형식 : 오언절구, 평성우운(平聲尤韻)
출전 : 선문염송(禪門拈頌)

㉘㉑ 가장 빠름은 가장 느림 속에 있다. 마른 나무처럼 침묵을 지킴은 그 침묵 속의 칼날(직관력)을 갈기 위함이다.

무위송(無爲頌)

사람을 대하면 말이 없고
출몰(出沒)은 가고 옴에 내맡기네
원래 보탤 것도 덜 것도 없는 곳이여
다만 저 둥근 가을달 같네.

接引本無言　出沒任往還
元無添減處　但同秋月圓

형식 : 오언절구
출전 : 보등록(普燈錄) 권22

감상 북송(北宋)의 제4대 황제 인종(仁宗)의 시다. 오도(悟道)하지
않고는 감히 쓸 수가 없는 시다. 제2구, 제3구는 깨달음의 체험
을 읊은 구절이다.

불빛 따라 (蠅子透窓偈)

불빛 따라 창문 틈으로 들어왔는데
들어온 곳 몰라 헤매고 있네
문득 들어온 곳을 되찾게 되면
이전의 잘못됨을 깨닫게 되리.

爲尋光紙上鑽 不能透處幾多般
忽然撞着來時路 始覺平生被眼瞞

㊟ ◆승자(蠅子) : 파리. ◆당착(撞着) : 서로 맞부딪침.

형식 : 칠언절구
출전 : 중국선시감상사전(中國禪詩鑒賞辭典)

감상 시상(詩想)과 시정(詩情)에 앞서 내용성이 강한 작품이다. 그
내용으로 하여 널리 알려진 작품이다.

야삼경 달 지자(拈頌第五五二則公案頌)

야삼경 달 지자 앞뒷산이 밝은데
옛길은 아득히 이끼 자국 덮였네
황금의 자물쇠 흔들어도 드러나지 않나니
푸른 파도 마음의 달 속에 토끼 한 마리 달리네.

三更月落兩山明 古道程遙苔滿生
金鏁搖時無手犯 碧波心月兎常行

[주] ◆고도(古道) : 옛길. 오래 된 길. ◆태(苔) : 이끼.(窮谷之汚 生以靑苔-淮南子) ◆금쇄(金鏁) : 황금으로 만든 자물쇠, 황금으로 만든 사슬. 여기서는 禪의 깊은 비유로 쓰고 있다. ◆무수범(無手犯) : 상처내지 않다.

형식 : 칠언절구, 평성경운(平聲庚韻)
출전 : 선문염송(禪門拈頌)

[감상] 꽤 복잡하고 까다로운 작품이다. 이 작품은 《선문염송》의 제552칙 공안 〈무수쇄자량두요(無鬚鏁子兩頭搖)〉의 송이다.
공안 자체도 어렵기 그지없거니와(자칫하면 분별로 떨어지기 쉬운 공안이다) 송 또한 거기에 뒤질세라 기를 쓰고 어렵기만 하다. 그러나 잘 음미해 보면 한없이 그윽한 맛이 우러난다.

제1·2구는 무르녹은 내적 경지를, 제3·4구는 관념의 그림자마 저 지워져 버린 직관력의 세계를 읊고 있다.

임종게 (臨終偈)

쉰다섯 해 환영(幻影)의 이 육신이여
사방 팔방으로 쏘다니며 뉘와 친했던고
흰구름은 천산 밖에서 다하고
만리 가을하늘엔 조각달이 새롭네.

五十五年夢幻身　東西南北孰爲親
白雲散盡千山外　萬里秋空片月新

형식 : 칠언절구
출전 : 선림승보전(禪林僧寶傳) 권 29

감상 독창성은 없지만 품격 있는 작품이다.

오조법연(五祖法演, ?−1104) ··· 2편

젓대 소리(聞角)

아련한 젓대 소리 고성에서 들리나니
십릿길 산은 점점 아득해지네
이 한 가락의 무진한 정취여
무심한 길손의 애간장 다 녹이네.

幽幽寒角發孤城 十里山頭漸杳冥
一種是聲無限意 有堪聽與不堪聽

형식 : 칠언절구
출전 : 보등록(普燈錄) 권 29

감상 시상(詩想)에 군더더기가 전혀 없다. 절제될 대로 절제된 수
묵화(水墨畵) 한 폭을 보는 것 같다.

오도송 (悟道頌)

산자락 한 마지기 노는 밭이여
두 손을 모으고 어르신께 묻나이다
몇 번이나 되팔았다 다시 사곤 했는지요
저 솔바람 댓잎 소리 못내 그리워.

山前一片閑田地　叉手叮嚀問祖翁
幾度賣來還自買　爲憐松竹引淸風

형식 : 칠언절구
출전 : 보선림승보전(補禪林僧寶傳)

[감상] 제1급의 오도송이다. 여기 '노는 밭(閑田)'이란 우리의 본성
을 뜻한다. 이 환영(幻影)에 취하여 나 자신의 본성을 저버리기
몇 번이었던가. 그러나 아직도 우리의 가슴 속엔 고향(본성)에 대
한 그리움으로 가득 차 있다. 왜냐하면 그 곳은 내가 태어난 곳
이며, 내가 마지막으로 돌아가야 할 곳이기 때문이다.

임종게 (臨終偈)

내 나이 일흔여섯
세상인연 다했네
살아서는 천당을 좋아하지 않았고
죽어서는 지옥을 겁내지 않네.

吾年七十六 世緣今已足
生不愛天堂 死不怕地獄

형식 : 오언절구
출전 : 선림승보전(禪林僧寶傳) 권 17

감상 당당하기 이를 데 없다. 죽음조차도 지옥조차도 두려워하지 않는 이 배짱은 도대체 어디서 비롯되었는가.

한 소식 (古今無間)

일법(一法)도 없거니 만법(萬法)인들 있겠는가
이 가운덴 깨달음도 쓸모가 없네
소림(少林)의 소식이 끊겼는가 했더니
복사꽃 예대로 봄바람에 웃고 있네.

一法元無萬法空　箇中那許悟圓通
將謂少林消息斷　桃花依舊笑春風

형식 : 칠언절구
출전 : 선림승보전(禪林僧寶傳) 권 17

[감상] 마지막 구절이 일품이다. 이 마지막 구절로 하여 그 시정
은 신비롭기 이를 데 없다.

은자의 노래 (隱者頌)

사람의 발길 끊어진 이곳
산이 물들어 비로소 가을인 줄 알았네
바위 사이에서 한숨 푹 자고 나니
백년의 시름을 잊어버리네.

數里無人到　山黃始覺秋
巖間一覺睡　忘却百年憂

형식 : 오언절구
출전 : 선림승보전(禪林僧寶傳) 권 17

감상 돋보이는 곳도 없고 거슬리는 데도 없다. 시상(詩想)의 소박
함에 비하여 시어(詩語)가 너무 안일하다.

환영의 이 바다에서 (五天銀燭輝)

옥륜(玉輪, 달)은 외로이 떠서 교교히 비치는데
그 빛, 저 호수에 맑고 차게 어리네
환영(幻影)의 바다에서 유유히 노니나니
온 누리가 그대로 비로자나의 몸이네.

五天皎皎玉輪孤　一點光明分鑑湖
閑步却來遊幻海　十方沙界大毘盧

㊟ ◆오천(五天) : 五天竺國. 인도를 말함. ◆비로(毘盧) : 法身 비로자나불.
진리를 인격화한 이름.

형식 : 칠언절구
출전 : 인천안목(人天眼目) 권3

㊙ 시상(詩想)은 웅대하지만 시어(詩語)가 일상적이고 설명적이
다. 좀 더 응축했더라면 멋진 선시가 됐을 것이다.

원오극근(圜悟克勤, 1063-1135) … 2편

우물 밑 진흙소 (拈頌第一七二則公案頌)

우물 밑에서 진흙소가 달을 향해 울고
구름 사이 목마울음 바람에 섞이네
이 하늘 이 땅을 움켜잡나니
누가 서쪽이라 동쪽이라 가름하는가.

井底泥牛吼月 雲間木馬嘶風
把斷乾坤世界 誰分南北西東

註 ◆니우(泥牛) : 진흙으로 만든 소. ◆후월(吼月) : 달을 향해 울다. ◆시(嘶) : 말이 울다.(皆牛馬嘶-古詩) ◆분(分) : 가름하다. 분별하다.

형식 : 고체시(古體詩), 평성동운(平聲東韻)
출전 : 선문염송(禪門拈頌)

鑑賞 진흙소(泥牛)가 운다든가 목마가 우는 것은 상식세계를 초월한 경지로서 깨달음의 상태를 말한다.
이제 자기 자신이 자기 자신의 주인이 된 사람, 이 천지를 그냥 휘어잡아 버린 사람, 그래서 동서남북의 방위조차 없애 버린 사람(아니, 방위는 원래부터 없었던 것이다), 그런 사람의 일상은 그대로 기적의 한 순간 한 순간인 것이다.

이 시는 《선문염송》 제172번째 공안의 경지를 읊은 것으로 전문(全文)은 다음과 같다.

선사 석두(石頭) : 진리는 언어와 동작으로 미칠 수 없다.

선사 약산(藥山) : 진리는 언어와 동작이 아니라도 미칠 수 없다.

선사 석두 : 나는 이 속에서 바늘 하나도 꽂을 수 없다네.

선사 약산 : 나는 이 속에서 돌 위에 꽃을 심은 것과 같다네.

선사 석두 : 항복의 표시로 두 손 들어 버리다(便休).

임종게 (臨終偈)

아무것도 해 놓은 것 없거니
임종게를 남길 이유가 없네
오직 인연에 따를 뿐이니
모두들 잘 있게.

已徹無功 不必留頌
聊爾應緣 珍重珍重

형식 : 서체(書體)
출전 : 승보정속전(僧寶正續傳) 권 4

감상 가장 겸손하고 솔직한 임종게다. 그렇다. 굳이 형식을 갖춰 임종게를 남길 필요가 있겠는가. 부질없는 짓이다. 그저 인연 따라 조용히 떠나갈 뿐이다. "잘들 있게." 이 한 마디만 남긴 채……

단하자순(丹霞子淳, 1064-1117) … 4편

보임 (水月偈)

달빛 굽이쳐 산봉우리마다 차갑고
진흙소는 서서히 구름 속을 나오네
그대들 서래의 뜻 묻는다면
모태에서 태어나기 그 전이라 하리.

皎月流輝千嶂冷　泥牛徐步出雲煙
玄徒若問西來意　直指胞胎未出前

㊟ ◆서래의(西來意) : 달마대사가 서쪽에서 온 뜻. 禪의 본질. 깨닫는 이치.

형식 : 칠언절구
출전 : 선시육백수(禪詩六百首)

[감상] 선(禪)이란 무엇인가. 나고 죽음(生死)의 차원에서 나고 죽음
을 초월하는 것이다. 즉 모태에서 태어나기 전의 상태로 되돌아
가는 것이다.

달 속에 옥토끼 (拈頌第八八二則公案頌)

달 속에 옥토끼 잉태하는 밤이요
해 속에서 금까마귀 알을 품는 아침이라
시커먼 곤륜산이 눈 위로 가니
몸짓마다 유리그릇 깨지는 소리.

月中玉兎夜懷胎　日裏金烏朝抱卵
黑漆崑崙踏雪行　轉身打破琉璃椀

㊐ ◆옥토(玉兎) : 달의 별칭. 달 속에 옥토끼가 있다는 전설에서 옴. ◆금오
(金烏) : 해의 다른 이름. 해 속에 세 발 달린 금까마귀가 있다는 전설이 있
다. ◆곤륜(崑崙) : 곤륜산. 옥이 많이 난다. 중국 江蘇省에 있음. ◆유리완
(琉璃椀) : 유리로 만든 그릇. 여기서는 한 곳에 못박힌 고정관념에 비유했다.

형식 : 칠언절구, 평성조운(平聲早韻)
출전 : 선문염송(禪門拈頌)

㊒ 조산(曹山)과 어떤 중의 문답을 읊은 송이다. 조산과 중의
문답 내용은 동산(洞山)의 오위송(五位頌)이다. 동산오위는 조동종
(曹洞宗)의 가풍(家風)과 현리(玄理)를 조직화한 내용이다. 글의 속
뜻도 심오하고 화두 역시 깊고깊은 바다 밑이다. 치서불도가(致
書不到家)의 조동가풍을 잘 나타낸 화두이며, 또 이 화두의 경지
를 가장 적절하게 표현한 시라 하겠다.

추운 달 (拈頌第八九六則公案頌)

추운 달 외로이 먼 봉우리에 걸리면
넓고넓은 저 호수에 달빛 덮이네
고기잡이 노랫소리 해오라기 깨웠으나
갈꽃 차고 날아가 그 흔적 없네.

寒月依依上遠峰 平湖萬頃練光封

漁歌驚起汀沙鷺 飛出蘆花不見蹤

㊟ ◆의의(依依) : 추운 달이 먼 산봉우리에 걸리는 것을 보는 사람의 심정을 나타내는 말이다. '안타까이 사모함' 또는 그와 비슷한 감정의 농도를 말한다. ◆평호(平湖) : 넓은 호수. '平'은 형용사. ◆만경(萬頃) : 넓음을 표현할 때 쓰는 말. 萬頃滄波. 頃은 넓이의 단위다.(一碧萬頃-范仲淹) ◆연광(練光) : 달빛이 수면에 퍼지는 모습. 달빛 짜이는 것이 마치 비단이 짜이는 것 같다는 표현이다.(春曝練-周禮) ◆정사(汀沙) : 물가의 모래펄. 물가의 평지.(汀曲舟已隱-謝靈運) ◆비출(飛出) : 박차고 날아가다.

형식 : 칠언절구, 평성동운(平聲冬韻)
출전 : 선문염송(禪門拈頌)

㉦㉥ 《선문염송》 제896번째 공안에 대한 시다.
선사 용아(龍牙)에게 어떤 중이 물었다.
"쥐 두 마리가 번갈아 등나무를 갉아먹을 때는 어떻게 해야 합니까?"

용아 : 몸 피할 곳을 찾아라.

어떤 중 : 몸 피할 곳이 어디입니까?

용아 : 자네가 지금 나를 보고 있지 않는가.

여기 쥐 두 마리는 해와 달, 밤과 낮, 즉 '시간'을, 등나무는 인간의 '목숨'을 뜻한다. 즉 중은 이렇게 물었던 것이다.

"죽음을 피하려면 어떻게 해야 합니까?"

용아 : 죽음이 없는 곳으로 가라.

용아의 이 대답이 바로 중이 노린 허점이다. 즉 용아를 잡기 위하여 중은 덫을 미리 놓고 용아를 이 덫 쪽으로 몬 것이다.

용아는 말했다. "죽음이 없는 곳으로 가라"고.

중은 드디어 칼을 뽑아 들었다.

"죽음이 없는 곳으로 가려면 어떻게 해야 합니까? 어떤 곳이 죽음이 없는 곳입니까?"

그러나 백전노장인 용아가 이런 애송이의 덫에 걸려들 리가 없다. 용아는 벌써 중의 의도를 간파해 버렸던 것이다. 결과적으로 중이 놓은 덫에 용아가 걸려든 게 아니라 도리어 중이 걸려들고 말았다.

"자네가 지금 나를 보고 있지 않는가." ……이 얼마나 당당한 대답인가.

"내가 바로 그 죽음이 없는 곳으로 간 장본인일세."

중의 얼굴은 용아의 이 말을 듣는 순간 틀림없이 사색이 돼 버렸을 것이다.

제1구와 제2구는 나고 죽음에 자유로운 용아의 경지를 읊은 것이다.

제3구는 그런 용아를 건드린 중의 당돌한 물음을 고기잡이 노랫
소리에 비겨 읊은 것이다.

제4구는 중의 덫에 걸려들지 않고 흔적 하나 없이 빠져나가 버
리는 용아의 기량을 읊은 것이다.

이 시의 절정은 바로 제4구의 '흔적이 없네(不見蹤)'이다.

저 강물 위에 (拈頌第九百四則公案頌)

저 강물 위에 배어드는 달빛이여
눈 가득 그 푸른빛마저 거부하네
고기잡이 저 배여 어디메로 가는가
밤이 되면 어제처럼 갈숲 속에 잠드네.

長江澄澈印蟾華　滿目淸光未是家
借問漁舟何處去　夜深依舊宿蘆花

㊀ ◆장강(長江) : ①큰 강. 양자강의 다른 이름. ②흐름이 긴 강. '長'은 형
용사.(尺有所短 寸有所長－楚辭) ◆징철(澄澈) : 물이 맑아 거울 같음.(鑑于澄
水－淮南子) ◆인(印) : 도장 찍히듯 달빛이 수면에 찍히다. ◆섬화(蟾華) :
蟾彩. 달빛. 달에 두꺼비와 토끼가 산다는 전설이 있다.(殘霞弄影 孤蟾浮天
－宋史) ◆만목(滿目) : 눈에 가득. ◆차문(借問) : ~을 물어 보다. ◆의구(依
舊) : 옛날과 다름없이, 옛날같이.

형식 : 칠언절구, 평성마운(平聲麻韻)
출전 : 선문염송(禪門拈頌)

㊂ 이 시의 근거가 되는 공안 《선문염송》의 제904칙은 동산
(洞山)과 한 중의 문답이다. 중은 동산을 향하여 칼을 뽑았다. 그
러나 동산은 이 따위 중녀석쯤은 누워서 떡먹기다. 이 중, 그것
도 모르고 재차 칼을 바로잡았다.

"어허 다친대두." 동산의 말이었다.

드디어 이 중, 동산의 올가미에 걸려들었다. 그러나 동산은 다시 점잖게 타일렀다.

"그만 가 봐라."

그래도 중은 뭔가 좀 개운치 않았던지 "내 솜씨 좀 보여 드릴까요?" 하고 꼬리를 쳤다.

"가거라, 이놈아." 동산은 화가 났다.

"어디로 갈까요." 이 중은 여우새끼다.

"으음 갈 곳이 없어." 동산은 여우새끼에게 말했다.

"스님도 조심 좀 해야겠군요." 이 여우새끼 중도 보통은 아닌가 보다.

"그놈 참 지독하군." 보다못한 동산의 마지막 말이었다.

문수심도(文殊心道, ?－1129) … 1편

깨달음(悟道)

어제는 야차(夜叉)의 마음이었는데
오늘은 보살의 얼굴이네
보살과 야차가
백지 한 장 차이도 안 되네.

昨日夜叉心 今朝菩薩面
菩薩與夜叉 不隔一條線

주 ◆야차(夜叉) : 사람을 해치는 사나운 귀신.

형식 : 오언절구
출전 : 남송원명선림승보전(南宋元明禪林僧寶傳) 권 6

감상 작자는 원래 백정이었는데 어느 날 문득 칼을 버리고 선자(禪者)의 길로 들어섰다고 한다. 제1구 '야차심(夜叉心)'은 백정으로 있을 때의 마음이고, 제2구 '보살면(菩薩面)'은 선자가 된 지금의 모습이다. 제3·4구는 백정과 선자가 둘이 아닌 각(覺)의 경지를 읊은 것이다.

지인을 보내며 (送化士分衛)

대지를 움켜쥐자 쌀 한 톨만하니
한 오라기 털끝 위에 천지가 나타나네
집 안에 있으면서 길을 떠나지 않고
길을 가면서 문밖을 나가지 않네.

大地撮來栗米粒　一毫頭上現乾坤
居家不離途中事　常在途中不出門

㊒ ◆거가(居家) : 不滅의 경지.　◆도중(途中) : 生滅의 상태.

형식 : 칠언절구
출전 : 보등록(普燈錄) 권 29

㊂㊝ 다소 설명적이긴 하지만 깨달음을 체험한 자의 분명한 안
목이 있다. 제1구와 제2구는 화엄의 무진연기(無盡緣起)를, 제3구
와 제4구는 본질과 현상의 무애자재함을 읊고 있다.

대위선과(大潙善果, 1079-1152) … 1편

임종게 (臨終偈)

올 때는 문득 오고
갈 때는 미련 없이 가네
하늘을 후려쳐 뚫어 버리고
대지를 뒤집어엎네.

要行便行　要去便去
撞破天關　掀翻地軸

㊟ ◆ 흔번(掀翻) : 번쩍 들어 뒤집어엎다.

형식 : 사언고시(四言古詩)
출전 : 승보정속전(僧寶正續傳) 권 5

감상 간단 명료하지만 선지(禪智)가 번뜩이는 제1급의 임종게다.

달 속의 여인 (拈頌第七二則公案頌)

달 속의 여인(항아)은 화장도 않고
구름과 안개만으로 몸을 감았네
꿈속에서 푸른 난새 쫓아가던 일 잊고
여전히 꽃가지로 얼굴 가리고 돌아오네.

月裡姮娥不畫眉　只將雲霧作羅衣
不知夢逐靑鸞去　猶把花枝蓋面歸

[주] ◆항아(姮娥) : 남편이 감춰 둔 不死藥을 훔쳐 가지고 달로 달아났다는 羿의 아내. 轉하여 달의 다른 이름이 됨.(羿請不死之藥于西王母 姮娥竊以奔月－淮南子)　◆나의(羅衣) : 얇은 비단옷.(羅幬張些－楚辭)　◆청란(靑鸞) : 봉황의 일종. 난새. 털은 오색을 갖추었고 소리는 五音에 맞는다 함. 일설에는 털에 푸른빛이 많은 봉새라 함.(銅鏡立靑鸞－李賀)　◆화지(花枝) : 꽃가지.
◆개면(蓋面) : 얼굴을 가리다.

형식 : 칠언절구, 평성지운(平聲支韻)·미통운(微通韻)
출전 : 선문염송(禪門拈頌)

[감상] 《선문염송》 제72번째 공안에 대한 시다. 이 공안의 대강은
다음과 같다.

수행승 앙굴마라가 탁발 도중 한 집에 이르렀다. 마침 그 집 부인이 해산중이었는데 아이가 나오지 않아 무척 고통을 당하고 있었다. 앙굴마라를 본 그 집 주인은 물었다.

"존자여, 어떻게 해야 내 아내가 이 산고(産苦)에서 벗어날 수 있겠습니까?"

"잠시만 기다리십시오. 스승에게 가서 물어 보고 오겠습니다."

앙굴마라가 부처에게 와서 자초지종을 얘기하자 부처는 말했다.

"앙굴마라여, 속히 가서 이렇게 말하라."

"저는 이 진리의 길에 들어온 뒤로 단 한 생명의 목숨도 해치지 않았습니다."

앙굴마라의 말을 들은 부인은 무사히 출산했다.

앙굴마라는 9백99명의 사람을 죽인 흉악범이다. 이 흉악범이 부처를 만나 제자가 된 것이다. 그런 그가 단 한 사람도 죽인 일이 없다고 말하고 있다. 그 말을 들은 임산부는 순산을 했다.

……도대체 어찌 된 일인가.

여기에서 한 걸음만 더 나가면 깨닫는 소식이 있다.

선사 담당(湛堂)이 말했다. "이 이치를 알면 똥이요 모르면 황금이다." 알면 아무것도 아니요 모르면 황금처럼 귀중하다는 말이다. 담당은 또 이렇게 말했다.

"흉악범 앙굴마라가 부처의 말을 전하기 위하여 임산부의 집에 이르기 전에 이미 그 임산부는 아이를 낳아 버렸다."

이 말이 핵심이다.

원시의 제1구와 제2구는 아이 낳는 경지를, 제3구와 제4구는 산고(産苦)를 겪고 있는 고통을 읊은 것이다.

죽암송 (竹庵頌)

백여 그루 대나무 심어
두세 칸의 풀집 마련했나니
개울 위로 겨우 난 길은
산의 능선을 가리지 않네
낙엽은 흐르다가 머물고
흰구름 바람 따라 오가네
평생이 다만 이와 같거니
은자(隱者)의 조촐한 살림살이네.

種竹百餘箇 結茅三兩間 才通溪上路 不碍屋頭山
黃葉水去住 白雲風往還 平生只如此 道者少機關

㊟ ◆재(才) : 겨우, 간신히. ◆소기관(少機關) : 조촐한 살림살이.

형식 : 오언율시
출전 : 승보정속전(僧寶正續傳) 권 6

㊂ 조촐하기 이를 데 없는 은자의 삶이 눈에 잡히는 듯하다.
시의 구성력이 돋보인다.

대혜종고(大慧宗杲, 1089-1163) … 3편

탄생 (無題)

이 노인네 태어나면서부터 수선을 떨어
마치 미친놈처럼 일곱 걸음 걸었네
수많은 선남 선녀 눈멀게 하고는
두 눈 뜨고 당당하게 지옥으로 들어가네.

老漢纔生便著忙　周行七步似顚狂
賺他無限癡男女　開眼堂堂入鑊湯

형식 : 칠언절구
출전 : 대혜보각선사어록(大慧普覺禪師語錄)

[감상] 부처는 태어나자마자 일곱 걸음을 걸으며 천상(天上)과 지
상에서 자기 자신이 제일 위대하다고 외쳤다 한다. 여기 이 시
는 바로 그 탄생의 극적인 상황을 읊고 있다. '지옥으로 들어간
다'는 제4구의 반어법을 통해서 작자는 지금 부처를 극찬하고
있다.

화음산 (拈頌第七二則公案頌)

화음산 앞 백 길 벼랑에
한 샘물 솟아 뼛속까지 차갑네
이 물위에 그림자 지니 뉘집 새댁인가
그 몸짓 닿기 전 옷자락이 비치네.

華陰山前百尺井　中有寒泉徹骨冷
誰家女子來照影　不照其餘照斜領

주 ◆화음산(華陰山) : 華山. 중국 陝西省 華陰縣에 있음. 五嶽의 하나. ◆철
골랭(徹骨冷) : 찬 기운이 뼈에 사무치다. ◆조영(照影) : 물에 그림자가 비치
다. ◆사령(斜領) : 비스듬히 기울어진 옷자락.

형식 : 칠언절구, 상성경운(上聲庚韻)
출전 : 선문염송(禪門拈頌)

감상 《선문염송》 제72번째 공안에 대하여 읊은 시다.
살인마 앙굴마라가 임산부에게 가서 "나는 결코 사람을 죽인 일
이 없다"고 말하기 전에 벌써 죽인 일이 없다는 분별심이 생겼
다. 말하자면 옷자락이 먼저 우물에 비친 것이다.

묘희암송(妙喜庵頌)

생멸은 불멸이요
상주(常住)는 부주(不住)라
원각(圓覺)의 허공 밝거니
사물을 따라 곳곳에 나타나네.

生滅不滅 常住不住
圓覺空明 隨物現處

형식 : 사언고시(四言古詩)
출전 : 승보정속전(僧寶正續傳) 권 6

감상 시상(詩想)이 거침없다. 선정(禪情)이 약한 반면 선리(禪理)가
돋보인다.

법왕의 몸(無題)

쳐서 떨어뜨려 보니 다른 물건 아니었네
종횡무진 치달아도 먼지(번뇌) 일지 않으니
저 산하와 이 대지가
그대로 온통 법왕의 몸이었네.

撲落非他物　縱橫不是塵
山河並大地　全露法王身

㊟ ◆박락(撲落) : 쳐서 떨어뜨리다. ◆법왕신(法王身) : 法王의 몸, 즉 '절대
진리'를 인격화한 것.

형식 : 오언절구
출전 : 속고존숙어요(續古尊宿語要) 권 5

[감상] 선지(禪智)가 번뜩인다. 제1구 '박락(撲落)'과 제4구 '법왕신
(法王身)'이 어우러져 멋진 한 마당을 연출하고 있다.

물이 흐르고 구름 가는 이치(無題)

물이 산 아래로 흐르는 것은 별다른 뜻이 없고
조각구름이 골로 들어오는 것 또한 무심의 소치니
물이 흐르고 구름 가는 이치를 깨닫는다면
무쇠나무에 꽃 피어 온 누리가 봄이리.

流水下山非有意　片雲歸洞本無心
人生若得如雲水　鐵樹開花遍界春

형식 : 칠언절구
출전 : 속고존숙어요(續古尊宿語要) 권 5

감상 자연의 섭리를 통해서 깨달음에 이르는 작자의 심정이 담
담하게 펼쳐지고 있다. 순탄한 시의 흐름이 제4구에 와서 돌연
히 굽이치고 있다.

경지 (姚道人乞頌)

자비 방편이여
먹고 잠자는 이대로가 수행이네
소리와 형상을 따라 자유롭기
쟁반 위에 구슬 구르는 것 같네.

慈悲方便事　觸處有工夫
應變隨聲色　團團盤走珠

형식 : 오언절구
출전 : 굉지선사광록(宏智禪師廣錄)

[감상] 무르녹을 대로 무르녹은 선승의 경지를 읊고 있다. 소리
와 형상 속에서 걸림 없는 모습을 제4구는 남김없이 표현하고
있다.

홀로 드높고(趙學士求頌)

홀로 드높고 신령스러운 것이여
깨달은 이들 모두 이에서 나왔네
미친 바람 자면 볼 수 있나니
가을물 맑은 하늘, 달이 떠 있네.

身前身後獨靈靈　一切如來出此經
歇盡狂心便相見　水秋天淨月亭亭

㊉ ◆정정(亭亭) : 우뚝 솟은 모양, 아름다운 모양.

형식 : 칠언절구
출전 : 굉지선사광록(宏智禪師廣錄)

감상 격조 높은 작품이다. 내용이 다분히 교훈적이지만 결코 교
훈에 떨어지지 않은 것은 제4구의 눈부신 시상(詩想) 때문이다.

임종게 (臨終偈)

꿈 같고 환영 같은
아아, 육십칠 년이여
흰 새 날아가고 물안개 걷히니
가을물이 하늘에 닿았네.

夢幻空花 六十七年
白鳥煙沒 秋水天連

형식 : 사언고시(四言古詩)
출전 : 굉지선사광록(宏智禪師廣錄)

감상 임종게로서 최고의 걸작이다. '흰 새(白鳥)'는 지적인 번뇌(迷理惑)를, '물안개(煙)'는 감정적인 번뇌(迷事惑)를 뜻한다.

잎 진 나뭇가지 (撞鐘頌)

잎 진 나뭇가지 서리 내리는 빈 산,
어둠이 덮이면 쇠북을 치네
쇠북 소리 바람 타고 산마루에 울리다가
달과 함께 창가로 되돌아오네
그 여운 골짜기에 은은하고
그 소리 강물을 멀리 건너가네
날이 새면 꿈길에서 돌아오는 길
나비도 길을 잃고 헤매네.

木落空山霜　夜樓時一撞
隨風度林嶺　喚月到蘿窓
響應虛傳谷　聲飛不礙江
夢廻天意曉　蝴蝶失双双

㊟ ◆천의(天意) : 自然之意. ◆호접(蝴蝶) : 蝴蝶夢. 장자가 꿈에 나비가 되었다는 고사.

형식 : 오언율시
출전 : 굉지선사광록(宏智禪師廣錄)

㊂ 작품 전반에 장중한 분위기가 흐르고 있다.

세존승좌(從容錄第一則公案世尊陞座頌)

일단의 이 진풍경을 보았는가
은밀한 조화의 할미가 북을 놀려서
옛 비단결에 봄의 모습 짜 넣는데
저 봄바람이 이미 누설했음을 어이하리.

一段眞風見也麼　綿綿化母理機梭
織成古錦含春象　無奈東君漏泄何

注 ◆견야마(見也麼) : 보느냐. '麼'는 속어의 조사로서 의문을 나타낸다.
'耶'와 통용. ◆면면(綿綿) : 죽 이어져서 끊어지지 않는 모양(連綿). 세밀한
모양. 치밀한 모양.(綿日月而不衰-張衡. 綿三百里-柳宗元.) ◆화모(化母) :
만물을 생성, 변화시키는 조화의 어머니. 우주의 질서를 있게 하는 법칙을
의인화하여 어머니라 함. '化'는 조화, 변화.(可與言化-呂氏春秋) ◆이(理) :
깁다. 수선하다. 여기서는 베를 짜다.(法斁而不知理-劉基) ◆기(機) : 베틀.
(其母投杼下機踰牆而走-史記) ◆사(梭) : 베짜는 북.(網得一梭-晋書) ◆고금
(古錦) : 오래 된 비단. ◆함(含) : 입에 무엇을 머금고 있다. 포함하고 있다.
내포하고 있다.(含哺鼓腹-史記) ◆동군(東君) : 靑帝. 봄을 맡았다는 동쪽의
신.(平秩東作-書經) 여기서는 다른 뜻으로 쓰고 있다. 잘 생각해 보라. 과연
東君은 누구일까? 지혜의 정상에 오른 자(文殊師利)가 아니고는 이 소식을
몰랐으리라. ◆무내~하(無奈~何) : ~했음을 어찌하겠는가.

형식 : 칠언절구, 평성가운(平聲歌韻)
출전 : 종용록(從容錄)

감상 아주 심오하고 섬세한 선시다.
선(禪)의 가장 심오한 경지를 읊어낸 시로서 타의 추종을 불허하
고 있다. 천동정각(天童正覺)만큼 깊이 갔던 선승도 흔치 않다.
이 시는 《종용록》 제1번째의 공안 내용을 읊은 시다.
부처는 어느 날 설법하기 위하여 자리에 올랐다.
그때 문수보살이 설법을 알리는 북을 치며 말했다.
"잘 봐라, 깨달은 분의 가르침을. 깨달은 분의 가르침은 이와 같
나니."
문수보살의 이 말을 들은 부처는 단 한 마디의 말도 없이 그대
로 설법상에서 내려와 버렸다.

시의 제1구는 설법하기 위해 자리에 오르는 부처를, 제2구와 제
3구는 언어가 나오기 이전에 이미 설법을 끝내고 중생제도까지
마쳐 버린 부처의 모습을, 그리고 제4구는 문수보살의 실수를
읊은 것이다.
왜 문수보살이 실수를 했단 말인가. 문수보살이 실수한 곳이 어
디인가.
잘 살펴보라. 여기에 깨닫는 소식이 있다. 벌건 대낮에 나무닭이
우는 소식이 있다.

산은 높은 대로 (從容錄第十一則公案雲門兩病頌)

산은 높은 대로 새의 다리 낮은 대로
무애자재 서로서로 얽히는 것 하나 없네
문 앞 저 이는 먼지 누가 쓸어 다하리
은자의 마음은 안타깝기만 하네
배는 가을물 거울 속을 건너가나니
양 언덕의 갈대꽃, 흰 눈인 듯 눈부시네
만선(滿船)의 어부 마음 저자에 있어
일엽편주는 나부끼듯 물결 위를 떠가네.

森羅萬象許崢嶸　透脫無方礙眼睛
掃彼門庭誰有力　隱人胸次自成情
船橫野渡涵秋碧　棹入蘆花照雪明
串錦老漁懷就市　飄飄一葉浪頭行

注 ◆쟁영(崢嶸) : 산의 높은 모양. 여기서는 삼라만상 개개의 특성을 말함.
◆흉차(胸次) : 胸中.(喜怒哀樂不入胸次─莊子)

형식 : 칠언절구, 평성경운(平聲庚韻)
출전 : 종용록(從容錄)

감상 임제종의 가풍이 언어적이라면, 천동정각을 낳은 조동종의 그것은 명상적이다. 이를 임제가(臨濟家)에서는 묵조사선(默照邪禪)이라 배척하고 있다. 묵조(默照)란 원래 심묵적조(深默寂照)에서 온 말이다. '깊은 침묵 속에 앉아 고요히 비쳐 본다.' 그것은 생각할 수 없는 곳을 생각하는 일이다. 《종용록》제11칙 공안의 경지를 읊어낸 천동정각의 이 시는 조동종의 심묵(深默)과 적조(寂照)를 잘 보여주는 작품이다.

조주 백수 (從容錄第四七則公案趙州栢樹頌)

눈썹 언덕 서리 비껴
긴 눈에는 가을이요
입바다 물결북 쳐
혀의 배 파도 위라
부딪치면 무찌르는 그 용맹에다
장막 속의 신출귀몰 그 계략이네.

岸眉橫雪 河目含秋 海口鼓浪
航舌駕流 撥亂之手 太平之籌

㊟ ◆안미(岸眉) : 언덕처럼 길게 뻗은 눈썹. '岸'은 '眉'를 수식한다. ◆하목 (河目) : '河'는 '目'을 수식한다. ◆해구(海口) : 바다같이 깊고 넓고 큰 입. ◆항설(航舌) : '航'은 '舌'의 자재로움을 나타낸다. ◆발란지수(撥亂之手) : 高帝가 群臣에게 말하였다. "짐은 미세한 것으로부터 시작하여 亂世를 뿌리치고 그것을 正에 되돌려서 천하를 평정한다."(漢書) ◆태평지주(太平之籌) : 張良이 장막 속에서 계책(籌)을 써서 천리 밖의 승리를 결정함. 여기서는 장량이 사용한 것과 같은 신출귀몰한 전략.

형식 : 고체시(古體詩), 평성우운(平聲尤韻)
출전 : 종용록(從容錄)

감상 '안미횡설(岸眉橫雪)'이나 '하목함추(河目含秋)' 등은 빼어난 구이다. 응결과 고요함(靜)의 극치를 보여준다. 여기 비하면 제3구와 제4구의 '해구고랑(海口鼓浪)'이나 '항설가류(航舌駕流)'는 확산과 움직임(動)의 극이다. '고고정상립 심심해저행(高高頂上立 深深海底行)'이란 말은 바로 이런 경지를 말하는 것이다.

가장 약한 것은 가장 강한 것이다. 시로서 어디 하나 흠잡을 곳 없는 멋진 작품이다.

중읍 미후(從容錄第七二則公案中邑獼猴頌)

언 잠에 눈 덮인 집 나날이 퇴락하여
깊고깊은 저 문은 밤에도 열리지 않네
허나 옛집의 저 뜨락에 푸른빛 돌자
봄바람 불어와 대통을 두드리네.

凍眠雪屋歲摧頹 窈窕蘿門夜不開
寒槁園林看變態 春風吹起律筒灰

㊟ ◆요조(窈窕) : 깊고 그윽한 모양. ◆고(槁) : 枯也. 나무 따위가 말라서
고목이 되다. ◆율동회(律筒灰) : '律筒'이란 대를 잘라서 구멍을 판 것, 즉
대통을 말한다. 대통 속에 풀을 태워 그 재를 넣고 바람이 통하지 않게 봉
한 다음 밀실에 둔다. 그러나 봄이 되면 이 대통 속의 재가 자연히 대통마
개를 뚫고 튀어나온다 함.

형식 : 칠언절구, 평성회운(平聲灰韻)
출전 : 종용록(從容錄)

㊙ 가장 비겁한 자가 가장 눈부실 때가 있다. 그것은 그 비겁
함 속에 먼지 하나 빛바래지 않은 채 숨겨져 있던 그 힘의 분출
때문이다. 선(禪)에서의 집중과 비행동적 좌정(坐定)은 바로 이런
힘의 원천에 보다 강한 충전을 하기 위함인 것이다. 시의 제1·2
구는 응집력을, 제3·4구는 그 응집력의 분출을 읊고 있다.

한 소리 닭울음에 (從容錄第七九則公案長沙進步頌)

한 소리 닭울음에 옥인(玉人)의 꿈이 깨어지네
꿈 깨진 삼라만상 더욱 새로워
바람과 마른 우레 겨울잠 뒤흔들고
말없는 복사꽃 밑에 길이 절로 나네
봄이 오면 들에 나가 밭갈이할 제
못자리 진흙 반죽 어찌 꺼리겠는가.

玉人夢破一聲鷄 轉眄生涯色色齊
有信風雷催出蟄 無言桃李自成蹊
及時節 力耕犁 誰怕春疇沒脛泥

㊟ ◆ 전혜(轉眄) : 눈을 좌우로 보다. 두리번거리다. 여기서는 廻光返照.
◆ 제(齊) : 평등하다.(高處高平 底處底平之平等也 − 碧巖錄) ◆ 유신풍뢰최출칩
(有信風雷催出蟄) : 孟春之月, 동풍이 얼음을 깨고 비로소 잠자던 벌레들이
꿈틀거린다. 仲春之月, 우레 자주 울고 잠벌레들이 눈을 비비고 나온다.
一陽來復, 33번째의 바람과 우레(風雷)가 부딪쳐 울면, 즉 驚蟄이 되면 겨
울잠 자던 벌레들이 놀라서 뛰어나온다.(禮記, 月令) ◆ 무언도리자성혜(無言
桃李自成蹊) : 《漢書》李廣傳의 贊에 이런 이야기가 실려 있다. 이장군은
매우 소박했다. 이장군이 죽자 그를 아는 사람이나 알지 못하는 사람을
막론하고 모두 슬픔의 뜻을 표하였다. 그것은 이장군 마음 가운데 사대부
의 성실이 있었기 때문이다. 諺에 말하기를 "복사꽃이 말하지 않아도 그
꽃 밑에는 저절로 길(蹊)이 난다!"는 이를 두고 한 말이다.

형식 : 고체시(古體詩), 평성제운(平聲齊韻)
출전 : 종용록(從容錄)

[감상] 《종용록》 제79번째 공안의 경지를 읊은 시다.
회화상(會和尚)에게 어떤 중이 물었다.
"남전(南泉 : 長沙의 스승)을 뵙기 전에는 어땠습니까?"
회화상은 침묵을 지키고 있었다. 그러자 중은 재차 물었다.
"남전을 뵙고 난 후에는 어땠습니까?"
회화상이 이르기를 "별다른 것이 없었네"라고 했다.
또 다른 어떤 중이 위의 이야기를 꺼내어 선승 장사(長沙)에게
물었다.
장사 : 백척간두에 있는 사람은 깨닫긴 했으나 아직 완전하지
못하다. 그 백척간두에서 더 앞으로 나가야 온 우주와 하나가
된다.
또 다른 어떤 중 : 백 길 장대 위에서 어떻게 앞으로 나아갑니
까?
장사 : 낭주의 산이요 풍주의 물(朗州山豊州水)이로다.
또 다른 어떤 중 : 잘 모르겠는데요.
장사 : 온 누리가 왕의 명령 아래에 있구나(四海五湖王化裏).

뉘 있어 알리 (從容錄第二五則公案鹽官犀牛頌)

뉘 있어 알리
계수나무 바퀴 속 천년의 혼이
한 점 이 가을로 비치고 있음을
온 누리 빛으로 울리고 있음을.

扇子破索犀牛　棬攣中字有來由
誰知桂轂千年魂　妙作通明一點秋

㊀ ◆선자(扇子) : 부채. ◆서우(犀牛) : 무소. 소의 일종. 코에 외뿔이 났다.
◆권연(棬攣) : 여기서는 鹽官禪師의 '扇子破索犀牛'에 대하여 資福이 一圓
相을 그려 놓고 그 가운데 '牛'자를 써서 現成公案한 그 일원상을 말한다.
◆계곡(桂轂) : 달과 그 빛. '桂'는 계수나무. 달에 계수나무가 있다는 전설
에서 옴. '轂'은 수레바퀴의 살이 모이는 가운데축. 달빛은 수레바퀴의 살.
수레바퀴의 살(달빛)이 모이는 중심점을 달로 표현하고 있다.

형식 : 고체시(古體詩), 평성우운(平聲尤韻)
출전 : 종용록(從容錄)

㊂ 《종용록》제25번째 공안 염관서우(鹽官犀牛)에 관한 시다.
선사 염관이 시자에게 말했다.
"시자야, 물소뿔로 만든 내 부채를 가져오너라."

시자 : 부채가 부서져 버렸습니다.

염관 : 음, 그래. 그러면 물소새끼라도 가져오너라.

시자 : ······.

옆에서 이 광경을 보던 자복(資福)이 하나의 동그라미(一圓相)를
그리고 그 속에 소우(牛)자를 써 넣었다.

이 시의 제3구와 제4구는 염관이 묻는 뜻을 간파해 버린 자복의
경지에 대한 칭찬이다.

앞의 두 구는 번역하지 않았다. 그것은 깊은 선의 경지이기 때
문이다. 꼭 앞 두 구를 알고 싶은가.

지팡이 가로메고 뒤도 한 번 돌아보지 않은 채,

저 천봉만학으로 들어가리라.

위산 업식 (從容錄第三七則公案潙山業識頌)

이 사람아 이 사람아 자네 날 알겠는가
어렴풋한 나월(蘿月)만이 낚싯바늘 모습이네
금은 보화 다 두고 무엇 때문에 떠도는가
나그네길 끝없이 근심만 쌓여 가네.

一喚回頭識我不 依俙蘿月又成鉤
千金之子纔流落 漠漠窮途有許愁

㊟ ◆의희(依俙) : 어렴풋함. 불분명함. ◆나월(蘿月) : 여라의 덩굴 틈으로
비치는 달(松風蘿月). ◆구(鉤) : 조각달의 형용. 마치 낚싯바늘과 같다.

형식 : 칠언절구, 평성우운(平聲尤韻)
출전 : 종용록(從容錄)

감상 《법화경》에 이런 이야기가 있다.
가난한 사람이 친구의 초대를 받아 갔다가 술에 만취했다. 친구
는 먼 곳으로 출장가면서 이 사람 옷깃 속에 보배를 숨겨 주고
갔다. 이 사람은 그것도 모르고 객지로 떠돌며 빌어먹고 다니다
친구를 만났다. 그제서야 자기 옷섶에 보배가 있었음을 알았다.
마찬가지다. 우리는 자신의 마음 그 무진장한 보고를 팽개치고
밖을 향해 동분서주하고 있다.

뱃사공은 (從容錄第五九則公案靑林死蛇頌)

뱃사공은 몰래 노를 저어
배는 밤길을 떠나네
갈대꽃 양 언덕에 눈발처럼 휘날리고
수면에 이는 안개, 강의 근심이여
바람은 돛폭 밀어 팔짱 낀 채
젓대 소리 달 부르며 창주로 내려가네.

三老暗轉柁　孤舟夜廻頭
蘆花兩岸雪　煙水一江愁
風力扶帆行不棹　笛聲喚月下滄洲

㊟ ◆삼노(三老) : 노 젓는 사람.(峽中舟師爲長年, 柂工爲三老－書言故事) ◆창
주(滄洲) : 바다의 어딘가에 있다는 이상향. 언제나 봄이고 사람은 죽지 않
고 金殿玉樓로 꾸며져 있다 함.

형식 : 고체시(古體詩), 평성우운(平聲尤韻)
출전 : 종용록(從容錄)

㊕㊛ 이 시의 근거가 되는 청림사사(靑林死蛇) 공안의 전모는 다
음과 같다.
어떤 중이 선승 청림(靑林)에게 물었다.

"길을 갈 때는 어찌해야 합니까?"

청림 : 죽은 뱀이 길에 누워 있다. 가지 말라.

어떤 중 : 이미 갔을 때는 어찌해야 합니까?

청림 : 살아 남기 힘들지.

어떤 중 : 아직 가지 않았을 때는요?

청림 : 그 또한 피할 길 없지.

어떤 중 : 바로 지금은요?

청림 : 김포행 버스는 이미 지나가 버렸네.

어떤 중 : 그러면 어디로 가야 합니까?

청림 : 풀이 너무 자라서 길을 찾을 수 없지.

어떤 중 : 스님도 몸조심해야겠습니다.

청림 : (손뼉을 치며) 참 지독한 놈이군.

시의 제1구와 제2구는 청림을 시험해 보려는 어떤 중의 물음을, 제3·4구는 청림의 높은 경지를 읊은 것이다. 그리고 제5·6구는 치고 받는 두 사람의 능숙한 수완을 읊었다.

석창법공(石窓法恭, 1102-1181) … 1편

임종게 (臨終偈)

분명한 이 한 글귀여
더 이상 머뭇거림은 없네
차가운 못에는 달이 젖어 있고
옛 나루터는 안개 속에 지워져 가네.

當陽一句 更無回互
月落寒潭 烟迷古渡

형식 : 사언고시(四言古詩)
출전 : 총림성사(叢林盛事) 권하

[감상] 선리(禪理)와 선정(禪情)이 풍부하기 이를 데 없다. 죽음조차
도 여기에 와선 이제 한 마당의 풍류(風流)가 되고 있다.

설두지감(雪竇智鑑, 1105-1192) … 1편

염화미소(拈花微笑)

스승의 은밀한 말씀,
큰 제자(가섭)에게는 숨겨 두지 않았네
하룻밤 꽃진 비(落花雨)에
성안 가득 유수(流水)의 향기여.

世尊有密語 迦葉不覆藏
一夜落花雨 滿城流水香

형식 : 오언절구
출전 : 어선어록(御選語錄) 40권

[감상] 그런대로 괜찮은 작품이다. 염화미소의 경지를 읊은 시로,
제4구의 '유수향(流水香)'이 돋보인다.

눈먼 나귀 무리지어 (拈頌第三二則公案頌)

저 깊은 명상의 상태와 일상의 상태,
이 둘의 다름은 어떠한가
눈먼 나귀 무리지어 마음밭은 난장판이네
지금 바다는 숫돌같이 평평한데
갈피리만 바람 맞서 어지러이 울고 있네.

出得何如未出時 瞎驢成隊喪全機
而今四海平如砥 蘆管迎風撩亂吹

㊟ ◆출득(出得) : (명상의 상태에서) 나오다. ◆하여(何如) : ① 어떠냐, 어떤
고. ② 어찌, 어떻게. 여기서는 ①의 뜻. ◆미출(未出) : (명상의 상태에서) 아
직 나오지 않다. ◆할려(瞎驢) : 눈먼 나귀. ◆이금(而今) : 自今. 지금. ◆사
해(四海) : 사방의 바다, 온 세계. ◆지(砥) : 숫돌. ◆노관(蘆管) : 蘆笛. 갈대
피리.

형식 : 칠언절구, 평성지운(平聲支韻)
출전 : 선문염송(禪門拈頌)

㊂㊝ 우리는 우리 자신의 주관적인 인식에 따라 동일한 것을 각

기 다르게 느끼고 있다. 그러나 좀 더 높은 경지에서 보면 명상의 상태와 일상의 상태는 둘이 아니다. 그러나 우리는 이를 둘로 보고 있다. 여기에서 고뇌는 시작되는 것이다.

여러 해 동안 돌말이 (無題)

여러 해 동안 돌말이 빛을 토하자
쇠소가 울면서 강으로 들어가네
허공의 고함 소리여 자취마저 없나니
어느 사이 몸을 숨겨 북두에 들었는가.

多年石馬放毫光 鐵牛哮吼入長江
虛空一喝無蹤跡 不覺潛身北斗藏

注 ◆방(放) : 빛을 놓다. 빛을 비추다. 발사하다.(無令嬪嫩放－王績) ◆호광
(毫光) : 佛身에서 빛이 사방으로 퍼짐을 말함. 여기서는 돌말의 몸에서 나
온 빛이 사방으로 퍼짐을 말한다. ◆철우(鐵牛) : 무쇠로 만든 소. ◆일할
(一喝) : 큰 고함 소리. 선가에서 선사가 납자(참선하는 사람)를 가르칠 때
납자에게 큰 깨달음의 계기를 주기 위해서 쓰는 한 방법이다. 특히 臨濟義
玄의 할은 유명했다. 여기에 상대되는 德山의 棒도 있다.(直饒棒如雨點 喝
似雷奔 也未當得向上宗乘中事－碧巖錄) ◆불각(不覺) : 어느새, 나도 모르는
새. ◆잠신(潛身) : 몸을 숨기고 나타내지 않다. ◆북두(北斗) : 북두칠성.

형식 : 칠언절구, 평성양운(平聲陽韻)
출전 : 금강경오가해(金剛經五家解)

감상 원래가 선문(禪門)의 말은 따지고 분별하여 알기에 너무 억측이 많다. 이 시가 전형적인 예이다. '돌말이 빛을 토한다'는 말도 어불성설이고, '무쇠소가 울면서 강으로 들어간다'는 말도 이해할 수 없다. 그러나 분명히 알지어다. 이해가 아니라 번쩍하는 직관의 번갯불이다. 그런 걸 한번 잡아 보라는 말이다. 머뭇머뭇하다가는 백 번 죽었다 깨어나도 소용없다.

제2구의 '장강(長江)'은 '창랑(滄浪)'의 잘못인 것 같다. 음운학상으로 '강(江)'은 '강운(江韻)'이요 '양운(陽韻)'이 아니기 때문이다.

대그림자가(無題)

어머님 적삼 빌려 입고 어머님께 절하나니
예의는 이것으로 충분하네
대그림자가 뜰을 쓰나 먼지 전혀 일지 않고
저 달이 물을 뚫고 들어갔으나 그 흔적없네.

借婆衫子拜婆門 禮數周旋已十分
竹影掃階塵不動 月穿潭底水無痕

㊟ ◆차(借) : ① 빌려 오다. ② 빌려 주다. 여기서는 ①의 뜻.(借交報仇－史記) ◆파삼자(婆衫子) : 노파의 적삼. '子'는 접미사(枕子, 燕子, 衲子). ◆파문(婆門) : 노파의 문전. ◆예수주선이십분(禮數周旋已十分) : 예는 이것으로 충분하다. ◆천(穿) : ① 위에서 아래로 뚫어 내려가다. ② 가로로 관통하다. 여기서는 ①의 뜻.

형식 : 칠언절구, 평성원운(平聲元韻)・문통운(文通韻)
출전 : 금강경오가해(金剛經五家解)

감상 선시 중 백미에 속하는 작품이다. 제1구와 제2구는 예의범절의 파격적인 실례를 읊은 곳이다. 제3구와 제4구는 이 삶 속에서 흔적을 남기지 않는 경지를 읊은 곳이다. 특히 제3구는 선미(禪味)와 시정(詩情)이 넘치는 대목이다.

산집 고요한 밤(無題)

산집 고요한 밤 홀로 앉았네
누리 한없이 적막하여라
무슨 일로 저 바람은 잠든 숲 흔들어서
한 소리 찬 기러기는 울며 가는가.

山堂靜夜坐無言 寂寂寥寥本自然
何事西風動林野 一聲寒雁唳長天

㈜ ◆산당(山堂) : 산집. ◆정야(靜夜) : 고요한 밤.

형식 : 칠언절구, 평성선운(平聲先韻)
출전 : 금강경오가해(金剛經五家解)

감상 적막한 산집의 가을 밤 풍경을 읊은 시로서 너무나도 유명
한 선시다. 제1구와 제2구는 번뇌망상의 바람이 불기 전의 본성
의 세계를 읊고 있다. 제3구는 번뇌의 바람이 일어나는 상태요,
제4구는 생존의 고통과 고뇌가 물결치는 상태다.

천길 낚싯줄을 (無題)

천길 낚싯줄을 내리네
한 물결이 흔들리자 일만 물결 뒤따르네
밤은 깊고 물은 차가워 고기는 물지 않나니
배에 가득 허공만 싣고 달빛 속에 돌아가네.

千尺絲綸直下垂　一波纔動萬波隨
夜靜水寒魚不食　滿船空載月明歸

🈂️ ◆사륜(絲綸) : 詔勅의 雅稱. 여기서는 전하여 낚싯줄로 쓰이고 있다.
◆직하수(直下垂) : 똑바로 내리다.

형식 : 칠언절구, 평성지운(平聲支韻)・미통운(微通韻)
출전 : 금강경오가해(金剛經五家解)

🈶️ 우리는 지금 중국 선시 가운데 최고의 걸작을 대하고 있다.
제1구가 남성적이라면 제2구는 여성적이다. 제3구의 절묘한 전
환은 제4구에 가서 무한한 여운을 남기고 있다. 시정과 시상과
시어와 선지(禪智)가 무르녹을 대로 녹은 작품이다. 그러나 이 시
의 원작자는 야보가 아니라 석덕성(釋德誠)이라는 당(唐)의 고승
(高僧)이다.

회암지소(晦巖智昭, ?−1188−?) … 1편

오도송 (即物契神頌)

부지런히 갈고 닦은 보람 있어
옛 어른들 깨달으신 그 이치에 닿았네
미묘하기 그지없음은 과연 무엇이던가
개울가 저 소나무에 매운 바람 불고 있네.

勤求勝積功 理契古人同
同得妙何處 澗松西北風

형식 : 오언절구
출전 : 인천안목(人天眼目) 권 4

[감상] 선지(禪智)가 무르익어 솔바람으로 흔들리고 있다. 예까지
오기 위해서는 얼마나 많은 고뇌와 고행이 뒤따랐던가. ……그
렇다. 흐르는 물도 공짜가 없는 법이다.

임종게 (臨終偈)

와도 오는 곳 없고
가도 가는 곳 없나니
문득 이 경지마저 뛰어넘자
불조(佛祖)도 몸둘 바를 모르네.

來無所來 去無所去
瞥轉玄關 佛祖罔措

㈜ ◆ 현관(玄關) : 현묘한 관문, 선의 경지.

형식 : 사언고시(四言古詩)
출전 : 남송원명선림승보전(南宋元明禪林僧寶傳) 권 6

[감상] 선지가 시정을 압도하고 있다.

이 호수를 찾아와 (偶題)

이 호수를 찾아와 홀로 배에 오르기 수십 번
사공은 날 알아보고 뱃삯을 받으려 않네
한 소리 새 울음에 유적(幽寂)은 깨어지고
산은 노을 곁에 길게 누웠네.

幾度西湖獨上船 篙師識我不論錢
一聲啼鳥破幽寂 正是山橫落照邊

㊟ ◆고사(篙師) : 뱃사공.

형식 : 칠언절구
출전 : 제공전전(濟公全傳)

감상 제3구, 제4구의 풍경 묘사가 뛰어나다. 수준급은 되지만 그
러나 선미(禪味)가 약하다.

반야송 (般若頌)

온몸은 입이 되어 허공에 걸렸는가
동서남북 바람을 가리지 않고
바람과 더불어 반야를 노래하네
뎅그렁 뎅, 뎅그렁 뎅.

通身是口掛虛空　不管東西南北風
一等與渠談般若　滴丁東了滴丁東

㊐ ◆반야(般若) : 지혜. 깨달음을 얻는 지혜. ◆통신(通身) : 全身. ◆불관(不管) : 상관하지 않다. ◆적정동(滴丁東) : 풍경 소리의 형용(뎅그렁).

형식 : 칠언절구
출전 : 여정화상어록(如淨和尙語錄)

㊉㊂ 바람에 울리는 처마끝의 풍경을 읊은 시다. 바람에 우는 풍경 소리를 반야(般若)의 음으로 듣는다는 것은 깊은 직관의 경지가 아니면 불가능하다. 일본 조동종의 개조인 도원(道元)은 여정의 이 반야송을 선시의 백미로 극찬하고 있다. 여정은 도원의 스승이었다.

임종게 (臨終偈)

팔십일 년 동안
이 한 마디뿐
여러분 잘들 있게
부디 잘못 알지 말라.

八十一年 只此一語
珍重諸人 切莫錯擧

㊟ ◆진중(珍重) : 헤어질 때의 인사말. '잘 있게' 또는 '안녕히 계십시오'.
◆절막(切莫) : 부디 ~하지 말라.

형식 : 사언고시(四言古詩)
출전 : 고문집(古文集)

㊂ 임종게로서는 빼어난 작품이다. 간략하면서도 무한한 뜻을
품고 있는 것이 마치 부석사 무량수전 앞에서 보는 저 끝없는
산선(山線)과도 같다.

대헐중현(大歇仲謙, 1174-1244) … 1편

오후(海山寄興)

선정(禪定)에서 깨어난 오후의 창은 낮에도 침침하니
눈길 닿는 곳마다 텅 비어 응결되는 이 마음이네
저 날새가 내 마음 아는지
버들 푸른 그늘 속에서 애타게 울고 있네.

午窓定起晝沈沈　觸目虛凝一片心
好鳥關關知我意　盡情啼破綠楊陰

㊋ ◆침침(沈沈) : 조용한 모양.　◆관관(關關) : 새가 우는 소리.

형식 : 칠언절구
출전 : 선종잡독해(禪宗雜毒海) 권 4

감상 선지(禪智)보다는 시정(詩情)이 앞서는 작품이다. 제2구는 응
집된 선심(禪心)이요, 제3구와 제4구는 무르익을 대로 익은 시정
이다.

임종게 (臨終偈)

올 때는 빈손으로 왔다가
갈 때는 알몸으로 가는 것
다시 이 밖의 것을 묻는다면
천태산에는 돌이 있다 하리라.

來時空索索　去也赤條條
更要問端的　天台有石頭

㊒ ◆삭삭(索索) : 흩어져 없어지는 모양.　◆적조조(赤條條) : 赤裸裸. 아무
숨김이 없이 본모양 그대로를 드러내다.

형식 : 오언절구
출전 : 무준사범선사어록(無準師範禪師語錄)

㊓ 겉보기에는 담담하지만 그러나 선지가 뛰어난 작품이다.
제4구를 보라. 아무나 쓸 수 없는 구절이다.

산거 (山居)

진종일 창가에 앉아 있나니
바위 앞 어린 죽순이 허리만큼 오르네
문득 깊은 산새 날아 등꽃 지나니
폭포 소리는 아스라이 돌다리를 건너오네.

竟日窓間坐寂寥 岩前稚筍欲齊腰
幽禽忽起藤花落 澗瀑飛聲渡石橋

형식 : 칠언절구
출전 : 설암화상어록(雪巖和尙語錄)

[감상] '정(定)'과 '동(動)'의 세계를 읊고 있다. 즉 제1구의 '정(定)'
이 제2구에서는 '정적인 동(動)'으로 변하고, 제3구에 가서는 '파
적(破的)인 동'으로, 제4구에서는 '동적인 동'으로 시정(詩情)은 거
침없이 굽이쳐 흐르고 있다.

열당조은(悅堂祖誾, 1234-1308) … 1편

임종게 (臨終偈)

인연 따라 왔다가
인연이 다하여 가네
수미산을 후려쳐 꺾어 버리니
허공만이 홀로 드러나 있네.

緣會而來　緣散而去
撞倒須彌　虛空獨露

형식 : 사언고시(四言古詩)
출전 : 남송원명선림승보전(南宋元明禪林僧寶傳) 8권

감상 선기(禪氣)가 넘치는 작품이다. 제1구와 제2구의 평범한 시
상이 제3구와 제4구의 기백으로 하여 힘차게 되살아나고 있다.

승감(僧鑒, ?-1253?) ··· 1편

금경지 (錦鏡池)

한 장의 거울 같은 수면에 허벽(虛碧)이 넘치는데
만상(萬象)은 모두 이 속에 있네
겹친 푸름 위에 엷은 푸름이 떠 있고
깊은 붉음에는 옅은 붉음이 섞여 있네.

一鑒涵虛碧 萬象悉其中
重綠浮輕綠 深紅間淺紅

형식 : 오언절구
출전 : 설두잡영(雪竇雜咏)

감상 여기 '한 장의 거울(一鑒)'은 우리의 본성이다. 우리의 본성
에는 희로애락의 온갖 형상이 담긴다. 제3구 '부(浮)'는 공간성을,
제4구 '간(間)'은 시간성을 뜻한다. 제3구의 '녹(綠)'과 '부(浮)', 제
4구의 '홍(紅)'과 '간(間)'의 대비를 보라. 저 화엄의 무진연기(無盡
緣起)를 보는 것 같다. 장중하고 치밀하기 이를 데 없는 작품이
다. 시상(詩想)이 장강(長江)처럼 흐르고 있다.

임종게 (臨終偈)

육십삼 년 동안
단 한 마디 말도 하지 않았네
바람 따라 물 따라 왔다 가나니
하늘에는 다만 달이 떠 있네.

甲子六十三　無法與人說
任運自去來　天上只一月

형식 : 오언절구
출전 : 선시육백수(禪詩六百首)

감상 나는, 나 자신의 본질은 언제나 여기 있다. 나고 죽는 것은,
왔다 가는 것은 다만 내 육체뿐.

원수행단(元叟行端, 1255-1341) … 1편

임종게 (臨終偈)

나고 죽음이 없는데
어찌 가고 옴이 있으리
빙하에서 불길이 솟고
무쇠나무에서 꽃이 피네.

本無生滅　焉有去來
氷河發燄　鐵樹華開

［주］◆언(焉) : 어찌.(焉得護草－詩經)

형식 : 사언고시(四言古詩)
출전 : 선시육백수(禪詩六百首)

［감상］제1구와 제2구는 다소 설명적이다. 그러나 제3구와 제4구
는 사고(思考)의 벽을 뚫고 지나간 경지를 읊은 구절이다.

산꽃(山花)

나무마다 가지마다 불타는 꽃들,
물결은 잔물결은 끝없이 퍼져가네
그대 만일 마음의 눈 크게 떴다면
굳이 이런 풍경까지 기다릴 것 없네.

幾樹山花紅灼灼 一池淸水綠漪漪
衲僧若具超宗眼 不待無情爲發機

주 ◆작작(灼灼) : 꽃이 찬란하게 핀 모양. ◆의의(漪漪) : 잔물결이 이는
모양.

형식 : 칠언절구
출전 : 석옥청공선사어록(石屋淸珙禪師語錄)

감상 작품 전반의 구성력은 탄탄하지만 그러나 시상(詩想)이 구
성력에 못 미치고 있는 것 같다.

산의 달(山月)

돌아와서 발을 씻고 잠이 든 채로
달이 옮겨 가는 줄도 미처 알지 못했네
숲속의 새 우짖는 소리에 문득 눈 떠 보니
한 덩이 붉은 해가 솔가지에 걸렸네.

歸來洗足上狀睡　困重不知山月移
隔林幽鳥忽喚醒　一團紅日掛松枝

형식 : 칠언절구
출전 : 석옥청공선사어록(石屋淸珙禪師語錄)

감상 조주의 〈십이시가(十二詩歌)〉를 연상시키는 작품이다. 석옥
청공은 고려 말의 대선승 태고보우의 스승이다.

요암청욕(了菴淸欲, 1288-1363) … 1편

산거 (山居)

한가로운 이 삶이여 시비에 오를 일 없거니
한 가지 향을 사르며 그 향기에 취하네
졸다 깨면 차가 있고 배고프면 밥 있나니
걸으면서 물을 보고 앉아선 구름을 보네.

閑居無事可評論 一炷淸香自得聞
睡起有茶飢有飯 行看流水坐看雲

형식 : 칠언절구
출전 : 요암청욕선사어록(了菴淸欲禪師語錄)

감상 은자의 삶을 읊은 시. 제3구와 제4구는 무위자연 속에 사는 선자(禪者)의 여유 있는 삶을 읊은 구절이다. 특히 제4구가 뛰어나다.

초석범기(楚石梵琦, 1296-1370) … 1편

임종게 (臨終偈)

본래 마음 비고 밝아
나고 죽음이 없네
나무말이 밤에 울고
서쪽에서 해가 뜨네.

眞性圓明 本無生滅
木馬夜鳴 西山日出

형식 : 사언고시(四言古詩)
출전 : 초석범기선사어록(楚石梵琦禪師語錄)

감상 일생 동안의 수행을 통해서 얻은 경지는 제3구와 제4구에
서 남김없이 드러나고 있다. 시상은 간결하지만 그러나 끝맺음
이 당차다.

오석세우(烏石世愚, 1301-1370) … 1편

임종게 (臨終偈)

태어남은 본래 태어남이 아니요
죽음 또한 본래는 죽음 아니네
두 손을 뿌리치고 문득 돌아가노니
하늘엔 둥근 달만 외로이 떠 있네.

生本不生 滅本不滅
撒手便行 一天明月

㊟ ◆ 찰(撒) : 뿌리치다.

형식 : 사언고시(四言古詩)
출전 : 남송원명선림승보전(南宋元明禪林僧寶傳) 권 11

㊞ 청정하기 이를 데 없다. 제1구, 제2구는 다소 설명적이다.
그러나 제3구, 제4구의 활발한 기백으로 하여 시의 전체 분위기
가 되살아나고 있다.

경지 (境地)

비에 씻긴 복사꽃잎, 그 연약한 볼이여
바람에 연둣빛 안개 흔들려 버들가지 가볍네
흰구름의 그림자 속에 괴석(怪石)이 드러나고
푸른 물빛 속엔 고목이 싱그럽네.

雨洗淡紅桃蕚嫩　風搖淺碧柳絲輕
白雲影裏怪石露　淥水光中古木淸

㊟ ◆악(蕚) : 꽃받침. ◆눈(嫩) : 어리고 연약함.(紅入桃花嫩－杜甫)

형식 : 칠언절구
출전 : 설당화상습유록(雪堂和尙拾遺錄)

㊀㊥ 득도(得道)의 심경을 자연 정경에 비겨 읊은 시. 제1구와 제
2구는 생동하는 생명력을, 제3구와 제4구는 시간의 강인한 힘을
읊고 있다.

십우도(十牛圖)

그를 만나러(尋牛)

망망한 풀바다 헤치며 너를 찾아가노니
물굽이 멀고 산 첩첩하여 힘은 다했네.
두 눈빛 가물가물 꺼져갈 즈음
단풍나무엔 늦매미 울음이 물들고 있네.

茫茫撥草去追尋　水闊山遙路更深
力盡神疲無處覓　但聞楓樹晩蟬吟

㊟ ◆망망(茫茫) : 넓고 멀고 아득한 모양. 여기서는 풀밭이 끝없이 퍼지는
모양.(茫乎不知其畔岸－蘇軾)　◆발(撥) : 여기서는 풀을 헤치다.(衣母撥－禮
記)　◆풍수(楓樹) : 단풍나무.　◆선음(蟬吟) : 매미 우는 소리.(蟬吟而不食－丈
載禮)

형식 : 칠언절구, 평성침운(平聲侵韻)
출전 : 선종사부록(禪宗四部錄)

㊂㊟ 소(牛)는 우리의 본마음.

잃어버린 본성을 찾아가는 데 열 단계로 구분했다.

원래는 〈십우도〉의 제목과 같이 각 시에 해당하는 그림이 곁들여 있었다. 《유교경(遺敎經)》에 보면 수행하는 것을 소 먹이는 것(牧牛)에 비교하고 있다. 《법화경(法華經)》에도 불승(佛乘)을 '큰 흰소가 이끄는 수레(大白牛車)'에 견주고 있다. 기타의 공안에도 가끔 소 이야기가 나온다.

발자취 있네(見跡)

물가 나무 아래 발자취 많음이여
풀밭 가르며 가르며 가 보라 흔적 있는가
깊은 산 심심산골 그 깊이라도
하늘 덮는 콧구멍이라, 저를 어이 숨기리.

水邊林下跡偏多　芳草離披見也麼
縱是深山更深處　遼天鼻孔怎藏也

㊟ ◆편(偏) : '徧'과 통용. ◆견야마(見也麼) : 보이겠는가. '麼'는 속어의 조
사로 의문을 나타낸다. '耶'와 뜻이 같다. ◆종(縱) : 비록.(縱江東父兄憐而王
我我何面目見之－史記) ◆요천비공(遼天鼻孔) : 온 우주를 덮는 큰 콧구멍.
◆즘(怎) : 어찌. 古文의 '如何'와 동일(王孫心眼怎安排).

형식 : 평성가운(平聲歌韻)

㊉㊝ 마음의 흔적은 도처에 있다. 아니 이 누리 전체가 그대로
나 자신의 현현이다.

그를 보았네(見牛)

금꾀꼬리 가지 위에 한 소리 소리요
햇빛 바람 흐름이여 버들 언덕 푸르렀네
다만 이것이라 피해 갈 곳 없노라
삼삼한 자태여 어찌 이를 그릴까나.

黃鶯枝上一聲聲　日暖風和岸柳靑
只此更無廻避處　森森頭角畵亂成

㊟ ◆삼삼(森森) : 무성한 모양, 왕성한 모양. 여기서는 '눈에 삼삼하다'의
뜻.(森奉璋以階列－潘岳)

형식 : 평성청운(平聲靑韻)

㊌㊟ 보이는 모든 것은, 그리고 들리는 모든 소리는 그대로 저
불멸의 가시화다. 나 자신의 객관화다.

그를 잡았네(得牛)

몸과 마음 다 바쳐 그댈 잡았으나
사나운 그 마음 다스리기 어렵네
때로는 고원 위에 홀로 노닐다
구름밭 안개숲에 모습 감추네.

竭盡靜神獲得渠 心强力壯卒難除
有時纔到高原上 又入煙雲深處居

㊟ ◆갈진(竭盡) : 물 같은 것이 말라 다하다.(矢竭而弦絶－李華) ◆거(渠) : 지시사. 여기서는 소(牛)를 가리킨다. ◆졸(卒) : 마침내.(卒爲善士－孟子)

형식 : 평성어운(平聲魚韻)

㊙ 우리의 마음은 지옥과 천국을 자유자재로 넘나든다. 천국인가 하면 지옥이요, 지옥인가 하면 어느새 극락이다.

그를 키우네(牧牛)

채찍 치며 고삐 매어 그대를 지킴은
예 좇아 티끌에 물들까 두렵기 때문,
끄는 대로 내 따라 먹고 마시면
고삐 멍에 안 씌워도 종횡무진하리라.

鞭索時時不離身　恐伊縱步入埃塵
相將牧得純和也　羈鎖無抱自逐人

주 ◆편(鞭) : 채찍. ◆삭(索) : 노끈이나 새끼 따위. 굵은 것은 索, 가는 것
은 繩이라 한다. 여기서는 소의 고삐.(大者謂只索 小者謂之繩－小爾雅) ◆기
(羈) : 굴레. 마소의 얼굴을 얽는 줄.(臣負羈絏－左傳) ◆쇄(鎖) : '索'과 통용.
고삐.(去枷脫鎖－淨住子)

형식 : 평성진운(平聲眞韻)

감상 그러나 무애자재한 이 마음이 관념의 틀에 갇히거나 오염
되면 거기 고통이 따르게 되며 인위적인 조작이 있게 된다. 그
러므로 우리는 언제 어디서든 새벽처럼 깨어 있어야 한다.

그를 타고 집에 가네(騎牛歸家)

소 잔등에 구불구불 고향집 가네
흥겨운 피릿가락 저녁빛 뉘엿뉘엿
손짓 하나 눈짓 하나 끝없는 이 뜻
아는 이는 알고 있네, 어찌 말로 다하리.

騎牛迤邐欲還家　羌笛聲聲送晚霞
一拍一歌無限意　知音何必鼓唇牙

㊟ ◆이리(迤邐) : 산길이 구불구불 길게 이어진 모양. '邐'는 길 따위가 구부러진 모양, '迤'는 길게 이어진 모양. ◆강적(羌笛) : 俗曲. 일정한 곡조 없이 흥나는 대로 부는 가락. ◆일박(一拍) : 한 박자. ◆지음(知音) : 서로의 뜻을 아는 사람. 거문고의 명장 伯牙가 거문고를 타면 子期만이 그 소리에 담긴 백아의 마음을 알았다는 고사가 있다. 여기에서 知音이란 말이 나왔다. ◆고신아(鼓唇牙) : 입술과 어금니를 두드리다, 즉 주둥아릴 놀려대다.

형식 : 평성가운(平聲歌韻)

㊌ 내가 나에게로 돌아오면 그것이 바로 고향 아니고 무엇이리. 본성의 흐름을 따르라. 생명의 이 파장을 따르라.

그를 잊고 나만 있네(忘牛存人)

그대와 함께 이미 고향집에 왔네
그대는 없고 나마저 한가롭네
해가 이마 위에 오도록 늦잠 자나니
채찍과 멍에 따위 곳간에 던져 두네.

騎牛已得到家山 牛也空兮人也閑
紅日三竿猶作夢 鞭繩空頓草堂間

주 ◆홍일삼간(紅日三竿) : 긴 낮. 해가 낚싯대의 세 길이만큼 길어지다.
◆공돈(空頓) : 부질없이 ~에 던져 두다.(三日三夜不頓舍－史記)

형식 : 평성책운(平聲刪韻)

감상 내가 나에게로 돌아오면 이제 '돌아온 나'도 없고 '돌아와
야 할 나'도 없나니……. 느긋하게 늦잠이나 자야 할밖에…….

그와 나 모두 잊네(人牛俱忘)

비고비고 텅 비어서 온갖 것 비었네
거울 푸른 저 하늘에 티끌 어이 묻겠는가
활활 타는 이 불 속에 흰 눈 어이 머물랴
예까지 왔다면 길은 이제 끝났네.

鞭索人牛盡屬空 碧天遙濶信難通
紅爐焰上爭容雪 到此方能合祖宗

㊟ ◆신(信) : 서신.(多以爲登科之信－劇談錄) ◆방능(方能) : 바야흐로, 능히,
비로소. ◆조종(祖宗) : 祖師의 宗旨, 선의 본질.

형식 : 평성동운(平聲東韻)

鑑賞 주관인 '나'도 없고 객관인 '너'마저 없나니 여기 새파랗게
불타고 있는 직관만이 있을 뿐……. 그 절정만이 새벽이 되어
깨어나고 있을 뿐…….

나에게로 돌아오네(返本還源)

집에 간다, 짐 챙긴다, 날뛰는 것은
눈먼 듯 귀먹은 듯 그보다는 못하이
이 몸에 앉아 이 몸을 보지 않나니
물 절로 아득하고 꽃 절로 붉은 것을.

返本還源已費功 爭如直下若盲聾
庵中不見庵前物 水自茫茫花自紅

㈜ ◆반본환원(返本還源) : 자신의 본성에 돌아오다. 깨닫다. ◆쟁여(爭如) :
어찌 ~함과 같겠느냐. ◆야(若) : ~과 같다. '如'와 통한다.(若網在網－書經)

형식 : 평성동운(平聲東韻)

㈜ 사물은 이대로 완벽한데 내가 공연히 수선을 떨었던 것이
다. 깨달음이니 도(道)니 외치며 다녔던 것이다.

다시 이 삶의 파도 속으로(入廛垂手)

맨발에 가슴 풀고 저자에 뛰어드네
흙먼지 쑥머릿단 두 뺨 가득 웃음바다
이것은 신선의 비결이 아니라
옛 나무에 꽃 피는 바로 그 소식이네.

露胸跣足入廛來 抹土塗灰笑滿顋
不用神仙眞秘訣 直敎枯木放花開

주 ◆선족(跣足) : 맨발. ◆전(廛) : 저잣거리. ◆시(顋) : 頰也. 뺨. ◆직교(直
敎) : 바로 ~을 가리키다.

형식 : 평성회운(平聲灰韻)

감상 가야 한다. 울고 웃는 이 삶 속으로 다시 들어가야 한다.
이 삶 속에서 이 삶과 하나가 되어 그냥 굽이쳐야 한다. 삶, 이
자체가 새벽이 될 때까지, 하나의 위대한 침묵이 될 때까지…….

제 4 부

원 · 명 · 청(元·明·淸, 1260~1911)

선원 (禪居)

새벽 바람 풍경 소리 멀리 가고
저녁 눈발 창 틈으로 날아드네
세상인연 놔 버리고 선방에 앉아
그윽하게 마음자리를 밝히고 있네.

曉風飄磬遠　暮雪入廓深
念載禪房宿　愍懃自洗心

주 ◆염재(念載) : 생각하다. '載'는 어조사.

형식 : 오언절구
출전 : 선시육백수(禪詩六百首)

감상 선의 절정기는 당(唐)·송(宋)이었다. 원대(元代)에 들어오면
볼 만한 선시가 별로 없다. 원대의 수작으로서는 여기 이 시 정
도가 고작이다.

옛 절(古寺)

험한 산 소나무 골짜기
다 쓰러져 가는 암자 하나
산허리에 걸린 길은 실낱 같은데
안개비 속에 지워질 듯 지워질 듯…….

絶壑松杉密 經壇佛殿空
沿山惟仄徑 煙雨有無中

㊟ ◆절학(絶壑) : 絶谷. 깊고 험한 골짜기. ◆측경(仄徑) : 비스듬히 나 있는 작은 길.

형식 : 오언절구
출전 : 선시육백수(禪詩六百首)

감상 다 쓰러져 가는 옛 절의 풍광을 읊고 있다. 제3구와 제4구는 그대로 문인화 한 폭이다.

밤에 앉아(夜坐)

산 이마에 구름 걸리고
하늘에는 달빛 차갑네
가을 밤 홀로 앉아
차를 끓이며 새벽 종소리 기다리네.

半嶺薄雲縈　中天月色淸
秋來多夜坐　煮茗待鐘聲

㊟ ◆영(縈) : 얽히다. 얼기설기 감기다. ◆자명(煮茗) : 차를 끓이다. '茗'은 늦게 딴 차를 말함.(早取曰茶 晚取曰茗 - 茶經)

형식 : 오언절구
출전 : 선시육백수(禪詩六百首)

㊉ 선승의 가을 밤 풍경을 읊고 있다. 너무나도 맑고 적적하여 차라리 담담하다고나 할까. 제4구의 '대(待)'는 그런 심정을 잘 표현한 시어(詩語)다.

산에서 (山居)

눈 덮인 잣나무 저 짙푸른 자태
마지막 남은 꽃이 서릿발에 떨고 있네
그 어디에도 의지하지 않는 당당함이여
발 딛는 곳마다 이 도량이네.

眞柏最宜堆厚雪　危花終怯下輕霜
滔滔一點無依處　擧足方知盡道場

㊀ ◆도량(道場) : 수도하는 곳.

형식 : 칠언절구
출전 : 담연거사집(湛然居士集)

㊙ 담연거사 종원의 본명은 야율초재(耶律楚才)이다. 그는 칭기
즈칸의 행정 수석비서관으로서 칭기즈칸을 따라 서역 원정에 올
랐던 인물이다. 서역 원정이 끝난 후에는 만송행수(萬松行秀)의
제자가 되어 선자의 길로 들어섰다. 여기 이 작품에서 그의 기
백이 돋보이고 있다.

영명원, 하나(永明院一)

모래 바람 가르며 만리 원정길에 올랐나니
동서남북이 모두가 나의 집이네
마음은 저 텅 빈 가을하늘 같거니
올곧은 마음이여 흰 연꽃이여.

從征萬里走風沙　南北東西總是家
落得胸中空索索　凝然心是白蓮花

형식 : 칠언절구
출전 : 담연거사집(湛然居士集)

[감상]《벽암록》과 더불어 쌍벽을 이루고 있는《종용록(從容錄)》은
바로 담연거사인 야율초재의 주선에 의해서 판각되었다. 또한 만
송행수가《종용록》을 집필한 것도 야율초재의 끈질긴 간청에 의
해서였다. 그러나《종용록》은 알아도 야율초재의 이름을 아는
사람은 그다지 많지 않다.

영명원, 둘 (永明院二)

공문(空門)에 들어섰네 크나큰 마음이여
부귀 명리 뜬구름은 미련 없이 버렸네
거울을 마주한 이 텅 빈 마음 누가 알리
한 송이 우담발화 불 속에 피었네.

一入空門意暢哉　浮雲名利世忘懷
無心對鏡誰能識　優鉢羅花火裏開

[주] ◆ 공문(空門) : 禪門. 참선하는 수행자의 길에 들어섬.

형식 : 칠언절구
출전 : 담연거사집(湛然居士集)

[감상] 결국 야율초재는 서역 원정을 마치고 득도의 경지에 오르
게 된다. 서역의 먼짓길에 말발굽을 진동시키던 당대의 거장이,
이제는 당당한 선자로 변신한 것이다.

윤노사에게 (寄平陽淨名院潤老)

지난해에 우연히 만나 서로 찾다가
이 가을에 다시 만나 맞손을 잡네
문자 없는 글귀로 시를 짓고
줄 없는 거문고를 타며 흥에 취하네
바람에 밀리는 머언 파도 소리
찬 연못에 비 지나가자 가을물 깊어지네
이런 즐거움 아예 아무에게도 알리지 말게
공안이 되어 총림마다 무성하리니…….

昔年萍水便相尋　握手臨風話素心
刻燭賦成無字句　按徽彈徹沒絃琴
風來遠渡晚潮急　雨過寒塘秋水深
此樂莫教兒輩覺　又成公案滿叢林

㊀ ◆평수(萍水) : 萍水相逢. 서로 우연히 타향에서 만나 알게 됨. ◆임풍(臨風) : 把酒臨風(范仲淹, 岳陽樓記). 바람을 마주하다. ◆각촉(刻燭) : 刻燭爲詩. 초에 눈금을 긋고 초가 그 곳까지 탈 동안에 시를 짓는 것. ◆안휘(按徽) : 거문고를 타다. ◆공안(公案) : 話頭. 선문답. ◆총림(叢林) : 禪院이 주축이 된 종합수련장.

형식 : 칠언율시
출전 : 담연거사집(湛然居士集)

[감상] 정명원의 윤노사라는 한 선승에게 편지식으로 써 보낸 작품이다. 기백도 있고 내용도 알차다. 그러나 제7구와 제8구가 좀 더 힘찼더라면 좋았을 것이다.

서리 내린 강산에 (題畵詩)

서리 내린 강산에 나뭇잎은 비었는데
천암(千岩)의 긴 대나무에 밤바람 이네
연화봉 위의 정처 없는 길손,
달빛 속에 홀로 생황을 불고 있네.

霜落江山木葉空 千岩修竹夜生風
蓮花峰頂巢雲客 獨自吹笙明月中

㈜ ◆수죽(修竹) : 긴 대나무. ◆생(笙) : 笙簹. 관악기의 한 가지.

형식 : 칠언절구
출전 : 원석집(元釋集)

감상 신비로운 분위기가 감도는 작품이다. 제1구와 제2구는 정
경 묘사요, 제3구와 제4구는 정경을 빌려 시인 자신의 내면세계
를 읊고 있다. 제4구는 특히 선경(仙境)의 극치를 읊고 있다. 선
시(仙詩)로서도 수작이요 선시(禪詩)로서도 제1급에 속하는 작품
이다.

감산덕청(憨山德淸, 1546-1623) … 4편

잠든 수면 (一泓死水)

잠든 수면 물결은 전혀 없는데
언덕에는 적막이여 눈부신 갈꽃이여
인기척에 날아가는 놀란 새 한 마리
차가운 빛과 갈꽃그림자 함께 춤추네.

一泓死水靜無波　繞岸蘆花寂寞皤
聲及潭邊驚鳥起　寒光翠影共婆娑

㊟ ◆파(皤) : 빛이 하얗다. 흰빛을 띠다. ◆파사(婆娑) : 춤추는 모습.

형식 : 칠언절구
출전 : 감산대사몽류전집(憨山大師夢遊全集)

㊐ 그저 평범한 산문에 그쳤을 작품인데 제4구로 인하여 눈부신 시가 되었다. 제1구와 제2구는 정(靜)의 세계를, 제3구와 제4구는 동(動)의 세계를 읊고 있다.

봄(詠春)

풀잎마다 가지마다 조사의 뜻 분명하니
봄숲에 꽃 피자 새소리 그윽하네
아침 빗발 지나가는 산은 씻은 듯하고
붉고 흰 가지마다 이슬이 맺혀 있네.

祖意明明百草頭　春林花發鳥聲幽
朝來雨過山如洗　紅白枝枝露未收

㈜ ◆조의(祖意) : 祖師의 뜻, 不滅의 뜻.

형식 : 칠언절구
출전 : 감산대사몽류전집(憨山大師夢遊全集) 권 49

감상 봄의 풍광을 읊은 시지만 그러나 깊은 선지(禪旨)가 있는
작품이다. 제1구와 제2구에는 묵조풍(默照風)의 선지가 있다. 그
리고 제3구와 제4구에는 거울 같은 시정이 있다.

산거 (山居)

봄 깊어 빗발 지나자 꽃잎은 져 날리니
상큼한 그 향기 옷깃에 스미네
한 조각 이 마음 둘 곳이 없어
지팡이에 기대어 저 구름을 바라보네.

春深雨過落花飛　冉冉天香上衲衣
一片閒心無處著　峰頭倚杖看雲歸

㈜ ◆염염(冉冉) : 향기가 나는 모양.

형식 : 칠언절구
출전 : 감산대사몽류전집(憨山大師夢遊全集) 권 49

감상 꽃 지는 봄의 어느 날, 한 노승이 지팡이에 기대어 구름 가는 것을 보고 있다. 한가롭기도 하고 또 쓸쓸하기도 한 그 모습이여, 이것이 인간의 진정한 모습이 아니겠는가. 수행자도 가슴을 가진 인간이기에 지는 꽃을 보면 그 허무감에 설레게 되는 것이다.

산거 (山居偶成)

인간사 백년이여 부질없나니
한 조각 신심(身心)은 물에 어린 달 같네
저 깊고깊은 만산(萬山) 속에서
솔문을 닫아걸고 박은 듯이 앉아 있네.

百年世事空花裏　一片身心水月間
獨許萬山深密處　晝長趺坐掩松關

형식 : 칠언절구
출전 : 감산대사몽류전집(憨山大師夢遊全集) 권 49

감상 잔잔하게 흐르는 시상(詩想)과 시정(詩情)이 있다. 너무나 조
용하기만 한 이 시에 문득 변화를 주는 것은 제4구이다. 제4구
의 '주(晝)'자로 하여 이 시는 유현(幽玄)한 맛을 풍기게 되었다.
여기에서의 '만산심밀처(萬山深密處)'란 '자기 자신의 내면'을 상
징하는 말이다.

마음의 눈 뜨다 (契悟頌)

봄기운 간직한 채
가을빛 드러내나니
눈으로도 보지 못하고
지혜로도 헤아릴 수 없네
깨달음은 이 수행에 있지 않나니
바람 불고 꽃 피고 눈 오고 달 밝은 거기 맡기네.

暗藏春色 明露秋光
有眼莫見 縱智難量
到家不上長安道 一任風花雪月揚

㈜ ◆도가(到家) : 고향집에 이르다. 여기서는 '깨닫다'. ◆장안도(長安道) :
唐의 수도인 長安으로 가는 길. 여기서는 '깨닫기 위한 수행'.

형식 : 부정형(잡언고시)
출전 : 남송원명선림승보전(南宋元明禪林僧寶傳) 권14

감상 선정(禪情)은 적지만 선리(禪理)가 팔팔 살아 있다. 제5·6구
는 이 시의 눈(眼目)이다.

개구리 법문(蛙鼓偈)

와글와글 연못에 개구리 우는 소리
무진법문이 역력하네
수행자들이여, 그대들께 이르노니
이후론 쓸데없이 선(禪)을 논하지 말라.

一池蛙鼓鬧塡塡　歷歷明明道口邊
報道五湖林下客　從今不心競談禪

◆ 전전(塡塡) : 계속해서 울리는 북소리. 여기서는 '개구리 우는 소리'.
◆ 임하객(林下客) : 隱者. 그러나 여기서는 선 수행자를 가리킨다.

형식 : 칠언절구
출전 : 선시육백수(禪詩六百首)

작자는 지금 개구리 소리를 무진법문으로 듣고 있다. 이런
경지에 오면 선(禪)이, 깨달음이 무슨 소용 있으리. 이 모두가 잡
소리에 불과하리라.

풀집 (宿北山贈唯山主)

구름을 이고 있는 노송 위로 솔바람 파도 소리
개울을 이리 돌고 저리 굽어 풀집 한 채 앉아 있네
사립문 깊이 닫혀 봄이 왔으나 관심 없는 듯
산새만이 꽃가지를 오르내리며 어지러이 울고 있네.

載雲松老響晴濤　數轉谿灣見把茅
深閉竹籬春不管　亂啼山鳥踏花梢

㊟ ◆만(灣) : 물굽이. ◆파모(把茅) : 띠풀로 엮은 토굴.

형식 : 칠언절구
출전 : 선종잡독해(禪宗雜毒海) 권 4

감상 인적 없는 산중, 은자(隱者)의 집을 그린 듯이 읊어내고 있
다. 제3구 '심폐(深閉)'와 제4구 '난제(亂啼)'가 서로 상반되는 시
정(詩情)을 자아냄으로써 절묘한 조화를 이루고 있다.

매화 (早梅)

나무마다 가지마다 잎 다 졌는데
남쪽 가지에 꽃 한 송이 홀로 피었네
그 향기 물 따라 멀리 흐르고
꽃그늘 야인가(野人家)를 길게 덮었네.

萬樹寒無色 南枝獨有花
香聞流水處 影落野人家

㈜ ◆야인가(野人家) : 평범하게 묻혀 사는 은자의 집.

형식 : 오언절구
출전 : 선시육백수(禪詩六百首)

⟨감상⟩ 엄동 설한에 피어난 매화꽃을 읊은 시. 제4구가 돋보인다.

삼산등래(三山燈來, 1614-1685) … 2편

잔나비 울고(聞不聞)

잔나비 울고 새들 지저귀고
꽃잎은 떨어져 물에 흘러가네
소리 아닌 이 소리여
본래(眞)로 돌아가면 또한 이와 같네.

猿嘯鳥吟 落花流水
是聲非聲 歸眞亦爾

형식 : 사언고시(四言古詩)
출전 : 오가종지찬요(五家宗旨纂要) 권하

감상 시정이 선리(禪理)를 따라가지 못한다. 그러나 시상은 당차
기 이를 데 없다.

자작극(不聞聞)

소나무 밑에 잠시 이르렀다가
그윽한 개울을 지나가네
헛발 디뎌 엉덩방아를 찧나니
가는 곳마다 한 바탕 자작극(自作劇)을 연출하네.

剛到長松下　又從幽澗過
蹉跎泉石裏　逐處演摩訶

㊟ ◆차타(蹉跎) : 넘어지다. ◆마하(摩訶) : 摩訶般若波羅蜜. 여기서는 '깨달음' 또는 '깨달음의 예지'.

형식 : 오언절구
출전 : 오가종지찬요(五家宗旨纂要) 권하

㊣ 선리(禪理)가 강한 시. 전편에 해학성이 넘친다. 특히 제4구의 '연마하(演摩訶)'는 멋진 시어다.

팔지두타(八指頭陀, 1851-1912) … 1편

벗을 찾아가며(署月訪龍潭寄禪上人)

물 한 병, 밥그릇 하나, 그리고 한 배낭의 시(詩)여
십릿길 연꽃은 두 소매 가득 향기네
옛 벗이 그리워 찾아가나니
선심(禪心)에는 본시 덥고 추움이 없네.

一瓶一鉢一詩囊 十里荷花兩袖香
只韋多情尋故舊 禪心本不在炎凉

주 ◆고구(故舊) : 옛 친구, 오랜 친구. ◆염량(炎凉) : 더위와 추위

형식 : 칠언절구
출전 : 팔지두타시집(八指頭陀詩集)

감상 무더운 여름날, 벗을 찾아가는 시인의 심정이 잘 드러나
있다. 제2구가 돋보인다. 아주 탐미적이다. 그러나 제4구는 설명
적이다.

백운선원에서 (住西湖白雲禪院作此)

흰구름 깊은 곳 석조봉(夕照峰)이 감쌌나니
한겨울 매화는 눈 속에 붉게 피었네
땅거미 내릴 무렵 깊이 선정(禪定)에 드나니
암자 앞 연못에는 머언 종소리 지네.

白雲深處擁雷峯　幾樹寒梅帶雪紅
齋罷垂垂深入定　庵前潭影落疎鐘

註 ◆뇌봉(雷峯) : 夕照峯. 항주의 西湖勝景. ◆수수(垂垂) : 축 처진 모양.
여기서는 '여유로움'의 뜻에 가깝다. ◆소종(疏鐘) : 머언 종소리.

형식 : 칠언절구
출전 : 연자감시(燕子龕詩)

鑑賞 시상(詩想)·시어(詩語)·시정(詩情)이 혼연일체가 되고 있다.
제4구에서는 형체와 소리가 절묘하게 조화를 이루고 있다(色聲無
碍). 과연 천재 시인 소만수(蘇曼殊)의 작품답다.

중형에게 (過若松町有感示仲兄)

오랫동안 만나지 못했다 하여 생사를 묻지 말게
구름같이 물같이 떠도는 외톨박이 중이네
까닭 없이 웃다가는 또 흐느끼나니
비록 기쁨이 있다 해도 내 마음은 이미 얼어 버렸네.

契闊死生君莫問　行雲流水一孤僧
無端狂笑無端哭　縱有歡腸已似氷

주 ◆중형(仲兄) : 인명. 陳獨秀(1880~1942), 작자가 가장 존경하던 친구(似
師似友). ◆결활(契闊) : 오랫동안 만나지 못함. ◆종(縱) : 비록. ◆환장(歡
腸) : 歡心. 기뻐하는 마음.

형식 : 칠언절구
출전 : 연자감시(燕子龕詩)

감상 선승의 손에 의해서 쓰여진 자화시(自畵詩)라는 점에서 귀
중하기 이를 데 없는 작품이다. 제3구에 이르면 선승이기에 앞
서 고뇌하는 한 인간의 모습을 보게 된다. 그러므로 이 시는 선
시(禪詩)라기보다는 인간의 시(人間詩)라고 해야 옳을 것이다.

무위자연 (簡法忍)

금경로(金莖露)에 취하여
연지로 모란꽃을 그리네
꽃 떨어져 그 깊이 한 척이니
굳이 도(道)를 들먹일 필요가 없네.

來醉金莖露　胭脂畵牡丹
落花深一尺　不用帶蒲團

㊉ ◆금경(金莖) : 承露盤을 받치는 구리 기둥. 승로반은 漢나라의 武帝가
甘露를 받기 위하여 連章宮에 만들어 두었던 銅盤. ◆연지(胭脂) : 뺨에 찍
는 화장품. ◆포단(蒲團) : 참선할 때 깔고 있는 좌선용 받침.

형식 : 오언절구
출전 : 연자감시(燕子龕詩)

㊂ 무위(無爲)에 돌아간 이에게는 도(道)나 선(禪)이 무슨 소용
있으리. 이 천지와 하나가 되어 숨쉬고 있는 이에게 선이나 도
는 긁어 부스럼에 지나지 않는다.
보라. 꽃잎 떨어져 한 척이니 도를 논하지 말라. 더 이상 선을
논하지 말라.

바다 하늘은 넓고 (題畵)

바다 하늘은 넓고 연못은 깊은데
솔그늘 아래 내려와 솔바람 거문고 소리를 듣네
내일이면 또 바람 따라 어디로 가려는가
저 흰구름 더불어 그저 무심(無心)할 뿐이네.

海天空闊九皐深　飛下松陰聽鼓琴
明日飄然又何處　白雲與爾共無心

주 ◆해천(海天) : ① 바다 위의 하늘. ② 바다와 하늘. ◆구고(九皐) : 깊고
으슥한 沼나 연못.

형식 : 칠언절구
출전 : 연자감시(燕子龕詩)

감상 물 따라 구름 따라 정처 없이 떠도는 이의 심정을 읊은 시.
시의 도처에서 시정과 선리가 뒤얽혀 굽이치고 있다. 운수납자
(雲水衲者)의 무심한 행각이 제4구에서 남김없이 드러나고 있다.

제5부
연대미상

더 나아가라(無指的)

남과 북, 동과 서에 머물지 않나니
위아래 허공을 어찌 견주리
작을 땐 털끝 도리어 탄탄대로요
클 때는 하늘 밖도 너무 낮구나
저 바다 다 말려 먼지가 일고
불기운 쓸어 다해 먹구름 없네
이렇듯 온갖 것 모조리 지운다 그러해도
한 걸음씩 더 나가며 길을 묻거라.

不居南北與東西　上下虛空豈可齊
現小毛頭猶道廣　變長天外尙嫌低
頓乾四海紅塵起　能竭三塗黑業迷
如此萬般皆屬壞　更須前進問曹溪

㟊 ◆삼도(三塗) : 三惡途(地獄途·餓鬼途·畜生途). ◆만반(萬般) : 모든. ◆갱
수(更須) : 다시 모름지기.

형식 : 칠언율시, 평성제운(平聲齊韻)
출전 : 경덕전등록(景德傳燈錄) 권 29

〔감상〕 원제(原題)의 '무지적(無指的)'은 꽤 까다로운 말이다. 이것을 풀이해 보면 다음과 같이 되겠다.

어떤 사람이 못가를 거닐고 있었다. 문득 꽃, 이름도 알 수 없는 그런 꽃 하나가 그 사람 시야에 들어왔다. 이 사람은 꽃, 그 아름다움에 취하여 이렇게 외쳤다.

"오, 아름다운 꽃이여."

그런데 이게 웬일일까. 조금 전까지 바람에 하늘거리던 꽃잎이 이 말이 떨어지자 딱 멈춰 버리는 것이었다. 돌이 된 듯 요지부동이었다. 이 사람은 꽃을 떠나갔다. 이번에는 구름 한 장이 그의 이마에 지나갔다.

"구름이여, 너는 어디로 가는가."

구름은 구름이라 부른, 그 '구름'이라는 말의 굴레에 끼여 그 자리에서 멈춰 버리는 것이었다. '너무 아름답다', 이런 식으로만 사물을 볼 때 우리는 사물, 그 깊은 내면을 보지 못하는 언어의 한계에 부딪히게 된다. 이 한계에서 벗어나려면 고정관념을 벗는 끝없는 자리바꿈, 그것이 있어야 된다는 것이다.

산향기 어지러이 (拈頌第四九十則公案頌)

산향기 어지러이 길에 가득 날리네
이름 없는 꽃들이 풀숲에 흩어지나니
모를레라 봄바람 머언 이 뜻은
꾀꼬리 저 아니면 뉘에게 울게 하리.

拂拂山香滿路飛 野花零落草離披
春風無限深深意 不得黃鸝說與誰

[주] ◆야화(野花) : 들꽃, 들에 피는 꽃. ◆영락(零落) : 꽃이 떨어지다.(草木零落-禮記) ◆이피(離披) : 나뉘어 흩어지다. ◆황려(黃鸝) : 꾀꼬리. ◆부득~설여수(不得~說與誰) : ~가 아니면 누구와 더불어 말하겠느냐.

형식 : 칠언절구, 평성지운(平聲支韻) · 미통운(平聲支微通韻)
출전 : 선문염송(禪門拈頌)

[감상] 장사(長沙)와 어느 제자와의 문답을 읊은 시다.
장사가 어느 날 산을 구경갔다 오는 참이었다. 문 앞에 이르렀을 때 웬 녀석이 물었다. "스님, 어디 갔다 오십니까." 장사는 말했다. "음, 산 구경 갔다 오네." 그 녀석이 다시 물었다. "어디메

쯤 갔다 왔습니까?" "풀잎 길을 따라가서 꽃 지는 곳으로 돌아
왔다네." "봄빛이 무르녹습니다." 장사는 그 녀석보다 한술 더
떴다. "가을꽃 매운 향기 그보다 더 좋았지."

이 몸이 드러남에 (拈頌第一千一十則公案頌)

이 몸이 드러남에 잎 가지 다 말랐네
한 줄기 성근 빗발 차갑게 꽂히는 곳
오는 해엔 다시 어린 가지 돌아와
봄바람에 흔들려 끊임없으리.

體露堂堂葉已凋　一番踈雨轉蕭蕭
來年更有新條在　惱亂春風卒未休

注 ◆당당(堂堂) : 형세가 盛大한 모양, 儀容이 훌륭한 모양, 씩씩한 모양, 숨김 없는 모양. 여기서는 네 가지 뜻을 모두 포함하고 있다. ◆소우(踈雨) : 성근 빗발. ◆소소(蕭蕭) : 바람이 부는 모양. 轉해서 빗발이 날리는 모양.(風蕭蕭兮易水寒－史記) ◆졸미휴(卒未休) : 좀처럼 쉬지 않다.

형식 : 칠언절구, 평성소운(平聲蕭韻)
출전 : 선문염송(禪門拈頌)

賞 이 시의 근거가 되는 공안 〈체로금풍(體露金風)〉은 다음과 같다.
어떤 중이 운문(雲門)에게 물었다.
"나무 마르고 잎 지는 이곳까지 오면 어떻습니까."
운문은 말했다. "음, 그 마른 나무에서 가을 바람이 나온다네."

……그렇다. 정말 살아 있기 위해서는 크게 한 번 죽어 봐야 한다. 저 침묵의 밑바닥까지 침잠해 봐야 한다.

그러질 않고는 삶이, 이 삶이 무엇인지 알 수가 없다. 왜냐면 삶, 이 자체가 되지 않고는 삶을 알 수 없기 때문이다.

연꽃잎 달빛 향해 (拈頌第三六八則公案頌)

연꽃잎 달빛 향해 가슴을 열고 있네
버들잎 이마에 바람 무늬 지고 있네
깊도록 춤추다가 날이 밝아서
돌아보니 옷자락엔 분냄새만 짙네.

芙蓉月向懷中照　楊柳風來面上吹
夜半庭前柘枝舞　天明羅袖濕燕脂

㊅ ◆부용(芙蓉) : '蓮'의 다른 이름. ◆자지무(柘枝舞) : 춤의 일종. ◆나수
(羅袖) : 비단 옷소매. '羅'는 '袖'를 수식한다.

형식 : 칠언절구, 평성지운(平聲支韻)
출전 : 선문염송(禪門拈頌)

㊉ 이 시의 근거가 된 공안의 짜임을 보라. 얼마나 부드럽고
따뜻하고 걸림 없는가.
위산(潙山)이 앉아 있는데 마침 제자 앙산(仰山)이 들어왔다. 위산
은 두 주먹을 마주 쥐어 보였다. 앙산은 얼른 여자절(서서 무릎만
약간 굽히는 절)을 했다. 이를 본 위산은 고개를 끄덕이며 말했다.
"옳지, 옳지."

산이 가로눕고(拈頌第四百六則公案頌)

산이 가로눕고 돌이 막혀 길 없는가 했더니
길이 굽어 개울 지며 또 한 마을 있네
고갯마루 비끼는 피리 소리 흐름 따라
저녁연기 어둑어둑 땅거미지네.

山橫石礙疑無路 地轉溪斜別有村
嶺上一聲橫笛響 暝煙斜日又黃昏

㊟ ◆산횡(山橫) : 산이 가로놓이다. ◆석애(石礙) : 돌이 길을 방해하다.
◆의(疑) : 걱정하다.(三人疑之－戰國策) ◆지전(地轉) : 地勢가 변하다.(轉栗
輓輪 以爲之備－漢書) ◆계사(溪斜) : 개울이 엇비슷하게 흐르다. ◆명연(暝
煙) : 저녁연기.

형식 : 칠언절구, 평성원운(平聲元韻)
출전 : 선문염송(禪門拈頌)

㊙ 이 시의 근거가 되는 공안 〈만법귀일(萬法歸一)〉은 다음과
같다.
어느 날 조주(趙州)에게 한 중이 찾아와서 물었다.
"모든 이치가 한 곳으로 돌아간다 합니다. 그렇다면 그 한 곳은
어디로 돌아가는 것입니까?"
조주 : 내가 청주(淸州)에 있을 때 옷 한 벌을 했다네. 그런데 그

옷의 무게가 일곱 근이나 되더군.(청주는 중국의 도시 이름임.)

여기 조주의 대답은 절대로 동문서답이 아니다. 사고의 티끌 한 오라기조차 일지 않는 그런 직관력으로부터 번개치듯 튀어나온 대답이다. 물음에 적중한 화살이다. 이것은 이해로써가 아니라 목숨을 내건 체험으로써만이 감지(感知)할 수 있는 것이다.
친구여, 이 앞에서 옷깃을 여며라.

저 별에 (拈頌第六六一則公案頌)

저 별에 칼기운 길게 뻗나니
저 빛 쳐다보면 간담이 떨리네
저 칼빛 꺾어타고 물 속으로 뛰어들 제
물위엔 벽력 소리 길게 울리네.

牛斗明邊釖氣橫　張華一見膽魂驚
乘時躍入池中去　波面空餘霹靂聲

◆우두(牛斗) : 28宿의 하나. 견우성.(徘徊於牛斗之間ー蘇軾)　◆장화(張華) : 별에서 뿜는 칼빛. '張'은 28수의 하나. ◆약입(躍入) : 힘차게 뛰어들어가다.

형식 : 칠언절구, 평성경운(平聲庚韻)
출전 : 선문염송(禪門拈頌)

감상 당대 제일의 《금강경》 권위자였던 덕산(德山)은 선사 용담(龍潭)을 찾아가서 깨달음을 얻은 다음, 지고 갔던 《금강경》 주석서를 모조리 태워 버렸다. 그는 마침내 언어를 뛰어넘어 버렸다. 여기 이 시는 그런 덕산의 심정을 읊은 작품이다.

불 꺼진 향롯가에 (拈頌第九五則公案頌)

불 꺼진 향롯가에서 물시계 소리
꽃샘바람 바늘 돋아 등골을 찌르나니
봄기운 날 흔들어 잠 못 이룰 제
달은 꽃그림자 옮겨서 난간 위에 얹네.

金爐香盡漏聲殘　翦翦輕風陳陳寒
春色惱人眠不得　月移花影上欄干

㈜ ◆금로(金爐) : 쇠로 만든 향로. ◆누성(漏聲) : 물시계의 물 떨어지는 소
리. ◆전전(翦翦) : 바람이 가늘게 부는 모양. ◆경풍(輕風) : 가는 바람. ◆진
진(陳陳) : 오래 계속되는 모양, 케케묵은 모양. 여기서는 추위가 끈질기게
계속되는 모양.(胡遊我陳－詩經)

형식 : 칠언절구, 평성한운(平聲寒韻)
출전 : 선문염송(禪門拈頌)

[감상] 이 시의 근거가 되는 공안의 줄거리는 다음과 같다.
계빈국왕 : 수행자여, 이 육신이 덧없음을 알았나이까?
사자존자 : 알았습니다.
계빈국왕 : 그렇다면 나고 죽음(生死)에 자유롭겠군요.

사자존자 : 그렇습니다.

계빈국왕 : 이 칼로 당신의 목을 시험삼아 베겠습니다.

사자존자 : 이 육신은 옷일 뿐, 이 옷이 필요하다면 베어 가시오.

계빈국왕은 사자존자의 목을 쳤다. 그러나 그와 동시에 흰 물이 분수처럼 솟구치며 왕의 팔이 떨어졌다.

눈 속에 (拈頌第五十則公案頌)

눈(眼) 속에 산 높이 솟아오르고
귓속에 큰 바다 큰 물결이 이네
입 없는 저 사람 말문 열기 전
문밖에선 우레 소리 서릿발 꽂네.

眼裡須彌重業岌 耳中大海疊波瀾
無言童子未開口 門外雷聲早戰寒

㈜ ◆수미(須彌) : 이 세계의 중심에 있다는 높은 산. 히말라야의 카일라스 (kailas) 산이 이 신화적인 산의 모델이라는 말이 있다. ◆업급(業岌) : 산이 높고 험준한 모양. ◆첩파란(疊波瀾) : 파도가 겹겹이 쌓이다.

형식 : 칠언절구, 평성한운(平聲寒韻)
출전 : 선문염송(禪門拈頌)

㈑ 개구즉착(開口卽着)이란 '입이라도 벌리려고 우물거리기만 해도 빗나간다'는 말이다. 그것은 어떠한 사고로도 갈 수 없는 경지이기 때문이다. 오직 직관으로 체득해야 할 따름이기 때문이다. 여기 이 시는 그런 직관의 경지를 역설적으로 노래하고 있다.

금빛 갈기 낚으려고(拈頌第六四七則公案頌)

금빛 갈기 낚으려고 고깃배 저어갈 제
우레의 바퀴 소리에 푸른 하늘 어두워지네
고기잡이 늙은이 이 물 깊이 어찌 알리
언덕을 치는 물결 소리만 부질없이 듣고 있네.

欲取金鱗釣艇橫　轟然霹靂下靑冥
漁翁豈識潭中意　空聽風波拍岸聲

㊟ ◆금린(金鱗) : 금빛 비늘을 가진 고기. ◆굉연(轟然) : 소리가 크게 울리는 모양. ◆어옹(漁翁) : 고기잡이 노인. ◆기식(豈識) : 어찌 ~을 알겠는가.

형식 : 칠언절구, 평성경운(平聲庚韻)
출전 : 선문염송(禪門拈頌)

㉛ 깨달아야지, 어설피 짐작하거나 선에 관한 책 몇 권을 읽은 따위 가지고는 아예 발도 못 붙이는 그런 경지를 노래한 시다.

며느리가 말을 타고(拈頌第一三一四則公案頌)

며느리가 말을 타고 시어머니가 끄나니
저 노인장 공중에서 쇠배를 저어 가네
우물 밑 돛폭 매기 바람세가 험하나니
높은 산 이마에 큰 물결 일고 있네.

新婦騎驢阿家牽　王老空中駕鐵船
井底掛帆風勢惡　須彌頂上浪滔天

㊟ ◆여(驢) : 말의 일종. 당나귀. 몸이 작고 귀가 길다.(面長似驢-吳志) ◆아
가(阿家) : 며느리가 시어머니를 부를 때 쓰는 말. '阿'는 남을 부를 때 친근
감을 나타내기 위하여 쓰는 말(阿妹, 阿兄).《從容錄》에는 '阿郎'으로 되어
있다. '阿郎'은 시어머니. 여기서는 《종용록》을 좇아 시어머니로 번역했다.
◆왕로(王老) : 왕씨 노인. 왕씨는 우리나라의 김씨나 이씨처럼 중국에 흔
히 있는 성.

형식 : 칠언절구, 평성선운(平聲先韻)
출전 : 선문염송(禪門拈頌)

㊒ 《선문염송》 제131번째 공안의 경지를 읊은 시로서 전문(全
文)은 다음과 같다.

보응성념(寶應省念) 선사에게 어느 중이 물었다.

"어떤 것이 부처입니까?"

성념이 말하기를 "며느리가 말을 타고 시어머니가 끄는 그것이
니라(新婦騎驢阿家牽)" 했다.

오도시 (悟道詩)

진종일 봄을 찾았건만 봄은 없었네
산으로 들로 짚신이 다 닳도록 헤맸네
지쳐서 돌아오는 길, 뜨락의 매화 향기에 미소짓나니
봄은 여기 매화 가지 위에 활짝 피었네.

盡日尋春不見春 芒鞋踏遍隴頭雲
歸來笑拈梅花嗅 春在枝頭已十分

㊟ ◆망혜(芒鞋) : 짚신. ◆농두(隴頭) : 언덕. 여기서는 산꼭대기(山頭)와 뜻
이 통한다.

형식 : 칠언절구
출전 : 학림옥로(鶴林玉露) 권6

鑑賞 어느 이름 모를 여승(某女尼)의 오도시(悟道詩). 연연한 시정
(詩情)이 가슴 깊이 스며든다. 제4구 '이십분(已十分)'은 정말 멋진
시어다.

지옹(止翁, ?-?) … 2편

줄 없는 거문고(無弦琴)

달은 거문고 되고 바람은 그 줄이 되나니
청음(淸音)은 손끝에 있지 않네
때로는 무생곡(無生曲)을 튕겨 내나니
솔가지에 이슬 맺혀 학은 잠들지 못하네.

月作金徽風作弦　淸音不在指端傳
有時彈罷無生曲　露滴松梢鶴未眠

㈜ ◆휘(徽) : 여기서는 '거문고'를 가리킴.

형식 : 칠언절구
출전 : 도잠전(陶潛傳)

감상 상당히 관념적인 시나 제4구의 '학미면(鶴未眠)'으로 하여
가까스로 시적(詩的)인 격조를 되찾고 있다.

제자들에게 (示徒)

춘삼월 햇빛 저장할 곳 없나니
저 버들개지 위에 눈부시게 흩어져 있네
봄바람의 모습은 볼 수 없거니
물 따라 흘러가는 붉은 꽃잎만 보이네.

三月韶光沒處收 一時散在柳梢頭
可憐不見春風面 却看殘紅逐水流

㊟ ◆초두(梢頭) : 나무의 곁가지.

형식 : 칠언절구
출전 : 선종잡독해(禪宗雜毒海) 권 2

[감상] 멋진 작품이다. 제1구 '몰처수(沒處收 : 無)'와 제2구 '산재(散在 : 有)', 제3구 '불견(不見 : 無)'과 제4구 '축수류(逐水流 : 有)'를 보라. 무(無)와 유(有)가 빚어내는 입신(入神)의 경지가 바로 여기에 있다.

날 저물어 (夜歸)

날 저물어 지팡이 재촉하여 돌아오는 길
솔바람은 길을 따라 길게 들려오네
물 깊어 소리 끊겼다 이어지고
산은 어두워 검푸른 빛이네
쇠북 소리 바윗가에 은은하고
이슬 내려 풀내음 짙네
밤은 이리도 깊었는가
빈 회랑(回廊)에는 달빛 하얗게 젖어 있네.

暮策返溪寺 松風邍路長 水幽聲斷續 山暝色蒼茫
鍾隱空岩嚮 露滋群草香 歸來人已久 華月半虛廊

주 ◆ 준(邍) : 따라가다

형식 : 오언율시
출전 : 중국선시감상사전(中國禪詩鑒賞辭典)

감상 밤 깊어 돌아오는 길, 산중(山中)의 정취를 읊은 시다. 무리 없는 시어와 구성력이 돋보인다. 제8구 '반허랑(半虛廊)'은 무한한 여운을 남기고 있다.

조계의 뜻(答僧)

조계의 뜻을 알고자 하는가
앞산에 구름 나는 걸 보라
이처럼 사물마다 분명하거니
이 밖에 따로 찾을 필요가 없네.

欲識曹溪旨　雲飛前面山
分明眞實個　不用別追攀

㊤ ◆조계지(曹溪旨) : 禪의 본질.

형식 : 오언절구
출전 : 중국선시감상사전(中國禪詩鑒賞辭典)

[감상] 제1급의 선기시(禪機詩). 제1구를 이어받은 제2구는 이 시의
눈이고, 제3구와 제4구는 제2구의 마무리에 해당한다.

가을 밤 강물 위에(江上秋夜)

비 내리는 저문 강물 날은 아직 개지 않았는데
오동잎 우수수 가을소리를 내네
망루(望樓)에 밤바람 멎었는데
달은 구름 옅은 곳에서 빛나고 있네.

雨暗蒼江晚未晴 井梧翻葉動秋聲
樓頭夜半風吹斷 月在浮雲淺處明

㊟ ◆누두(樓頭) : 배 위에 있는 望樓.

형식 : 칠언절구
출전 : 참료자시집(參寥子詩集)

㊕ 섬세하기 이를 데 없는 작품이다. 제3구 '풍취단(風吹斷)'과
제4구 '천처명(淺處明)'이 빚어내는 시정(詩情)을 보라. 달빛 되어
얇게 번져가는 이 시정을 보라.

한 연못의 연잎으로 (翠微山居)

한 연못의 연잎으로 옷은 이에 넉넉하고
저 산의 송홧가루로 식량은 충분하네
세인들에게 나 있는 곳 알려진다면
이 풀집 옮겨 더 깊이 들어가리라.

一池荷葉衣無盡　數樹松花食有餘
郤被世人知去處　更移茅屋作深居

형식 : 칠언절구
출전 : 취미집(翠微集)

[감상] 은자시풍(隱者詩風)으로서는 제1급 선시다. 왜 이토록 이 세
상을 피해 가고 있는가. 단순한 현실 도피라고 경솔하게 결론을
내리지 말라. 그대 가슴에 손을 얹고 곰곰이 생각해 봐야 할 작
품이다.

암거 (庵居)

잔나비 울음소리 새벽이면 더욱 슬퍼
반 닫힌 사립문엔 흰구름이 들어오네
아이는 날 보고 왜 늦었는가 묻는데
간밤 매화꽃 봉오리는 반쯤 피어 있었네.

啼切孤猿曉更哀 柴門半掩白雲來
山童問我歸何晚 昨夜梅花一半開

형식 : 칠언절구
출전 : 중국선시감상사전(中國禪詩鑒賞辭典)

感想 시상(詩想)의 흐름에 풍류적인 데가 있다. 그러나 독창성이
약한 듯하다.

유유자적 (逍遙吟)

버릴 것 다 버리니 본래 마음뿐
따스한 봄바람에 날은 점점 길어가네
창밖의 새 우는 소리 가늘게 잦아들고
바윗가에 핀 꽃이 산방(山房)에 가득 쌓이네.

重重去盡自平常　春煖風和日漸長
戶外鳥啼聲細碎　岩花狼藉滿山房

형식 : 칠언절구
출전 : 남송원명선림승보전(南宋元明禪林僧寶傳) 권 6

감상 시정(詩情)이 봄물결 되어 굽이치고 있다.
제3구 '성세쇄(聲細碎)'와 제4구 '만산방(滿山房)'이 어우러져 몰아
(沒我)의 시정을 자아내고 있다.

산거 (山居)

바윗가 물 곁에 와 머무나니
부귀영화의 헛된 꿈에서 일찍이 깨어났네
노승은 득도(得道)의 경지조차 잊어버린 채
저 푸른 산의 푸른빛(봄)과 노란빛(가을)에
모든 걸 내맡겼네.

自住丹巖綠水傍　了無榮辱與閑忙
老僧不會還源旨　一任靑山靑又黃

㊟ ◆ 환원지(還源旨) : 근원으로 돌아가려는 것, 즉 깨닫고자 하는 것.

형식 : 칠언절구
출전 : 선종잡독해(禪宗雜毒海) 권 8

㊣ 한산시풍(寒山詩風)의 작품이다. 고고한 기풍이 있다. 도가
적(道家的)인 냄새가 짙다.

노는 밭(閒田)

밭이랑은 일찍이 갈아 본 적 없고
종자라곤 뿌려 본 일조차 없는 이 밭뙈기
그러나 지금 가을걷이 한창이니
절반은 청풍이요 절반은 구름이네.

秦不耕兮漢不耘 钁頭邊事杳無聞
年來也有收成望 半合淸風半合雲

㊀ ◆ 곽두(钁頭) : 괭이.

형식 : 칠언절구
출전 : 선종잡독해(禪宗雜毒海) 권 7

㊙ '한전(閒田)'은 우리의 본성(本性)을 뜻한다. 저 무위자연의
흐름에 내맡길 때 우리의 본성은 비로소 본래의 빛을 발하게 된
다. 바람(淸風)과 구름(雲)의 오묘한 조화력을 되찾게 된다. 자칫
하면 교훈적일 수 있는 작품을 이처럼 한 편의 멋진 시로 읊어
냈다는 것은 놀라운 일이다.

출산음 (出山吟)

호방하게 읊조리며 푸른 산기운 속을 내려오나니
더 이상 그 어느 것도 마음에 두고 싶지 않네
누군가 하산(下山)의 뜻 묻는다면
누더기 한 벌과 지팡이를 들어 보이리.

浪宕閑吟下翠微　更無一法可思惟
有人問我出山意　藜杖頭挑破衲衣

주 ◆탕(宕) : '蕩'과 같은 글자. 방탕하다. 자유롭다.

형식 : 칠언절구
출전 : 감산운와기담(感山雲臥紀談) 권상

감상 자신과의 싸움에서 사경(死境)을 넘은 다음 산(자기 자신)을
나오는 이의 넉넉한 심정을 읊은 시다. 제4구는 깨달은 자신의
경지를 나타내 보이는 대목이다.

번뇌망상 티끌 속에 (見色聞聲隨處自在)

서리 친 달빛 속에 잔나비 울고
봄 깊은 뜨락에 꽃은 붉게 피었네
드넓은 이 누리 번뇌망상 티끌 속에
만나는 이마다 그분(본래 자기)이었네.

猿啼霜夜月　花笑深園春
浩浩紅塵裏　頭頭是故人

형식 : 오언절구
출전 : 인천안목(人天眼目) 권3

감상 선리(禪理)와 시정(詩情)이 무르녹을 대로 무르녹은 작품이
다. 제4구는 득도자(得道者)가 아니면 쓸 수 없는 구절이다.

제1구(第一句)

천지와 삼라만상
그리고 지옥과 천당이여
물건마다 불멸(不滅)의 소식이니
서로에게 상처를 주지 않네.

乾坤幷萬象 地獄及天堂
物物皆眞現 頭頭總不傷

형식 : 오언절구
출전 : 인천안목(人天眼目) 권 2

감상 이 작품은 한 편의 시라기보다는 차라리 화엄(華嚴)의 도리
를 읊은 운문체(韻文體)의 산문이라고 해야 옳을 것이다.
시정(詩情)은 희미하고 법계연기적(法界緣起的)인 논리만 있다.

제 6 부

연대·작자 미상

작자미상

서래의 뜻(西來祖意)

서래의 뜻 과연 무엇인가
일엽편주 맑은 바람, 만리에 파도 이네
구 년 동안 앉았으나 얻은 것은 하나 없어
소림의 허공에는 달만 저리 밝았네.

西來祖意果如何 一葦淸風萬里波
面壁九年無所得 少林空見月明多

㊀ ◆위(葦) : 갈대. ◆면벽구년(面壁九年) : 달마대사가 중국의 少林窟에서
구 년 동안 벽을 마주하고 앉아 참선 수행한 사실.

형식 : 칠언절구
출전 : 고문집(古文集)

㊀ 달마대사를 찬미한 시로, 격조 높은 작품이다. 제4구는 이
시의 백미라 할 수 있다.

작자미상

온 산에 도리꽃 (西來密旨)

서래의 은밀한 뜻 누가 알리
보이는 것 들리는 것 이 모두가 그 이치네
봄이 깊어가는 작은 집, 취하여 누웠나니
온 산에 도리꽃, 두견이 우네.

西來密旨孰能知　處處明明物物齊
小院春深人醉臥　滿山桃李子規啼

㊟ ◆제(齊) : 동등하다. ◆만산(滿山) : 온 산, 산에 가득. ◆도리(桃李) : 복숭
아꽃과 오얏꽃.

형식 : 칠언절구
출전 : 고문집(古文集)

㊣ 제3구와 제4구가 돋보인다. 작품 전반에 걸쳐 전혀 거스르
는 데가 없다.

작자미상

매화(梅花偈)

번뇌에서 벗어나는 것 예삿일 아니니
잡념을 한데 묶어 한바탕 해봐라
찬 것이 한 번 뼈에 사무치지 않으면
어찌 코를 치는 매화 향기 맡을 수 있으리.

塵勞逈脫事非常　緊把繩頭做一場
不是一翻寒徹骨　爭得梅花撲鼻香

형식 : 칠언절구
출전 : 고문집(古文集)

감상 철저한 거부를 통해서 굽이치는 이 삶으로 돌아오는 그 수
행과정을 매화에 비겨 읊은 시다. 작자는 황벽(黃檗)선사인데 당
의 황벽희운(黃檗希運)인지 청의 황벽융기(黃檗隆琦)인지 분명하지
않다.
그러나 뒤에 좀 더 자세하게 조사해 본 결과 작자는 당(唐)의 황
벽희운(?~850)이라는 사실을 알게 되었다.

작자미상

본시 산사람이라_(偈頌)

본시 산(山)사람이라
산중의 이야기 즐겨 하나니
오월의 솔바람 팔고 싶으나
그대들 값 모를까 그게 두렵네.

本是山中人　愛說山中話
五月賣松風　人間恐無價

[주] ◆게송(偈頌) : 부처의 공덕을 찬미하는 노래. ◆본시(本是) : 본래. ◆애
설(愛說) : 즐겨 말하다. ◆공무가(恐無價) : 값어치를 모를까 두려워하다.

형식 : 오언절구, 평성마운(平聲麻韻)
출전 : 선종송고련주통집(禪宗頌古聯珠通集)

[감상] 저 솔바람(松風) 속에서 우주의 숨결을 듣는 이가 있는가
하면, 한 송이 꽃을 보면 그저 꺾어 가지려는 사람이 있다.
이처럼 하나의 신비한 현상을 사람들은 각자의 수준에 따라 달
리 본다.

작자미상

구멍 없는 피리 불고(偈頌)

구멍 없는 피리 불고
줄 없는 거문고 타네
이 곡조 알아듣는 사람 없어
비 지나는 밤의 연못, 가을물만 깊어지네.

一吹無孔笛　一撫沒絃琴
一曲兩曲無人會　雨過夜塘秋水深

注 ◆무공저(無孔笛) : 구멍 없는 피리. ◆무(撫) : 두드리다. (거문고를) 켜다.
◆몰현금(沒絃琴) : 줄 없는 거문고. '무공저'나 '몰현금'은 다 禪家에서 자
주 쓰고 있는 상징어다. 깨달음(大悟), 그 자체를 각각 피리와 거문고로 악
기화한 말이다.

형식 : 고체시(古體詩), 평성침운(平聲侵韻)
출전 : 선종송고련주통집(禪宗頌古聯珠通集) 17

鑑賞 ……그렇다. 누가 알아듣겠는가, 구멍 없는 피리 소리와 줄
없는 거문고 소리를…….
소리 없는 이 소리를 알아듣는 이 없음이여. 지금은 야삼경(夜三
更), 밤비 한 줄기 가을 연못 위를 지나가고 있다.

작자미상

가없는 풍월이여 (偈頌)

가없는 풍월(風月)이여 눈 가운데 눈이요
다함 없는 건곤(乾坤)이여 등불 밖의 등이네
버들 연기 십만 가호(十萬家戶) 꽃에 묻히어
문 두드리는 곳마다 그윽한 응답 있네.

無邊風月眼中眼 不盡乾坤燈外燈
柳暗花明十萬戶 叩門處處有人膺

주 ◆유암(柳暗) : 버드나무가 너무 많아서 어둑어둑함. ◆응(膺) : 대답하
다.(車馬敲門定不膺－蘇軾)

형식 : 칠언절구, 평성증운(平聲蒸韻)
출전 : 고송(古頌)

감상 더없이 충만한 심정을 봄과 대비시켜 노래하고 있는 이 시
는 읽는 이의 가슴마저 봄기운으로 무르녹게 한다.
어둑어둑한 버들길에 꽃은 환하게 피었는데 십만 호나 되는 집
집마다 문을 두드리면 사람들이 나와서 반기어 준다니……. 아,
꿈속의 풍경이 아니고 무엇이랴.

작자미상

절 집안은 원래 (偈頌)

가 봤다 못 가 봤다 떠들지 말고
따라 주는 차나 한 잔 마실 일이다
손님 접대는 다만 이뿐
절 집안엔 원래 잔인정이 없노라.

曾到不曾到 且喫一杯茶
待客只如此 冷淡是僧家

㊟ ◆증도부증도(曾到不曾到) : 仰山問僧, 近離甚處. 僧云廬山. 山云曾遊五老
峰麼. 僧云不曾到. 山云闍黎不曾遊山. 雲門云 此語皆爲慈悲之故. 有落草之談.
(碧巖錄 第三十四則 公案 仰山不曾遊山) ◆차(且) : 또한. 여기서는 '너도'의
뜻(孔子貧且賤-史記) ◆끽(喫) : 먹다. 여기서는 (차를) 마시다.(對酒不能喫-
杜甫) ◆일배다(一杯茶) : 한 잔의 차, 차 한 잔. ◆대(待) : 대접하다.(以季孟
之間待之-論語) ◆지여차(只如此) : 다만 이와 같다. ◆냉담(冷淡) : 마음이
차다. 동정심이 없다. 담담하다.(楊朱之侶 世謂冷腸-顔氏家訓).

형식 : 오언절구, 평성마운(平聲麻韻)
출전 : 선종송고련주통집(禪宗頌古聯珠通集)

㊙ 《벽암록》 제34칙 공안 〈앙산부증유산(仰山不曾遊山)〉을 읊

은 시다.

공안의 줄거리는 다음과 같다.

앙산(仰山)이 여산(廬山)에서 방금 왔다는 중에게 물었다.

"어디서 왔느냐?"

중이 말했다.

"여산에서 오는 길입니다."

"여산의 오로봉(五老峰)을 가 봤느냐." (앙산이 중을 시험하는 말임.)

"못 가 봤습니다."

"자네는 여산은커녕 여산 그림자도 못 봤구먼."

후에 이를 평하여 운문(雲門)은 이렇게 말했다.

"앙산은 이 중을 건지려는 자비가 있었기 때문에 괜히 쓸데없는 말을 지껄였다."

작자미상

두 눈썹 끔벅이며 (偈頌)

일생 동안 내가 나를 되불러서
남의 말 듣지 말라 신신당부했네
두 눈썹 끔벅이며 오늘은 또 어디로 가는가
온 산 소나무 가지에 슬픈 바람만 이네.

一生長喚主人公　不受人謾逈不同
今日惺惺何處去　滿山松栢起悲風

注 ◆장환(長喚) : 오랫동안 부르다.　◆불수인만(不受人謾) : 사람에게 속지
마라.　◆성성(惺惺) : 정신을 바짝 차림.

형식 : 칠언절구, 평성동운(平聲東韻)
출전 : 선종송고련주통집(禪宗頌古聯珠通集)

鑑賞 옛날에 한 선승이 있었다. 그는 언제나 "아무개야" 하고 자
기 이름을 불렀다.
"예" 하고 대답이 뒤따른다. 자기가 불러 놓고 자기가 대답하는
것이었다.
"이후로부터는 다시 남의 말 듣지 마라."
"예, 알았습니다."

440

이 중은 밥만 먹으면 문을 꼭 닫고 앉아서 이런 수작을 계속했다. 중의 이런 수작이 사람들의 입을 타고 입에서 입으로 돌아다녔다. 이렇게 하여 이 이야기는 당시 자기를 찾는 사람들의 귀감이 되었다. 이 중의 일평생은 원래 쇼였다. 여기에서 시의 작자는 이 중의 일생을 끌어와 이렇게 말하고 있다. "일생 동안 내가 나를 되불러서 남의 말 듣지 말라 신신당부했네." 여기까진 좋다. 제3구에 넘어가자, 아닌 밤에 홍두깨가 나온다. "두 눈썹 끔벅이며 어디로 가는 거냐." 필시 자기가 자기를 되불러 놓고 훈계하는 짓거리를 되잡아 치려는 수작이 분명하다.

제4구에 오자 그 속셈이 드러난다.

'온 산 소나무 가지에 슬픈 바람만 이네(滿山松栢起悲風).'

그렇다. 자기를 찾겠다고 두 눈을 끔벅이며 앉아 있는 그 짓거리, 평생을 쏟아 보라. 자기는 고사하고 깻묵덩이도 못 찾는다. 그러면 어떻게 해야 하는가. 네 일은 네가 알아서 해라. 왜 나에게 묻느냐.

작자미상

산등성이 넘고 보면 (偈頌)

산등성이 넘고 보면 또 구름이 앞을 가려
기진 맥진 허기져서 흐물흐물 헤매다가
발길 돌려 집에 와 앉아 있나니
꽃 지고 새 우는 봄 여기 있었네.

一重山了一重雲 行盡天涯轉苦辛
驀劄歸來屋裏坐 落花啼鳥一般春

주 ◆ 맥(驀) : ① 똑바로, 쉬지 않고(驀地, 驀直去). ② 뛰어넘다.(煙底驀波乘一
葉－李賀) ◆ 답(劄) : 낫. 풀을 베는 연장. 여기서는 '驀'을 합하여 '봄을 찾
아 산으로 들로 헤매던 짓거리를 단칼에 끊어 버리다'의 뜻.

형식 : 칠언절구, 평성진운(平聲眞韻)
출전 : 선종송고련주통집(禪宗頌古聯珠通集)

감상 《화엄경》의 입법계품(入法界品)은 일생의 가장 깊은 감명을
준다. 소년 선재는 구도심을 일으킨다. 그 도를 구하는 마음이
지자(智者) 문수(文殊)를 만난다. 문수는 선재에게 이곳으로부터
남쪽으로 남쪽으로 53명의 스승들을 찾아 여행길을 떠날 것을
권한다. 선재는 문수의 가르침에 따라 긴 나그네길에 오른다. 그

가 만나는 스승 가운데는 도둑놈도 있고 깡패도 있고 사기꾼도 있고 창녀 파수미트라도 있고 의사도 있고 백정도 있고 고행자도 있고 구두쇠도 있고 장사꾼도 있고 난봉꾼도 있고 소녀도 있다. 선재는 그들에게서 그들 나름대로의 체험, 그 하나의 진실을 배운다. 이렇듯 가장 밝음에서부터 가장 어둠에까지 일체를 체험한 선재는 그 체험의 결과 미래의 상징인 미륵을 만난다. 미륵의 손가락 치는 소리 세 번에 선재의 나그네길은 끝나고 선재의 잠은 깨어진다. 선재는 자신이 처음 출발했던 복성동반에 있는 자신을 발견했다. 결국 구도심을 낸 바로 그 자리에 해답이 있었다. 여기 이 시는 바로 이런 경지를 읊은 것이다.

작자미상

거둬들였다 펴 널었다(偈頌)

거둬들였다 펴 널었다 이 작용 신기하니
어디에서 나타나 어느 곳으로 사라지는가
보라, 저 두 가닥은 원래 없었던 것이니
저 푸른 하늘에 구름 한 점 때문이었네.

卷去舒來片片奇 起從何處滅何歸
看他兩段元無間 只在太淸一點時

㊟ ◆태청(太淸) : ① 하늘. ② 天道.(莊子, 天運疏) ③ 도가의 三淸 가운데 하나. 40리 위의 공간.

형식 : 칠언절구, 평성지운(平聲支韻) · 미통운(微通韻)
출전 : 대응록(大應錄)

㊊㊉ 마음의 불가사의한 작용을 읊은 시다. 사실 모든 가치나
기준은 상대적이다. 착한 것이 있을 때 그걸 기준으로 하여 악
한 것이 있게 된다.
동쪽이 있을 때 그 동쪽을 기준으로 하여 서 · 남 · 북의 방위를
정할 수 있다. 그러나 원래는 동도 없고 서도 없었던 것이다.

작자미상

더위 가고 겨울 오고(偈頌)

더위 가고 겨울 오고 봄은 다시 가을이요
석양은 서쪽으로 기울고 물은 동쪽으로 흐르네
드넓은 이 누리에 그 많은 사람들아
몇몇이나 이곳에 이르겠느냐.

暑往寒來春復秋　夕陽西去水東流
茫茫宇宙人無數　那箇親曾到地頭

[주] ◆복(復) : 또다시. ◆망망(茫茫) : 넓고넓은 모양. ◆나개(那箇) : 몇이나,
몇 사람이나. ◆지두(地頭) : 장소.

형식 : 칠언절구, 평성우운(平聲尤韻)
출전 : 선종송고련주통집(禪宗頌古聯珠通集)

[감상] 더운 여름이 가면 가을을 지나 이윽고 추운 겨울이 온다.
이렇듯 대자연은 끝없이 순환하고 있건만 우리는 이 대자연의
흐름에 따르지 못하고 있다. 시간이 없어서, 출세하기 위하여,
돈을 벌기 위하여 우리는 대자연의 흐름을 따를 겨를이 없다.
그러다가, 그렇게 허둥지둥하다가 결국은 한줌의 재로 사라질
운명인 것을…… 꿈에서 깨어난 사람, 그는 누구인가. 과연 몇

이나 이 대자연의 흐름에 따를 수 있단 말인가.

이 대자연의 흐름에 맡겨 저 한 포기의 풀꽃처럼 살아갈 그런 사람이 몇이나 있단 말인가.

친구여, 오늘은 내가 그대에게 한 잔의 물을 청해야 할 차례다.

작자미상

봄에는 꽃 피고(偈頌)

봄에는 꽃 피고, 가을에는 달이요
여름에는 맑은 바람 겨울에는 눈이 있네
그대 마음 이와 같이 넉넉하다면
이야말로 인간 세상 좋은 시절이네.

春有百花秋有月　夏有凉風冬有雪
若無閑事掛心頭　便是人間好時節

注 ◆괘(掛) : 걸어 놓다. ◆심두(心頭) : 마음. ◆편시(便是) : 문득 이……

형식 : 칠언절구, 입성월운(入聲月韻) · 설통운(屑通韻)
출전 : 선종송고련주통집(禪宗頌古聯珠通集)

鑑賞 우리는 지금 계절이 지나가는 것도 모르며 살아가고 있다.
자식걱정, 출세걱정, 돈걱정…… 가진 이는 가진 만큼 괴롭고
없는 이는 없는 만큼 괴로운 이 현실.
있어도 고통, 없어도 고통인 것을…… 계절을 느끼며 자연의 신
비 속에서 단 하루라도 살 수 있다면 허덕허덕 백 년을 사는 것
보다 더 값진 삶이 아니겠는가.

작자미상

잔나비 우는 곳에 (偈頌)

북두(北斗)에 몸을 숨김 역력하구나
누리는 구름 없어 거울 같은 하늘이요
잔나비 새 우는 곳, 산은 적적하고
바위 아래 물소리 차갑게 우네.

藏身北斗最分明 四畔無雲廓太淸
猿鳥自啼山自寂 水流巖下響冷冷

㊤ ◆북두(北斗) : 북두칠성. ◆향랭랭(響冷冷) : 물소리가 차갑게 우는 모양.
(心淸冷其若水－梁武帝)

형식 : 칠언절구, 평성경운(平聲庚韻) · 청통운(靑通韻)
출전 : 선종송고련주통집(禪宗頌古聯珠通集)

감상 지극한 선(禪)의 경지를 자연의 정경(情景)에 비겨 읊고 있
다. 제1구와 제2구는 선의 경지를, 제3구와 제4구는 그 선의 경
지를 자연현상에 비겨 노래하고 있다. 특히 제3구가 일품이다.
'잔나비 새 우는 곳, 산은 적적하다'는 표현은 동중정(動中靜)의
극치이다.

작자미상

대울타리 띳집에 (偈頌)

대울타리 띳집에 주기(酒旗) 비스듬히 걸렸는데
호롱박 하나 때문에 두 곳에서 낭패 봤네
술 취하여 하늘과 땅 분간 못 하고
돌아오는 길, 땅에 가득 복사꽃잎이여.

竹籬茆舍酒旗斜　一箇葫蘆敗兩家
酒後不知天與地　歸來滿地是桃花

㊀ ◆묘사(茆舍) : 띳집. 지붕을 이엉이나 띠 따위로 이은 집. ◆호로(葫蘆) :
호로병. 허리에 차는 호롱박. 菰葫, 瓜葫, 風葫 등으로도 쓴다. ◆패량가(敗
兩家) : 僧家와 俗家, 色과 空, 선과 악 등 '대립되는 두 가지 견해를 쳐부수
다'의 뜻인 듯.

형식 : 칠언절구, 평성마운(平聲麻韻)
출전 : 선종송고련주통집(禪宗頌古聯珠通集)

㊂ '호롱박 하나 때문에 두 곳에서 낭패를 봤다'는 것은 무슨
말인가.
정신과 물질이라는 이 두 집, 그 어디에도 걸리지 않는 나그네
가 되었다는 말이다.

법열에 취하여 하늘과 땅의 구별도 없어지고 나 자신에게로 돌아오는 길 위에는 저 축복의 복사꽃잎만 가득함이여.
반은 미친 듯 반은 취한 듯 내 생애는 이런대로 넉넉함이여.

작자미상

티끌 같은 이 마음 (偈頌)

티끌 같은 이 마음 다 헤아리고
큰 바다 저 물을 다 마셔도
허공 끝 모두 알고 바람 잡아 온다 해도
그 모습 그릴 길 바이 없어라.

利塵心念可數知 大海中水可飲盡
虛空可量風可繫 無能盡說佛功德

㊟ ◆찰진(利塵) : 생각이 먼지와 같이 많음을 비유한 말. ◆가수지(可數知) : 모두 세어서 알 수 있다. ◆허공가량(虛空可量) : 허공의 넓이를 다 헤아려 알다. ◆무능(無能) : 능히 ~할 수가 없다. ◆공덕(功德) : 어떤 개체가 지니고 있는 능력과 특성.(信爲功德母－法句經)

형식 : 칠언절구, 불압운(不押韻)
출전 : 석문의범(釋門儀範)

㊎ 마음은 생각을 말한다. 이 생각의 물결은 그 진동 수가 1초에 6만 7,500번이라 한다. 1초에 6만 7,500번 진동하는 그 진동의 하나를 핀셋으로 집어내 보면 그 집혀 나온 일념(一念)은 또 새끼에 새끼를 쳐서 기하급수적으로 불어난다. 기하급수적으로 불

어난 일념 중의 일념을 집어내 놓으면 역시 기하급수적으로 불어나서 생각은 생각을 낳고 그 생각은 또 다른 생각을 낳아서 마침내 인간의 두뇌가 갈 수 없는 곳까지 이른다. 이 많은 생각의 숫자를 다 헤아릴 수 있다 해도, 큰 바다 저 물을 단숨에 모두 들이킨다 해도, 저 허공을 밧줄로 잡아매는 재주가 있다 해도, 낚아챌 수 있는 빠름이라 해도 '깨달은 사람'의 마음길은 알 수 없다. 왜냐면 그것은 언어와 사고의 길이 끊어진 곳이기 때문이다.

작자미상

그 얼굴 빛을 뿜어 (偈頌)

이 마음 달빛이여, 둥근 빛이여
이 빛으로 온 누리를 밝히네
잔나비들 손에 손잡고 달그림자 건지려 하나
달은 본래 저 하늘에 외로이 떠 있네.

月磨銀漢轉成圓 素面舒光照大千
連臂山山空捉影 孤輪本不落靑天

㊟ ◆은한(銀漢) : 은하수, 천하, 은황, 은만(銀河落九天－李白) ◆소면(素面) : 화장 따위를 하지 않은 얼굴. 여기서는 우리의 본성을 달에 비유한 말. ◆대천(大千) : 온 우주. '三千大千世界'의 준말. ◆연비산산(連臂山山) : 山은 山猿. 山山은 山猿의 복수, 즉 원숭이들. 連臂는 물에 빠진 달을 건지려고 팔에 팔을 잡고 늘어선 원숭이들을 형용한 말. ◆고륜(孤輪) : 외로이 떠 있는 달. 마치 바퀴 같다는 데서 '輪'자를 썼다. ◆청천(靑天) : 하늘. 푸른 하늘, 맑은 하늘.

형식 : 칠언절구, 평성선운(平聲先韻)
출전 : 석문의범(釋門儀範)

㊉ 연야달다라는 사람이 있었다. 어느 날 거울을 보았다. 아

니, 거울 속에 자기의 얼굴이 들어가 있었다. 연야달다는 놀랐다. 자기의 목이 그만 거울 속에 들어가 버린 것이었다. 그리하여 연야달다는 미친 듯이 울부짖으며 거리를 헤맸다. "내 목이 없어졌다, 내 목이 없어졌다." 연야달다의 처절한 외침이 거리마다 울렸다. 결국 그는 미쳐 버렸다. 이렇게 수년이 흘러갔다. 그 후 연야달다는 어느 현자를 만났다. 자신의 머리가 없어진 게 아니라 단지 거울 속에 비쳤을 뿐임을 깨달았다.

연야달다는 바로 우리 자신이다. 여기 물에 빠진 달을 건지려고 어깨 짠 원숭이들은 무엇인가. 바로 우리 자신이다. 나를 버리고 밖에서 나를 찾아 허덕이는 나 자신이다.

작자미상

갈잎 쓸쓸히 (偈頌)

갈잎 쓸쓸히 강물에 비쳐 흐르고
돛 단 조각배 외로이 가네
기운 바람 가랑비에 옷깃 젖는데
마음은 오로지 낚싯대에 있네.

蕭蕭蘆葦映江流　獨棹孤篷漾小舟
細雨斜風渾不顧　一心只在釣竿頭

㊟ ◆소소(蕭蕭) : 갈대가 바람에 흔들리는 소리.(風颯颯 木蕭蕭－楚辭) ◆노
위(蘆葦) : 아직 이삭이 나오지 않은 갈대. ◆독(獨) : 老而無子也.(孟子)
◆도(棹) : 배의 돛대.(或命巾車 以棹孤舟－陶潛) ◆고(孤) : 幼而無父也. ◆봉
(篷) : 비 올 때 배에 씌우는 거적.(熟醉臥篷窓－陸遊) ◆조간두(釣竿頭) : 낚
싯대.

형식 : 칠언절구, 평성우운(平聲尤韻)
출전 : 선림어구초(禪林語句抄)

㊛ 이 시는 일념(一念)의 경지를 노래하고 있다. 제1구와 제2구
는 일념의 배경 묘사를, 제3구와 제4구는 일념의 경지를 노래하
고 있다.

이 시에서는 특히 제1구가 뛰어나다.
'쓸쓸한 갈잎이 흐르는 강물에 비친다'는 표현은 마치 한 폭의 그림을 보는 것 같다.

작자미상

동쪽산이 물위로(東山水上行頌)

동쪽산이 물위로 가는 이치 알고 싶은가
개울가 돌계집(石女)이 밤피리 불면
나무사람(木人)이 구름 속에서 장단을 맞추나니
양주곡 한 곡조 한밤에 우네.

要會東山水上行 溪邊石女夜吹笙
木人把板雲中拍 一曲凉州恰二更

형식 : 칠언절구, 평성경운(平聲庚韻)
출전 : 선종송고련주통집(禪宗頌古聯珠通集)

賞 어떤 중 : 모든 부처가 나온 곳이 어디입니까.
운문 : 동쪽산이 물위로 간다네.
(雲門因僧問, 如何是諸佛出身處. 師云 東山水上行.)

작자미상

누구도 짝할 이 없이 (偈頌)

누구도 짝할 이 없이 언제나 높고높아
일천 강에 달 비치듯 온갖 곳에 응하나니
저 허공 가득히 넘쳐나고 있으나
잡고 보면 티끌 하나 흔적도 없네.

獨行獨坐常巍巍　百億化身無數量
縱令逼塞滿虛空　看時不見微塵相

注 ◆외외(巍巍) : 기상이 높은 모양.

형식 : 칠언절구, 평성양운(平聲漾韻)
출전 : 오등회원(五燈會元)

감상 절대고독의 경지에 홀로 노닐면서 동시에 이 누리 곳곳에
나타나는 것. 허공에 가득하여 없는 곳이 없으나 막상 보려 하
면 전혀 보이지 않는 것. 이것이 도대체 무엇이란 말인가.
이것을 아는 순간, 느끼는 순간이 바로 깨달음의 순간이다.

작자미상

옳거니 옳거니 (偈頌)

옳거니, 옳거니,
이 누리 종횡무진 발길대로 가다가
틀렸거니, 틀렸거니,
지팡이 둘러메고 갈바람에 춤추네.

恁麼 恁麼 大地踏翻信脚行
不恁麼不恁麼 橫擔櫚栗舞秋風

㊉ ◆ 즐률(櫚栗) : 지팡이.

형식 : 고체시(古體詩), 불압운(不押韻)
출전 : 대응록(大應錄)

㊂ 옳거니 옳거니 해도 옳지 않고, 틀렸다 틀렸다 해도 틀리
지 않나니 굳이 지팡이까지 둘러멜 필요가 있겠는가.
가을 바람에 춤추는 것마저도 사족(蛇足)인 것을……

작자미상

산거 (山居)

가을잎 물 따라 흘러가고
흰구름 산으로 들어오네
적적한 바위 곁 세 칸 집이여
사립문 진종일 열린 채 있네.

黃葉任從流水去 白雲曾便入山來
寥寥巖畔三間屋 兩片柴門竟日開

형식 : 칠언절구
출전 : 선종잡독해(禪宗雜毒海) 권7

감상 우리는 이 시에서 은자의 적적한 삶을 느끼고 있다. 동양
의 이상향을 느끼고 있다.
사립문은 왜 열린 채 있는가.
……이 집을 찾아오는 이는 누구나 다 주인이기 때문이다.

작자미상

본연 (本然)

중생과 부처가 서로 침해하지 않는 곳에
산은 절로 높고 물은 절로 깊네
이 세상 천차만별은 바로 이 소식이니
자고새 우는 곳에 꽃들은 피고 지네.

衆生諸佛不相侵　山自高兮水自深
萬別千差明底事　鷓鴣啼處百花新

형식 : 칠언절구
출전 : 인천안목(人天眼目) 권3

[감상] 제1급의 선시. 제1구와 제2구의 대비가 돋보이고, 제3구와
제4구의 대칭이 절묘한 화음(和音)을 이루고 있다.

작자미상

지금 여기 (今時一色)

해골에 의식이 사라지면 모든 게 끝장이니
주둥이를 놀렸다간 이, 삼류에 떨어지리
보고 듣는 이 가운데를 잘 살펴보라
청산(본성)은 다만 흰구름(행위) 속에 있나니······.

髑髏識盡勿多般 狗口纔開落二三
日用光中須急薦 靑山只在白雲間

형식 : 칠언절구
출전 : 인천안목(人天眼目)

감상 선지(禪智)가 전광석화처럼 번뜩이고 있다. 마치 임제의 우
레 소리(臨濟喝)를 듣는 것 같다. 뭐니뭐니 해도 이 시의 핵심은
제4구의 '지재(只在)'에 있다.

시인(詩人)들의 선시

⋮

제 1 부

당(唐, ~617)

맹호연(孟浩然, 689-740) … 2편

봄잠에 (春曉)

봄잠에 문득 깨었네
처처에 새 우는 소리
지난 밤 비바람에
꽃들은 다 져 버렸네.

春眠不覺曉　處處聞啼鳥
夜來風雨聲　花落知多少

형식 : 오언절구
출전 : 맹호연집(孟浩然集)

[감상] 개인의 감정을 전혀 개입시키지 않으면서도 내면의 정서를
여과시켜 읊고 있다. 맹호연의 이 시는 '선시'로서보다도 '당시
(唐詩)'로서 이미 널리 알려진 작품이다. 제1구의 '불각(不覺)', 제2
구의 '문(聞)', 제3구의 '성(聲)', 제4구의 '지(知)'가 어우러져 한
편의 멋진 시가 되었다.

융상인의 암자를 지나며 (過融上人蘭若)

선실(禪室)엔 옷만 걸려 있고
창밖에는 인적 없어 물새 나네
하산(下山)길 절반은 황혼에 젖었나니
흐르는 물소리에 산은 더욱 다가오네.

山頭禪室掛僧衣 窓外無人水鳥飛
黃昏半在下山路 却聽泉聲戀翠微

㊟ ◆융상인(融上人) : 上人은 승려. 融은 인명. ◆난야(蘭若) : 절. ◆취미(翠
微) : 파란 산기운.

형식 : 칠언절구
출전 : 맹호연집(孟浩然集)

㊗ 제1·2구는 암자의 정경을, 제3구는 돌아오는 길의 정경을,
그리고 제4구는 암자에 남겨두고 온 시인 자신의 아련한 심정을
읊은 것이다.
시정이 무르녹은 작품이다.

승방 (題僧房)

종려나무 꽃 뜰에 가득하고
이끼는 한가로운 방으로 드네
피차가 서로 말이 없나니
공중에는 천상의 향이 흐르네.

棕櫚花滿院　苔蘇入閑房
彼此名言絶　空中聞異香

㊟ ◆종려(棕櫚) : 종려나무. 야자과에 속함. ◆태소(苔蘇) : 이끼. ◆문(聞) :
냄새를 맡다. 여기서는 향기가 나다. ◆이향(異香) : 특이한 향기.

형식 : 오언절구
출전 : 왕창령시집(王昌齡詩集)

㊟㊟ 선승의 방을 찾아가 읊은 시다. 제1·2구는 승방(僧房)의 묘
사요, 제3·4구는 무언(無言)으로 교감하고 있는 주인과 나그네
의 내면 묘사다. 제4구의 '이향(異香)'은 바로 주인과 나그네의
'심향(心香)'을 의미하는 것이다. 제4구의 '문(聞)'자가 멋지다. 시
상이 신비롭다.

경쇠를 치는 노인(擊磬老人)

쌍봉(雙峰)엔 해묵은 누더기 한 벌이요
한 울림 경쇠 소리에 흰 눈썹 길게 날리네
아아, 뉘라서 야인(野人)의 이 마음 알리
다만 봄풀이 푸르름을 바라볼 뿐이네.

雙峰褐衣久 一磬白眉長
誰識野人意 徒看春草芳

㊟ ◆갈의(褐衣) : 거친 모직물로 만든 옷. ◆도(徒) : 다만.

형식 : 오언절구
출전 : 왕창령시집(王昌齡詩集)

㊂ 백발의 눈썹을 날리는 도인의 모습이 눈에 잡힌다. 제3·4
구는 그런 도인의 초탈한 심정을 읊은 구절이다. 그러나 한 가
닥 외로움이 풀잎 되어 물결치는 것은 웬일일까.

석양(鹿柴)

빈 산에 사람 없고
들리느니 말소리뿐
지는 햇살 숲 깊이 들어와
푸른 이끼 위에 비치고 있네.

空山不見人　但聞人語響
返景入深林　復照靑苔上

주 ◆녹시(鹿柴) : 사슴을 먹여 기르는 곳. ◆인어향(人語響) : 사람의 말소리
가 불분명하게 메아리침(또는 울려옴). ◆반경(返景) : 해질녘의 햇살. 해가
서쪽으로 질 무렵이면 그 빛이 동쪽으로 반사되어 비치는데, 이를 '返景'이
라 한다. ◆청태(靑苔) : 푸른 이끼.

형식 : 오언절구
출전 : 왕우승집(王右丞集)

감상 너무나도 유명한 선시. 특히 제1구와 제2구는 선시의 압권
이다. 길이 남을 명시다.

대숲 (竹里館)

대숲에 홀로 앉아
거문고 뜯고 길게 소리내어 읊네
깊은 숲 사람들 알지 못하니
밝은 달이 와 서로 비추고 있네.

獨坐幽篁裏 彈琴復長嘯
深林人不知 明月來相照

㈜ ◆죽리관(竹里館) : 대숲 속에 있는 집. ◆유황(幽篁) : 깊은 대나무 숲속.
◆장소(長嘯) : 詩歌 등을 길게 소리내어 읊다.

형식 : 오언절구
출전 : 왕우승집(王右丞集)

[감상] 역시 좋은 작품이다. 제4구의 '명월래상조(明月來相照)'는
선의 높은 경지를 읊은 구절이다. 여기 '상조(相照 : 서로 비추고
있네)'란 '달빛이 사람을 비추고, 사람이 달을 비춰 준다'는 말이
다. 말하자면 달과 사람이 혼연일체가 된 무아(無我)의 경지다.

목련 (辛夷塢)

나무 끝에 연꽃
산속에 붉게 피었네
개울 옆 인적 없는 집가에
제 홀로 피었다 지네 피었다 지네.

木末芙蓉花 山中發紅萼
澗戶寂無人 紛紛開且落

㊟ ◆신이(辛夷) : 목련꽃. ◆오(塢) : ① 작은 둑. ② 작은 마을. ◆목말부용
화(木末芙蓉花) : 목련꽃. ◆악(萼) : 꽃받침. ◆홍악(紅萼) : 紅花. '花'를 쓰
지 않고 '萼'을 쓴 것은 운을 맞추기 위해서임. ◆간호(澗戶) : 개울가에 있
는 집.

형식 : 오언절구
출전 : 왕우승집(王右丞集)

㈌㉫ 너무나 깨끗하여 눈물이 날 것만 같은 작품이다. 제4구를
보라. 이 이상의 말이 무슨 필요가 있으리.

향적사 (過香積寺)

향적사 찾아가다
구름 깊은 곳에 들었네
고목 속으로 길은 사라졌는데
어디선가 종소리 들려오네
개울물은 괴이한 돌부리에 울리고
날빛(日色)은 소나무에 차갑네
해질녘 고요한 연못 부근에서
선정(禪定)에 들어 번뇌를 잠재우리.

不知香積寺 數里入雲峯
古木無人逕 深山何處鐘
泉聲咽危石 日色冷靑松
薄暮空潭曲 安禪制毒龍

㊟ ◆향적사(香積寺) : 중국 長安 부근 終南山에 있는 절. ◆위석(危石) : 높
고 기묘하게 생긴 바위. ◆공담(空潭) : 고요한 연못. ◆곡(曲) : 여기서는
'부근' 또는 '한쪽 구석의 외진 곳' 정도로 이해하기 바란다. ◆안선(安禪) :
坐禪을 하다. ◆독룡(毒龍) : 여기서는 '번뇌망상'. '空潭'으로부터 毒龍의
이미지가 연결됨.

형식 : 오언율시
출전 : 왕우승집(王右丞集)

감상 마치 한 폭의 동양화를 보는 듯하다. 이미지의 흐름이 흐르는 물 같다. 왕유의 시 가운데 대표적인 작품의 하나다.

이별 (送別)

말에 내려 술잔을 든 그대여
묻노니 어디로 가려는가
그대는 말하네
장부의 큰뜻을 얻지 못하여
저 남산 기슭에 돌아가 묻혀 살려 하네
다만 가노니 더 이상은 묻지 말게
그 곳엔 흰구름만 겹겹 쌓일 뿐……

下馬飲君酒　問君何所之
君言不得意　歸臥南山陲
但去莫復問　白雲無盡時

㊟ ◆하소지(何所之) : 왜 가는가, 어디로 가는가.　◆귀와(歸臥) : 은거하다.
◆남산(南山) : 終南山(長安의 남쪽에 있다).　◆수(陲) : 주변, 부근.　◆막부문
(莫復問) : 더 이상 묻지 말라.

형식 : 오언고시(五言古詩)
출전 : 왕우승집(王右丞集)

감상 큰뜻을 펴지 못하고 낙향하는 벗을 보내며 지은 시다. 역
시 제3구와 제4구는 길이 남을 구절이다. 길이 남아 우리의 가
슴을 울릴 구절이다.

봄날 (田園樂其一)

복사꽃 연붉은 빛 간밤 비에 젖어 있고
버들 푸른 가지에 봄안개 어리네
꽃잎은 시나브로 지고 있는데
꾀꼬리 울음 속에 나그네는 졸고 있네.

桃紅復含宿雨　柳綠更帶春煙
花落家童未掃　鶯啼山客猶眠

㊒ ◆숙우(宿雨) : 간밤부터 오는 비. ◆춘연(春煙) : 봄안개. 봄에 끼는 안개
나 연기 같은 기운. ◆가동(家童) : 심부름하는 아이. ◆앵(鶯) : 꾀꼬리.

형식 : 육언절구
출전 : 왕우승집(王右丞集)

㊕㊢ 아주 무르녹은 작품이다. 차라리 요염하다고나 할까. 동양
미의 극치는 바로 이런 풍경을 두고 하는 말이다.

새 우짖는 물가(鳥鳴澗)

사람은 한가롭고 계화(桂花)는 지고
밤은 고요하고 봄산은 비었네
달 뜨자 산새 놀라서
봄물가에서 우짖고 있네.

人閑桂花落　夜靜春山空
月出驚山鳥　時鳴春澗中

㊟ ◆계화(桂花) : 계수나무 꽃. ◆간(澗) : 산골에 흐르는 물.

형식 : 오언절구
출전 : 왕우승집(王右丞集)

감상 제1급 선시다. 제1・2구는 '정(靜)'의 세계다. 제3구 '월출(月
出)'은 정(靜)을 통한 직관의 분출(覺)이다. 이 직관의 분출이 있은
다음에는 삶과 더불어 굽이치는 '동(動)'의 세계다. 제3구 '경산
조(驚山鳥)'와 제4구 '시명간(時鳴澗)'은 그런 동(動)의 세계다.
시정과 시어, 선(禪)의 깊은 체험이 한데 어우러져 이렇게 멋진
한 편의 시가 태어난 것이다.

서재에서 (書事)

옛 기와에 젖는 가랑비여
깊은 집 낮인데도 더디 열리네
앉아서 이끼빛을 보고 있나니
그 파란 기운이 옷에 오르네.

輕陰閣小雨 深院晝慵開
坐看蒼苔色 欲上人衣來

㊟ ◆경음(輕陰) : 약간 흐림. ◆창태(蒼苔) : 푸른 이끼.

형식 : 오언절구
출전 : 왕우승집(王右丞集)

감상 제4구의 '욕상(欲上)'으로 인하여 이 작품은 정말 대단한 한 편의 선시가 되었다. 자연과 혼연일체가 된 시인 자신의 감성이 아니고서는 도저히 이런 시어는 쓸 수가 없다.

산중(山中)

개울 맑아 돌이 희게 나왔고
하늘 추워 붉은 잎 드무네
산길에는 원래 비가 없는데
허공 푸른 빛깔이 옷깃 적시네.

溪淸白石出　天寒紅葉稀
山路元無雨　空翠濕人衣

형식 : 오언절구
출전 : 왕우승집(王右丞集)

감상 산중의 맑은 기운을 읊고 있다. 제4구를 보라. '허공의 푸
른 빛깔이 옷깃을 적신다니……. 이 얼마나 정밀하고 섬세한 감
성인가.
"산새 울어 금이 가는 먼 허공이여." (鏡岩의 詩 중에서)

정야사 (靜夜思)

침상 앞 달빛,
웬 서리 이리 흰가
고개 들어 산월을 바라보고
고개 숙여 고향을 생각하네.

牀前看月光　疑是地上霜
擧頭望山月　低頭思故鄕

㈜ ◆상(牀) : 침상, 침대. ◆산월(山月) : 산에 걸린 달, 산을 배경으로 떠 있는 달.

형식 : 오언절구
출전 : 이태백시집(李太白詩集)

감상 시상이 너무 맑아 차라리 슬퍼진다.
제1구 '간월광(看月光)'과 제2구 '지상상(地上霜)'에서 우리는 시정의 신선한 충격을 맛보게 된다. 그리고 제3구 '거두망(擧頭望)'과 제4구 '저두사(低頭思)'에서는 압축될 대로 압축된 시어와 만나게 된다. 이백(李白)이 아니었더라면 이 여섯 자 속에 담긴 내용을 표현하기 위하여 몇천 글자를 낭비했을 것이다. 그리고 여기 '산월(山月)'과 '고향(故鄕)'의 대칭을 보라. 시선(詩仙) 이백이 아니면 쓸 수 없는 구절이다.

원정 (怨情)

미인이 주렴을 들어올리네
깊이 앉아 눈썹을 찡그리네
다만 눈물 흔적 보일 뿐,
누굴 원망하는지 알 수 없네.

美人捲珠簾　深坐嚬蛾眉
但見淚痕濕　不知心恨誰

주 ◆빈(嚬) : 찡그리다. 눈살을 찌푸리다.

형식 : 오언절구
출전 : 이태백시집(李太白詩集)

감상 그대로 한 폭의 '미인도(美人圖)'다. 제2구의 '빈(嚬)'과 제3구의 '견(見) · 흔(痕)'을 보라. 얼마나 절묘한 시어들인가.

백로(白鷺鷥)

백로, 가을물에 내리네
외로 날아 서리 내리듯 하네
마음이 한가로워 날아가지 않고
모랫가 홀로 마냥 서 있네.

白鷺下秋水　孤飛如墜霜
心閑且未去　獨立沙洲傍

주 ◆노자(鷺鷥) : 백로. ◆사주(沙洲) : 물가에 생긴 모래톱.

형식 : 오언절구
출전 : 이태백시집(李太白詩集)

감상 시상·시정·시어가 딱 맞아떨어진 작품이다. 이런 시를
우리말로(다른 나라 말로) 옮긴다는 것은 도저히 불가능하다. 옮겨
오면 설명문이 되기 때문이다. 한문(漢文)의 상징언어가 아니면
쓸 수 없는 시다.

맹호연을 보내며 (黃鶴樓送孟浩然之廣陵)

황학루 서쪽으로 그댈 보내나니
안개꽃 피는 삼월 양주로 내려가네
외로운 돛폭 먼 그림자 허공가에 다하고
오직 장강만이 하늘 끝으로 아스라이 흐르네.

故人西辭黃鶴樓 煙花三月下楊州
孤帆遠影碧空盡 惟見長江天際流

㊟ ◆맹호연(孟浩然) : 盛唐의 자연파 시인. ◆고인(故人) : 절친한 벗. ◆황
학루(黃鶴樓) : 湖北省 黃鶴山 서북쪽 강가에 있는 누각.

형식 : 칠언절구
출전 : 이태백시집(李太白詩集)

감상 시상은 장중하고 시정은 섬세하기 이를 데 없다. 제3구,
제4구는 절창이다. '벽공진(碧空盡)'과 '천제류(天際流)'의 대칭을
보라.

산중문답(山中問答)

왜 산에 사느냐고 묻는 그 말에
대답 대신 웃는 심정, 이리도 넉넉하네
복사꽃 물에 흘러 아득히 가니
인간 세상 아니어라 별유천지네.

問余何意棲碧山 笑而不答心自閑
桃花流水杳然去 別有天地非人間

注 ◆여(余) : 나, 자기. ◆서(棲) : 살다.

형식 : 칠언절구
출전 : 이태백시집(李太白詩集)

鑑賞 너무나도 잘 알려진 작품이다. 제2구는 시인 자신의 넉넉
한 심정을, 제3구는 무릉도원의 신비경(神秘境)을 읊은 것이다.
제1구의 물음에 대한 대답은 제4구의 '비인간(非人間)'이다.

자견 (自遣)

술을 마주하여 어느덧 날이 저물어
꽃잎은 옷 가득 떨어졌네
취기(醉氣)에 일어 계월(溪月)을 밟고 가나니
새들 돌아가고 사람 또한 드무네.

對酒不覺暝　落花盈我衣
醉起步溪月　鳥還人亦稀

㊒ ◆자견(自遣) : 스스로 자신의 심정을 달래다. ◆계월(溪月) : 개울에 비친 달.

형식 : 오언절구
출전 : 이태백시집(李太白詩集)

감상 이 역시 제1급에 속하는 이백의 시다. 제1구 '불각명(不覺暝)'과 제2구 '영아의(盈我衣)', 제3구 '보계월(步溪月)'과 제4구 '인역희(人亦稀)'가 신비로운 대칭을 이루고 있다. 계월(溪月)을 밟고 가는 시인 자신의 기척이 있기 때문에 '인역희(人亦稀)'의 '희(稀)'자를 쓴 것이다.

옛 절 (題破山寺後禪院)

새벽, 옛 절에 드니
첫 햇살 숲을 비추네
대숲 길 그윽한 곳으로 나 있고
선방은 꽃과 나무로 깊네
산빛은 새를 기쁘게 하고
담영(潭影)은 사람의 마음을 비게 하네
만뢰는 고요한데
오직 풍경 소리 여음만 있네.

淸晨入古寺 初日照高林 竹徑通幽處 禪房花木深
山光悅鳥性 潭影空人心 萬籟此都寂 但餘鍾磬音

㈜ ◆담영(潭影) : 연못에 비친 그림자.

형식 : 오언율시
출전 : 상건집(常建集)

감상 새벽, 무너져 가는 옛 절의 풍경을 읊고 있다. 시정은 잔 물
줄기가 되어 끝없이 흐르고 있다. 그러나 시상에 역동감이 약하다.

영철상인 보내며(送靈徹上人)

어두워 가는 죽림사,
머언 종소리 저무네
어깨 멘 삿갓 석양빛 물드나니
청산에 홀로 아득히 돌아가네.

蒼蒼竹林寺 杳杳鍾聲晚
荷笠帶夕陽 靑山獨歸遠

㈜ ◆영철(靈徹) : 당시의 이름 있던 詩僧. ◆상인(上人) : 승려. ◆창창(蒼蒼) : 어둑어둑한 모양. ◆묘묘(杳杳) : 그윽하고 먼 모양. ◆하(荷) : 어깨에 메다. ◆하립(荷笠) : 삿갓을 어깨에 메다.

형식 : 오언절구
출전 : 유수책자집(劉隨冊子集)

감상 수묵화 한 폭이다. 제1구 '창창(蒼蒼)'과 제2구 '묘묘(杳杳)', 제3구 '대석양(帶夕陽)'과 제4구 '독귀원(獨歸遠)'이 절묘하게 대칭을 이루고 있다.

쓸쓸한 모래톱에 (江中對月)

쓸쓸한 모래톱에 저녁연기 드리우니
가을강에서 달을 보네
모래톱에 한 사람 있어
달빛 속에 외로이 물을 건너네.

空洲夕烟斂　望月秋江裏
歷歷沙上人　月中孤渡水

㊟ ◆염(斂) : 모이다, (연기가) 길게 드리우다. ◆역력(歷歷) : 뚜렷한 모양.
◆고(孤) : 쓸쓸하다.

형식 : 오언절구
출전 : 유수책자집(劉隨冊子集)

㊌ 시상이 수정처럼 선명하다. 제4구는 절창이다. 제4구의 '고
(孤)'자로 하여 이 시는 이백의 그것을 능가하는 품격을 갖추게
되었다.

눈 오는 날 부용산에 자면서 (逢雪宿芙蓉山)

날 저물어 산은 멀고
추운 하늘 초가삼간은 조촐하네
사립문에 개 짖는 소리 들리더니
눈보라 속에 돌아오는 사람 있네.

日暮蒼山遠　天寒白屋貧
柴門聞犬吠　風雪夜歸人

[주] ◆백옥(白屋) : 초가삼간. 가난한 서민의 집.

형식 : 오언절구
출전 : 유수책자집(劉隨冊子集)

[감상] 겨울, 눈 오는 저녁의 풍경을 읊고 있다.
시상에 무리가 없고 시정은 무르녹아 있다. 제1구 '일서(日暮)'와
제2구 '천한(天寒)', 제1구 '창산원(蒼山遠)'과 제2구 '백옥빈(白屋
貧)'의 대칭이 좋다. 제3구 '문견폐(聞犬吠)'와 제4구 '야귀인(夜歸
人)'에 이르면 시정은 까마득히 가 버린 날의 정취로 변한다.

잠삼(岑參, 715-770) … 1편

봄의 옛집 (山房春事)

양원(梁園)의 해질 무렵 갈가마귀 어지러이 나니
눈에 잡히는 건 쓸쓸한 두세 채의 집뿐
정원의 나무는 집주인 떠난 줄 미처 모르고
봄이 오자 옛 시절의 꽃을 활짝 피웠네.

梁園日暮亂飛鴉　極目蕭條三兩家
庭樹不知人去盡　春來還發舊時花

注 ◆양원(梁園) : 梁 孝王의 莊園. 漢代에는 문인들이 모이던 중심지가 되
었다. ◆극목(極目) : 시력이 미치는 한계. ◆소조(蕭條) : 쓸쓸한 모양.

형식 : 칠언절구
출전 : 잠가주집(岑嘉州集)

鑑賞 한때는 전성했던 장원(莊園)의 폐허를 읊은 시. 이 집에 살
던 사람들은 모두 떠나 버렸지만 저 뜰 앞의 나무는 그것도 모
르고 봄이 오자 활짝 꽃을 피워내고 있다. 이 꽃을 감상해 줄 사
람들이 아직도 예 있는 줄 알고…….
제3구와 제4구를 보라. 얼마나 멋진 구절인가. 한 번 무릎을 탁!
칠 일이다.

은자가 사는 곳(華子岡)

해지자 솔바람 일고
돌아오는 길 풀 끝에 이슬 말랐네
구름 그늘은 발자국에 고이고
나뭇가지 풀잎은 옷자락을 날리네.

落日松風起　還家草露晞
雲光侵履迹　山翠拂人衣

◆화자강(華子岡) : 仙人 華子期가 살던 언덕(岡). 謝靈運의 〈華子岡〉이
란 시가 있는데 그 시에서 영감을 얻은 것 같다. 王維의 시 〈歸輞川作〉에
화답한 작품. ◆희(晞) : 마르다. ◆산취(山翠) : 산의 나무와 풀잎.

형식 : 오언절구
출전 : 전당시(全唐詩)

제3구 '침(侵)'과 제4구 '불(拂)'이 대비를 이루며 미묘한 선
정(禪情)을 자아내고 있다. 작자는 왕유(王維)와 친분이 두터웠던
사람인데 이 시는 왕유의 그것을 능가하고 있다.

전기(錢起, 722-780) ··· 4편

먼 산 종소리(遠山鐘)

바람은 산 밖으로 종소리를 보내고
운하(雲霞)는 옅은 물을 건너네
종소리 다한 곳을 알고 싶은가
새의 모습 사라진 곳, 저 하늘 끝이네.

風送出山鐘 雲霞度水淺
欲知聲盡處 鳥滅寥天遠

주 ◆ 운하(雲霞) : 구름과 안개.

형식 : 오언절구
출전 : 전당시(全唐詩)

감상 선지(禪智)와 시정이 잘 조화를 이루고 있다. 특히 제3구와
제4구에 이르러서는 선지로 시작하여 시정으로 끝을 맺는 거장
의 솜씨가 엿보인다.

은자의 정자에서 (題崔逸人山亭)

약초 길에 붉은 이끼는 깊고
산창엔 푸른 산기운 가득하네
부러워라 그대는 꽃 아래 취하여
나비가 되어 꿈속을 날고 있는가.

藥徑深紅蘚　山窓滿翠微
羨君花下醉　蝴蝶夢中飛

㊟ ◆일인(逸人) : 세속을 초월한 은자. ◆홍선(紅蘚) : 붉은 이끼. ◆선(羨) :
부러워하다. ◆호접몽(蝴蝶夢) : 장자가 꿈에 나비가 되어 날아다닌 고사.

형식 : 오언절구
출전 : 전당시(全唐詩)

㊥ 아주 탐미적이다. 제1구, 제2구는 정경의 묘사를 통해서 시
인 자신의 심미안(審美眼)을 드러내 보이고 있다.
그리고 제3구, 제4구에 이르러서는 장자풍의 허무미(虛無美)가 극
을 이루고 있다.

우물 (石井)

복사꽃 우물에 비쳐
샘 밑은 온통 붉은빛이네
뉘 알리, 이 우물 밑으로
무릉도원 가는 길 있는 줄을.

片霞照石井　泉底桃花紅
那知幽石下　不與武陵通

㊅ ◆편하(片霞) : 복사꽃. ◆무릉(武陵) : 武陵桃源, 仙境.

형식 : 오언절구
출전 : 전당시(全唐詩)

㊀ 환상적인 분위기가 작품 전체를 누비고 있다. 그리고 시상
(詩想)의 전개가 치밀하기 이를 데 없다.

가을강 (江行無題)

편한 잠에 조각배는 가볍고
바람이 자 파도는 잔잔하네
갈대숲 저 언덕은
밤토록 가을소리로 붐비네.

穩睡葉舟輕　風微浪不驚
任君蘆葦岸　終夜動秋聲

㊟ ◆ 온수(穩睡) : 편안하게 자다.

형식 : 오언절구
출전 : 전당시(全唐詩)

㊀ 가을 밤의 시정을 그린 듯이 읊어내고 있다. 특히 제4구
'종야(終夜)'는 가을 정취에 걷잡을 수 없이 설레는 시인 자신의
심정을 잘 표현한 단어다.

대숙륜(戴叔倫, 732-789) … 2편

비 오는 날(精舍對雨)

공문은 적적하여 이 한 몸 한가롭고
저 개울 가는비에 객의 번뇌 씻기네
흰구름 향한 정은 다함 없나니
꾀꼬리 봄에 취한 거기 맡기네.

空門寂寂澹吾身 溪雨微微洗客塵
臥向白雲情未盡 任他黃鳥醉芳春

㊍ ◆정사(精舍) : 절. ◆공문(空門) : 禪門 또는 절. ◆담(澹) : 담박하다.

형식 : 칠언절구
출전 : 전당시(全唐詩)

㊌ 옛 절, 비 오는 날의 서정을 읊은 시.
시정은 잔잔하게 흐르고 있다. 제4구의 '임지(任他)'로 하여 이
시는 활기를 되찾고 있다.

날이면 날마다(寄殷亮)

날이면 날마다 물가에 나가 흐르는 물 보나니
봄이 떠난 아쉬움에 가을, 쓸쓸함이 겹치네
산속의 옛집엔 사람 가고 없으니
풍진 속을 오가는 우린 모두 백발이네.

日日河邊見水流 傷春未已復悲秋
山中舊宅無人住 來往風塵共白頭

형식 : 칠언절구
출전 : 전당시(全唐詩)

감상 잔잔한 시정과 가슴 저리는 무상감(無常感)이 이 시의 주조
(主調)를 이루고 있다.

위응물(韋應物, 736-?) … 2편

물가에 나가(滁州西澗)

물가에 나가 그윽이 풀을 보나니
나뭇가지 깊은 곳 꾀꼬리 우네
봄물결 비를 띄워 저녁 무렵이면 급하나니
나루터엔 사람 없고 배만 홀로 매여 있네.

獨憐幽草澗邊生 上有黃鸝深樹鳴
春潮帶雨晚來急 野渡無人舟自橫

주 ◆저주(滁州) : 安徽省에 있는 양자강의 支流. ◆서간(西澗) : 姓州城 서
쪽에 있는 시냇물.

형식 : 칠언절구
출전 : 위소주집(韋蘇州集)

감상 시정이 넘치는 작품이다. 제3구, 제4구에 이르면 춘정(春情)
에 겨워 설레는 시인의 감성이 나룻배가 되어 봄비 속을 일렁이
고 있다.

가을 밤 (秋夜寄邱員外)

이 가을 밤 그대 생각에
시 한수 읊조리며 마냥 서성이네
빈 산에 솔방울 떨어지나니
그대 응당 잠 못 이루리.

懷君屬秋夜　散步詠凉天
空山松子落　幽人應未眠

㈜ ◆구원외(邱員外) : 작자의 친구인 邱丹을 말함. ◆유인(幽人) : 隱者. 구
단을 가리킴.

형식 : 오언절구
출전 : 위소주집(韋蘇州集)

감상 당시(唐詩)로서 이미 널리 알려진 작품이다. 제3구 '공산송
자락(空山松子落)'은 절창이다. 빈 산(空山)에 솔방울 떨어지나니
(松子落)……. 솔방울 떨어지고 난 다음의 산은 더욱 고요하기만
하다.
공산송자락(空山松子落)……, 이것은 정경 묘사에 앞서 분명 하나
의 경지다.

사람을 보내며(送人)

물가 정자에서 술잔 거두고
말이 다하자 각각 동과 서로 갈리네
고개 돌리매 서로 보이지 않으니
가을비 속에 수레는 멀어져 가고 있네.

河亭收酒器 語盡各西東
回首不相見 行車秋雨中

형식 : 오언절구
출전 : 왕사마집(王司馬集)

[감상] 이별의 시로서 제1급에 속하는 작품이다. 제3구 '불상견(不相見)'과 제4구 '추우중(秋雨中)'이 딱 떨어지는 대비를 이루고 있다. 쓸쓸하기 이를 데 없는 이별의 심정은 이 두 구절(제3구, 제4구)을 통해서 남김없이 드러나고 있다.

장적(長籍, 768-830) … 1편

어둑한 숲속엔 (寄西峰僧)

어둑한 숲속엔 물이 흐르고
밤기운 서늘하여 잠 못 이루네
서봉엔 아직 달이 있나니
멀리 그대의 풀집을 생각하네.

松暗水涓涓 夜凉人未眠
西峰月猶在 遙憶草堂前

㊝ ◆연연(涓涓) : 물이 가늘게 흐르는 모양.

형식 : 오언절구
출전 : 장사업시집(張司業詩集)

[감상] 잔잔한 작품이다. 제3구의 '월(月)'과 제4구의 '억(憶)'이 이
시에 간절함을 더해 주고 있다.

촌야(村夜)

가을풀 우거진 곳에 풀벌레 울고
길에는 사람의 흔적 끊겼네
문밖에 나가 홀로 들판을 바라보니
메밀꽃은 달빛 속에 흰 눈 같네.

霜草蒼蒼蟲切切　村南村北行人絶
獨出前門望野田　月明蕎麥花如雪

㈜ ◆창창(蒼蒼) : 무성한 모양. ◆절절(切切) : 슬프게 우는 풀벌레 소리의
형용. ◆전문(前門) : 正門. ◆교맥(蕎麥) : 메밀. 여름부터 가을에 걸쳐 흰 꽃
이 핀다.

형식 : 칠언절구
출전 : 백씨장경집(白氏長慶集)

감상 시 전체에 흐르는 시상은 신비롭기 그지없다. '달빛이 메
밀꽃에 젖어 마치 흰 눈과 같다니……, 이 얼마나 섬세한 감성
인가.

식후(食後)

식후에 한숨 잘 자고
일어나 차 한 잔 마시네
해그림자는 이미
서남쪽으로 기울어 가네
즐거운 사람 세월 가는 것 아깝다지만
근심 있는 이 더디 간다 짜증을 내네
그러나 여기 근심도 기쁨도 없는 이 있어
세월이사 가건 말건 오로지 그 흐름에 맡기네.

食罷一覺睡　起來兩甌茶
擧頭看日影　已復西南斜
樂人惜日促　憂人厭年賖
無憂無樂者　長短任生涯

㉦ ◆구(甌) : 찻잔. 茶碗. ◆사(賖) : 더디다. 멀다.

형식 : 오언율시
출전 : 백씨장경집(白氏長慶集)

㉦㉦ 유유자적함을 즐기는 은자의 생활을 그린 시. 그러나 이런
시는 자칫하면 맥이 풀릴 위험이 있다.

유애사(遺愛寺)

개울가에 앉아 하염없이 돌을 보다가
꽃향기 따라 이저 곳을 헤매네
들리느니 온통 새 우는 소리요
곳곳마다 샘물 소리 흐르네.

弄石臨溪坐 尋花遠寺行
時時聞鳥語 處處是泉聲

㈜ ◆유애사(遺愛寺) : 중국 江西省에 있는 盧山의 香爐峯 북쪽에 있는 절.
이 절 부근에 白樂天의 草堂이 있었다.

형식 : 오언절구
출전 : 백씨장경집(白氏長慶集)

감상 산속의 봄 풍경을 읊은 시. 깔끔한 언어의 구사력이 돋보
인다.

술잔을 들며(對酒二)

달팽이 뿔 위에서 서로 다투고
부싯돌 불빛 속에 이 몸을 맡겼네
부자거나 가난커나 이 모두가 연극판이니
크게 한 번 웃지 않으면 어리석은 사람일세.

蝸牛角上爭何事 石火光中寄此身
隨富隨貧且歡樂 不開口笑是痴人

㈜ ◆와우각상(蝸牛角上) : 《莊子》雜篇에 나오는 우화. 옛날 달팽이(蝸牛)의
왼쪽 뿔(左角)을 점령한 사람과 오른쪽 뿔(右角)을 점령한 사람이 영토문제
로 전쟁을 일으켜 사상자가 수만 명에 달했다고 한다. 이 달팽이 뿔(蝸牛
角)과 같이 비좁고 조그만 인간 세상에서 명리를 얻기 위하여 아귀다툼하
는 인간의 생활상을 풍자한 우화. ◆기(寄) : 의탁하다. 머물다.

형식 : 칠언절구
출전 : 백씨장경집(白氏長慶集)

[감상] 술에 관한 시로서는 이백(李白)을 능가하는 작품이다. 시 전
편에 호방한 기백이 넘치고 있다.

낙화(落花)

잡는 봄은 머물지 않고
봄이 가니 마음은 적막해지네
바람은 도무지 잘 줄 모르니
바람 불자 여기저기 꽃잎이 지네.

留春春不住 春歸人寂寞
厭風風不定 風起花蕭索

㊟ ◆ 소삭(蕭索) : ① 쓸쓸한 모양. ② 물건이 산산이 흩어지는 모양.

형식 : 오언절구
출전 : 백씨장경집(白氏長慶集)

감상 가는 봄을 아쉬워하는 시. 시정이 시상을 압도하고 있다.
제2구 '인적막(人寂寞)'과 제4구 '화소삭(花蕭索)'은 늦은 봄의 쓸
쓸한 심사를 잘 드러낸 시어다.

늦가을(晩秋閑居)

깊은 곳이라 오가는 사람 없어
옷깃 풀어헤치고 그윽이 앉아 있네
쓸지 않은 가을뜰 지팡이 끌고 걷나니
오동잎 가랑잎 밟히는 소리.

地僻門深少送迎 披衣閑坐養幽情
秋庭不掃攜藤杖 閑蹋梧桐黃葉行

㊟ ◆벽(僻) : 벽지. 외딴곳. ◆피의(披衣) : 着衣. 옷을 입다. ◆유정(幽情) :
고요한 심정. ◆휴(攜) : ~을 끌고 가다. ◆답(蹋) : '踏'과 같은 글자. ~을
밟다.

형식 : 칠언절구
출전 : 백씨장경집(白氏長慶集)

㉧㉦ 그리 썩 빼어난 작품은 아니지만 그렇다고 그저 지리멸렬
한 졸작도 아닌 데에 이 시의 묘미가 있다.

밤비 (夜雨)

귀뚜라미 울다 문득 멈추고
남은 등불 깜박이며 졸고 있네
창밖엔 밤비,
파초 잎에 먼저 소리 있네.

早蛩啼復歇　殘燈滅又明
隔窓知夜雨　芭蕉先有聲

주 ◆ 잔등(殘燈) : 꺼지려고 하는 등불.

형식 : 오언절구
출전 : 백씨장경집(白氏長慶集)

감상 품격 있는 작품이다. 제1구 '제복헐(啼復歇)'과 제2구 '멸우
명(滅又明)', 제3구 '격창(隔窓)'과 제4구 '선유성(先有聲)'이 이 시
에 우아한 멋을 더해 주고 있다.

밤배에 앉아 (舟中夜坐)

비 갠 못가엔 맑은 경치 많고
다리 아래 서늘한 바람이 오네
가을학 한 쌍, 배 한 척이여
밤 깊어 달빛 속에 서로 벗하네.

潭邊霽後多淸景　橋下涼來足好風
秋鶴一雙船一隻　夜深相伴月明中

㊒ ◆제(霽) : 비가 개다.

형식 : 칠언절구
출전 : 백씨장경집(白氏長慶集)

㊗ 작품을 감싸고 있는 분위기가 신비롭다. 제4구 '상반(相伴)'
으로 하여 이 시는 그대로 한 폭의 그림이 되고 있다.

강설 (江雪)

천산엔 새의 자취 끊기고
만길엔 사람 흔적 멸했네
외로운 배 도롱이 쓴 노인장
한강(寒江)의 눈밭 속에 홀로 낚싯대를 늘이네.

千山鳥飛絶　萬徑人蹤滅
孤舟蓑笠翁　獨釣寒江雪

㊟ ◆강설(江雪) : 강에 내리는 눈발. ◆사립(蓑笠) : 비나 눈이 올 때 쓰는 도롱이. 옛날식 비옷.

형식 : 오언절구
출전 : 전당시(全唐詩)

㊎상 당시(唐詩)로서 이미 잘 알려진 작품이다.
제1구 '천산(千山)'과 제2구 '만경(萬徑)', 제1구 '조비절(鳥飛絶)'과 제2구 '인종멸(人蹤滅)', 그리고 제3구 '고주(孤舟)'와 제4구 '독조(獨釣)'의 이 절묘한 대칭을 보라. 제3구 '사립옹(蓑笠翁)'과 제4구 '한강설(寒江雪)'의 대칭도 좋다. 이 절묘하기 이를 데 없는 대칭 앞에서는 그만 할말이 없어진다. 길이 남을 작품이다.

돌중 (定僧)

구름 같은 길손이여 머무는 곳 없나니
봄의 옛 절을 찾아 꽃구경 한창이네
돌중이 꽃 앞에서 선정에 드니
나무 가득 광풍(狂風)이요 나무 가득 꽃이네.

落魂閑行不著家 偏尋春寺賞年華
野僧偶向花前定 滿樹狂風滿樹花

㊒ ◆야승(野僧) : 반은 중이요, 반은 속인(非僧非俗)인 돌중.

형식 : 칠언절구
출전 : 원씨장경집(元氏長慶集)

감상 유난히 보수적이었던 원진의 작품으로서는 예외에 속하는
시다. 제4구 '만(滿)'자와 '광(狂)'자로 하여 이 시는 정말 멋진 한
편의 선시가 되었다. 이 두 글자가 없었더라면 그만 지리멸렬한
산문이 돼 버렸을 것이다.

무본가도(無本賈島, 779-843) … 2편

은자를 찾아서 (尋隱者不遇)

소나무 아래 동자에게 물으니
스승은 약초 캐러 갔다네
다만 이 산속에 있긴 하지만
구름 깊어 그 있는 곳 알지 못하네.

松下問童子 言師採藥去
只在此山中 雲深不知處

형식 : 오언절구
출전 : 장강집(長江集)

[감상] 이 시는 당시(唐詩) 가운데에서도 대표적인 시다. 작가인 가도(賈島)는 원래 승(僧)이었지만 한퇴지를 만나 저 유명한 퇴고(推敲)의 고사를 남기고 떠돌이 시인으로서 일생을 살다 갔다.

은자에게 (寄白閣默公)

이미 백각봉으로 돌아가 숨었나니
산은 멀리 늦은 하늘을 보네
석실(石室)에 마음은 고요하고
언 연못엔 달그림자 남았네
가는 구름 조각 되어 사라지고
고목에선 마른 가지 떨어지네
한밤에 누가 풍경 소리 듣는가
서봉(西峰)의 절정은 춥네.

已知歸白閣 山遠晩晴春 石室人心靜 氷潭月影殘
微雲分片滅 古木落薪乾 後夜誰聞磬 西峰絶頂寒

㉣ ◆백각(白閣) : 白閣峰. 隱者가 사는 곳.

형식 : 오언율시
출전 : 장강집(長江集)

㉦ 은자(隱者)가 사는 곳의 정경을 육중한 언어로 읊고 있다.
제3구 '인심정(人心靜)'과 제4구 '월영잔(月影殘)', 제5구 '분편멸(分
片滅)'과 제6구 '낙신건(落薪乾)'을 보라. 작자가 시어를 고르기에
얼마나 고심했는가를 알 수 있다.

허혼(許渾, 791-854) … 1편

왕자가 젓대를 불자(緱山廟)

왕자가 젓대를 불자 달이 대(臺)에 가득하니
옥저 소리 구르는 곳, 학(鶴)이 배회하네
옥저 소리 멎자 학은 어디론가 날아가 버리고
산 아래 벽도(碧桃)나무엔 봄이 절로 열리네.

王子吹簫月滿臺　王簫淸轉鶴徘徊
曲終飛去不知處　山下碧桃春自開

㊟ ◆대(臺) : 높은 곳에 있는 정자. ◆벽도(碧桃) : 복숭아나무의 일종. 흰
꽃이 피며 열매는 매우 작아 먹지는 못함.

형식 : 칠언절구
출전 : 정묘집(丁卯集)

감상 아, 이 얼마나 신비로운 선경(仙境)인가. 이 시(특히 제3구와
제4구)에서 우리는 노자(老子)가 말한 저 무위자연의 극치를 느낄
수 있다. 제2구 '청전(淸轉)'과 '배회(徘徊)', 제3구 '부지처(不知處)'
와 제4구 '춘자개(春自開)'가 어우러져 빚어내는 이 시정을 보라.
이곳을 두고 또 어디 가서 선경을 찾는단 말인가.

봉정사(峰頂寺)

달빛 밝기 물 같은 산마루의 절,
우러러 하늘 보며 돌 위를 가네
한밤, 깊은 회랑엔 말소리 멎고
솔가지 움직이며 학(鶴)의 소리 들려오네.

月明如水山頭寺 仰面看天石上行
夜牛深廊人語定 一枝松動鶴來聲

註 ◆정(定) : 정지하다. 조용해지다.

형식 : 칠언절구
출전 : 전당시(全唐詩)

鑑賞 선시(仙詩)에 가까운 작품이다. 제4구는 완전히 선적(仙的)인
맛을 풍기는 구절이다. 그러나 신선미(新鮮美)가 좀 떨어지는 작
품이다.

풍교야박(楓橋夜泊)

달 지자 까마귀 울고 서리는 하늘에 찬데
강풍(江楓)과 고기잡이불, 선잠에 졸며 바라보네
고소성 밖 머언 한산사
야밤의 종소리 객선(客船)에 이르네.

月落烏啼霜滿天 江楓漁火對愁眠
姑蘇城外寒山寺 夜半鐘聲到客船

㊟ ◆풍교(楓橋) : 江西省 蘇州에 있는 다리. ◆야박(夜泊) : 밤에 배를 나루에 매어 놓는 것. ◆강풍(江楓) : 강 언덕의 단풍나무. ◆어화(漁火) : 고기를 잡기 위해 띄우는 불. ◆수면(愁眠) : 설치는 잠, 선잠. ◆고소성(姑蘇城) : 蘇州城. ◆한산사(寒山寺) : 楓橋 부근에 있는 절. 寒山拾得이 이곳에 머물렀다는 전설이 있다. ◆야반(夜半) : 한밤중. ◆객선(客船) : 여행중에 있는 배.

형식 : 칠언절구
출전 : 전당시(全唐詩)

㊂㊽ 당시(唐詩)로서 이미 잘 알려진 작품이다.
제1구의 시상은 '낙(落)・제(啼)・만(滿)'을 통해서 장중하게 전개되고 있다. 그러나 제2구의 섬세함과 결합되면서 이 제1구의 장

중미는 유현(幽玄)한 시정으로 변하고 있다. 제3구에 이르면 시상은 굽이쳐 문득 하나의 현실로 돌아온다.

제3구의 이 완충미를 기반으로 결구(結句 : 제4구)는 이 시의 절정을 이루고 있다. 특히 '도(到)'자 앞에서는 아아, 귀신조차도 감탄하지 않을 수 없을 것이다. 생각해 보라. 종소리가 '이른다(到)'는 표현을 누가 할 수 있었는가. 이 '도(到)'자를 통해서 종소리는 하나의 산 생명 개체화되고 있다. 가히 입신지경(入神之境)이라 하지 않을 수 없다.

제 2 부

송 (宋, 960~1279)

구름(雲)

모였다 흩어지고 갔다가 다시 오나니
길손은 지팡이에 기대어 그 모습 보네
원래 뿌리 없는 줄 알지 못하고
달을 가리고 별을 숨기며 만 가지로 변하네.

聚散虛空去復還 野人閑處倚节看
不知身是無根物 蔽月遮星作萬般

주 ◆공(节) : 대나무 지팡이.

형식 : 칠언절구
출전 : 송시선(宋詩選)

감상 천변만화하는 구름의 모습을 읊은 시.
제3구 '무근물(無根物)'과 제4구 '작만반(作萬般)'이 대칭을 이루며
변화무쌍한 구름의 모습을 더욱 선명하게 드러내 보이고 있다.
구름은 흔히 번뇌망상에 비유되는데 시상이 시정을 앞지르고
있다.

종산(鍾山)

개울은 소리 없이 대밭을 감고 흐르나니
대밭 가 화초는 봄기운에 취했네
풀집 처마를 보며 진종일 앉아 있나니
새 한 마리 울지 않아 산 더욱 깊네.

澗水無聲遶竹流 竹西花草弄春柔

茅簷相對坐終日 一鳥不鳴山更幽

🈠 ◆종산(鍾山) : 江蘇城 南京에 있는 산. 王安石이 만년에 이 산에 은거했다. ◆간수(澗水) : 개울. ◆죽서(竹西) : 대밭의 가장자리.

형식 : 칠언절구
출전 : 임천집(臨川集)

🈢 시상은 거침없이 흐르고 있다. 제3구의 '정(靜)'을 이어받는 제4구 역시 '정(靜)'이다. 그러나 제4구의 '정(靜)'은 '불명(不鳴)'이라는 단어의 '명(鳴)'자로 하여 '동적인 정(靜)', 즉 '반어적(反語的)인 동(動)'이 되었다.
'새 한 마리 울지 않아 산 더욱 깊네(一鳥不鳴山更幽).' ……거장 왕안석이 아니면 이런 파격적인 시어는 감히 쓸 수 없다. 아마

도 왕안석은 사정(謝貞)의 저 유명한 시구 "바람 없이 꽃은 지고 / 새 울어 산 더욱 깊네(風定花猶落 鳥鳴山更幽)"에 의도적으로 맞서기 위해서 이 구절을 쓴 것 같다.

오도송 (悟道頌贈東林總長老)

개울물 소리 이 무진법문이요
산빛은 그대로 부처의 몸인 것을
어젯밤 깨달은 이 무진한 소식
어떻게 그대에게 설명할 수 있으리.

溪聲便是廣長舌 山色豈非淸淨身
夜來八萬四千偈 他日如何擧似人

註 ◆야래(夜來): 지난 밤. 어젯밤부터 오늘 새벽까지(你因什麼 夜來尿狀,
<趙州錄>(下)). ◆거사(擧似) : 설명하다.

형식 : 칠언절구
출전 : 동파집(東坡集)

鑑賞 소동파의 오도시(悟道詩)로서 널리 알려진 작품이다. 특히
제1구와 제2구는 압권이다.

망호루(望湖樓醉書五首中其一)

먹구름 산을 덮기 직전
흰 빗발 구슬 되어 뱃전에 쏟아지네
구슬은 산산조각 바람에 흩어지고
강물은 마치 하늘 같네.

黑雲翻墨未遮山　白雨跳珠亂入船
卷地風來忽吹散　望湖樓下水如天

㊟ ◆권지풍래(卷地風來) : 대지를 말아 버리듯(捲) 바람이 몹시 부는 모습.
◆망호루(望湖樓) : 중국 杭州의 鳳凰山에 있는 樓. 일설에는 중국 西湖의
주변 照慶寺 앞에 있는 누각이라고도 한다.

형식 : 칠언절구
출전 : 동파집(東坡集)

㊂ 먹구름이 끼고 장대비가 뱃전에 꽂히는 그 순간을 사진 찍
듯 읊고 있다. 과연 대가다운 수완이다.

여산연우(盧山煙雨)

여산의 안개비와 절강의 물결이여
가 보지 못했을 땐 천만 가지 한이었네
허나 그 곳에 가 보자 별다른 것은 없고
여산의 안개비와 절강의 물결이었네.

盧山煙雨浙江潮　未到千般恨不消
到得還來無別事　盧山煙雨浙江潮

㈜ ◆절강(浙江) : 절강성에 있는 錢塘江의 하류.

형식 : 칠언절구
출전 : 동파집(東坡集)

감상 우리는 지금 하나의 오도송(悟道頌)을 보고 있다. 오도송 가운데에서도 제1급의 오도송을 보고 있다. 제3구 '무별사(無別事)'는 대각(大覺)을 경험한 이가 아니면 감히 쓸 수 없는 단어라는 걸 명심하기 바란다.

구름 밖으로 (梵天寺見僧守詮小詩淸婉可愛次韻)

구름 밖으로 종소리만 들릴 뿐
구름 속에 묻힌 절은 안 보이네
유인(幽人)은 아직 돌아오지 않았거니
풀잎 이슬에 짚신 다 젖네
예 오직 산마루의 달만이
밤이면 밤마다 비쳐 오가네.

但聞烟外鍾　不見烟中寺
幽人行未歸　草露濕芒履
惟應山頭月　夜夜照來去

㊟ ◆유인(幽人) : 숨어사는 隱者.

형식 : 육언고시(六言古詩)
출전 : 동파집(東坡集)

감상 범천사의 중 수전(守詮)의 시를 보고 맘에 들어 차운(次韻)을
부쳐 지은 시다. 제1구 '단문(但聞)'과 제2구 '불견(不見)'이 빚어
내는 오묘함을 보라. 그리고 제5구 '산두월(山頭月)'과 제6구 '조
래거(照來去)'의 대칭을 보라. 달인(達人)이 아니면 쓸 수 없는 시
어들이다.

매당조심선사의 입멸을 듣고(聞晦堂祖心禪師遷化)

바닷바람은 능가산을 후려치고 있나니
그대들은 지금 여기를 눈여겨보라
버들 한 줄기조차 잡을 수 없나니
바람은 옥 난간에 붐비고 있네.

海風吹落楞伽山 四海禪徒著眼看
一把柳絲收不得 和風搭在玉闌干

㊟ ◆탑(搭) : (물건 따위를) 싣다.

형식 : 칠언절구
출전 : 보등록(普燈錄) 권 23

[감상] 이 시는 시에 앞서 하나의 공안적(公案的)인 성격을 띠고 있다. 제3구와 제4구는 그대로 완벽한 하나의 공안이다.

석병로(石屛路)

석병의 달은 물과 같고
석벽의 구름은 흐르지 않네
한가로이 베개에 기대었나니
천지는 한 가지 꿈속이네.

石屛月如水　石壁雲不動
閑中攲枕臥　天地同一夢

㊀ ◆석병(石屛) : 산의 깎아지른 바위벽. ◆기침(攲枕) : 베개를 모로 세워 기대어 있음.

형식 : 오언절구
출전 : 송시선(宋詩選)

㊢ 선승(禪僧)이 쓴 선시 같다. 극명한 시상과 선지(禪智)가 번 뜩인다.

정혜사 (游杭州佛目山淨慧寺)

오 리 굽은 솔길에
천 년의 옛 도량이네
개울 소리 산그림자 더불어
승방으로 들어오네.

五里喬松徑　千年古道場
泉聲與嵐影　收拾入僧房

㊟ ◆남영(嵐影) : 山影. 산그림자.

형식 : 오언절구
출전 : 회해집(淮海集)

㊌㊂ 시상은 장중하고 시정은 섬세하기 이를 데 없다. 제4구의
'입(入)'자로 하여 이 시는 제1급의 선시가 되었다.

산을 나오며 (出山)

빈 산, 나무꾼의 도끼 소리 메아리지는데
고갯마루 너머에 인가(人家)가 있네
해지자 연못엔 나무그림자 비치고
달빛개울 바람에 꽃이 흔들리네.

山空樵斧響　隔嶺有人家
日落潭照樹　川明風動花

형식 : 오언절구
출전 : 간재집(簡齋集)

[감상] 제1구는 두보(杜甫)의 시 〈대목정정산경유(代木丁丁山更幽)〉
가 떠오르는 구절이다. 그러나 제4구 '천명(川明)'과 '풍동화(風動
花)'로 하여 이 시는 신비롭기 이를 데 없는 분위기를 자아내고
있다.

육유(陸遊, 1125-1210) … 1편

홀로 앉아서 (雲門獨坐)

산의 남과 북으로 아니 간 데가 없으니
되돌아봄에 육십칠 청명이 흘러갔네
지금은 늙고 쇠락해 가나니
향을 사르고 홀로 앉아 물소리 듣네.

山北山南處處行 回頭六十七淸明
如今老去摧頹甚 獨坐焚香聽水聲

注 ◆청명(淸明) : 春分의 다음. 양력 4월 5일경. '六七淸明'이란 육십칠 년
의 뜻임.

형식 : 칠언절구
출전 : 검남시고(劍南詩稿)

鑑賞 한 선승이 67세를 바라보며 회고에 젖는 시다. 제4구 '독좌
(獨坐)'와 '청수성(聽水聲)'이 이 시에 애틋한 정감을 불어넣고 있
다. 무상감(無常感)이 짙게 풍겨 나오는 시다.

가을 새벽(秋曉)

단풍잎 바람 불고 풀잎 물결 이는데
구름 무거운 하늘가, 기러기 행렬은 낮네
어느 곳 수촌의 사람 이리도 일찍 일어났는가
노 젓는 소리 달을 흔들며 다리 밑을 지나가네.

飄飄楓葉草萋萋 雲壓天邊雁陳低

何處水村人起早 櫓聲搖月過橋西

注 ◆처처(萋萋) : 풀이 무성한 모양. ◆안진(雁陳) : 雁行. 줄지어 날아가는
기러기 행렬. ◆수촌(水村) : 물가에 있는 마을.

형식 : 칠언절구
출전 : 송시선(宋詩選)

鑑賞 가을 새벽의 정취를 육중한 필치로 그려내고 있다. 제2구
'압(壓)'과 '저(低)' 그리고 제4구 '요월(搖月)'이 돋보인다.

건흥사에 자면서 (宿建興寺)

해질 무렵 옛 절 길은 더욱 깊은데
만산의 늦가을 추위가 이네
부용의 잎 위엔 많은 비가 없는데
외로운 심정은 물방울 맺혀 새벽을 맞네.

路入招提晚更深 萬山秋老薄寒生
芙蓉枝上無多雨 自把孤懷滴到明

㉵ ◆초제(招提) : 절. ◆부용(芙蓉) : 연꽃. ◆명(明) : 날이 새다.

형식 : 칠언절구
출전 : 풍산집(風山集)

㉴ 시상의 전개가 뛰어난 작품이다. 연잎 위엔 비가 오지 않
았는데 새벽이 되어 거기 물방울이 맺히는 것은 시인 자신의 외
로운 심정 때문이라니……. 이 얼마나 간절한 구절인가.

빙탄(憑坦, ?-?) ··· 1편

구름(絶句)

산허리 한 가닥 흰구름이여
어느 곳으로부터 일어왔는가
작은 다리 건너 찾아봤지만
바람에 흔적도 없이 사라져 갔네.

山腰一抹雲 雲起知何處
急渡小橋尋 天風忽吹去

㊟ ◆천풍(天風) : 하늘 높이 부는 센 바람.

형식 : 오언절구
출전 : 송시선(宋詩選)

감상 재치 있고 기지가 번뜩이는 작품이다. 군더더기가 전혀 없
다. 그러나 시상의 발랄함에 비하여 시정이 뒤진다.

영암에 자면서 (宿靈岩)

종루는 나무 끝으로 반쯤 솟았고
불단 위에선 생쥐가 등불을 희롱하네
날샐녘, 반석 위에 중은 선정에 들어
머리 가득 서리 내려 불러도 영 대답 없네.

樹杪鐘樓出半屋　佛床黠鼠弄殘燈
五更石上僧猶定　頭滿淸霜喚不應

注 ◆영암(靈岩) : 절의 이름인 듯. ◆수초(樹杪) : 나무 끝. ◆할서(黠鼠) : 생쥐. ◆오경(五更) : 날샐녘.

형식 : 칠언절구
출전 : 운림산여(雲林刪餘)

賞 머리에 허옇게 서리 내렸는데도 모르고 깊이 선정에 든 어느 수행자의 모습을 읊고 있다. 시적(詩的)인 정서보다는 기록성이 강한 작품이다.

만사를 물어도(閑中)

만사를 물어도 도무지 알지 못하고
이 산중에서 그저 한잔 술과 벗하네
바위를 쓴 다음 솔바람에 앉으니
녹음이 두건과 옷깃에 가득하네.

萬事問不知 山中一樽酒
掃石坐松風 綠陰滿巾袖

형식 : 오언절구
출전 : 송시선(宋詩選)

감상 시상은 호방하고 시정은 청정하기 이를 데 없다. 전형적인
은자풍(隱者風)의 시.

제 3 부

원 · 명 · 청(元 · 明 · 淸, 1260~1911)

길손이 오자 (聶空山畵扇)

길손이 오자 산비는 개울에 울고
길손이 가자 산노인은 취해 잠드네
꽃 밖에 구름은 피어 오르고
대숲 가에 가을달은 아련하네.

客來山雨鳴澗　客去山翁醉眠
花外晴雲靄靄　竹邊秋月娟娟

㊒ ◆애애(靄靄) : 구름이 피어 오르는 모양.

형식 : 칠언절구
출전 : 도원유고(道園遺稿)

㊂㊊ 원대(元代)의 시로서는 제1급에 속하는 작품이다.
제1구 '명간(鳴澗)'과 제2구 '취면(醉眠)'이 동(動)과 정(靜)의 상반
되는 대칭을 이루고 있다. 제3구 '애애(靄靄)'와 제4구 '연연(娟娟)'
또한 절묘한 대칭을 이루고 있다.
'청운애애(晴雲靄靄)'와 '죽변추월(竹邊秋月)', 이 얼마나 멋진 대비
인가. 그러나 시의 흐름에 좀 더 박진감이 있었더라면 좋았을 것
이다.

고금상인 (次韻古琴上人)

지팡이 끌며 가는 구름 속의 절
어둑한 옛집에선 이내가 피어 오르네
물이 얼어 겨울 냇가는 미끄럽고
산비에 밤의 종소리 잠기네
술익은 마을은 가까이 있고
매화꽃 피는 언덕은 깊네
솔바람 천고의 뜻이여
길손은 그 맑은 가락을 듣네.

曳杖雲中寺 嵐生古殿陰 泉氷冬澗澁 山雨夜鐘沈

酒熟村家近 梅開野岸深 松風千古意 留客聽淸琴

㋵ ◆고금상인(古琴上人) : 僧名, 즉 古琴이라는 선승. ◆남(嵐) : 이내. ◆삽
(澁) : 미끄럽지 않음.

형식 : 오언율시
출전 : 차산집(此山集)

㉂㉶ 잔잔한 시정이 흐르는 작품이다. 특히 돋보이는 곳은 없지
만 그러나 시상은 소박하기 이를 데 없다.

살도자(薩都剌, 1300-?) …1편

익산장로에게 (正覺寺晚歸贈益山長老)

죽고(粥鼓) 소리도 이어 사라진 다음
어두워지자 사립문 닫네
길손을 보낼 때 달빛은 땅에 젖고
산을 나오자 구름이 옷에 가득하네
등불 켜자 개 짖는 소리 들리고
소나무 어둡자 반딧불 나네
깊은 밤 회랑은 길어 고요한데
매번 이 무렵이면 홀로 돌아오네.

粥鼓聲已破 日暮掩柴扉 送客月在地 出山雲滿衣
燈明聞犬吠 松暗見螢飛 深夜長廊靜 多應獨自歸

㊟ ◆죽고(粥鼓) : 저녁 식사를 알리는 북소리. ◆장로(長老) : 덕망이 높은
승려.

형식 : 오언율시
출전 : 안문집(雁門集)

㉚㉑ 잔잔한 작품이다. 그러나 시어에 신선감이 떨어진다. 시상
의 흐름에 좀 더 굽이침이 있었더라면 좋았을 것이다.

장산인의 거문고 소리 들으며 (夜聽張山人琴)

빈 집 고요한 밤에 언 줄을 고르나니
달은 하늘에 가득한데 학이 놀라서 우네
한 곡조 갈바람을 듣는 이 적으니
뜰 가득 물든 잎만 쓸쓸히 지네.

虛堂夜靜理氷弦　別鶴驚啼月滿天
一曲秋風少人聽　滿庭黃葉自蕭然

㊣ ◆장산인(張山人) : '張'이라는 姓을 가진 山人. ◆이(理) : 여기서는 '거문
고의 줄을 고르다'의 뜻임. ◆소연(蕭然) : 쓸쓸한 모양.

형식 : 칠언절구
출전 : 고태사대전집(高太史大全集)

㊂ 제1급의 선시다. 제1구 '야정(夜靜 : 靜)'과 제2구 '경제(驚啼 :
動)'의 대칭을 보라. 그리고 제3구 '소인청(少人聽)'과 제4구 '자소
연(自蕭然)'의 대비를 보라. 과연 39세로 요절한 천재의 작품답다.

일본편
(1200～1831)

갈 때도 이러하고(淸原又恁麼去)

갈 때도 이러하고 올 때도 이러하니
분명히 알지어다 어리석게 의심 말라
좀 더 가까이 와서 물어 보아라
그대를 위하여 쇠방망이를 내려치리라.

來來恁麼去恁麼　分明記取莫痴疑
回回露露近前問　爲汝當頭鉗一槌

㊟ ◆회회(回回) : 빛이 밝은 모양, 소리가 울리는 모양. ◆노로(露露) : 분명
하게 드러나다. ◆당두(當頭) : 정면으로, 직접적으로, 대번에. ◆겸(鉗) : (쇠
망치로) 내려치다. ◆추(槌) : 鎚, 椎. 선원에서 식사 때나 기타의 시간을 알
리기 위하여 치는 打具(나무로 되어 있음)의 한 가지.

형식 : 칠언절구
출전 : 영평원화상송고(永平元和尙頌古)

㊂ 공안 〈우임마거(又恁麼去)〉의 경지를 읊은 시다.
어떤 중이 청원(淸原)에게 물었다.
"달마대사가 중국에 온 뜻이 무엇입니까?"
그러자 청원 왈 "또 그렇게 가느냐(又恁麼去)."

높은 대로 낮은 대로 (仰山高處高平)

산기슭 조그만 밭뙈기 하나
높은 대로 낮은 대로 발걸음에 맡기네
모나고 둥글고 곧고 굽은 길 가리고자 하는가
동서남북 그대로가 푸른 보리 물결이네.

山前一片閑田地　上下高低任草料
欲算方圓料曲直　東西南北一靑苗

㈜ ◆초료(草料) : 草鞋의 料. 草鞋錢. 여기서는 발길 가는 대로 그 '발걸음
에 내맡기다'의 뜻. ◆요(料) : 헤아리다. ◆묘(苗) : 곡식.

형식 : 칠언절구
출전 : 영평원화상송고(永平元和尙頌古)

감상 공안 〈고처고평(高處高平)〉의 경지를 읊은 시.
앙산(仰山)은 스승 위산(潙山)을 따라 밭에 나갔다.
앙산 : 이곳은 왜 낮으며 저 곳은 왜 높습니까?
위산 : 물을 채워 넣으면 높낮이가 없어지겠지.
앙산 : 굳이 물이 없더라도 높은 곳은 높은 대로 평등하고 낮은
곳은 낮은 대로 평등한 법입니다.
위산 : 자네 말이 옳네.

누군가가 (菴主溪深杓長)

누군가가 '서래의'를 묻는다면
'개울물이 깊으니 표주박 자루도 길다' 말하리
이 가운데 무한한 뜻 알고 싶은가
솔바람이 줄 없는 거문고를 뜯고 있네.

有人問著西來意　木杓柄長溪轉深
欲識箇中無限意　松風一弄沒絃琴

㊟ ◆작(杓) : 杓子. 구기. 술이나 물을 뜨는 기구. 국자 비슷함.

형식 : 칠언절구
출전 : 영평원화상송고(永平元和尙頌古)

㊟㊟ 공안 〈계심표장(溪深杓長)〉의 경지를 읊은 시.
설봉산 기슭에 한 중이 살고 있었다. 그는 장발이었으며 자루가
긴 표주박을 만들어 가지고 개울물을 떠 마시곤 했다. 어느 때
한 선객(禪客)이 그를 찾아가 물었다.
"달마대사가 중국에 온 뜻이 무엇인가?"
장발승 : 개울물이 깊으니 표주박 자루도 이렇게 길다.

제자를 보내며 (送僧)

가을하늘 물과 같고 물은 하늘 같으니
납자는 이때에 사는 길이 열리네
곧바로 외로운 봉우리 그 위로 가서
풀집 짓고 홀로 앉아 가풍을 펴라.

秋空如水水如空　衲子玆時活路通
直向孤峰峰頂上　草庵盤結展家風

㊟ ◆반결(盤結) : 盤結草庵. 草庵을 짓다. ◆가풍(家風) : 자신만이 가지고
있는 독특한 개성, 즉 禪의 가풍.

형식 : 칠언절구
출전 : 성일국사어록(聖一國師語錄)

감상 제자를 보내며 주는 시.
제3구와 제4구 속에 스승의 간곡한 말씀이 있다.

달마대사(達磨)

조사의 '서래의'여
단 한 글자도 말한 일 없네
소리 이전의 말이여
불이 단 난로 속에 한 송이 흰 눈이네.

祖師西來 一字不說
聲前語句 紅爐點雪

◆조사(祖師) : 달마대사. ◆서래(西來) : 西來意. 달마대사가 인도(서쪽)에서 중국으로 온 뜻. 한 번 굴러서 '禪의 본질'이라는 뜻으로 쓰이고 있음.

형식 : 사언고시(四言古詩)
출전 : 성일국사어록(聖一國師語錄)

단도직입적으로 선(禪)의 핵심을 찌르고 있다.
제3구와 제4구는 이 세상의 어떤 언어보다 더 귀중한 구절이다.
공부 길에 들어선 이는 이 두 구절을 뼈에 새겨라.

단 한 물건도 (倒却門前刹竿著)

단 한 물건도 보여줄 것이 없는데
두 눈에 불끈 힘을 줘 본들 무슨 소용 있으리
문 앞의 쇠기둥 꺾어 버리고
지팡이에 기대어 저녁구름 보고 있네.

了無一物可相呈 不用重添眼裏筋

倒却門前刹竿著 倚筇閑看暮天雲

㈜ ◆찰간(刹竿) : 큰 절에서 說法이나 의식을 행하는 것을 나타내기 위하여 깃대를 세우는 쇠기둥. 당간지주. ◆착(著) : 着. 어조사.

형식 : 칠언절구
출전 : 대각선사어록(大覺禪師語錄)

감상 공안 〈도각문전찰간저(倒却門前刹竿著)〉의 경지를 읊은 시.
아난존자 : 형님, 스승님께서 말로 전한 것 이외에 또 무슨 진리를 전해 줬습니까.
가섭존자 : 아난이여.
아난존자 : 예, 형님.
가섭존자 : 그 문 앞의 쇠기둥(刹竿)을 꺾어 버려라.

흰 날의 장검 한 자루 (無字公案)

흰 날의 장검 한 자루 하늘 높이 서 있으니
그 누가 이를 바라볼 수 있으리
이 몸마저 벗어던진 채 앞으로 더 나아가면
온 누리에 해골만이 차갑게 빛나리라.

雪刃倚天勢　難容正眼看
棄身挨得去　遍界髑髏寒

㊟ ◆ 애(挨) : 앞으로 떼밀다.

형식 : 오언절구
출전 : 대각선사어록(大覺禪師語錄)

㊂㊚ 공안 〈무(無)〉의 경지를 읊은 시.
선사 조주(趙州)에게 어떤 중이 물었다.
"저 개에게도 부처의 성품(佛性)이 있습니까?"
조주 : 무(無)!

요원조원(了元祖元, 1226-1286) … 5편

더벅머리 누더기에 (白雲菴居咄咄歌)

더벅머리 누더기에 온갖 일 쉬었으니
가풍은 냉정하여 찾아오는 이 적네
문은 다 부서져서 거미줄만 어지러우니
봄이 깊어 다시 돌아오는 제비 있을 뿐.

一衲蒙頭息萬機　家風凄冷客蹤希
當門撞破蜘蛛網　獨有春深燕子歸

㊟ ◆돌돌(咄咄) : 놀라는 소리.　◆당(撞) : 치다. 두드리다.　◆지주(蜘蛛) :
거미.

형식 : 칠언절구
출전 : 불광국사어록(佛光國師語錄)

감상 현실과의 어떤 타협도 거부한 채 고독의 극한을 살아가는
수행자, 그의 삶을 그려내고 있다.
제3구를 보라. 삶과 죽음의 극한이다.

관음 찬가(觀音)

저 하늘의 둥근 달이여
물마다 그림자 잠겼네
곳곳마다 이와 같으며
곳곳마다 이 같지 않네

一月在天 影含衆水 處處如是 處處不是

저 허공에 나타나는 묘색신이여
마치 가을하늘의 구름과 같네
지난 밤 해문(海門)에는 찬비 내렸나니
봄은 이미 가지 위에 넉넉히 있네

畢竟空衆妙色身 猶如淸冷太虛雲
海門昨夜三更雨 春在枝頭已十分

너도 없고 나마저 없어 아무것도 예 없나니
소리와 형상 속에 소리와 형상 없네
까마귀가 돼서는 까마귀 울음 울고
까치가 돼서는 까치의 울음을 우네

아아, 당신은
이 잡초 속으로 들어오셨네

覺所覺空冷冷絶兆 聲色堆中聲色不到
雅作雅鳴 鵲作鵲噪 良哉觀世音 全身入荒草

그대 머무시는 곳
그 누구도 갈 수 없지만
다만 이 눈앞이어라
마음눈 못 뜨면 알 수 없네

大士住處 無人能到 只在目前 非證不了

모습 없는 모습이여
나도 아니요 그대도 아니네
문득 영상으로 나타나니
물 속의 달이요 허공의 꽃이네

無相之相 非自非他 忽然映現 水月空花

털끝조차 움직이지 않은 천지창조 이전이니
가을물 바람 없어 하늘이 예 담겼네

고요한 이 보문(普門)에 이르는 사람 없나니
한 올의 실줄이 버들 푸른 연기 속에 걸려 있네

纖毫不動劫空前 秋水無波印晚天
寂寂普門人不到 一絲斜掛綠楊煙

눈이 듣고 귀가 보고 모습 보고 소리 듣네
여섯 감각으로 보고 듣지만
그러나 여섯 감각에 잡히지 않네
산맥은 아득히 굽이쳐 달리고
물은 흘러 흘러 가고 있나니
인연 따라 나아가고 감응하면서
이 세상 어디든 안 가는 곳이 없네

眼聽耳觀色見聲求 六處相借 六處不牧
山悠悠 水悠悠 隨緣赴感 無處不周

곳곳마다 문이요
곳곳마다 당신이니
당나귀 울고 개가 짖으며
버들은 푸르고 꽃은 붉게 피네

處處普門 處處圓通 驢鳴犬咬 柳綠花紅

이 모두가 그대로 그대의 모습이니
고뇌의 소리 따라 물위에 도장 찍네
이 가운데 소리조차 이를 수 없는 곳 있나니
신령스런 새가 울어 댓바람을 잠재우네

頭頭物物是圓通　救苦尋聲水印空
中有遮掩不及處　靈禽啼斷竹枝風

그늘 없는 빛 가운데 만물이 비었으니
이 누리 온갖 것들 당신의 모습이네
그 크신 마음의 저 바다에는
나날이 물결이요 밤마다 바람 부네.

無垢光中萬象空　塵塵刹刹證圓通
普門願海深多少　日日波濤夜夜風

㈜ ◆해문(海門) : 海峽. 육지와 육지 사이에 끼여 있는 바다의 작은 부분.
◆雅 : 鴉(까마귀)의 고자(古字). ◆보문(普門) : 누구나 다 조건 없이 들어올
수 있는 넓고 큰 문. 여기서는 누구든지 모두 다 받아들이는 관음의 자비
를 '문'에 비겨 '넓은 문(普門)'이라 한 것이다. 이 말과 같은 의미로 쓰이는
단어에 '大道無門'이 있다.

형식 : 고체시(古體詩)
출전 : 불광국사어록(佛光國師語錄)

감상 '관음'은 '관세음보살'의 줄인 말.

성인의 자비가 하나의 인격체로 나타난 자비화신(慈悲化身)을 말한다.

'관음'은 이 누리의 모든 생명체에게 그들에 알맞은 모습으로 나타나서 그들의 고뇌를 덜어 준다. 그러고는 또 흔적도 없이 사라져 버린다. 마치 상영이 끝난 스크린처럼……. 이러한 관음의 불가사의한 작용을 선(禪)의 격외구(格外句)로 절묘하게 읊어 내고 있다. '관음의 시'로서 제1급에 속하는 시다.

높이 내리는 가을구름이 (沙彌求語)

높이 내리는 가을구름이 처져 있는데
물위에 바람 불어 지는 햇빛 반짝이네
새조차 못 건너는 저 바다 푸름 위에
만릿길 외로운 중이 홀로 서 있네.

高下秋雲半欲垂　水光瑟瑟弄斜暉
鳥飛不度扶桑碧　萬里孤僧獨立時

㊀ ◆ 슬슬(瑟瑟) : 바람이 쓸쓸하게 부는 소리.

형식 : 칠언절구
출전 : 불광국사어록(佛光國師語錄)

㊂ 아아, 이렇게 깔끔할 수가…….
단 한 획으로 끝나 버린 선화(禪畵)다.
제4구를 보라. 누군들 이 앞에서 고개 숙이지 않을 수 있으리…….

앵두꽃 (題櫻花)

높낮은 가지 가득 붉은 꽃 만발하니
양쪽 소매 흩날리는 이 봄바람이네
한 줄기 '서래의 뜻' 드러났으니
한 잎은 동쪽으로, 또 한 잎은 서쪽으로.

滿樹高底爛熳紅　飄飄兩袖是春風
現成一段西來意　一片西飛一片東

형식 : 칠언절구
출전 : 불광국사어록(佛光國師語錄)

감상 앵두꽃을 통하여 불멸의 본질을 보고 있다.
아니 이 모든 사물을 통하여 작자는 지금 불멸의 본질을 보고
있다.
깨달음을, 그 서래의 뜻(西來意)을 보고 있다.

임종게(臨終偈)

와도 또한 앞이 아니요
가도 또한 뒤가 아니네
백억의 털끝마다 사자가 나타나서
백억의 털끝마다 사자가 울부짖네.

來亦不前 去亦不後
百億毛頭師子現 百億毛頭師子吼

형식 : 고체시(古體詩)
출전 : 불광국사어록(佛光國師語錄)

감상 굉장한 임종의 시다.
제1구와 제2구는 '가고 옴이 없는' 경지를 읊고 있다. 제3구와
제4구는 본성의 우주적 전개를 박진감 있게 읊고 있다.

백운혜효(白雲慧曉, 1228-1297) … 2편

달(又見月像)

저 외로운 달은 그림자 없어
드넓은 그 빛이 온 누리 밝혔네
인간 세상 구제하시는 그 모습이여
곳곳마다 나타나서 유희삼매 노니네.

孤圓眞月無影 廣大慈光遍身
娑婆救世菩薩 妙應遊戲利塵

㊀ ◆유희(遊戲) : 유희삼매, 아주 재미있게 놀이에 열중하는 것. ◆찰진(刹
塵) : 이 우주공간에 흩어져 있는 티끌같이 많은 별의 세계.

형식 : 육언절구
출전 : 불조선사어록(佛照禪師語錄)

㊉ 저 둥근 달을 성자(보살)의 화신으로 보고 있다.
성자가 중생을 구제하는 것은, 그 자체가 재미있는 한 마당의
유희(연극)인 것이다.

무위노인 (罷翁)

'도(道)'도 배우지 않고 '선(禪)'조차 묻지 않네
걸림 없이 노닐면서 세상인연 쉬었거니
봄과 가을 몇 번이나 오고 갔는가
이 늙은이 진종일 발 뻗고 낮잠만 자네.

不學道兮不問禪 逍遙無碍息諸緣
靑黃幾度看交謝 老倒終朝伸脚眠

注 ◆파옹(罷翁) : 無爲絶學 閑道人. ◆청황(靑黃) : 春과 秋.

형식 : 칠언절구
출전 : 불조선사어록(佛照禪師語錄)

鑑賞 깨달음마저 팽개쳐 버린 무위도인, 그의 삶을 읊고 있다.
그러나 제3구가 너무 의도적이다.

서산의 양좌주에게 (西山亮座主)

분명히 가르쳐 보이는 곳
눈앞에 조금도 속이지 않네
빗줄기 서쪽산 지나간 다음
깊은 산 이내 기운 눈에 차갑네.

分明指示處　覿面不相謾
雨過西山後　嵐光潑眼寒

㊟ ◆적면(覿面) : 눈앞. 目前. ◆남광(嵐光) : 嵐氣(이내)가 떠올라 해에 비치
는 경치. ◆발(潑) : (물 따위를) 뿌리거나 끼얹다.

형식 : 오언절구
출전 : 원통대응국사어록(圓通大應國師語錄)

감상 선(禪)의 핵심을 찌르고 있다.
제3구와 제4구는 단순한 정경 묘사가 아니라 격외구(格外句)다.

진종일 (靜齊)

진종일 쓸쓸하니 찾아오는 사람 없어
섬돌에는 이끼요 풀만 키로 자랐네
이렇듯 냉정하게 문을 닫아걸었거니
천성인들 어찌 엿볼 수 있으리.

終日蕭然人不到 苔封古砌草離離
這般冷淡閉門戶 千聖如何著眼窺

형식 : 칠언절구
출전 : 원통대응국사어록(圓通大應國師語錄)

감상 성인조차 개입해 들어올 수 없는 이 절대고독.
이 절대고독을 통하여 수행자는 그 자신의 본성을 깨닫게 되는
것이다.

빈 절(空庵)

사방은 고요하여 한 물건도 없거니
티끌 하나 있다 해도 길은 막혀 버리네
새 울고 꽃 피는 저 나뭇가지 위
둥근 달이 홀로 와 창을 비추네.

四面寥寥無一物　纔存毫髮路難通
鳥啼花笑樹梢外　只見三更月到窓

주 ◆소(梢) : ① 키 작은 雜木. ② 나무의 가지 끝.

형식 : 칠언절구
출전 : 원통대응국사어록(圓通大應國師語錄)

감상 제2구는 수행자에게 있어서 아주 귀중한 구절이다.
'생각의 먼지 티끌 한 오라기만 있다 해도 본성(本性)으로 가는
길은 막혀 버리고 만다.'
……너무 귀중한 말씀이다. 깊이깊이 새겨야 한다.

작은 연못(題小池)

개울물 그 맑기 남빛색인데
산그늘과 물빛이 내 눈에 차갑네
여기에 이르러 친히 볼 수 있다면
바람 한 점 없는 곳에 파도는 치리.

磵泉湛湛色如藍　山影水光潑眼寒
到此若能親見底　無風颯颯起波瀾

주 ◆삽삽(颯颯) : 바람이 쌀쌀하게 부는 소리.

형식 : 칠언절구
출전 : 원통대응국사어록(圓通大應國師語錄)

감상 이 시의 절정은 제4구다.
바람 부는 곳에 파도치는 것은 상식의 차원이요, 바람 없는 곳
에 파도치는 것은 상식을 초월한 경지다. 직관의 불길 차갑게
타오르는 경지다.

흰 눈(雪)

볼지어다 볼지어다 세상은 온통 은세계니
문수의 자취마저 찾을 길 없네
조주는 명백 속에 있지 않거니
이때의 일편심을 그 누가 알리.

看看變成銀世界 文殊蹤跡卒難尋
趙州不在明白裏 誰解此時一片心

㊟ ◆문수(文殊) : 지혜의 상징인 문수보살. ◆조주(趙州) : 조주선사. ◆일편
심(一片心) : 한 조각 마음.

형식 : 칠언절구
출전 : 원통대응국사어록(圓通大應國師語錄)

㉂㉒ 흰 눈(白雪)을 통해서 흑백(黑白)을 초월한 절대진리를 읊고
있다.
그러나 시 전반에 걸쳐 굽이치는 기세가 미약하다.

임종게 (臨終偈)

비바람을 꾸짖나니
불조도 알지 못하네
눈 깜짝할 사이에 몸 바꾸나니
번갯불도 오히려 늦네.

訶風罵雨　佛祖不知
一機瞥轉　閃電猶遲

형식 : 사언고시(四言古詩)
출전 : 원통대응국사어록(圓通大應國師語錄)

감상 고고한 기상이 번개보다, 빛보다 더 빠르게 굽이치고 있다.
이 정도로 힘찬 임종의 시는 극히 드물다.

시절 따라 인연 따라(居一切時不起妄念)

천 봉우리 빗발 지나간 다음 푸른빛은 차갑고
나무마다 서리 쳐 잎은 붉게 지고 있네
마시고 먹으며 인연 따라 살아가나니
이 몸이 태평 속에 있는 줄 그 누가 알리.

千峰雨過瞻寒翠 萬木霜餘看落紅
飮啄隨緣過時節 誰知身在太平中

형식 : 칠언절구
출전 : 일산국사어록(一山國師語錄)

감상 독창성이 없다. 중국적인 냄새가 너무 난다. 너무 무사안일
에 빠져 있다.

비 듣는 밤(雨夜作)

기나긴 가을 밤 비가 오나니
섬돌 위에 쓸쓸히 밤비 듣는 그 소리
삼십 년 나그네의 꿈이여
향로에는 연기 사라지고 등불 하나 깜박이네.

一秋長是雨淋零　點滴空堦夜夜聲
三十餘年江海夢　博山煙斷一燈明

㊟ ◆임령(淋零) : 비가 오다. ◆박산(博山) : 博山爐. 산봉우리 모양의 향로.

형식 : 칠언절구
출전 : 일산국사어록(一山國師語錄)

㊦㊯ 삼십여 년 나그네 생활이 지금 밤비 듣는 소리에 되살아나
고 있다. 작자는 지나간 날 강과 바다를 떠돌던 일을 회상하고
있다. 섬돌 위에 떨어지는 밤비 소리 들으며…….

화를 내다 기뻐하다(喬爲首座請)

화를 내다 기뻐하다 평화롭다가
바람이 문득 불어 일만 파도 물결치네
우습구나 옛 사람 아무 재주 없었나니
구 년 동안 벽을 보며 차만 많이 마셨네.

或嗔或喜或平和　一種風吹萬種波
却笑古人無伎倆　九年面壁喫茶多

형식 : 칠언절구
출전 : 축선화상어록(竺仙和尙語錄)

감상 시상은 기발한데 제4구가 눈에 걸린다. 자연스럽지 못하기 때문이다. '끽다다(喫茶多)'를 다른 말로 바꿨더라면 좋았을 것이다.

온 누리가(海周都寺請)

온 누리가 바로 이것이거니
이것 밖에 또 무엇을 구하려는가
인정에 따르는 것 또한 방해되지 않거니
붓끝의 봄바람에 얼굴 가득 웃음이네.

遍周沙界卽者是 此外何須求別理
隨順人情亦不妨 一筆春風滿容喜

형식 : 칠언절구
출전 : 축선화상어록(竺仙和尙語錄)

감상 청산의구백운중(靑山依舊白雲中)의 경지다. 부정의 겨울을
지나 긍정의 봄을 맞는 득도의 소식이다.
'오는 봄엔 다시 어린 가지 돋아와
봄바람에 어지러이 흩날리리라.'

법이여 법이여 (裔法監寺請)

법이여 법이여 본래는 한 법도 없었나니
한 법조차 없었거늘 어찌 많은 법이 있었으리
한밤에 일어나 창을 열고 바라보니
소나무에 걸린 달이 옷자락에 비치네.

法法本來無一法　一法不有何其多
夜來睡起推窓看　松月當軒照薜蘿

㊟ ◆벽라(薜蘿) : 덩굴을 뻗는 풀. 轉하여 '隱者의 옷'. 夢草.

형식 : 칠언절구
출전 : 축선화상어록(竺仙和尚語錄)

㊉㊛ 시상이 너무 직설적이다. 흐름이 너무 급하다.

영평의운(永平義雲, 1253-1333) … 4편

산거, 하나(山居一)

여기 길상봉은 인간 세상 아니니
이 세상의 사계절 변천으로 보려고 말라
그윽하고 넉넉하게 선정에 들어 있나니
청산 깊은 곳에 흰구름도 한가하네.

吉祥峰頭不人間　莫作四時遷變看
兀坐寥寥無對待　靑山深處白雲閑

형식 : 칠언절구
출전 : 의운화상어록(義雲和尙語錄)

감상 이 시는 천태지관법(天台止觀法)의 창시자인 천태지의(天台智
顗)의 시에 근거를 두고 있다.

통현봉은
인간 세상 아니네
마음 밖에 법(法)이 없나니
눈에 가득 청산이네.
(通玄峰頂　不是人間　心外無法　滿目靑山)

산거, 둘(山居二)

깊고 한가로운 숲속의 삶이여 이 가난이여
굳이 밖을 향해 친소를 물을 이유가 없네
청풍과 명월은 나그네 겸 주인이니
담담한 이 삶은 사람을 속이지 않네.

林下幽閑一世貧 無由向外問疎親
淸風白月賓兼主 去就平常不誑人

형식 : 칠언절구
출전 : 의운화상어록(義雲和尙語錄)

감상 깨달음을 바라는 그 기대심마저 넘어서 버린 삶을 노래하
고 있다. 아니 이 정도의 경지에 오면 이젠 손놀림 하나에서 발
움직임 하나까지 깨달음 아닌 것 없다. 청풍과 명월은 언제나
동시적이듯, 주관과 객관 또한 동시적이며 상호의존적이다. 이
런 경지에 오면 이 삶은 지극히 자연스러워진다. 만사를 그 흐
름에 내맡기게 된다. 여기 이제 더 이상의 속임수나 자기과시는
없다.

그대 보내며 (送僧)

서로 기운이 통하여 만물을 낳는 문이여
하늘과 땅 털끝만큼도 간격이 없네
비록 만릿길을 두루 돌아온다 해도
그대 발 밑에는 오직 달빛만 젖고 있네.

同氣相通玄牝門 毫端不隔一乾坤
任他萬里回道步 足下無雲月吐痕

註 ◆현빈문(玄牝門) : 만물을 낳는 오묘한 문, 즉 '여성에너지'.(谷神不死 是
謂玄牝 玄牝之門 是謂天地根－道德經 第六章)

형식 : 칠언절구
출전 : 의운화상어록(義雲和尙語錄)

感賞 그 시상이 너무 깊어서 다소의 설명이 필요한 시다.
음양(陰陽)이 하나가 되어 티끌 한 오라기 들어갈 틈이 없게 되
면 여기 탄생의 창조작업이 시작된다. 창조, 그리고 창조의 이
끝없는 생명의 굽이침 속에는 사고(思考)의 왜곡됨(번뇌망상→雲)
은 있을 수 없다. 그러나 너와 내가 분리되면서 인간의 순수의
식은 뒤틀리기 시작한 것이다. 순수의식의 이 '뒤틀림현상'이 바
로 선입관이요, 번뇌망상이다. 그러나 이 선입관에서 벗어나면
그대 발 밑이 그대로 달빛바다(본성)다.

임종의 시 (辭世頌)

경전을 비난하고 선을 욕하면서
어언 여든 해가 지나갔네
하늘이 무너지고 땅이 갈라지나니
불길 속의 샘물 속으로 나는 가네.

毁教謗禪 八十一年
天崩地裂 沒火裏泉

㊟ ◆화리천(火裏泉) : 화염 속의 샘물. 泉은 또한 黃泉을 뜻하기도 한다.

형식 : 사언고시(四言古詩)
출전 : 의운화상어록(義雲和尙語錄)

감상 개구즉착(開口卽着), '입만 벌렸다간 그 즉시 빗나간다'는 뜻
이다. 그러므로 진리니 선이니 지껄이는 것은 실은 진리와 선을
비난하는 것이다. 이 육체가 타 사라지는 불길 속에서 저승(黃泉)
을 맑은 샘물로 느끼고 있다니…….
작자의 정진력(精進力)이 대단하다.

가풍은(放翁)

가풍은 동서남북 걸림 없으니
술집과 시장바닥에 법의 깃발 세우네
성인도 필요 없고 범부도 관심 없어
두 눈썹 짙게 다만 늙어갈 따름이네.

家風茆廣無拘束 酒肆魚行建法幢
聖不收兮凡不管 老來只見兩眉厖

㈜ ◆묘(茆) : 茅 띠. 지붕을 잇는 갈대 비슷한 풀. ◆방(厖) : 두텁다. 넉넉
하다.

형식 : 칠언절구
출전 : 몽창국사어록(夢窓國師語錄)

감상 주관이 뚜렷하고 입지(立地)가 분명하다. 이 정도면 한 살림
차리기에 충분하다.

천진스런 본래대로(絶學)

참선도 그만두고 책마저 안 읽나니
천진스런 본래대로 살아갈 뿐이네
신령스러운 마음, 저 시비 밖에
넉넉한 이 도인을 그 누가 알리.

禪不參兮書不讀　從來任運貴天眞
一靈心性是非外　誰識無爲閑道人

형식 : 칠언절구
출전 : 염부집(閻浮集)

감상 영가(永嘉)의 오도송인 〈증도가(證道歌)〉를 읽는 기분이다.
자기의 목소리가 아니다. 선사여, 좀 더 분발하라.

세월이야 가건 말건 (閑室)

이 생애를 숨긴 채 문 닫고 앉았나니
세월이야 가건 말건 내 알 바 아니네
고요한 이 소식을 묻는 이 없어
저 흰구름과 더불어 함께 나누네.

埋沒生涯獨掩關　天回地轉不相干
靜中消息無人問　應與白雲分半間

형식 : 칠언절구
출전 : 염부집(閻浮集)

감상 고요의 극치에 가면 그 고요는 빛이 되어 온 누리로 퍼져
간다. (靜極光通達 — 楞嚴經)
그러나 이 시의 작자는 아직 '고요'와 '빛'의 전환점에 서 있다.

밤에 앉아 (和夜座韻)

앉아도 '선'이요 가도 '선'이니
추울 때는 불을 쬐고 피곤할 땐 잠자네
고향 가는 길 있으나 일러줄 사람 없어
소나무 창에 달이 지는 한밤중이네.

座也禪兮行也禪　寒時向火困時眠
家山有路無人薦　月落松窓半夜天

㊟ ◆천(薦) : 천거하다. 추천하다. 여기서는 '가르쳐 주다' 정도의 뜻인 듯.

형식 : 칠언절구
출전 : 염부집(閻浮集)

㊉㊤ 제1구와 제2구는 하루 24시간 전체가 그대로 수행이 된 경
지요, 제3구와 제4구는 길 물을 이조차 없는, 이 외길 가는 선승
의 고적감을 읊고 있다. 시상에 전연 무리가 없다.

기타대지(祇陀大智, 1289-1366) … 20편

나무돌이 설법하고(無情說法)

나무돌이 설법하고 사람이 듣나니
바람이 우우 찬 숲을 흔들어 낙엽은 뜰에 가득하네
담벽에 사람은 없지만 거기 귀가 있나니
등롱과 노주가 또한 귓속말을 주고받네.

無情說法有情聽　風攪寒林葉滿庭
牆壁無人却有耳　燈籠露柱且低聲

㊜ ◆무정(無情) : 마음이 없는 것. 나무, 산 등. ◆유정(有情) : 마음이 있는
것. 사람 등. ◆등롱(燈籠) : 옛날식 플래시. 대나무로 바구니처럼 만든 다음
그 위에 종이를 발라 등잔을 넣고 밤길을 갈 때 들고 다니는 기구. ◆노주
(露柱) : 법당 앞에 세워 둔 돌기둥. 생명이 없는 것(無情)의 대표적인 예로
서 사용된다.

형식 : 칠언절구
출전 : 대지선사게송(大智禪師偈頌)

㊂㊌ 기타대지(祇陀大智), 그는 일본 묵조풍(默照風) 선시의 제일
인자다. 여기 이 시는 묵조풍 선시의 일인자답게 시상이 지극히
명상적이고 유연하다. 그러므로 여러 번 되씹어 보지 않으면 감

(感)이 오지 않는 그런 선시다. 설법(說法)하는 건 사람인데 여기
이 시에서는 무정물(無情物)인 나무나 돌이 설법하고, 사람이 그
설법을 듣는 걸로 되어 있다. 말하자면 일상적인 관념의 세계를
넘어선 비사량처(非思量處)의 경지를 읊고 있는 것이다.

휘영청 달 밝은 속에 (奪人不奪境)

휘영청 달 밝은데 옥저 소리 끊어지고
옛집은 어둑하여 시관마저 간데없네
문밖은 지금 한창 봄빛이 무르익어
버들가지 바람에 푸른 깃발 펄럭이네.

玉簫聲斷月明中　古殿深沈侍立空
門外春光閑不得　青旗吹動柳糸風

주 ◆탈인불탈경(奪人不奪境) : 중국의 선승 臨濟의 네 가지 선 수행 교육방
법 가운데 하나. 주관을 제거하고(奪人), 객관을 그대로 놔 두는 것(不奪境).
◆시립공(侍立空) : 왕의 옆에서 왕을 보좌하는 侍官이 없다. ◆청기(青旗) :
青旗의 '青'은 봄의 색깔. 天子는 봄이면 青衣를 입고 青旗를 세운다.

형식 : 칠언절구
출전 : 대지선사게송(大智禪師偈頌)

감상 원시(原詩)의 제목 〈탈인불탈경(奪人不奪境)〉이란 중국 임제
풍 선의 창시자인 임제의 네 가지 선 수행 교육법 가운데 하나
다. 네 가지 선 수행 교육법은 다음과 같다.
첫째, 탈인불탈경(奪人不奪境 : 주관을 없애고 객관은 놔 둔다).
둘째, 탈경불탈인(奪境不奪人 : 객관을 없애고 주관은 놔 둔다).

셋째, 인경구탈(人境俱奪 : 주관과 객관을 모두 없앤다).

넷째, 인경구불탈(人境俱不奪 : 주관과 객관을 모두 놔 둔다).

제1·2구는 주관을 부정한 차원(奪人)을, 그리고 제3·4구는 객관을 인정한 차원(不奪境)을 읊고 있다.

송음암 (松吟庵)

푸른 용이 울부짖는 여긴 옥두산
깨닫고 깨닫지 않고를 묻지 않겠네
귀기울이면 청풍이요 눈뜨면 명월이니
몇 사람이나 이 난간에 기대어 이를 감상했는가.

蒼龍吼破屋頭山　不問透關未透關
側耳淸風開眼月　幾人來倚曲欄干

㈜ ◆창룡후파(蒼龍吼破) : 老松(蒼龍)이 바람에 우는 모습. ◆옥두산(屋頭
山) : 松吟庵이 있는 산이름인 듯. ◆투관(透關) : 祖師의 관문을 뚫다, 즉
'깨달음을 얻다.

형식 : 칠언절구
출전 : 대지선사게송(大智禪師偈頌)

감상 '송음암(松吟庵)'이라는 암자의 이름에서 시상이 시작되어
그윽하기 이를 데 없는 선시를 빚어내고 있다. 노송(老松)의 솔바
람을 '푸른 용의 울부짖음'으로 표현한 것은 대단한 솜씨다. 또
한 이 제1구를 받은 제2구 역시 엄청난 저력을 느끼게 하고 있
다. 이 제2구가 없었더라면 제1구의 '푸른 용'은 지렁이로 전락
해 버렸을 것이다. 제3구와 제4구는 잔잔한 뒷마무리다.

뱃머리에 앉아(笠津遠望)

뱃머리 창문에 보이는 강의 가을이여
주객이 하나 될 때 보이는 건 끝이 없네
언덕 위 푸른 산은 움직이지 않지만
강에 비친 저 달은 물결 따라 흘러가네.

篷窓冷對一江秋 智境融時見處周
岸上靑山雖不動 波心明月去隨流

注 ◆입진(笠津) : 일본 長崎縣 島原의 서해안. 大智의 입멸지. 일본의 觀音
靈場. ◆봉창(篷窓) : 배의 창문. ◆지경(智境) : '智'는 주관적 인식작용, '境'
은 주관적 인식작용에 의해서 감지된 객관대상.

형식 : 칠언절구
출전 : 대지선사게송(大智禪師偈頌)

鑑賞 뱃머리에 앉아서 가을의 머언 정취에 젖고 있는 시다. 제3
구의 '청산(靑山)'은 우리 마음의 불변성(體)을, 그리고 제4구의
'파심명월(波心明月)'은 상황에 따라 굽이치는 우리 마음의 가변
성(用)을 뜻한다.

제자에게 (寄人)

그 말은 주정뱅이나 마음은 보름달이니
울고 웃는 이 삶 속으로 다시 들어오는 시절이네
무지의 산 위에서 큰 횃불 비껴 들고
번뇌의 바다 속에 노 젓는 사공 돼라.

口似醉人心似月　回途垂手入廛時
無明山上大法炬　煩惱海中船筏師

🈩 ◆수수입전(垂手入廛) : 깨달은 다음 이 번뇌망상의 삶 속으로 다시 들어
오는 것. ◆선벌사(船筏師) : 뱃사공.

형식 : 칠언절구
출전 : 대지선사계송(大智禪師偈頌)

🈞 깨달음을 경험한 후에는 무얼 해야 하는가. 다시 들어와야
한다. 울고 웃는 이 아수라판으로 다시 들어와 인연 닿는 사람
들을 깨달음으로 인도해 줘야 한다. 여기 이 시에는 그런 사명
감을 일깨워 주는 간절함이 있다. 그러나 교훈적인 색채가 짙은
것이 이 시의 흠이다.

하늘(太虛)

천지창조 이전부터 텅 비어 있는 이곳,
모양새란 도무지 없어 엿볼 틈마저 없네
동서남북 그 어디에도 털끝 하나 용납치 않지만
그러나 왼종일 해가 비치고 바람이 부네.

曠大劫來空索索　了無相貌與人窺
四維上下不容髮　日灸風吹十二時

㊟ ◆태허(太虛) : 하늘. 우주의 근원. ◆삭삭(索索) : 흩어져 없어지는 모양.
◆사유상하(四維上下) : 동서남북 사방과 그 간방, 그리고 上下. 즉 '十方'.
◆구(灸) : 여기서는 '햇빛이 비치다.

형식 : 칠언절구
출전 : 대지선사게송(大智禪師偈頌)

㊙ 동양에서는, 아니 노자(老子)는 이 우주의 근원을 '텅 비어
있는 것(太虛)'으로 보았다. 시간도 공간도 형체도 없는 이 절대
진공(絕對眞空)의 근원으로부터 해가 비치고 바람이 불면서 온갖
형체와 소리, 냄새 등이 비롯된 것이다. 여기 이 시는 그대로 한
편의 '창조 드라마'다.

고목(枯木)

그 온몸을 내던져 절벽에 의지했으니
바람에 깎이고 비에 씻기기 몇천 번인가
껍질은 모두 떨어져 나가고 알맹이만 남았으니
칼로 자르고 도끼로 내리찍어도 눈 하나 까딱 않네.

放下全身倚斷崖 風磨雨洗幾千回
皮膚脫落有眞實 刀斧從敎斫不開

형식 : 칠언절구
출전 : 대지선사게송(大智禪師偈頌)

감상 아스라이 절벽에 붙어 있는 고목이여,
온갖 시련에 시달릴 대로 시달리면서 더욱 강인해진 이것이여,
비곗살은 다 빠져 나가고 뼈만 남아 차갑게 빛나는 수행자의 모
습이여.

그림 속의 다리(畵橋)

양쪽 언덕엔 푸른 안개요 머언 산빛 예 있어
달빛 흐르는 강은 물소리도 사라졌네
붓끝에서 생각 이전의 길이 점 찍혀 나오나니
무지개다리 위에 사람 하나 가고 있네.

兩岸蒼煙山有色　一川明月水無聲
毫端點出機前路　人在虹蜺背上行

㊟ ◆화교(畵橋) : 그림 속의 다리. ◆호단(毫端) : 붓끝. ◆기전로(機前路) :
주객의 분별심이 일어나기 이전의 길. ◆홍아배상(虹蜺背上) : 무지개 모양
의 다리 위.

형식 : 칠언절구
출전 : 대지선사게송(大智禪師偈頌)

㊞ 수묵화 속의 무지개다리, 그리고 그 무지개다리 위로 가고
있는 점(點) 하나……. 이는 동양이 찾아낸 미(美)의 극치다.

눈 오는 날, 하나(雪中示寂山一)

저 허공이 부서져서 흰 티끌 되고
산과 들은 높낮이가 없어지고 사람도 보이지 않네
마른 나무 등걸에 흰 송이꽃 피어나
천지창조 이전의 봄을 부르고 있네.

虛空粉碎化微塵　大地平沈不見人
枯木乍開花一點　喚回空劫已前春

㊟ ◆적산(寂山) : 人名. 寂山歡喜居士. ◆허공분쇄(虛空粉碎) : 눈발이 흩어
지는 모양. ◆대지평침(大地平沈) : 산과 들이 높낮이가 없이 평평해지다.
◆공겁(空劫) : 천지창조 이전.

형식 : 칠언절구
출전 : 대지선사게송(大智禪師偈頌)

㊣ 눈 오는 날의 풍광을 읊은 시.
제1, 제2구는 눈 오는 풍경의 묘사다. 그러나 제3구에 오자 이
눈송이는 문득 나뭇가지에 달린 흰 꽃 한 송이가 된다. 이 시의
절정은 제4구다. 이 흰 꽃 한 송이가 천지창조 이전의 봄을 부르
고 있는 제4구다.

눈 오는 날, 둘(雪中示寂山二)

옥주렴을 걷어올리니 수정궁이 나타나
분명하고 확 터진 가운데 차갑게 앉아 있네
한밤에 해는 떠서 정오를 비추나니
이전의 한 빛(一色)마저 뛰어넘어야 하네.

珠簾捲起水晶宮 冷坐洞然明白中
半夜日輪當午照 從前一色却成空

㊟ ◆주렴(珠簾) : 玉으로 만든 발. 여기서는 '눈이 온 뒤에 맺히는 고드름'.
◆수정궁(水晶宮) : 눈이 덮인 풍경.

형식 : 칠언절구
출전 : 대지선사게송(大智禪師偈頌)

감상 제1구는 눈이 온 풍경을 '수정의 궁전'으로 묘사하고 있다.
그러나 제2구에서 이 '수정의 궁전'을 보는 작자는 문득 저 '통
연명백(洞然明白)'이라는 깨달음의 차원으로 들어가 있다. 제3구
에 가서 시상은 일대 전환을 하고 있다. '한밤의 해가 떠서 정오
를 비춘다'니……. 일상의 차원을 넘어선 경지다. 그러나 이것으
로도 아직 부족하기에 제4구에서 '한 번 더 뛰어넘으라'고 재촉
하고 있다. 평등(一色)마저 넘어서 버리라고 말하고 있다. 이 시
는 묵조풍(默照風) 선시의 좋은 본보기다.

눈 오는 날, 셋 (雪中示寂山三)

대지를 깎아 흰 상아를 만들자
보현의 털구멍마다 산하가 쏟아지네
부사의하고 불가사의한 이 신통력이여
허공이 부서져서 꽃비 내리네.

大地削成白象牙　普賢毛孔出山河
重重示現神通力　粉碎虛空雨雜花

㊟ ◆백상아(白象牙) : 눈 덮인 풍경을 純白의 상아로 보았다. ◆보현(普
賢) : 종횡무진하는 행위의 상징인 보살. 이 보현보살은 德을 상징하는 흰
코끼리를 타고 다닌다.

형식 : 칠언절구
출전 : 대지선사게송(大智禪師偈頌)

㊙ 눈 덮인 대지의 그 흰빛(白色)에서 상아(象牙)가 연상되고,
이 상아에서 다시 흰 코끼리(白象)를 타고 있는 보현보살의 이미
지가 떠오른 것이다. 그 다음 제3구에서는 이 보현보살의 부사
의한 초능력을 연상하고, 이 초능력에서 시상은 다시 '허공이 부
서져 흰 꽃비로 내린다'로 발전하고 있다. 시의 구성력과 전개력
이 아주 뛰어나다. 역시 묵조풍 선시의 한 전형이다.

봉산 산거, 하나(鳳山山居一)

먼 산 가까운 산에 한 줄기 엷은 안개
그윽한 한 폭의 수묵화로 번져가네
눈앞의 맑고 깊은 이 정취,
지음인이 아니면 더불어 말하기 어렵네.

一抹輕煙遠近山 展成淡墨畵圖看
目前分外淸幽意 不是道人俱話難

주 ◆봉산(鳳山) : 일본 虎口에 있는 鳳儀山. ◆분외(分外) : 육안으로 볼 수
있는 그 너머에 있는 불멸성.

형식 : 칠언절구
출전 : 대지선사게송(大智禪師偈頌)

감상 다 드러나면 여운이 없다. 살짝 가려 줘야 한다. 그래야 그
가려진 부분에서 무한한 여운이 이는 것이다. 그러기에 수묵화
에서는 언제나 아스라한 산허리쯤을 안개로 살짝 가려 버리지
않는가.
언어로 잡을 수 없는 이 그윽한 정취,
아아, 내 뉘와 더불어 나눠 가지리.

봉산 산거, 둘(鳳山山居二)

인간 만사 시시비비를 끊어 버리고
흰구름 깊은 골에 사립문 닫네
뜨락에 대나무를 심는 뜻이여
어느 날 봉황이 날아와 깃들이기를 기다리네.

截斷人間是與非 白雲深處掩柴扉
當軒栽竹別無意 祇待鳳凰來宿時

주 ◆ 봉황래숙(鳳凰來宿) : 鳳儀山은 또한 鳳來山이라고도 부른다.

형식 : 칠언절구
출전 : 대지선사게송(大智禪師偈頌)

감상 꿈은 있어야 한다. 기다림은 필요하다.
꿈이 없다면, 기다림마저 말라 버린다면 그런 삶은 차라리 죽음
보다 나을 게 없다.

봉산 산거, 셋 (鳳山山居三)

명예와 이익의 사슬에 묶이지 않고
안개와 수석 속에 내 자취를 파묻네
다리 부러진 무쇠솥에 산나물 삶으면서
고인의 가풍을 따라 산에 묻혀 살고 있네.

名韁利鎖留不住 晦跡煙霞水石中
折脚鐺兒煎野菜 住山自効古人風

주 ◆명강리쇄(名韁利鎖) : 명예의 고삐와 이익의 쇠사슬. ◆절각당아(折脚
鐺兒) : 다리가 부러진 무쇠솥. ◆효(効) : 본받다. 본받아 배우다.

형식 : 칠언절구
출전 : 대지선사게송(大智禪師偈頌)

감상 동양의 현인들은 하나같이 은자풍의 삶을 제일로 여겼다.
혹자는 이를 현실 도피로 비난하지만 그러나 동양의 현인들은
역시 현명했다. 왜 현명했는지 세월의 물살에 씻겨가다 보면 그
대 자신도 알게 될 것이다.

까마귀 우는 골에 백로야 가지 마라
성낸 까마귀 흰빛을 세우나니
청파에 고이 씻은 몸 더럽힐까 하노라. (우리의 옛 시조에서)

봉산 산거, 넷 (鳳山山居四)

삼라만상 그 가운데 홀로 드러난 이 몸이여
이젠 두 번 다시 감각과 사물에 걸리지 않네
고개 돌린 채 마른 등나무에 기대었나니
사람은 산을 보고, 산은 사람을 보네.

萬像之中獨露身 更於何處著根塵
回首獨倚枯藤立 人見山兮山見人

㈜ ◆ 근진(根塵) : 주관적인 우리의 감각(根)과 여기 대응하는 객관(塵).

형식 : 칠언절구
출전 : 대지선사게송(大智禪師偈頌)

감상 '사람이 산을 보는 것(人見山)'은 상식의 차원이지만 그러나
'산이 사람을 보는 것(山見人)'은 상식을 넘어선 차원이다. 여기
'사람(人)'은 주관에, 그리고 '산(山)'은 객관에 비길 수 있다. 그
러므로 '사람이 산을 보고, 산이 사람을 보는 것'은 주관과 객관
이 하나 된 주객일여(主客一如)의 경지를 말하는 것이다.

봉산 산거, 다섯 (鳳山山居五)

향을 피우고 소나무 아래 홀로 앉아 있나니
바람 불어 찬 이슬이 옷깃 적시네
어느 땐 선정에서 깨어나 개울로 내려가서
새벽달을 병에 떠서 가지고 돌아오네.

焚香獨坐長松下 風吹寒露濕禪衣
有時定起下雙澗 瓶汲五更殘月歸

주 ◆정(定) : 禪定, 入定.

형식 : 칠언절구
출전 : 대지선사게송(大智禪師偈頌)

감상 그저 평범한 이 시는 제4구로 하여 아주 비범한 선시로 둔
갑하고 있다. 그것도 '잔월(殘月)'이라는 단 두 글자로 하여……

봉산 산거, 여섯(鳳山山居六)

진종일 물 긷고 장작을 져 나르는 이 속에
주인공은 분명히 드러나 있네
이 우주의 생성과 파괴를 저만치 두고 보며
수미산 제일봉을 앉아서 제압하네.

終日搬柴運水中 分明顯露主人公
三千日月觀成敗 坐斷須彌第一峰

주 ◆주인공(主人公) : 자기 자신의 본성. ◆삼천일월(三千日月) : 우주 안에 있는 해와 달.

형식 : 칠언절구
출전 : 대지선사게송(大智禪師偈頌)

감상 묵조풍의 선시지만 그러나 이 시에는 임제풍 선시를 능가하는 기백과 기상이 있다.

제자에게 (示僧)

도끼를 들어 네다섯 개비 장작을 패고
무딘 칼로 두세 줄기 산나물 캐네
도인의 삶은 다만 이와 같거니
깨달아야 할 그 무엇이 또 어디 있으리.

揮斧破柴四五束　提刀擇菜兩三莖
道人受用只如此　有甚菩提道可成

주 ◆ 수용(受用) : 일상의 삶.

형식 : 칠언절구
출전 : 대지선사게송(大智禪師偈頌)

감상 저 당(唐)의 선승 조주(趙州)의 〈십이시가(十二時歌)〉와 그
맥락을 같이하는 시다. '평상심시도(平常心是道)'의 경지를 읊은
시로서 일품이다.

미인의 죽음을 애도하며 (悼戴家女兒)

아아, 미인의 풍류 한 가락이여
꽃은 봄날에 가득하고 달은 누각에 젖네
그대의 진면목이 모두 드러난다면
그 부채로는 얼굴조차 다 가릴 수 없으리.

佳人一段好風流 花滿春城月滿樓
露出娘生眞面目 綺羅小扇不遮頭

㉾ ◆가인(佳人) : 여기서는 美人. ◆낭(娘) : 어머니. ◆진면목(眞面目) : 진짜
모습, 본래 모습. ◆소선(小扇) : 여자가 얼굴을 가리기 위하여 가지고 있는
둥근 부채.

형식 : 칠언절구
출전 : 대지선사게송(大智禪師偈頌)

감상 미인의 죽음을 애도하는 시인데도 슬픈 기운은 전혀 없다.
제1구와 제2구는 살아 생전에 아름답고 충만했던 미인의 모습이
다. 제3구와 제4구는 육체를 벗어난 영혼(眞面目)의 무한성을 읊
고 있다. 동서고금의 시를 통틀어 이 정도의 멋진 애도시는 일
찍이 그 예가 드물다.

영흥 개산탑에서 (禮永興開山塔)

빈 집엔 다만 푸른 이끼뿐,
조사의 종풍을 이을 사람이 없네
가지 가득 꽃 지고 봄도 지나간 다음
두견이는 울어 울어 석양빛 저리 붉네.

空堂只見綠苔封 法席無人補祖宗
滿樹落花春過後 杜鵑啼血夕陽紅

주 ◆영흥개산(永興開山) : 京都 東山 永興寺 開山은 詮慧에 의해서다. ◆보
조종(補祖宗) : 조사의 宗風(家風)을 잇다.

형식 : 칠언절구
출전 : 대지선사게송(大智禪師偈頌)

감상 회고의 시. 제1·2구는 그저 그런 회고풍. 제3구는 다분히
감상적이다. 그러나 제4구는 이 시의 절정이다. '석양빛 붉음'과
'두견이 피울음'이 결합하여 '석양빛 붉게 물든 것'으로 시상은
무르익어 가고 있다. ……시는 역시 영혼의 양식이다. 배가 고프
더라도 시는 있어야 한다. 시정을 잃어서는 안 된다.

적실원광(寂室元光, 1290-1367) … 4편

구름(孤雲)

한 조각 구름이 자유롭게 가나니
말렸다 펴졌다 변화가 무쌍하네
어느 때는 용의 모습으로 굽이쳐 가다가
옛 산의 깊은 곳으로 홀로 향하네.

一片無羈自在飛　卷舒開合更何依
咲他多是從龍去　獨向舊山深處歸

㊟ ◆기(羈) : 멍에, 굴레. ◆소(咲) : '笑'의 古字.

형식 : 칠언절구
출전 : 영원적실화상어록(永源寂室和尙語錄)

[감상] 변화무쌍한 구름의 모습. 그러나 끝내는 한 조각 외로운
모습으로 돌아가는 인간의 모습, 아니 나 자신의 모습…….

우산에게 (友山)

망망한 티끌세상 그대 아는 이 적나니
눈빛은 쓸쓸하고 가을같이 차갑네
그대를 벗할 것은 이 무엇인가
천봉만학 그 푸름이 눈동자에 모이네.

茫茫塵世少知己　眼界蕭條冷似秋
要見渠儂眞伴侶　千峯萬壑碧凝眸

주 ◆소조(蕭條) : 쓸쓸한 모양. 蕭寂. ◆거농(渠儂) : 그 사람(he).

형식 : 칠언절구
출전 : 영원적실화상어록(永源寂室和尙語錄)

감상 우산(友山)이라는 이름을 가진 선승인 듯.
제2구와 제4구에서 우리는 가을같이 맑고 차가운 수행자의 진면
목을 볼 수 있다. ……그렇다. 수행자에게는 '아니다, 아니다'라
는 이 거부의 정신이 있어야 한다. 여기 타협이란, 적당주의란
없다.

대나무를 자르며 (靜中)

풀집은 요요하여 언제나 홀로거니
마음바다 물결칠 일 이제는 없네
창문 앞의 댓가지를 자르려는데
바람 부는 가지 위에 잎비 소리 어지럽네.

一室寥寥常獨坐 渾無外事動閑情
有時欲截窓前竹 耳亂風枝雨葉聲

주 ◆ 절(截) : 절단하다.

형식 : 칠언절구
출전 : 영원적실화상어록(永源寂室和尙語錄)

감상 제3구와 제4구가 아주 시적이다. 대나무 잎 흔들리는 소리
를 빗소리로 느끼고 있는 작자의 감성이 놀랍다.

새벽의 산(曉山)

옥토끼는 이미 서쪽고개 넘어갔고
금까마귀 저 높은 봉에 오르고 있네
서리 찬 하늘 동트려고 찬 기운 가득하니
일만의 봉우리 천의 바위가 이 눈 속에 있네.

玉兎已過西領外 金烏初上最高峯
霜天欲曙唯寒色 萬嶽千巖一目中

㊟ ◆옥토(玉兎) : 달의 다른 이름. 달 속에 옥토끼(玉兎)가 산다는 전설이
있다. ◆금오(金烏) : 해의 이름. 해 속에 금까마귀(金烏)가 산다는 전설이
있다.

형식 : 칠언절구
출전 : 영원적실화상어록(永源寂室和尙語錄)

㊂ 새벽 산을 보며 읊은 시.
제4구가 작품 전체에 힘을 불어넣고 있다. 만일 제4구가 없었더
라면 이 작품은 시가 되지 못했을 것이다.

춘옥묘파(春屋妙葩, 1311-1388) … 3편

전신에는 (禪人請)

전신에는 그림자가 없어
당당하고 분명하게 그 모습 드러났네
만일 이렇게 깨달아 간다면
서리 찬 곳은 원래부터 확탕지옥에 있네.

通身無影像 脫體露堂堂
若能恁麼覰得破 冷處元來在鑊湯

[주] ◆ 확탕(鑊湯) : 鑊湯地獄.

형식 : 고체시(古體詩)
출전 : 지각보명국사어록(智覺普明國師語錄)

[감상] 생각의 찌꺼기가 없다면, 그리하여 본성(本性)이 분명하게
드러나 버렸다면, 불타는 그 속에서도 시원함을 느끼리. 지옥에
서조차 청량감을 느끼리.

봄바람 (華林)

나무마다 봄바람 위아래가 없으니
봄바람 지나는 곳마다 그 향기 은은하네
영산회상 저 염화미소의 뜻이
지금 가지마다 가지마다 만발하였네.

春風樹樹無高下　衲物馨香取次吹
昔日靈山微笑旨　至今爛爛一枝枝

㧾 ◆취차(取次) : 차례차례로. ◆영산(靈山) : 靈鷲山. ◆미소지(微笑旨) : 拈
花微笑의 故事.

형식 : 칠언절구
출전 : 지각보명국사어록(智覺普明國師語錄)

감상 봄바람 부는 곳마다 꽃이 피나니
꽃향기 은은하게 울려 가나니
염화미소의 뜻 이것 아니리
미소짓는 그 깊은 뜻 이것 아니리. (미친 놈 잠꼬대 마라.)

새벽에 (次韻寄南禪侍者掛錫天龍)

밤은 깊고 적적한데 문 닫고 앉았나니
생각이 끝간 곳에 등불 하나 어둡네
객창에 꿈은 깨지고 서산은 밝아오는데
흰 눈은 장공을 두드려 말발굽소리 어지럽네.

夜靜更深獨掩門　商量極處一燈昏
客窓夢破西山曉　雪攪長空萬馬奔

㈜ ◆상량(商量) : 思量. 생각.

형식 : 칠언절구
출전 : 지각보명국사어록(智覺普明國師語錄)

[감상] 시상이 물 흐르듯 흐르고 있다. 제4구는 절정이다.
'흰 눈'과 '장공(長空)'과 '말발굽소리'가 어우러져 멋진 한 편의
시를 만들어 내고 있다.

산중에서, 하나 (山中偶作二)

찬 상에 홀로 앉아 고금을 탄하나니
푸른 등 마주하여 백발의 시름이 이네
창 앞의 하룻밤 파초에 내린 비여
강호의 무한한 마음 다 적시었네.

獨坐寒床嘆古今 靑燈白髮動愁吟
窓前一夜芭蕉雨 滴盡江湖無限心

형식 : 칠언절구
출전 : 무문선사어록(無文禪師語錄)

감상 산중에서 적적하게 지은 시.
서정성이 풍부하다. 제3구가 시적인 여운을 불러일으키고 있다.
그리고 제4구는 제3구와 이어져 풍부한 시정을 낳고 있다.

산중에서, 셋 (山中偶作三)

백발의 산사람 잠이 적나니
서릿바람 하룻밤에 옷이 너무 얇구나
추운 창 비 듣는 소리 날이 새는데
문 열고 밖을 보니 가랑잎 흩날리네.

白髮山人睡自微 霜風一夜怯單衣
寒窓聽雨天將曉 開戶方知黃葉飛

형식 : 칠언절구
출전 : 무문선사어록(無文禪師語錄)

감상 청빈의 삶을 살아가는 은자의 생활을 읊고 있다. 가난은
미덕이라지만, 아니 축복이라지만 그러나 육체를 가진 인간에게
는 하나의 형벌에 가깝다.

임종게 (辭世)

평생의 잘못됨이
오늘에야 바로 됐네
말후의 한 글귀여
눈 위에 서리네.

平生顚倒 今日卽當
末後一句 雪上加霜

형식 : 사언고시(四言古詩)
출전 : 무문선사어록(無文禪師語錄)

[감상] 말후일구(末後一句)란 '문장이 끝났는데 사족으로 붙이는 한
구절'이다. 여기에서의 말후일구는 '임종게' 자체다. 왜냐면 '잘
못됨이 바로잡혔다'는 이 말 자체가 또한 '잘못됨'이기 때문이
다. 언어를 사용하다 보면 이렇게 실수를 연발하게 되는 것이다.

사는 가운데 죽고(活人溪)

사는 가운데 죽고 죽는 가운데 사나니
죽고 사는 것, 세월 밖의 사람에겐 관심이 없네
천고의 깊고깊고 아득한 저 곳,
음양이 없는 땅에서 봄이 돌아오고 있네.

活中死兮死中活 死活不干劫外人
千古深深幽遠處 無陰陽地放回春

형식 : 칠언절구
출전 : 실봉선사어록(實峰禪師語錄)

감상 제1구는 삶 속에서 죽음을, 그리고 죽음 속에서 삶을 간파
한 경지를 읊은 것이다. 제2구는 이 삶과 죽음마저 넘어가 버린
초월의 경지를 읊은 것이다. 그리고 제3구와 제4구는 그 초월의
경지로부터 다시 명칭과 형상이 전개되어 나오는 것을 상징적으
로 읊고 있다.

계숫잎 배 (明月江)

구름 위에 흰 산은 천년설(雪)을 쓰고 있고
바닷물결 달빛 속에 가을은 깊어가네
물과 하늘 하나 되어 끝이 없나니
옛 나루터 허공에는 계숫잎 배 가고 있네.

雲上白山千載雪 波心明月一輪秋
水天同合無邊際 古渡空橫桂葉舟

㈜ ◆고도(古渡) : 옛날의 나루터.

형식 : 칠언절구
출전 : 실봉선사어록(實峰禪師語錄)

[감상] 자연의 정경 묘사를 통해서 작자는 자신의 경지를 가시화
하고 있다. 제4구의 '계숫잎 배(桂葉舟)'는 '초생달'을 말하는 것
이다.

역종선인에게(易從禪人請)

모두가 옳고 모두가 옳지 않나니
이 세상에 누가 그대 같으리
그 몸을 저 북두 속에 숨기고
그 그림자는 저 월궁 속에 나타내네.

全是全不是　世間誰似儞
藏身北斗邊　現影月宮裏

㈜ ◆월궁(月宮) : 廣寒宮. 달 속의 姮娥가 산다는 궁전.

형식 : 오언절구
출전 : 대통선사어록(大通禪師語錄)

감상 옳다면 이 세상 전체가 옳다. 그러나 옳지 않다면 이 세상
전체가 모두 옳지 않다. 자, 어떻게 할 것인가. 이 세상과 맞설
것인가, 아니면 이 세상과 하나가 될 것인가.

얼굴 가득 (和叟)

얼굴 가득 봄바람이여
이 가슴 활짝 열어 보이리
이 가슴 속에 진기한 것 있으니
이름도 없고 모양도 없네.

滿面春風 打開心藏
藏裏珍奇 離名離相

형식 : 사언고시(四言古詩)
출전 : 대통선사어록(大通禪師語錄)

감상 이름도 없고 모습도 없는 것이여,
이 속에서 이 현상의 온갖 명칭과 모습이 비롯되나니.
부사의한 이 작용을 아는 이는 얼굴 가득 봄바람으로 미소지을
수밖에…….

늙은 어린아이 (悅翁)

쭈그리고 앉아 구름 보며 기뻐하거니
늙어갈수록 점점 더 어린아이가 되네
어느 때는 혼자 웃으나 아는 이 없어
봄바람만 흰 눈썹 위에 가득 붐비네.

隱几看雲只自怡 老來萬事付兒痴
有時一笑無人會 嬴得春風上白眉

주 ◆ 영(嬴) : 가득하다.

형식 : 칠언절구
출전 : 의당화상어록(義堂和尙語錄)

감상 늙어갈수록 마음은 점점 더 어린 아기가 된다. 그 이유는
이 삶 자체를 이미 간파해 버렸기 때문이다. 그 숱한 좌절과 고
뇌, 그리고 영광의 날들을 통해서 한 편의 드라마로 전개되고
있는 이 삶의 본질을 남김없이 간파해 버렸기 때문이다.

선이란 (道書記通方請)

'선(禪)'이란 것은 뭐 특별난 게 아니니
손을 움직이고 발을 내딛는 비사량처네
구름 일면 이윽고 비가 오는 소식이니
마음 밖에 아무 일도 없으면 역순이 어찌 방해되리.

禪道佛法不別擧揚　運手動足以非思量
雲起雨下自家通方　心外無事逆順何妨

㉜ ◆역순(逆順) : 내 마음에 거슬리는 것과 내 마음에 흡족한 것, 즉 逆境과 順境.

형식 : 고체시(古體詩)
출전 : 염산발대화상어록(鹽山拔隊和尙語錄)

㉕ 선(禪)의 본질을 가장 평범한 언어로 읊어내고 있다.
제3구는 그대로 한 개의 공안이다. 납자(衲者)는 여기에서 큰 깨달음을 체험하도록.

본래부터 (諸禪人請)

범부도 아니요 성인도 아니라
단 하나도 닦을 것 없네
본래부터 묘한 작용 있거니
천진스러운 이 풍류여라.

非凡非聖 一法不修
本有妙用 天眞風流

형식 : 사언고시(四言古詩)
출전 : 염산발대화상어록(鹽山拔隊和尙語錄)

감상 현성공안(現成公案)의 경지다.
깨달음은 본래부터 내 안에 있거니, 밥 먹고 잠자는 이 모든 것
이 어찌 천진스러운 풍류가 아니리. 그러나 이렇지 못하다는
데 우리의 고뇌가 있다. 무엇이 되려고 하는 데 우리의 고통이
있다.

풍경 (題扇面畵)

나무색은 먹물보다 더 검고
산빛은 이제 막 비 멎은 때라
조각배여, 어디로 가는가
물이 넓어 돌아올 기약 없네.

樹色濃於墨　山光雨歇時
扁舟何處去　水闊暮歸遲

㈜ ◆ 선면화(扇面畵) : 부채 위에 그리는 그림.

형식 : 오언절구
출전 : 파견고(芭堅藁)

[감상] 제1구와 제2구는 멋진 대구다. '먹물보다 더 검은 나무색'
과 '비 멎은 산빛'의 그 선명한 대비는 가히 절창이라 할 수 있
다. 제3구는 앞의 제1·2구에 넉넉한 여백을 주고 있다. 그리고
동양의 유현한 정신세계는 제4구에서 드러나고 있다. 제4구로
하여, 제4구의 '지(遲)'자로 하여 이 시의 여운은 끝없는 것이 되
어 먹물빛깔로 번져가고 있다.

청계화상에게 (鐵原和淸溪和尙韻)

세상만사 조석변이니
내 일찍 이 같음을 깨달았네
청산에 높이 누웠나니 띠풀집 처마 아래
저 흰구름조차 이 마음 엿보기를 허락지 않네.

世事從來多變態　當初早悟有如今
靑山高臥茅簷下　不許白雲知此心

㊟ ◆철원(鐵原) : 지명. 현재 일본 茨木市 서북부지역. ◆청계화상(淸溪和
尙) : 일본의 선승(1300~1385). 元에서 30년 동안 유학한 후 일본에 돌아가
선풍을 폈다. ◆모첨(茅簷) : 띠풀집 처마.

형식 : 칠언절구
출전 : 파견고(芭堅藁)

감상 이 시는 은자풍(隱者風) 시로서 수작이다.
제1·2구는 평범한 시구다. 그러나 이 평범한 시상은 제3구에서
한 번 꿈틀! 하더니 제4구에 와서 사자후를 토하고 있다.
제4구가 없었더라면, 제4구의 '불허(不許)'라는 두 글자가 없었더
라면 이 시는 그야말로 용이 아니라 지렁이가 돼 버렸을 것이다.
거장의 솜씨는 바로 이런 데서 드러나는 것이다.

산속과 시장바닥(自山中歸市中)

아아 미친 구름(狂雲)이
미친 바람 타고 있는 줄 누가 알리
아침에는 산속이요 저녁에는 시장이네
내가 만일 봉(棒)을 휘두르고 할(喝)을 쓴다면
덕산과 임제는 부끄러워 얼굴조차 들지 못하리.

狂雲誰識屬狂風　朝在山中暮市中
我若當機行棒喝　德山臨濟面通紅

㋐ ◆광운(狂雲) : 狂雲子. 一休의 號. ◆봉할(棒喝) : 선가에서 스승이 제자
를 대할 때 쓰는 방망이(棒)와 고함 소리(喝). 예로부터 임제의 喝과 덕산의
棒은 너무나 유명하다.

형식 : 칠언절구
출전 : 광운집(狂雲集)

㋐ 일본 최고의 선승(禪僧), 아니 일본 최고의 시승(詩僧) 일휴
(一休). 보라, 그의 거침없는 기백을…….

임종게 (辭世詩[臨終偈])

십 년 동안 꽃 아래서 부부언약 잘 지켰으니
한 가닥 풍류는 무한한 정취여라
그대 무릎 베고 누워 이 세상을 하직하나니
깊은 밤 운우(雲雨) 속에서 삼생을 기약하네.

十年花下理芳盟　一段風流無限情
惜別枕頭兒女膝　夜深雲雨約三生

㊟ ◆이(理) : 여기서는 '언약을 잘 지키다' 또는 어떤 일을 '끊임없이 복습
하다'. ◆방맹(芳盟) : 부부 사이의 언약. ◆운우(雲雨) : 남녀 사이의 情交.
◆삼생(三生) : 前生·現生·後生.

형식 : 칠언절구
출전 : 광운집(狂雲集)

㊂상 지금까지 우리는 중국·한국·일본의 선승들이 남긴 1,300
편 이상의 선시를 감상했다. 다들 너무 청정했고 아름다웠다. 그
러나 왠지 허전한 느낌이 남는 것은 이성(異性)에 대한 애증(愛憎)
의 정서가 결여되었기 때문이다. 그러나 여기 일휴의 시에 와서
우린 비로소 선시의 그 허전한 구석을 마음껏 채울 수 있게 되
었다.

첫날밤 (夢閨記三)

화촉동방 깊은 곳, 샘솟는 시정이여
노랫소리 춤사위에 술자리는 무르익네
운우의 베개맡에 그 무한한 의미여
우리 한 쌍 원앙이 되어 남은 생을 보내리.

洞房深處幾詩情 歌吹花前芳宴淸
雲雨枕頭江海意 鴛鴦水宿送殘生

㊤ ◆동방(洞房) : 화촉동방. 신랑신부가 첫날밤을 자는 신혼방.

형식 : 칠언절구
출전 : 광운집(狂雲集)

㊙ 첫날밤, 젊은 남녀의 정사(情事)장면을 당당하게 읊고 있다.
거기에는 귀천이 없다.
거기에는 삶도 없고 죽음도 없다.
거기에는 더러움도 없고 깨끗함도 없다.
거기에는 시간도 없고 공간도 없다.
거기에는 성자도 없고 속인도 없다.
아아, 남녀가 한 몸이 되는 이 감각의 절정 속에는……. (호색한!)

원앙의 꿈 (夢閨夜話)

어느 때는 강 바다요 어느 때는 산이니
세상 밖의 도인에게 명리는 쓸데없네
밤마다 선탑을 이불삼아 원앙의 꿈 꾸나니
풍류와 밀어로 내 생애는 넉넉하네.

有時江海有時山　世外道人名利間
夜夜鴛鴦禪榻被　風流私語一身閑

注 ◆강해(江海) : 강과 바다. 이 세상. ◆선탑(禪榻) : 좌선할 때 앉는 의자.

형식 : 칠언절구
출전 : 광운집(狂雲集)

鑑賞 일휴(一休),
부처의 깨달음마저, 선(禪)의 경지마저 넘어가 버린 사람.
일휴, 이 영원한 반항아, 미친 구름.
그가 있었기에 오늘은 내가 한 잔의 물을 마음놓고 마실 수 있나니.
그대들이여, 감사하라. 이 미친 구름(狂雲)에게 감사하라.

오늘 밤 미인이 (婆子燒庵)

노파심에서 도적에게 사다리를 건네주고
청정한 사문에게 젊은 여자 주었네
오늘 밤 미인이 내 품에 안긴다면
말라 죽은 고목나무에 새싹이 나리.

老婆心爲賊過梯 淸淨沙門與女妻
今夜美人若約我 枯楊春老更生梯

㊜ ◆제(梯) : 사다리. ◆고양(枯楊) : 말라 죽은 버드나무. ◆제(稊) : 새싹.

형식 : 칠언절구
출전 : 광운집(狂雲集)

감상 〈파자소암(婆子燒庵)〉이라는 공안의 경지를 읊은 시.
어느 노파(婆子)가 암자를 지어 놓고 젊은 선승을 머물게 했다.
그의 딸을 시켜 아침저녁으로 밥을 날라다 주게 했다. 어느 날
노파는 딸에게 말했다.
"애야, 오늘은 가서 그 젊은 중을 꼭 안아 봐라."
딸은 어머니가 시키는 대로 젊은 중을 꼭 안았다.
그러고는 물었다. "지금 기분이 어떠신지요?"
젊은 중 : 차디찬 바위에 마른 고목나무가 기댄 기분입니다.

624

노파 : 그 젊은 중이 뭐라 하든.

딸 : 차디찬 바위에 고목이 닿은 기분이래요.

노파 : 이런 사기꾼 같은 놈, 내가 이십 년 동안 공밥을 줬구나.

그 길로 가서 노파는 그 암자를 불질러 버렸다(燒庵).

음방에서 (題婬坊)

미인과의 운우 속에 애하는 넘치나니
누자노선이 누 위에서 신음하네
그대 안고 빨고 핥는 이 흥취여
확탕지옥인들 어떠리, 무간지옥인들 어떠리.

美人雲雨愛河深　樓子老禪樓上吟
我有抱持啑吻興　竟無火聚捨身心

㊟ ◆애하(愛河) : 발기된 여성의 음부에서 흐르는 분비물. ◆누자노선(樓子
老禪) : 靑樓(사창가)에서 노는 늙은 선승. ◆잡문(啑吻) : 빨고 핥다. 애무하
다. ◆무(無) : 無心하게. ◆화취(火聚) : 확탕지옥.

형식 : 칠언절구
출전 : 광운집(狂雲集)

㊓ 아, 아, 이보다 더 위대한 경전이 어디 있으리. 이보다 더
당당한 말씀이 어디 있으리.(미친 놈!)
단지 음탕한 구절이라고 비난하지 말라. '염화미소'의 소식보다
더 깊은 소식이 여기 있나니,
일휴, 그가 아니면 누가 감히 이런 구절을 쓸 수 있단 말인가.

미인의 음수를 빨며 (吸美人婬水)

은밀하게 고백하며 속삭이나니
풍류의 신음소리 파하고 삼생을 언약하네
이 몸 산 채로 짐승길에 떨어졌으니
위산의 뿔난 소보다 그 정취가 더하네.

密啓自慙私語盟 風流吟罷約三生
生身墮在畜生道 絶勝溈山載角情

㊟ ◆참(慙) : 부끄러워하다. 부끄럽다. ◆위산재각정(溈山載角情) : 〈溈山水
牯牛〉公案. 자세한 것은 '감상'을 보라.

형식 : 칠언절구
출전 : 광운집(狂雲集)

㉑㉑ 선사 위산은 '죽어서 뭣으로 다시 태어나려 하는가' 묻는
말에 이렇게 대답했다.
위산 : 음, 내 죽어서 저 아랫마을의 뿔난 소로 태어나리라.
그러나 일휴는 한 술 더 뜨고 있다.
죽어서 짐승으로 태어날 것이 아니라 지금 당장 인간의 몸으로
짐승의 짓을 한다는 것이다. 그렇기에 일휴는 지금 여자의 질에
서 흐르는 분비물을 감로수인 양 빨아먹고 있지 않는가.
미치려면 적어도 이 정도는 돼야 한다.

파계 (破戒三)

엉터리 시를 지어 읊어대나니
선비의 풍류를 흉내는 파계승이네
십 년 동안 시를 읊으며 풀집에 있나니
깊은 밤 사위는 등불 마주하였네.

惡詩題取記吾會　儒雅風流破戒僧
吟斷十年樵屋底　山林暗夜對殘燈

㊟ ◆제취(題取) : 題詠. 제목을 내고 시를 지음. ◆음단(吟斷) : '吟'은 詩를
읊다. '斷'은 오직, 오로지 정도의 뜻.(斷而取行也－史記. 李斯傳) ◆초옥저
(樵屋底) : 樵家. 나무꾼의 집. '底'는 관계대명사. ◆잔등(殘燈) : 꺼지려고
하는 등불.

형식 : 칠언절구
출전 : 광운집(狂雲集)

㊂㊊ 일휴, 선방과 술집, 그리고 음방(사창굴)을 제 집처럼 드나
들던 이 미치광이……
그러나 그의 내면은 너무너무 쓸쓸하다. 그래서 그는 지금 사위
는 등불 마주하고 앉아 있는 것이다. 유일한 자위수단으로 시를
읊으며……

어부(漁父)

도를 닦고 참선하다가 본래 마음 잃었으니
어부노래 한 가락이 천금보다 귀중하네
강에는 저문 비요 구름 속에 달이니
무한풍류여, 밤마다 밤마다 신음소리네.

學道參禪失本心 漁歌一曲價千金
湘江暮雨楚雲月 無限風流夜夜吟

형식 : 칠언절구
출전 : 광운집(狂雲集)

감상 참선이니 도(道)니 지껄이며 다니는 것은 그 순수한 본성(本性)을 점점 더 더럽히는 짓이다. 그보다는 차라리 저 어부의 노래 한 가락이 더 순수하지 않은가. 진정한 깨달음은 울고 웃는 인간의 이 고뇌 속에 있나니 정사(情事) 도중의 그 신음소리마저 풍류가 될 때 우리의 고뇌는 그대로 한 송이 미소가 되리…….

강천의 저문 눈발(江天暮雪)

물과 하늘 만리에 눈이 오나니
어느 곳의 찬바람인가 술집 깃발 흔들리네
나그네길은 끊기고 강물은 저무나니
나무마다 꽃 피고 가지마다 백옥이네.

水天萬里雪霏霏　何處寒風動酒旗
行人無路湘江暮　樹樹開花白玉枝

주 ◆강천(江天) : 강과 하늘이 하나가 된 것같이 보이는 드넓은 전망. ◆비
비(霏霏) : 눈이 오는 모양.

형식 : 칠언절구
출전 : 광운집(狂雲集)

감상 강과 하늘에 저문 눈발 내리는 정경을 읊고 있다. 서정적
이면서도 그 시상은 자유로이 굽이치고 있다.

임종게 (遺偈)

이 천지간에
누가 내 선을 알리
허당이 온다 해도
반푼 어치의 값어치도 없네.

須彌南畔 誰會我禪
虛堂來也 不值半錢

㊟ ◆수미남반(須彌南畔) : 수미산의 남쪽, 즉 우리가 사는 이 지구. ◆허당
(虛堂) : 중국 송나라 때의 선승인 虛堂智愚(1185~1269). 一休는 虛堂의 법
맥을 이은 七世後孫이다. ◆불치(不值) : 값어치가 없다.

형식 : 사언고시(四言古詩)
출전 : 광운집(狂雲集)

감상 일휴(一休)의 가풍은 전무후무하다.
여인의 음부에서 수선화 향기를 맡으며, 그 음액(淫液)을 감로수
로 빨아먹는 이 짐승의 행위, 도대체 이런 가풍이 어디 있단 말
인가.
그러나 일휴는 치한(痴漢)이 아니다. 짐승의 행위, 그 속에서 시
퍼렇게 불타고 있는 일휴의 안목(眼目)을 보라. 유례가 없는 임종
의 시다.

손 닿는 곳마다 (經卷拭不淨)

손 닿는 곳마다 맑은 바람 부나니
거장의 면목은 남김없이 드러났네
남쪽산에 구름 피어 오르자 북산에 비 뿌리나니
하룻밤 낙화에 흐르는 물은 꽃향이네.

信手拈來除不淨 作家面目露堂堂
南山雲起北山雨 一夜落花流水香

㈜ ◆신수(信手) : 손 가는 대로. ◆작가(作家) : 여기서는 '그릇이 큰 수행
자'를 일컬음.

형식 : 칠언절구
출전 : 광운집(狂雲集)

㈊㈊ 깨달은 이의 말은 욕설과 음담패설조차 무진법문이다. 그
러나 깨닫지 못한 사람의 말은 아무리 거룩한 말이라도 거짓과
위선투성이다.
깨달은 눈으로 보면 이 누리 전체가 샹그릴라(이상향)요, 깨닫지
못한 눈으로 보면 이 세상 전체가 고통의 바다다.
제3구와 제4구는 깨달은 이의 부사의한 활동력을 읊은 것이다.

자찬(自贊)

미친 나그네 미친 바람 일으키며
술집과 사창굴을 제 집처럼 드나드네
깨달았다고 으스대는 그대들이여, 누가 나와 맞서리
남북으로 동서로 바람같이 다니네.

風狂狂客起狂風 來往淫坊酒肆中
具眼衲僧誰一拶 畫南畫北畫西東

㈜ ◆음방(淫坊) : 사창굴, 사창가. ◆일찰(一拶) : 한 번 부딪쳐 보다.

형식 : 칠언절구
출전 : 광운집(狂雲集)

[감상] 일휴(一休), 선승이라 하기엔 너무 거칠고, 도인이라 하기엔
너무 망나니 같은 이 사내.
일휴, 그러나 이렇게 멋진 한 인간을 만나기란 그리 쉬운 일이
아니다.
일휴, 그는 깨달음의 인가장(認可狀)마저 불태워 버린 사내다.
선승들이 제 목숨보다 더 소중히 여기는 그 깨달음의 증명서마
저……

진짜 스승 (姪坊頌以辱得法知識)

입으로는 진리를 지껄여대는 이 속임수여
권력자 앞에서는 연신 굽신거리네
이 막된 세상에서 진짜 스승은
금란가사를 입고 앉아 있는 음방의 미인들이네.

舌頭古則長欺謾　日用折腰空對官
榮銜世上善知識　姪坊兒女着金襴

㊟ ◆고측(古則) : 옛 선승들의 문답, 즉 '선의 공안. ◆선지식(善知識) : 훌
륭한 스승. ◆금란(金襴) : 금란가사. 고승대덕이 입는 法衣.

형식 : 칠언절구
출전 : 광운집(狂雲集)

㊂ 근엄한 성직자의 옷을 입고 마음 속으로는 온갖 사악한 짓
을 도모하는 것보다는 차라리 솔직한 저 창녀들이 더 위대하다.
배울 것이 있다면 그녀들에게서 배워야 한다. 성직자의 탈을 쓴
이 위선자들에게는 이제 더 이상 배울 게 없다.

애욕의 바다(不邪婬戒)

사문(수행자)이여, 그대 애욕의 바다에 빠졌는가
애증은 나날이 깊어만 가나니
애욕의 이 바다에서 애증을 떠날 수만 있다면
이 누리 온통 황금으로 변하리.

沙門何事行邪婬　血氣識情人我深
婬犯若能折情識　乾坤忽變作黃金

㊟ ◆식정(識情) : 소유하고 싶은 감정(情)과 밉다 곱다 등의 분별심(識).

형식 : 칠언절구
출전 : 광운집(狂雲集)

[감상] 애증(愛憎)을 통해서 애증을 초월할 수만 있다면, 육체의 쾌락을 통해서 그것을 초월할 수만 있다면, 더 이상 무엇을 바라겠는가.

애첩 (寄近侍美妾)

본성이 음탕하여 미소년을 사랑하나니
풍류의 연회에서 꽃 앞에 마주했네
살찌기는 옥팔찌 같고 마르기는 물찬 제비여
난 이제 임제의 선(禪) 따위엔 관심이 없네.

淫亂天然愛少年 風流淸宴對花前
肥似玉環瘦飛燕 絶交臨濟正傳禪

㈜ ◆임제정전선(臨濟正傳禪) : 임제의 정통선.

형식 : 칠언절구
출전 : 광운집(狂雲集)

감상 카! 취한다. 일휴의 일구(一句) 앞에 내가 휘청거린다.
보라, 제4구를 보라. 제3구를 보라. 그리고 제1구를 보라.
시퍼렇게 타오르며 굽이치는 이 생명의 구절들을 보라. 이런 구
절을 쓴 선승은 중국, 한국, 일본을 통틀어 단 한 사람도 없었다.
일휴, 그 자신을 제외하고는……

복사꽃 그림을 보며 (見桃花圖)

보는 곳마다 풍류요 깨달음이니
복사꽃 한 송이가 천금보다 귀하네
봄기운에 취하는 서왕모의 얼굴이여
난 그녀와 울고 웃는 오늘 밤을 언약하네.

見處風流悟道心 桃花一朶價千金
瑤池王母春風面 我約愁人雲雨吟

㊀ ◆요지(瑤池) : 周나라의 穆王이 西王母를 만났다는 仙境. 곤륜산에 있다
고 함. ◆수인(愁人) : 詩人. ◆운우(雲雨) : 巫山雲雨. 남녀간의 情事. ◆음
(吟) : 情事 도중의 신음소리.

형식 : 칠언절구
출전 : 광운집(狂雲集)

㊀ 복사꽃을 보고 영운(靈雲)은 깨달음을 얻었다. 그러나 복사
꽃을 보고 일휴는 운우의 정(雲雨之情)을 깨달았다.
영운과 일휴, 과연 누구의 경지가 더 높은가. 그것은 두말할 것
도 없이 일휴의 경지가 더 높다. 왜냐면 일휴는 지금 생명의 바
다에 접근하고 있기 때문이다. 깨달음은 이 생명의 바다에 이는
한 조각의 물결에 불과하기 때문이다.

음수(淫水)

꿈에 취한 꽃동산의 눈먼 미인이여
베개 위의 매화꽃, 갓 터지는 수줍음이여
입안 가득 맑은 향은 그대의 애액(愛液)이니
황혼과 달빛 속에 번져가는 신음소리.

夢迷上苑美人森　枕上梅花花信心
滿口淸香淸淺水　黃昏月色奈新吟

㊟ ◆음수(淫水) : 여자의 성기에서 흘러나오는 분비물. ◆상원(上苑) : 아름
다운 天子의 정원. ◆삼(森) : 盲女 森侍者. ◆화신(花信) : 꽃 피는 소식. 花
信心, '꽃 핀 소식 같은 미인의 마음'. ◆나(奈) : 어찌, 어떻게. ◆신음(新
吟) : 정사 도중 절정에 오를 때마다 나는 새로운 신음소리.

형식 : 칠언절구
출전 : 광운집(狂雲集)

㊉ 일휴의 연인은 '눈먼 소녀'였다.
그녀의 음수(淫水)를 빨며 그 속에서 향기를 맡는 일휴를 상상해
보라.
두 눈을 부릅뜨고 앉아 있는 달마대사조차도 이 앞에 와서는 고
개 숙일 것이다. 정말 대단하다.(대단하긴 뭐가 대단해!)

봄나들이 (森公乘輿)

눈먼 미인 가마 타고 봄나들이하나니
울적한 그 가슴이 봄기운에 무르녹네
앞 못 보는 장님이라 얕보지 마라
이 광경이야말로 아주 멋진 풍류 한 판 아니리.

鸞輿盲女屢春遊　鬱鬱胸襟好慰愁
遮莫衆生之輕賤　愛見森也美風流

㊟◆난여(鸞輿) : 화려한 가마, 수레. ◆누(屢) : 자주. ◆자(遮) : 這와 뜻이
같음. '이것', '이 사람'. ◆삼(森) : 盲女 森侍者. 森公.

형식 : 칠언절구
출전 : 광운집(狂雲集)

㊟㊂ 일휴의 연인 '눈먼 소녀 삼공(森公)'.
눈먼 그녀가 지금 꽃가마 타고 봄나들이 나가고 있다.
자, 이 장면을 한번 상상해 보라.
너무나 멋진 한 판의 풍류가 아니겠는가. 그러나 일휴의 가슴
한구석에는 앞 못 보는 그녀에 대한 연민이 남아 있다는 것을
우리는 알 수 있다. 제3구를 통해서……. 그렇다. 일휴에겐 아직
슬픔이 남아 있다. 우리의 마지막 희망이 남아 있다.

수선화꽃 향기 (美人陰有水仙花香)

신비로운 저 비너스의 언덕을 오르나니
밤 깊은 옥침상에 꿈마저 아득하네
꽃망울이 터지려는 한 줄기 매화나무 아래
수선화꽃 가녀린 허리를 안네.

楚臺應望更應攀　半夜玉床愁夢間
花綻一莖梅樹下　凌波仙子遶腰間

㈜ ◆초대(楚臺) : 초나라의 정자. 여기서는 '여자의 알몸'. ◆반(攀) : 올라
가다. ◆수몽(愁夢) : 근심어린 꿈. ◆탄(綻) : 꽃이 피다. ◆능파선자(凌波仙
子) : 수선화꽃. ◆요(遶) : 두르다. 감다. ◆요간(腰間) : 허리의 둘레.

형식 : 칠언절구
출전 : 광운집(狂雲集)

㉺㉑ 여기 '화탄일경(花綻一莖)'은 '발기된 남근'을 뜻한다. 그리
고 '능파선자(凌波仙子 : 수선화꽃)'는 '여성' 또는 '막 벌어지려는
여성의 자궁'을 뜻한다.

세세생생 언약, 하나(約彌勒下生一)

밤마다 밤마다 눈먼 미인은 몸을 틀며 신음하나니
이불 속의 원앙 한 쌍은 밀어마저 새롭네
세번째 격전 끝에 날이 새나니
이곳은 영원한 봄, 불멸의 낙원이네.

盲森夜夜伴吟身 被底鴛鴦私語新
新約慈尊三會曉 本居古佛萬般春

注 ◆맹삼(盲森) : 盲女 森侍者. ◆피(被) : 이불. ◆신약자존(新約慈尊) : '새로 발기된 성기' 정도의 뜻. ◆만반(萬般) : 오만 가지, 갖가지 종류.

형식 : 칠언절구
출전 : 광운집(狂雲集)

鑑賞 남녀가 '만남 그 자체를 위하여 만나는 그 정사(情事)의 극치……, 그것은 순수한 깨달음과 상통한다. (妙適淸淨句 是菩薩位 — 理趣經)

세세생생 언약, 둘 (約彌勒下生二)

· 잎 지고 겨울 지나 봄은 다시 오나니
  저 들엔 옛 언약대로 온갖 꽃 피어나네
  눈먼 미인이여, 이 늙은이의 은혜 저버린다면
  세세생생 그대 짐승의 몸 받으리.

木凋葉落更回春　長緣生花舊約新
森也深恩若忘却　無量億劫畜生身

㊟ ◆삼(森) : 盲女 森侍者. ◆축생신(畜生身) : 짐승의 몸.

형식 : 칠언절구
출전 : 광운집(狂雲集)

㊙ 일휴는 지금 그의 연인 '눈먼 소녀 삼공'을 보고 세세생생
서로 만나서 운우의 정(雲雨之情)을 나누자고 약속하고 있다.
만일 이 약속을 어겼다가는 짐승의 몸을 받는다고 엄포를 놓고
있다.
일휴는 지금 '생사해탈(生死解脫)'이 아니라 '생사윤회(生死輪廻)'
를 언약하고 있다.
일휴, 정말 소름끼치는 사내다.

눈먼 미인 삼시자에게 (盲女森侍者云云)

하는 일 없이 그저 무위도식만 하고 있으니
염라대왕께 줄 밥값이 아직 충분치 않네
눈먼 미인 고운 노랫소리에 미소짓고 있나니
황천길 눈물비는 쓸쓸히 오네.

百丈鋤頭信施消　飯錢閻老不曾饒
盲女艷歌笑樓子　黃泉淚雨滴蕭蕭

주 ◆백장(百丈) : 중국의 백장선사. '하루 일을 하지 않으면 그 날은 굶는
다(一日不作 一日不食)'는 생활규칙(淸規)을 만든 선승으로 유명하다. ◆조
두(鋤頭) : 호미. ◆신시(信施) : 신자들의 시주금. ◆반전(飯錢) : 밥값. ◆염
로(閻老) : 염라대왕. ◆부증요(不曾饒) : 아직 충분치 않다. ◆누자(樓子) :
靑樓(사창가)에 노는 남자, 즉 一休 자신.

형식 : 칠언절구
출전 : 광운집(狂雲集)

감상 '눈먼 소녀 삼공'은 일휴를 너무너무 사모한 나머지 목숨
을 끊으려고 절식(絶食)에 들어갔다. 이 소식을 들은 일휴는 이
시를 지어 그녀에게 주며 그녀를 위로했다.
제3구는 그녀의 절식(絶食)을 고운 노랫소리로 본 것이요, 제4구
는 그녀에게 향하는 일휴의 슬픔이다.

퍼내어도 퍼내어도 그 밑바닥이 보이지 않는 연민의 마음이다. 지금 내가 저 떠가는 구름을 볼 수 있는 것은, 저 구름 되어 정처 없이 흐를 수 있는 것은 일휴가 있기 때문이다. 일휴의 슬픔이 남아 있기 때문이다.

관음 찬가(石觀音開光)

물건마다 관음이요 흰옷마다 그 모습이니
큰 돌은 크고 작은 돌은 작네.

頭頭觀音　白衣惟肖
石頭大底大　小底小

㊟ ◆유초(惟肖) : 오직 이 모두 관음의 肖像이다.

형식 : 잡언시(雜言詩)
출전 : 서원덕방화상어록(西源德芳和尙語錄)

감상 저 돌멩이 하나에서 풀 한 포기에 이르기까지 이 현상의
모든 생명체들을 관음의 화신으로 보고 있다.
이는, 즉 이 현상 전체를 '자기 자신'의 전개로서의 관음으로 보
고 있다는 말도 된다.

관음대사(觀音大士)

눈이 듣는 소리요 귀가 보는 경지라
여기 남김없이 모두 다 드러났으니
바람은 솔솔 불고 물은 졸졸 흐르네.

眼聲耳色 常露現前 淸風颯颯流水潺潺

주 ◆삽삽(颯颯) : 바람이 부는 모양. ◆잔잔(潺潺) : 물이 흐르는 모양.

형식 : 사언고시(四言古詩)
출전 : 서원덕방화상어록(西源德芳和尙語錄)

감상 눈으로 형체를 보는 것은 일상의 차원이요, 눈으로 소리를 듣는 것은 관음의 차원이다. 귀로 소리를 듣는 것은 일상의 차원이요, 귀로 형체를 보는 것은 관음의 차원이다.
다시 '관음'은 누구인가. 우리 자신의 연민심의 인격화이다. 내가 나 자신에게서 해방될 때 나는 문득 '관음'이 된다. 저 흐르는 물이 되고 바람이 된다.

수정발(水晶簾)

천 년 얼음 그 위에 물빛 더하니
그 누가 티끌 없는 수정발을 만들었는가
영롱하게 서로 비추는 곳에 미풍이 부니
만발한 장미의 그림자, 송이송이 꽃이어라.

千歲堅氷水色加 簾兒巧製淨無瑕
玲瓏相映微風起 滿架薔薇影亦花

㈜ ◆영롱(玲瓏) : '玲玲', 곱고 투명한 모양. ◆가(架) : 여기서는 화단의 난
간인 듯.

형식 : 칠언절구
출전 : 서원덕방화상어록(西源德芳和尙語錄)

㈂㈊ 아주 환상적인 작품.
수정으로 만든 발에 바람이 불자 장미꽃의 그림자가 어리고 있
다. 아니 그 장미를 보고 있는 나 자신의 모습이 어리고 있다.

여울에 뜬 한 송이 꽃(花溪)

복사꽃도 살구꽃도 배꽃도 아닌데
여울에 뜬 한 송이 꽃 기이하구나
한 송이 꽃을 들어 보인 그 소식 알고 싶은가
개울물이 거꾸로 흐르는 그때를 보라.

非桃非杏又非梨　一朶灘頭也太奇
欲識瞿曇拈起旨　直看磵水逆流時

㊟ ◆구담(瞿曇) : 고타마(Gotama), 즉 '석가모니 부처'. ◆염기지(拈起旨) : 석가가 靈山會上에서 그의 연꽃을 들어 보이자 제자 가섭이 미소를 지은 뜻(拈花微笑).

형식 : 칠언절구
출전 : 서원덕방화상어록(西源德芳和尙語錄)

㊉㊂ 무슨 꽃잎인지 알 수 없는 꽃잎 한 장이 여울에 떠 흐르고 있다. 작자는 이에서 시상을 얻어 저 '염화미소(拈花微笑)'에까지 이르고 있다. 제4구는 상식을 초월하는 격외구(格外句)다.

대숲 (竹庭)

발 밖에는 대숲이 서너 겹인데
바람은 가볍고 이슬은 무겁고 세향은 맑네
비껴 듣는 이 곡조 아는 이 적으나
잠시도 금과 옥의 소리 쉴 줄 모르네.

簾外一叢三四重 風輕露重細香淸
分明斜曲少人會 刹說未休金玉聲

㊟ ◆ 찰설(刹說) : 刹那之說.

형식 : 칠언절구
출전 : 소림무공적(少林無孔笛)

㉛㉦ 대숲에 부는 바람, 그 댓바람을 통해서 작자는 지금 저 소
동파가 듣던 광장설(廣長說)을 기억해 내고 있다. 그러나 썩 빼어
난 기상은 적다.

그림 없는 부채 (扁面不畵)

그리는 이(화가)도 예 와서는 붓을 던져 버리나니
연지 곤지 안 발라도 풍류는 넘쳐나네
종이 위에 '서래의'가 분명하거니
흰 눈 속에 파초가 고개를 끄덕이며 웃고 있네.

好箇畵師到此休 不塗紅粉自風流
分明紙上西來意 雪裡芭蕉笑點頭

㈜ ◆화사(畵師) : 畵家. 그림 그리는 이. ◆점두(點頭) : 상대방의 뜻에 찬성
한다는 뜻으로 머리를 끄덕이다.

형식 : 칠언절구
출전 : 견도록(見桃錄)

㈊㈛ 아무것도 그리지 않은 부채의 백면(白面), 그 위에서 작자는
지금 무한을 보고 있다. 무한가능의 갖가지 풍류를 느끼고 있다.
제4구는 역시 격외구(格外句)다.

뜬구름 흐르는 물(送祖干上座)

뜬구름 흐르는 물 나의 생애여
먹고 자며 인연 따라 지팡이 걸어 두네
납자(수행자)는 원래부터 정한 곳이 없거니
가고 오고 이 모든 걸 마음에 내맡기네.

浮雲流水是生涯 歇泊隨緣掛錫枝
衲子由來無定跡 從敎去住負心期

㊀ ◆부(負) : 여기서는 '맡기다', '의지하다'의 뜻으로 쓰인 듯. ◆심기(心期) : '心機'인 듯. 마음의 움직임. 機는 機用. 즉 '負心期'는 마음가는 대로 맡기다의 뜻인 듯.

형식 : 칠언절구
출전 : 불정국사어록(佛頂國師語錄)

㊂ 조간(祖干)이라는 선승을 보내며 읊은 시.
마음가는 대로 따라가며 정처 없이 살아가는 납자의 삶이 눈에 잡힌다.

눈 오는 소리 (聽雪用古韻)

가늘고 가는 것이 이 무슨 소리인가
벌레가 날아와 창을 치는 소리인가
그 소리 다시 한 번 더 들어 보려고
잡았던 경전을 던져 버리네

初疑細細是何聲　彷彿飛虫來打楹
欲會返聞那一義　無端擲置手中經

바람도 아니요 빗소리도 아닌 것이
눈 송이 송이 소나무 창 스치고 있네
사위는 등불 다하여 꺼져간 다음
그 흰 눈빛에 책을 보려고 책장 넘기네.

不是風聲與雨聲　定知雪片灑松櫺
從他油盡殘燈死　試借寒光欲課經

형식 : 칠언절구
출전 : 불정국사어록 (佛頂國師語錄)

⌈감상⌋ 겨울 밤, 눈 오는 모습을 섬세하기 이를 데 없는 시정으로 읊어내고 있다.

제자들에게 (示徒)

납승의 기거 동작은
단도직입적이니
생각하고 따지다간
영영 어긋나네.

衲僧行履　直指單傳
思量擬議　十萬八千

㈜ ◆행리(行履) : 一切의 행위. ◆십만팔천(十萬八千) : 아주 불가능할 정도
로 어긋나 버림.

형식 : 사언고시(四言古詩)
출전 : 월주화상유록(月舟和尙遺錄)

[감상] 단도직입, 더 이상 자질구레한 변명이 필요 없는 것.
이것이 바로 수행자의 살아가는 방식이다. 그러므로 수행자에게
권모술수는 독약보다 더하다.

임종게 (辭世)

내뿜는 숨, 마시는 숨이여
앞걸음 뒷걸음이여
나고 죽고 가고 오고
화살촉이 맞닿았네
없는 속에 길은 있어 통하나니
이것이 내가 돌아가야 할 곳이네.

出息入息 前步後步
生死去來 箭鋒相拄
無中有路通 是我眞歸處

형식 : 잡언고시(雜言古詩)
출전 : 월주화상유록(月舟和尙遺錄)

[감상] 임종의 시치고는 다소 설명적이다.
그러나 마지막 두 구절(제5구와 제6구)은 그런대로 잔잔하다.

정수혜단(正受慧端, 1642-1721) … 16편

법을 묻는 그대에게 (有客來問法)

이 늙은 몸 산에 묻혀 열다섯 봄 지났거니
다만 옛 습관대로 어리석게 박은 듯이 앉아 있네
네 활개 펴고 편한 잠 자는 일밖에 별다른 일 없거니
그대에게 가르쳐 줄 공부 같은 것은 전혀 없네.

投老空山十五春　癡癡兀兀只因循
安眠高臥無他事　何有工夫說向人

㊟ ◆올올(兀兀) : 움직이지 않고 박은 듯이 앉아 있는 모습. ◆인순(因循) :
옛 습관을 따름. 무기력함.

형식 : 칠언절구
출전 : 정수노인숭행록(正受老人崇行錄)

㊙ 독창성이 약하다. 중국 선승들의 선시에서 우리는 이런 식
의 무사태평조 시들을 너무 많이 봐 왔다. 그러나 이 시의 작자
정수노인(正受老人)은 근세 일본 임제종풍의 중흥조 백은(白隱)의
스승이라는 걸 우리는 기억해 둘 필요가 있다.

화답함(和人韻)

단도직입적으로 조사선으로 들어가니
외도와 마구니(악마)들은 목숨을 애걸하네
하늘과 땅에 홀로 가는 이여, 벗 따윈 필요 없거니
어찌 묵묵히 앉아 깨달음만을 기다리겠는가.

單刀直入祖師禪 外道天魔乞命全
獨步乾坤無伴侶 何勞默照止求玄

㈜ ◆조사선(祖師禪) : 단도직입적으로 깨달음에 이르게 하려는 조사(禪僧)
들의 선 수행 지도방법. ◆묵조(默照) : 여기서는 ·묵묵히 앉아 깨달음을
구함.

형식 : 칠언절구
출전 : 정수노인숭행록(正受老人崇行錄)

[감상] 좌선, 그 자체를 전 목적으로 삼고 있는 묵조풍(默照風)의
지관타좌(只管打坐)를 정면으로 친 것 같다. 정수노인(正受老人)의
선시는 일본 임제풍(臨濟風) 선시의 대표적인 예다. 여기 그런 그
의 임제가풍의 특성이 잘 드러나 있다.

수행자의 길 (偶成)

수행자의 길은 '가난'을 제일로 삼아
스승에게서 제자에게로 '청빈의 삶' 이어 가네
내 비록 옛 스승들의 청빈을 배우진 않았지만
본성이 청빈하여 가난 속에서 가난을 느끼지 않네.

祖域從來皆樂貧　子孫相續最堪貧
我儂未學先賢事　生本慣貧貧不貧

형식 : 칠언절구
출전 : 정수노인숭행록(正受老人崇行錄)

감상 다분히 자위성(自慰性)이 강한 시다. 너무 설명이 많다.

술 한 병 선물받고(和中野氏雪中待予之韻)

몸은 늙고 마음은 적적하여 멍청히 살아가거니
사립문은 깊이 잠겨 좀처럼 집 밖을 나서지 않네
눈 오고 바람 부는 어느 겨울날,
문득 술 한 병 선물받고 눈썹 펴고 활짝 웃네.

年老心孤兀兀癡 竹扉深鎖出遲遲
何量風雪紛紛節 乍得香泉眉宇披

㈜ ◆중야씨(中野氏) : 正受慧端의 제자인 不白居士. ◆향천(香泉) : 향기가
좋은 술. ◆미우(眉宇) : 눈썹, 얼굴 모습.

형식 : 칠언절구
출전 : 정수노인숭행록(正受老人崇行錄)

㈎㈏ 작자의 천진성이 돋보이는 작품이다.
제1·2구가 전형적인 은자의 삶을 노래한 구절이라면, 제3·4구
는 작자의 천진성이 술 한 병을 선물받고 폭발하는 그 기쁨을
노래한 구절이다.

새해 아침 (歲首)

풀집은 눈에 갇혀 인적 없거니
홀로 화롯가에 앉아 봄날은 마냥 깊어가네
새해 아침, 이저 생각 없는 걸 기뻐하나니
세상 사람들 어찌 이런 풍류를 알리.

茅菴雪擁且無儔 獨向石爐春日幽
唯喜元朝沒意智 世人豈識箇風流

㈜ ◆세수(歲首) : 歲初. 그 해의 처음. ◆원조(元朝) : 정월 초하룻날 아침.
◆의지(意智) : 여기서는 쓸데없는 생각, 잡념.

형식 : 칠언절구
출전 : 정수노인숭행록(正受老人崇行錄)

[감상] 시상이 너무 빈약하다. 그리고 독창성도 뒤진다. 그러나 제
4 결구(結句)가 겨우 이 시를 살려내고 있다.

매화꽃 필 무렵(偶成)

한가로운 이, 난간에 기대어 홀로 느낌에 젖나니
봄의 뜻이 어찌 한결같지 않은가
어젯밤 동풍이 매화원에 불어
남녘가지 꽃 피고 북녘가진 봉오리 맺혔네.

閑人獨感凭欄干　春意何爲不一般

昨夜東風梅園裏　南枝先笑北枝寒

注 ◆한인(閑人) : 한가한 사람, 즉 수행자. ◆빙(凭) : 기대다. ◆매원(梅園) :
매화꽃이 핀 정원.

형식 : 칠언절구
출전 : 정수노인숭행록(正受老人崇行錄)

鑑賞 봄바람(東風)은 매화나무의 모든 가지에 골고루 분다. 그러
나 각자의 위치와 거리에 따라 어떤 가지는 먼저 꽃 피고, 또 어
떤 가지는 늦게 꽃 핀다. 이것이 우리가 풀 수 없는 대목이다.
영원히 알 수 없는 수수께끼다.

구멍 없는 피리(無孔笛)

옛 스승들 구멍 없는 피리(無孔笛)를 불어
그 가락은 저 멀리 하늘의 신들을 흔드네
귀로 들을 것이 아니라 눈으로 들어야 하느니
저 '나무로 만든 사람'에게 물어 보기를.

祖祖弄來無孔笛　希聲發越動天神
耳聞不似眼聞好　須問著機關木人

㊟ ◆문착(問著) : 묻다. 著은 어조사. ◆기관목인(機關木人) : 나무로 만든 로봇.

형식 : 칠언절구
출전 : 정수노인숭행록(正受老人崇行錄)

㊂ 이 역시 중국 선시에서 흔히 쓰는 선구(禪句)들이다.
작자 자신의 체취가 전혀 없다. 제4구는 영가(永嘉)의 〈증도가(證道歌)〉에서 영감을 받은 구절이다.

자화상(癡頑)

멍청히 앉아 있는 어리석은 놈
더벅머리에 얼굴은 온통 흙투성이
책도 전혀 읽지 않고
경전도 도무지 펴 보지 않네.

兀兀癡癡 灰頭土面
不讀儒書 無攤佛典

㈜ ◆치완(癡頑) : 어리석고 완고함. ◆탄(攤) : 책 같은 것을 펴 보다.

형식 : 사언고시(四言古詩)
출전 : 정수노인숭행록(正受老人崇行錄)

㈎㈐ 그런대로 작자 자신의 체취가 나는 작품이다. 그러나 어휘
들이 너무 상식적이다.

또 새해 아침, 하나(元旦一)

이 늙은이 산속에 살며 여유 만만하거니
쑥대머리 먼지 얼굴에 사람 만나는 걸 게을리하네
동풍이여 남은 눈을 녹이지 말라
문 닫힌 이 풀집 속에 또 다른 봄이 있거니…….

投老幽林恣屈伸 灰頭土面懶逢人
東風莫使雪消卻 閉戶菴中別是春

㊟ ◆자굴신(恣屈伸) : 자유롭게 살아가다.

형식 : 칠언절구
출전 : 정수노인숭행록(正受老人崇行錄)

[감상] 시상과 시정에 참신한 맛이 감돈다. 정수노인(正受老人)의
선시 가운데 수작으로 꼽을 수 있는 작품이다.

또 새해 아침, 둘(元旦二)

눈보라치는 산집, 인적은 멀어
이불 쓰고 앉아 있자니 봄이 왔으나 봄 같지 않네
이때 문득 술 한 병 얻어들고 뛸 듯이 기뻐하나니
홀로 읊조리고 홀로 대작하며 미친 듯이 기뻐하네.

山家風雪遠離人 蟄坐衾寒春不春
乍得淸樽起驚躍 獨吟獨酌樂頻頻

㊟ ◆청존(淸樽) : 청주의 술잔, 즉 '좋은 술'. ◆낙빈빈(樂頻頻) : 아주 좋아
하다. 아주 기뻐하다.

형식 : 칠언절구
출전 : 정수노인숭행록(正受老人崇行錄)

㊂㊟ 선승이기 이전에 호주가(好酒家)였던 작자의 천진성이 꾸밈
없이 드러나고 있다.
제4구를 보라. 난데없이 술 한 병 선물받아 들고 뛸 듯이 기뻐하
는 이 낙천가의 모습이 그린 듯이 잡힌다.

번뇌는 깨달음(煩惱卽菩提)

일상의 삶에서 걸리지 않으면
번뇌가 그대로 깨달음이네
하나 이 밖에 도 닦을 마음이 따로 있다면
동쪽으로 가고자 하나 서쪽으로 내닫는 꼴이 되네.

運用得無碍 煩惱卽菩提
別存修道意 欲東卻奔西

형식 : 오언절구
출전 : 정수노인숭행록(正受老人崇行錄)

[감상] 꾸밈 없는 마음이 그대로 도(道)라는 '평상심시도(平常心是
道)'의 세계를 읊고 있다. 독창성은 약하지만 그러나 시적 감흥
은 있다.

복사꽃 밑에서 (桃花下傾盃)

영운은 복사꽃 보고 깨달았지만
나는 복사꽃 마주하여 술잔을 기울이네
선의 이 도리를 알고자 하는가
바로 술잔 드는 '지금 여기'를 보라.

靈雲見悟道　端老詠傾盃
欲會禪無意　直參這裏來

형식 : 오언절구
출전 : 정수노인숭행록(正受老人崇行錄)

감상 멋진 한 편의 선시.
정수노인(正受老人)의 선시 가운데 백미(白眉)다. 과연 일본 임제
풍 선시의 대표적인 인물의 작품답다.

산승의 뜻 (或問端子意頌答)

산승의 뜻을 알고자 하는가
뜰 앞의 한 그루 소나무 보라
겨울엔 그 푸른빛 더하고
여름에는 우우 솔바람 부네.

欲得山僧意 庭前一樹松
三冬添綠色 九夏起微風

注 ◆단자(端子) : 正受老人 慧端 자신. ◆구하(九夏) : 여름 90일 간.

형식 : 오언절구
출전 : 정수노인숭행록(正受老人崇行錄)

鑑賞 조주(趙州)의 공안 〈뜰 앞의 잣나무(庭前栢樹子)〉에서 착상
을 얻은 이 시는 그러나 정수노인(正受老人) 자신만의 세계를 소
나무에 비겨 읊고 있다. 제3구와 제4구를 보라. 이 얼마나 원숙
한 경지인가. 어떤 점에서는 〈정전백수자(庭前栢樹子)〉 공안을 능
가하는 경지다.

아내를 잃은 남자에게 (悼夫妻死別)

덧없어라 죽음이여, 간 이는 다시 오지 않나니
연연한 슬픔 속에 새벽이 오네
아아, 그 누가 이 애하(愛河)의 깊이를 알 수 있으리
그 모습 그릴수록 정은 정을 불러 끝없는 정 솟아나네.

死別無常去不回　悲哀戀戀至天明
何人竭得愛河底　動靜起居情更情

주 ◆ 천명(天明) : 새벽.

형식 : 칠언절구
출전 : 정수노인숭행록(正受老人崇行錄)

감상 남녀 간의 이별을 읊은 시. 시정은 섬세하고 그 시상은 흘러 흘러 끝이 보이지 않는다. 남녀 간의 정(情)을 이 정도로 깊게 이해한 선승은 극히 드물다.

봄을 한탄함 (恨春)

꽃을 피게 하면서 동시에 꽃 피는 걸 시샘하다니
하늘의 뜻은 왜 이리 두 마음인가
간밤, 동풍이 창문을 두드려
붉은 꽃잎 다 진 뜨락은 차기만 하네.

催花雨兮妬花雨　何事天心有兩般
昨夜東風叩窓戶　殘紅落盡一庭寒

형식 : 칠언절구
출전 : 정수노인숭행록(正受老人崇行錄)

감상 이 세상의 모든 것은 하나같이 양면성을 지니고 있다.
보라. 봄바람은 꽃을 피게 하면서 동시에 꽃을 지게 하고 있다.
왜 하필이면 꽃 필 때 비바람은 많은가. 생명의 창조력이 동시
에 생명의 파괴력이라니…… 참으로 알 수 없는 일이다.

임종의 시 (坐脫)

맨 마지막의 한 글귀여
죽음이 급하여 다 말하기 어렵네
무언(無言)의 말은 말로써
말할 수 없네 말할 수 없네.

末後一句　死急難道
言無言言　不道不道

주 ◆좌탈(坐脫) : 좌선의 자세로 앉은 채 열반에 드는 것.

형식 : 사언고시(四言古詩)
출전 : 정수노인숭행록(正受老人崇行錄)

감상 격조 높은 임종의 시다.
'말할 수 없다'는 이 말 속에는 '왜 말할 수 없는가' 하는 그 해
답이 있다는 걸 우리는 알아야 한다.

봄바람 불고(頌一)

봄바람 불고 봄새 우짖네
봄구름 가고 봄물 흐르네
때여, 때여,
시절이 어찌 그대를 속이리.

春風浩浩春鳥喃喃
春雲冉冉春水漫漫
時哉哉 時何孤負

注 ◆염염(冉冉) : 부드러워 아래로 늘어진 모양, 또는 '세월 같은 것이 가는
모양. ◆고부(孤負) : 背負. 은혜를 등져 버리다. '배반하다.'

형식 : 잡언고시(雜言古詩)
출전 : 괴안국어(槐安國語)

感想 울 때가 있고 웃을 때가 있다.
말을 해야 할 때가 있고 침묵해야 할 때가 있다.
서둘러야 할 때가 있고 느긋해야 할 때가 있다.
이처럼 이 세상 모든 것에는 다 때가 있는 것이다.

해가 뜨면 (頌二)

해가 뜨면 달이 지고
산 깊으면 물이 차네.

日上月下 山深水寒

형식 : 단구(短句)
출전 : 괴안국어(槐安國語)

감상 배고프면 밥 먹고 피곤하면 잠자네.
봄이 오면 꽃 피고 가을이면 잎 지네.
이 소식을 알겠는가.
이 격외(格外)의 소식을, 벗이여 알겠는가.

완벽 (頌三)

가을바람 가을구름 희롱하고
가을빛은 가을물에 담겼네
기운이 맑으니 시절이 맑고
도가 크니 정 또한 깊네
사물과 사물 위에 드러났으며
물건마다 물건마다 모두 이루어졌네.

秋風弄秋雲　秋色蘸秋水
氣淸如時淸　道泰似情泰
頭頭上顯露　物物上現成

㊟ ◆ 잠(蘸) : 물 속에 담그다.

형식 : 잡언고시(雜言古詩)
출전 : 괴안국어(槐安國語)

감상 ……그렇지, 그 깊은 눈으로 보면 이 세상 전체가 그대로 깨달음의 전개과정이지.
'사물과 사물 위에 드러났으며 물건마다 물건마다 모두 이루어졌겠지.' 그러나 우린 왜 이렇게 불만스러워하고 있는가. 고뇌하고 있는가.

나그네 (頌四)

낙엽은 땅에 가득 쌓이고
찬 기러기 울음소리 허공을 가르네
이 가을 집을 떠나
정처 없이 떠도는 나그네 되리.

黃葉滿地　寒鴈橫空
彼此出家　彼此行脚

형식 : 부정형(不定型)
출전 : 괴안국어(槐安國語)

감상 쓸쓸한 가을의 정처 없는 길손…….
가을이 오면 누구나 한 번쯤은 길손이 되고자 한다. 정처 없이
떠도는 한 장의 낙엽이 되고자 한다.

옛 연못이여 개구리 뛰어든다 물소리.

古池や 蛙 飛びこむ 水の音

㊒ ◆古池(후루이케) : 오래 된 연못. ◆や(야) : 문장의 끝 또는 절이나 단어의 뒤에 붙어 감동, 詠嘆 등을 나타내는 말. 우리말의 '~여'에 해당한다. ◆蛙(가와즈) : 개구리. ◆飛びこむ(도비코무) : 갑자기 뛰어들어가다. ◆水の音(스이노오토) : 물소리.

형식 : 하이쿠(俳句)
출전 : 바쇼구집(芭蕉句集)

㊟ 어느 봄날, 물마저 잠든 옛 연못은 깊은 고요에 젖어 있다. 그때 갑자기 개구리 뛰어드는 소리가 들렸다. 퐁당! 그리고는 다시 정적……
이 시는 정중동(靜中動)의 경지를 읊고 있다. '옛 연못'은 '정(靜)'의 세계를, '뛰어든다'는 '동(動)'의 세계를, 그리고 '개구리'는 정(靜)과 동(動)을 모두 가지고 있는 '생명체'를 뜻한다.
이 시는 가장 짧으면서 동시에 가장 긴 시다. 왜냐면 시의 구성으로 봐서 정중동 동중정(靜中動動中靜)이 무한히 반복되고 있기 때문이다. 이 말은 동시에 바쇼의 하이쿠 전체에 해당되는 말이기도 하다.

정적이여 바위에 스며든다 매미 소리.

閑かさヤ 岩に しみ入る 蟬の聲

주 ◆閑かさヤ(시즈카사야) : 정적이여, 한가함이여. ◆岩に(이와니) : 바위에.
◆しみ入る(시미이루) : 스며들다(액체가). ◆蟬の聲(세미노고에) : 매미 우는
소리.

형식 : 하이쿠(俳句)
출전 : 바쇼구집(芭蕉句集)

감상 정중동(靜中動)의 경지를 읊은 시.
여기에서 '정적(閑かさ)'은 다음 두 가지를 뜻한다. 첫째, 외적인
정적으로서 '환경적인 고요'. 둘째, 내적인 정적으로서 '작자 마
음의 한적함'.
'정적이여'는 '정(靜)'의 세계를 뜻한다. '바위'는 정적의 형상화
로서 '정적이 곧 바위'로 구체화되고 있다. '스며든다'는 매미 소
리의 형상화로서 '매미 소리가 액체로 변하여 바위에 스며들고
있다'는 뜻이다.
'매미 소리'는 '동(動)'의 세계를 뜻한다.

종소리 사라져 꽃향기는 울려오는 저녁인가.

鐘消えて 花の香は 撞く 夕哉

🈐 ◆鐘消えて(가네기에테) : 종은 사라져, 종소리는 사라져. ◆花の香は(하나노가와) : 꽃향기는. ◆撞く(쓰쿠) : 쳐서 울리게 하다(종을). ◆夕(유베) : 저녁. ◆哉(가나) : 문장의 끝에 붙어 의문이나 추측 등을 나타낼 때 쓰는 말. '~인가.'

형식 : 하이쿠(俳句)
출전 : 바쇼구집(芭蕉句集)

🈐 시정은 봄날의 저녁 무렵이지만 그러나 시상으로 본다면 이 시는 '감각작용이 서로 바뀌는 초현실차원'을 읊고 있는 것이다. '종소리 사라져'는 청각작용이요 '꽃향기'는 후각작용이다. 이 청각(종소리)과 후각(꽃향기)이 지금 '울려오다(撞く)'라는 연금술적인 시어를 통해서 서로 바뀌고 있다. 즉 '종소리가 사라져서 꽃향기로 변하여 울려오고 있는' 것이다. '종소리'가 '꽃향기'로 바뀌기 위해서는 여기 '어둠(저녁)'이라는 절대조건이 필요하다. 왜냐면 어둠은 사물과 사물, 감각과 감각, 의식과 의식 사이의 모든 경계선을 지워 버리기 때문이다.

호로호로 죽도화는 지는가 폭포 소리.

ほろほろと 山吹 散るか 瀧の音

注 ◆ほろほろ(호로호로) : 꽃잎 따위가 힘없이 떨어지는 소리. ◆山吹(야마부키) : 죽도화. 4~5월에 노란 겹꽃이 피며 열매는 맺지 않는다. ◆散る(지루) : 지다(꽃잎 등이). ◆か(가) : 문장 끝에 붙어 감탄·의문 등을 나타내는 말. '~인가.' ◆瀧の音(다키노오토) : 폭포 소리, 센 물살 소리.

형식 : 하이쿠(俳句)
출전 : 바쇼구집(芭蕉句集)

감상 '순간과 불멸의 절묘한 조화'를 노래하고 있다. '호로호로 죽도화는 지는가'는 순간의 세계를, '폭포 소리'는 불멸의 세계를 뜻한다. 즉 죽도화 지는 소리 '호로호로'가 바로 '폭포 소리'인 것이다. 지금 이 순간이 그대로 불멸인 것이다. 잠 깨인 눈으로 본다면.

거친 바다여 사토(佐渡)에 가로놓인 하늘의 은하.

荒海や 佐渡に 横たふ 天の河

◆荒海や(아라우미야) : 거친 바다여. ◆佐渡(사토) : 일본 出雲崎 부근에 있는 섬이름. 重罪人을 유배시키던 곳. ◆に(니) : ~에. ◆横たふ(요코타후) : 가로지르다. 앞의 단어 '佐渡'에 '를(~을)'가 아니라 'に(~에)'가 붙어 있기 때문에 '横たふ(가로지르다)'는 자동사 '横たわる(가로눕다)'가 된다. ◆天の河(아마노가와) : 하늘의 은하수.

형식 : 하이쿠(俳句)
출전 : 바쇼구집(芭蕉句集)

칠흑어둠, 파도 울부짖는 밤바다, 저 멀리 사토 섬이 있다. 머리 위에는 은하(銀河)의 물줄기가 사토 섬을 가로지르며 길게 뻗어 나가고 있다. '거친 바다(荒海)'와 '하늘의 은하(天の河)'가 대비됨으로써 신비롭고 장엄한 분위기를 자아내고 있다. 그리고 그 사이에 유배지 '사토 섬'이 끼여듦으로써 인간의 슬픔과 적막감, 그리고 왜소감이 상대적으로 돋보이고 있다.

봄이 됐는가 이름도 없는 산의 엷은 안개.

春なれや 名もなき 山の薄霞

주 ◆春なれや(하루나레야) : 봄이 됐는가. ◆名もなき(메이모나키) : 이름도
없는. ◆山の(야마노) : 산의. ◆薄霞(우스가스미) : 엷게 낀 안개, 엷은 안개.

형식 : 하이쿠(俳句)
출전 : 바쇼구집(芭蕉句集)

감상 이른봄의 정경을 읊은 시.
이른봄의 정취는 '이름도 없는 산과 '엷은 안개'를 통해서 남김
없이 드러났다. 단 한 줄의 시로써 이른봄의 정취를 이처럼 멋
지게 표현하고 있다.

여로에 지쳐 주막에 들 무렵 아, 등나무꽃.

草臥れて 宿借るころや 藤の花

주 ◆草臥れて(구타비레테) : 지쳐서, 기진 맥진하여. ◆宿借る(야도카루) : 주막에 들다. ◆ころ(고로) : ~무렵. ◆藤の花(도우노하나) : 등나무꽃(봄에 보랏빛 꽃이 핌).

형식 : 하이쿠(俳句)
출전 : 바쇼구집(芭蕉句集)

감상 늦은 봄 석양 질 무렵, 먼길을 온 나그네는 주막에 들고 있다. 그때 문득 등나무꽃, 그 보랏빛이 나그네의 시야에 들어와 아련한 향수를 일으키고 있다. 그 엷은 보랏빛이 끝없는 수심을 불러일으키고 있다. 섬세하고 신비로운 작품이다.

돌산의 돌보다 하얀 가을 바람.

石山の 石より 白し 秋の風

㊑ ◆石山(이시야마) : 돌산, 바위산. ◆石より(이시요리) : 돌보다 더. ◆白し (시로시) : 하얀. ◆秋の風(아키노가제) : 가을 바람.

형식 : 하이쿠(俳句)
출전 : 바쇼구집(芭蕉句集)

㊉㊛ 나곡사(那谷寺)에 가서 지은 시.
이 절 주위 산은 온통 하얀 돌(흰 바위)인데 이 하얀 돌 위로 지금 돌보다 더 흰 가을 바람이 불고 있다. 가을 바람(秋風)을 '소풍(素風)'이라고도 하는데 이는 '백풍(白風)'을 뜻한다. '백풍'의 이 '희다(白)'는 감각을, 돌의 '흰색(白色)'에 연결시킴으로써 작자는 가을의 적막감(흰 돌산)과 청량감(흰 돌의 차가움)을 미묘하게 형상화시키고 있다.

방랑으로 병들었건만 꿈은 마른 들녘 헤매네.

旅に 病んで 夢は 枯野を かけ廻る

◆旅に(다비니) : 여행으로. ◆病んで(얀데) : 병들어서. ◆夢は(유메와) : 꿈은. ◆枯野を(가라노오) : 마른 들녘을, 가을 들녘을. ◆かけ廻る(가케메구루) : 헤매다. 돌아다니다. '가케마와루'라고 읽기도 한다.

형식 : 하이쿠(俳句)
출전 : 바쇼구집(芭蕉句集)

감상 바쇼(芭蕉)는 일생 동안 하이쿠를 읊으며 방랑자로 떠돌다가 죽었다. 이 하이쿠는 '병중에 지은 시(病中吟)'로서 그의 마지막 작품이다.

보라. 방랑으로 병들어서 죽어가건만 그러나 그의 꿈은 지금도 저 마른 들판을 헤매고 있다. 벗이여, 그대도 한 번쯤은 이런 삶을 살아 보고 싶지 않은가.

잡시, 하나(雜詩一)

연밥 따는 아가씨들 그 맑은 노랫소리
화장한 그 모습이 물에 비쳐 환하네
그때 문득 산더미 같은 큰 물결 일어
뱃머리 돌려 다투어 포구로 돌아오네.

淸歌采蓮女　新粧照水鮮
白波忽如山　浦口競迴船

[주] ◆청가(淸歌) : 악기의 반주 없이 부르는 노래. ◆채련녀(采蓮女) : 연밥을 따는 여자.

형식 : 오언절구
출전 : 양관화상시가집(良寬和尙詩歌集)

[감상] 인생무상을 읊고 있다. 제1구와 제2구는 젊음의 개화현상을, 그리고 제3구와 제4구는 여기 덮치는 시간의 큰 물결을 상징적으로 읊고 있다. 그러면서도 그 시상과 시정이 잔잔한 서정성을 잃지 않고 있다.

잡시, 둘(雜詩二)

이끼 덮인 오솔길, 꽃은 안개처럼 자욱하고
깊은 산새 소리 베짜는 듯 섬세하네
봄날 기나긴 하루 해가 창에 비치느니
한 가닥 향연기는 실오라기처럼 곧게 오르네.

苔徑花如霞 幽禽語似織
遲遲窓日麗 細細爐烟直

㊟ ◆태경(苔徑) : 이끼 덮인 오솔길. ◆지지(遲遲) : 해가 긴 모양. ◆노연(爐烟) : 향로의 연기, 향을 피우는 연기.

형식 : 오언절구
출전 : 양관화상시가집(良寬和尙詩歌集)

감상 섬세하기 그지없다. 제4구는 특히 절창이다. 양관(良寬)의 감각이 아니면 잡을 수 없는 그런 구절이다.

잡시, 셋(雜詩三)

마을에 가 밥 빌러 다닌 뒤에
흡족한 기분으로 배낭 메고 돌아오네
돌아와 어느 곳에 쉬려는가
내 집은 저 흰구름의 끝에 있네.

城中乞食休 得得携囊歸
歸來知何處 家在白雲陲

㈜ ◆득득(得得) : 마음대로 잘 되어 만족하는 모양. ◆수(陲) : 가, 가장자리.

형식 : 오언절구
출전 : 양관화상시가집(良寬和尚詩歌集)

[감상] 청빈한 선자(禪子)의 삶이 한 폭의 선화(禪畵)처럼 선명히
드러나고 있다. 그러나 끝 구절은 압권이면서 동시에 한산시(寒
山詩)의 영향을 아주 짙게 받고 있다.

잡시, 넷(雜詩四)

토끼풀 주장자를 잡고
허공꽃으로 옷을 해 입었네
거북털로 만든 신을 신고
소리 없는 시를 읊고 있네.

手把兔角杖　身被空華衣
足著龜毛履　口吟無聲詩

㊟ ◆토각장(兔角杖) : 토끼풀로 만든 지팡이.　◆공화의(空華衣) : 허공꽃으로 만든 옷.　◆구모리(龜毛履) : 거북털로 만든 신.

형식 : 오언절구
출전 : 양관화상시가집(良寬和尙詩歌集)

[감상] 완벽한 격외선시(格外禪詩), 조주와 임제를 뺨친다.

잡시, 다섯 (雜詩五)

식은 화로 아무리 헤쳐 봐도 불기운은 없고
외로운 등잔불은 다시 밝아질 줄 모르네
적막한 채 이 밤이 지나가노니
먼 개울 소리 벽을 뚫고 들어오네.

寒爐深撥炭 孤燈復不明
寂寞過半夜 透壁遠溪聲

형식 : 오언절구
출전 : 양관화상시가집(良寬和尙詩歌集)

[감상] 시 전체에 쓸쓸한 고적감이 흐르고 있다. 그러나 이때야말
로 진정한 나 자신과 만날 때다. 제4구가 절정이다. 어떤 선승도
일찍이 이런 구절을 쓴 일이 없다.

잡시, 여섯 (雜詩六)

누가 내 시를 시라 하는가
내 시는 이미 시가 아니네
내 시가 시 아닌 줄 안다면
비로소 더불어 시를 논할 수 있네.

執謂我詩詩　我詩非是詩
知我詩非詩　始可與言詩

형식 : 오언절구
출전 : 양관화상시가집(良寬和尙詩歌集)

감상 양관(良寬), 그는 평생 동안 옷 한 벌, 밥그릇 하나(一衣一鉢)
로 걸식하며 살았던 사람이다. 그러기에 그가 쓸쓸함을 견디기
위하여 입을 열고 낙서를 하면 모두 시가 되었던 것이다. 그러
나 그는 단 한 번도 의도적으로 시를 쓴 일은 없다. 지금 여기
이 시는 그의 그런 입장을 잘 대변해 주고 있다.

잡시, 일곱(雜詩七)

적적히 봄날은 저물어 가고
소슬히 홀로 사립문 닫네
등나무와 대나무는 하늘로 뻗어 아득하고
길은 다북쑥에 깊이 묻혀 버렸네
배낭은 오랫동안 벽에 걸려 있고
향로엔 다시 향연기가 오르지 않네
비고 맑은 이 물외(物外)의 풍경이여
밤토록 두견이는 저리 울고 있네.

寂寂春已暮　寥寥獨閉門　參天藤竹暗　沒路蓬蒿繁
鉢囊永掛壁　香爐更無烟　蕭灑物外境　徹夜啼杜鵑

주 ◆참천(參天) : 공중에 높이 늘어서다. ◆봉고(蓬蒿) : 다북쑥.

형식 : 오언율시
출전 : 양관화상시가집(良寬和尙詩歌集)

감상 이 역시 고적한 수행자의 삶을 읊은 시. 얼마나 외로웠던
가. 시정이 그 절제선을 넘어 흐르고 있다.

잡시, 여덟 (雜詩八)

나에게 있는 이 주장자,
어느 때 것인지조차 알 수 없네
살갗은 다 닳아 없어지고
오직 알맹이만 남아 있네
개울물의 깊고 얕음을 무수히 시험했고
온갖 험난한 처지를 다 맛보았네
지금은 동쪽벽에 기대인 채
한가하게 남은 세월 보내고 있네.

我有拄杖子 不知何代傳 皮膚長消落 唯有貞實存
曾經試深淺 幾度喫險難 如今靠東壁 等閑度流年

주 ◆소락(消落) : 닳아 없어지다. ◆정실(貞實) : 진실. ◆끽(喫) : 맛보다. 경
험하다. ◆여금(如今) : 지금. ◆고(靠) : 기대 있다. ◆도(度) : 보내다(세월을).

형식 : 오언율시
출전 : 양관화상시가집(良寬和尙詩歌集)

감상 나그네(수행자)에게 필수적인 벗은 오직 지팡이 한 자루. 이
제 나그네의 방랑은 끝났는가. 지팡이도 벽에 기대어 졸고 있다.

잡시, 아홉(雜詩九)

내 이곳에 머문 이후로
몇 해가 지났는지 알 수 없네
곤하면 발 뻗고 자고
기운나면 일어나 종횡무진 다니네
칭찬하려거든 칭찬하고
비웃으려거든 비웃게나
부모에게서 받은 이 몸
인연 따라 스스로 기쁘게 살아가리.

我自住箇裏 不知幾多時 困來伸足睡 健則著履之
從他世人讚 任儞世人嗤 父母所生身 隨緣須自怡

주 ◆개리(箇裏) : 이곳. 시공을 넘어선 궁극의 세계. ◆치(嗤) : 비웃다. ◆자
이(自怡) : 스스로 기뻐하다.

형식 : 오언율시
출전 : 양관화상시가집(良寬和尙詩歌集)

감상 유유자적한 삶을 노래하고 있다. 한산시의 영향이 강하다.

잡시, 열 (雜詩十)

무르익는 이 봄날
복사꽃 배꽃이 흐드러지게 피어 있네
높은 가지 지붕을 누르고
낮은 가지 창문에 닿이나니
길 가던 사내들은 여기 취하고
미인들은 손에 손잡고 꽃구경 오네
그러나 어느 날 밤 모진 비바람에
꽃들은 모두 진흙 속에 져 갔네.

陽春二三月 桃李花參差 高者壓館閣 卑者當庭幃
駐輦公子醉 連袂佳人之 一日風雨惡 滿城踏爲泥

㊟ ◆참차(參差) : 여기서는 '꽃이 흐드러지게 핀 모양. ◆정위(庭幃) : 여기
서는 '꽃구경하기 위하여 정원에 쳐 놓은 휘장'. ◆지(之) : ~을 향해 가다.
◆악(惡) : 여기서는 '비바람이 모질다'.

형식 : 오언율시
출전 : 양관화상시가집(良寬和尙詩歌集)

㊂㊤ 인생무상을 읊고 있다. 제1구에서 제6구까지는 꽃의 아름
다움을, 제7·8구는 이 아름다운 것의 소멸을 노래하고 있다.

잡시, 열하나 (雜詩十一)

이 우주 안에 한 사람 있으니
기나긴 세월 동안 누구에게도 비난받지 않았네
당(堂)에 올라도 그 얼굴을 본 사람 없고
사람을 부려도 그가 한 말만 전해 가네
허공을 움켜잡아 산과 골짜기 만들고
돌을 쌓아 큰 물결 일으키네
때로는 네거리에 나타나서
손을 벌려 한푼을 구걸하네.

宇內有其人 永劫何誰難 升堂不見面 雇人語言傳
拈空爲山壑 帖石作波瀾 有時出康衢 伸手乞一錢

㍽ ◆우내(宇內) : 우주 안에. ◆첩(帖) : 여기서는 '돌을 쌓다'. ◆강구(康衢) :
번화한 길거리.

형식 : 오언율시
출전 : 양관화상시가집(良寬和尙詩歌集)

㉧㉫ 여기 '한 사람'이란 저 임제가 말한 '무위진인(無位眞人)'을
말한다. 육체 이전의 본래 자기(本來面目)를 말한다.

잡시, 열둘(雜詩十二)

온종일 밥빌기를 끝낸 다음
돌아와 사립문 닫네
난로엔 잎 붙은 가지를 태우며
조용히 한산시를 읊조리네
서풍이 밤비를 날려
이 풀집을 쓸쓸히 적시고 있네
때가 되면 발 뻗고 편히 자거니
더 이상 생각할 것도 의심할 것도 없네.

終日乞食罷 歸來掩柴扉 爐燒帶葉枝 靜吟寒山詩
西風吹夜雨 颯颯灑茅茨 時便伸脚臥 何思復何疑

주 ◆시비(柴扉) : 사립문. ◆대엽지(帶葉枝) : 잎이 붙어 있는 가지. ◆모자
(茅茨) : 띠풀로 이은 지붕.

형식 : 오언율시
출전 : 양관화상시가집(良寬和尙詩歌集)

감상 양관은 평생 한산시를 읊으며 한산식으로 청빈하게 살았다.
그러나 양관은 마침내 한산을 뛰어넘었다. 여기 이 시를 보라.

잡시, 열셋 (雜詩十三)

눈 감으면 일천 봉우리엔 저녁이 오고
인간의 만 가지 생각은 다 사라져 갔네
적적히 포단에 기대어
쓸쓸히 빈 창을 보고 있네
향연기 사라지고 어둔 밤이 긴데
옷깃은 찬 이슬에 젖고 있네
선정에서 일어나 뜨락을 서성이나니
달은 저 높은 봉에 오르고 있네.

瞑目千嶂夕　人間萬慮空　寂寂倚圃團　寥寥對虛窓
香消玄夜永　衣單白露濃　定起上庭步　月上最高頂

㊦ ◆포단(圃團) : 참선할 때 앉는 좌복. ◆현야(玄夜) : 暗夜. ◆정(定) : 禪定.
◆상정(上庭) : 뜰, 정원.

형식 : 오언율시
출전 : 양관화상시가집(良寬和尙詩歌集)

㊀㊉ 산의 서정이 잘 나타나 있다. 제1구는 절창이다. 제1구와
제2구만으로도 훌륭한 선시가 된다.

잡시, 열넷 (雜詩十四)

긴 밤 빈 집에 홀로 앉아
거문고를 튕기고 있네
그 가락은 높아 구름가에 맴돌고
그 여운은 연못 깊이 사무쳐 가네
웅장한 그 소리 일만 봉우리에 넘치고
쓸쓸한 그 음(音)은 저 수풀을 건너가네
아아, 지음인이 아니면
이 가운데 무궁한 뜻 어찌 다 알리.

永夜高堂上 拂拭龍唇琴 調干靑雲高 韻徹碧潭深
洋洋盈萬壑 颯颯度千林 自非鍾子期 難辨中裡音

㈜ ◆불식(拂拭) : 여기서는 '거문고를 깨끗이 털어 튕기다'. ◆용신금(龍唇
琴) : 거문고의 별칭. 거문고가 용의 입술모양(龍唇)으로 생겼다는 데서 이
런 별칭이 붙여짐. ◆양양(洋洋) : 여기서는 '넓고 큰 소리'.

형식 : 오언율시
출전 : 양관화상시가집(良寛和尙詩歌集)

㈎㈛ 거문고의 다양한 음(音)을 멋지게 형상화하고 있다. 양관, 그
는 타고난 시인이다. 그 자신은 결코 시인이기를 거부했지만…….

잡시, 열다섯 (雜詩十五)

거짓이라면 이 세상 전체가 거짓이요
진실이라면 이 세상 전체가 진실이니
진실의 밖에 따로 거짓이 없고
거짓의 밖에 별도로 진실이 없네
그런데 길을 찾는 그대여
왜 오직 진실만을 찾고 있는가
그대의 마음을 보라
그것이 거짓인가 아니면 진실인가.

道妄一切妄 道眞一切眞 眞外更無妄 妄外別無眞
如何修道子 只管要覓眞 試看覓底心 是妄將是眞

형식 : 오언율시
출전 : 양관화상시가집(良寬和尙詩歌集)

감상 진리의 핵심을 꿰뚫는 선지(禪智)가 잔잔한 시어로 무리없
이 쓰여지고 있다. 이런 유의 선시는 곧잘 과장되게 마련인데
이 시는 전혀 그렇지 않다.

잡시, 열여섯 (雜詩十六)

저 연기 나는 마을로 내려가서
진종일 이저 집 서성이며 밥을 빌었네
해는 지고 산길은 멀어
매서운 바람이 수염을 꺾으려 하네
옷은 다 해져 연기 나는 듯하고
나무밥그릇은 낡아 골동품이 되었네
배고프고 추운 고생을 마다하지 않거니
예로부터 이런 예는 많이 있었네.

終日望烟村 展轉乞食之 日落山路遠 烈風欲斷髭
衲衣破如烟 木鉢古更奇 未厭饑寒苦 古來多若斯

주 ◆자(髭) : 수염, 콧수염. ◆다약사(多若斯) : 이 같은 예가 많다.

형식 : 오언율시
출전 : 양관화상시가집(良寬和尙詩歌集)

감상 청빈한 수행자의 삶이 붓으로 그은 일획처럼 드러나고 있
다. 시의 흐름이 아주 당당하면서도 안정성을 잃지 않고 있다.

잡시, 열일곱(雜詩十七)

고요한 이 밤 풀집 속에서
단정히 앉아 해진 옷으로 몸을 감싸네
배꼽과 코끝은 수직으로 하고
귀와 어깨, 그리고 머리도 가지런히 하네
창문이 희니 달이 비로소 나오고
비가 멎으니 물방울이 더 불었네
아아, 이때의 심정을
오직 내 스스로 알 뿐이네.

靜夜草堂裏 打坐擁衲衣 臍與鼻孔對 耳當肩頭垂
窓白月始出 雨歇滴尙滋 可怜箇時意 寥寥只自知

㊟ ◆가령(可怜) : 깊이 감동하는 언어. '아, 아 정도의 감탄사. ◆개시의(箇時意) : 此時意. 이때의 心境, 심정. ◆요요(寥寥) : 텅 비고 넓은 모양.

형식 : 오언율시
출전 : 양관화상시가집(良寬和尙詩歌集)

㊊㊐ 선자(禪子)의 하룻밤이 하나의 경지로 묘사되고 있다. 이런 시는 보통 독창성이 결여되게 마련인데 이 시는 참신한 맛을 잃지 않고 있다.

잡시, 열여덟 (雜詩十八)

그 옛날 그토록 드날리던 이곳이
지금은 이렇게 퇴락해 버렸는가
연못 옆 누대는 다 망가졌으니
인간사 흥망성쇠 몇 번이나 지나갔는가
산은 평야에 이르러 다하고
물결은 석양빛에 물들어 밀리고 있네
덧없이 부침(浮沈)하는 천 년의 역사여
지팡이 세운 채 끝모를 생각에 젖네.

伊昔勝遊處 經過此頹顔 池臺皆蒼茫 人事幾變遷
山到平野盡 潮帶夕陽還 浮沈千古事 卓錫思茫然

🈷 ◆이석(伊昔) : 在昔. 옛날. ◆지대(池臺) : 연못 옆의 누각.

형식 : 오언율시
출전 : 양관화상시가집(良寬和尙詩歌集)

🈸 세월의 덧없음을 노래하고 있다. 그러나 감상에 빠지지 않
고 끝까지 시상을 잘 이끌어 갔다.
제7구와 제8구의 끝맺음이 무한한 여운을 남기고 있다.

잡시, 열아홉(雜詩十九)

내 집은 숲 깊이 있어
해마다 해마다 칡넝쿨이 자라네
사람의 일로 다시 바쁠 것이 없으니
때로는 나무꾼의 노랫소리 들리네
석양을 등에 지고 해진 옷 기우고
달을 마주하여 옛 시를 읊네
도의 길을 가는 그대에게 이르노니
뜻한 바를 이루는 덴 많은 것 필요 없네.

家住深林裡 年年長碧蘿 更無人事促 時聽采樵歌
背陽補衲衣 對月讀伽陀 爲報當道子 得意不在多

주 ◆채초가(采樵歌) : 나무꾼의 노랫소리. ◆가타(伽陀) : 옛 조사들의 偈頌.
◆당도자(當道子) : 수행의 길을 가는 자. ◆부재다(不在多) : 많은 것 속에
있지 않다, 즉 '단순한 것 속에 있다.

형식 : 오언율시
출전 : 양관화상시가집(良寬和尙詩歌集)

감상 단순 소박…… 이것이야말로 깨달음을 경험하는 지름길이
다. 그러나 세상은 자꾸 인연의 고리를 건다.

옛 절에서 (投宿)

옛 절에서 하룻밤을 묵나니
밤토록 빈 창에 기대어 있네
너무 맑고 차가워 꿈이 맺힐 겨를이 없어
오롯이 앉은 채 새벽종을 기다리네.

投宿古寺裡　終夜倚虛窓
淸寒夢難結　坐待五更鍾

형식 : 오언절구
출전 : 양관화상시가집(良寬和尙詩歌集)

감상 깔끔한 선시.
제3구가 멋지다. 제3구의 '결(結)'자가 너무 멋지다.

이틀 밤(信宿)

쓸쓸한 가을비 속
아는 이의 집에서 이틀 밤을 묵네
옷 한 벌과 나무밥그릇 하나여
내 삶은 이토록 가볍기만 하네.

凄凄秋雨裡　信宿白衣家
一衲與一鉢　蕭灑此生涯

㊟ ◆처처(凄凄) : 쓸쓸한 모양. ◆신숙(信宿) : 이틀 밤을 묵음.

형식 : 오언절구
출전 : 양관화상시가집(良寬和尙詩歌集)

鑑賞 가난을 행복으로 알기 위해서 우린 또 얼마나 많은 날을 울고불고해야 하는가. 가난을 정말 행복으로 안다면 머지않았다. 깨달음은 이제 머지않았다.

옥천역사에서 (宿玉川驛)

바람기운 쌀쌀하고 가을은 저무는데
나그네의 근심은 갈 길이 멀기 때문이네
이 긴 밤, 베갯머리 꿈은 몇 번이나 깨었던가
강물 소릴 빗소리로 잘못 듣고는…….

風氣蕭蕭秋將暮　游子關心行路難
永夜幾驚枕上夢　江聲錯作雨聲看

주 ◆옥천역(玉川驛) : 일본 鶴岡市에 있던 驛舍. ◆막(莫) : 暮. 날이 저물다.
◆유자(游子) : 나그네.

형식 : 칠언절구
출전 : 양관화상시가집(良寬和尙詩歌集)

감상 나그네의 심정이 수식 없이 잘 나타나 있다. 갈 길이 멀어
걱정하면서도 길을 가지 않을 수 없는 그 떠돌이의 심정이…….

새벽녘 (曉)

스무 해가 지난 오늘 고향에 오니
아는 이 모두 저승에 가고 낯익은 것은 죄 변해 버렸네
머언 절의 새벽종에 내 꿈이 깨이나니
적막한 침상엔 그림자 없는 등불만 졸고 있네.

二十年來歸鄕里　舊友零落事多非
夢破上方金鍾曉　空牀無影燈火微

주 ◆공상(空牀) : 쓸쓸한 침상.

형식 : 칠언절구
출전 : 양관화상시가집(良寬和尙詩歌集)

감상 이십 년 만에 찾아간 고향.
그러나 그 곳은 내 꿈속에 있던 그 고향은 이미 아니었다. 모든
것이 변해 버렸다. 세월의 이 물살에 씻겨…….

옛 친구의 집을 지나며 (過有願居士故居)

지난해 춘삼월 강을 따라 예 오니
그대의 집 앞엔 복사꽃 만발했네
오늘 다시 왔으나 그대는 보이지 않고
복사꽃만 예대로 저녁놀에 취해 있네.

去年三月江上路 行看桃花到君家
今日再來君不見 桃花依舊醉晩霞

㊟ ◆의구(依舊) : 예전처럼. ◆만하(晩霞) : 저녁놀.

형식 : 칠언절구
출전 : 양관화상시가집(良寛和尙詩歌集)

㊂ 세월의 무상감을 읊고 있다. 제4구에서 '취(醉)'자를 쓴 것
은 복사꽃이 붉은색이기 때문이다. 그리고 저녁노을빛 역시 붉
은색이기 때문에 이 '취(醉)'자 하나로 이중의 시적 효과를 내고
있다. 말하자면 이 '취(醉)'자는 복사꽃에도 걸리고 저녁놀에도
걸린다.

마주 앉음(卽事)

그대를 마주했으나 말이 없으니
말없는 이 가운데 마음은 넉넉하네
책상엔 여기저기 책집이 흩어져 있고
주렴 밖의 매화는 찬비에 젖고 있네.

對君君不語 不語心悠哉
帙散牀頭書 雨灑簾前梅

㈜ ◆질(帙) : 책을 넣는 책집.

형식 : 오언절구
출전 : 양관화상시가집(良寬和尙詩歌集)

[감상] 뭐라고 말해야 할까. 그 시정이 인간적이면서 섬세하기 이
를 데 없다. 선시이기 이전에 순수한 한 편의 인간시다.

봄날 (行春)

녹음방초 무성하여 하늘까지 이어졌고
복사꽃은 점 찍혀 아득히 흘러가네
내 본시 무심한 길손이나
봄의 이 풍광 앞에선 설레지 않을 수 없네.

芳草萋萋綠連天　桃花亂點水悠悠
我亦從來忘機者　惱亂風光殊未休

㊟ ◆처처(萋萋) : 풀이 무성한 모양. ◆유유(悠悠) : 물에 떠서 멀리 흘러가
는 모양.

형식 : 칠언절구
출전 : 양관화상시가집(良寬和尙詩歌集)

감상 무릉도원의 환상이 양관의 시정을 통해서 한 편의 시로 흘
러 나오고 있다.

복사꽃 물에 흘러 아득히 가니
또 다른 천지여라 인간 세상 아니네.
(桃花流水杳然去　別有天地非人間−李白)

소쩍새 (子規)

안개 긴 숲 어둑어둑 봄은 이미 저무는데
천봉만학 저 골짜기는 아득히 지워져 가네
저녁 무렵부터 소쩍새는 울어 울어
밤이 깊자 또다시 대숲에서 울고 있네.

烟樹蒼蒼春已莫　千峰萬壑望欲迷
子規此夕聲不絶　夜深更移竹林啼

주 ◆모(莫) : 모(暮)와 통용. 날이 저물다. ◆갱이(更移) : 다시 옮겨 가다.

형식 : 칠언절구
출전 : 양관화상시가집(良寬和尙詩歌集)

감상 무슨 한이 그리 많아 소쩍새는 밤토록 저리 울고 있는가.
그러나 제4구가 아니었더라면 이 시는 너무 감상에 빠질 뻔했다.

파초 잎에 듣는 밤비 소리 (芭蕉野雨作)

늘어가면서 꿈은 놀라 자주 깨이나니
등잔불 깜박깜박 한밤을 지나가네
베갯머리 매만지며
저 파초 잎에 듣는 빗소리를 듣나니
이때의 심정을 뉘와 더불어 말하리.

昏夢易驚老朽質　燈火明滅夜過央
撫枕靜聞芭蕉雨　與誰共語此時情

㊤ ◆혼몽(昏夢) : 魂夢. ◆앙(央) : 한가운데. ◆여수(與誰) : 누구와 더불어.

형식 : 칠언절구
출전 : 양관화상시가집(良寬和尙詩歌集)

㊣ 양관의 시 가운데 수작 중의 하나.
제3구와 제4구가 참 기막히다. 제3구도 좋지만 그러나 제4구의
끝맺음이 없었더라면 제3구의 시정은 완전히 되살아나지 못했
을 것이다.

추운 밤(寒夜)

풀집은 깊이 닫혔고 개울 동쪽엔 대밭 있는데
천봉만학에는 사람의 자취 끊겼네
머언 밤 난로 속에 나뭇등걸 태우며
눈보라 창을 치는 소리 아득히 듣네.

草堂深掩竹溪東　千峰萬壑絶人蹤
遙夜地爐燒榾柮　閑聞風雪打寒窓

㊟ ◆지로(地爐) : 다다미방보다 좀 낮게 설치한 일본식 난로. ◆골돌(榾
柮) : 나뭇등걸.

형식 : 칠언절구
출전 : 양관화상시가집(良寬和尙詩歌集)

감상 바라는 것도 없고 수식도 없이 그냥 나오는 대로 쓴 시.
그러기에 제3구와 제4구 같은 무위적인 구절이 나올 수 있는
것이다.

그분(觀音)

굳이 서방정토를 마다하시고
험한 이 속세에 그 몸을 나투셨네
나무에게는 나무, 대나무에게는 대나무가 되면서
영원한 이 생명의 바다에 그 자신을 던지셨네.

慣棄西方安養界 五濁惡世投此身
就木木 就竹竹 全身放擲多劫春

형식 : 고체시(古體詩)
출전 : 양관화상시가집(良寬和尙詩歌集)

감상 자비의 화신인 관음의 천변만화하는 모습을 읊고 있다. 제
3구의 자구(字句)변칙이 이 시에 상큼한 맛을 더해 주고 있다.

병상에서 일어나(病起)

한 베갯머리 적막한 채 이 몸을 보내나니
꿈과 혼은 몇 번이나 산천 따라 노닐었나
오늘 아침 강물 위에서 지팡이에 기대어 서 있나니
복사꽃 꽃잎들이 물 따라 가고 있네.

一枕寥寥送此身 夢魂幾回逐勝游
今朝江上倚杖立 無限桃花逐水流

㊟ ◆축승류(逐勝游) : 뛰어난 경치를 따라 노닐다.

형식 : 칠언절구
출전 : 양관화상시가집(良寬和尙詩歌集)

감상 인생의 무상감이 복사꽃잎 되어 저 세월의 강물에 떠 흘러
가고 있다. 어딘지도 모르고 언제 닿을지도 모르는 그 미지의
곳으로……

걸식 (乞食)

오늘은 걸식하다가 소나기를 만나
잠시 옛 사당에서 비를 피하고 있네
오직 배낭 하나 밥그릇 하나여
내 삶은 이처럼 가진 것이 전혀 없네.

今日乞食逢驟雨　暫時迴避古祠中
可笑一囊與一鉢　生涯蕭灑破家風

㊟ ◆취우(驟雨) : 소나기.　◆파가풍(破家風) : 無所有한 가풍.

형식 : 칠언절구
출전 : 양관화상시가집(良寬和尙詩歌集)

㊉㊂ 수행자의 걸식생활이 아무 수식 없이 쓰여지고 있다. 그런
데도 시가 되는 것이 참 묘하다. 이는 양관 자신이 언제나 시정
에 젖어 살고 있기 때문인 것 같다. 그러기에 그가 내뱉는 말은
모두 시가 되는 것이다. 진정한 시는 쓰려고 해서 써지는 것이
아니라 그냥 저절로 쓰여지는 것이다.

당당하고 어리석게 (騰騰)

바지는 짧고 저고리는 긴 채로
당당하고 어리석은 듯 다만 이렇게 살아가네
길거리의 아이들이 나를 보면
손뼉 치며 공놀이 노래를 다투어 부르네.

裙子短兮褊衫長 騰騰兀兀只麼過
陌上兒童忽見我 拍手爭唱抛毬歌

㊟ ◆등등(騰騰) : 당당하다. ◆올올(兀兀) : 어리석다. ◆지마과(只麼過) : 다만 이렇게 살아가다. ◆맥상(陌上) : 길거리. ◆포구가(抛毬歌) : 공놀이할 때 부르는 노래.

형식 : 칠언절구
출전 : 양관화상시가집(良寬和尚詩歌集)

㊟ 천진무구한 본연의 세계로서 양관은 아이들과의 '놀이'를 읊고 있다. '놀이', 거기엔 아무 목적이 없다. 져도 그만 이겨도 그만이다. 오직 놀이하는 동안 그 놀이 속으로 신나게 빠져 버리는 것이다.

공놀이 (毬子)

소매 속의 공은 그 값어치가 천금이니
공놀이로 감히 나와 맞설 사람 아무도 없네
만일 '이 의미가 무엇이냐'고 묻는다면
1 2 3 4 5 6 7이라 대답해 주리.

袖裏毬子直千金 謂言好手無等匹
可中意旨若相問 一二三四五六七

㈜ ◆치(直) : 값어치. ◆가중(可中) : 가정을 표현하는 부사. '혹시', '만일'.

형식 : 칠언절구
출전 : 양관화상시가집(良寬和尙詩歌集)

㈎㈛ 이 시는 양관의 선문답(禪問答 : 公案)이다.
자, 대답해 보라. 1 2 3 4 5 6 7의 의미가 무엇인가.
학교에서 배운 지식을 다 동원해 보라.
이 문제의 해답은 거기 그 지식 속에는 없다.

풀싸움(鬪草)

아이들과 한 판 풀싸움을 벌이나니
지고 이기고 이기고 지고 그야말로 신이 나네
해는 기울고 아이들도 다 돌아간 다음
가을하늘엔 둥근 달만 저리 휘영청 밝네.

也與兒童鬪百草 鬪去鬪來轉風流
日莫城中人歸後 一輪明月凌素秋

㊟ ◆투초(鬪草) : 鬪百草. 오월 단오날 행하던 '풀싸움'. 여러 가지 풀을 모아서 풀의 우열을 가리던 놀이. ◆모(莫) : 모(暮)와 통용. 날이 저물다. ◆소추(素秋) : '가을'의 다른 이름.

형식 : 칠언절구
출전 : 양관화상시가집(良寬和尙詩歌集)

㊟ 제4구의 '둥근 달(一輪明月)'은 양관 자신의 마음달을 말하는 것이다. 천진무구한 저 본연의 가을하늘에 둥글게 떠 있는 양관의 '마음달'을 일컫는 것이다.

옛 시의 가락으로(古意)

고적한 풀집
왼종일 찾아오는 사람 없어
나 홀로 창문 아래 앉아 있나니
잎 지는 소리만 자주 들리네.

蕭條三間屋　終日無人親
獨坐閑窓下　唯聞落葉頻

㈜ ◆고의(古意) : 古風의 시형식.　◆소조(蕭條) : 쓸쓸한 모양.

형식 : 오언절구
출전 : 양관화상시가집(良寬和尙詩歌集)

㈂ 앞의 평범한 세 구절들(제1, 2, 3구)은 제4구로 하여 가까스로
시가 되었다. 제4구 가운데에서도 '빈(頻)'자 한 글자로 하여…….

우연히 읊음, 하나(偶作一)

예순 살 갓 넘어 병든 나그네
인가를 멀리하여 외딴 곳에 살고 있네
바위를 뚫으려는가 깊은 밤비여
옛 창문엔 호롱불만 깜박이고 있네.

六十有餘多病僧　家占社頭隔人烟
岩根欲穿深夜雨　燈火明滅古窓前

[주] ◆사두(社頭) : 良寬이 살던 乙子神社 경내의 한 구석. ◆암근(岩根) :
바위.

형식 : 칠언절구
출전 : 양관화상시가집(良寬和尚詩歌集)

[감상] 비 오는 밤의 시정이다. 제3구의 '욕천(欲穿)'으로 하여 이
시는 무한한 여운을 남기고 있다.

우연히 읊음, 둘 (偶作二)

날이 날마다 날이 날마다 또 날이 날마다
아이들과 어깨동무로 이 생애를 보내네
소매 속에 있는 두세 개의 공이여
무능한 이 녀석, 봄기운에 잔뜩 취해 있네.

日日日日又日日 閑伴兒童送此身
袖裏毬子兩三箇 無能飽醉太平春

주 ◆무능(無能) : 무능하다. 능력이 없다. ◆포취(飽醉) : 잔뜩 취하다.

형식 : 칠언절구
출전 : 양관화상시가집(良寬和尙詩歌集)

감상 걸림 없이 그냥 써 내려간 시. 선시이기 이전에 순진한 한
인간의 시라 해야 옳을 시다.

우연히 읊음, 셋(偶作三)

풀집에 비 멎어 이삼경인데
등잔불 조는 지금은 꿈이 깨이는 시간이네
문밖에는 빗방울 듣는 소리
벽에는 주름진 등나무 지팡이 하나
불 꺼진 난로에 누가 나무를 넣으리
빈 상에 책은 있으나 손을 뻗기 귀찮네
오늘 밤 이 정취는 나 혼자 알 뿐,
다른 날 다른 때에 내 어떻게 말해 주리.

草堂雨歇二三更　孤燈寂照夢醒辰
門外點滴聲丁冬　壁上烏藤黑皺皴
寒爐無炭誰爲添　空狀有書手懶伸
今夜此情只自知　他時異日如何陳

㊞ ◆몽성신(夢醒辰) : 꿈이 깨이는 시간. ◆정동(丁冬) : 丁東. 여기서는 '빗
방울 듣는 소리'. ◆추준(皺皴) : 주름잡히다. ◆수라신(手懶伸) : 손을 뻗기
가 싫다. ◆진(陳) : 말하다.

형식 : 칠언율시
출전 : 양관화상시가집(良寬和尙詩歌集)

[감상] 양관의 고독감이 이제는 하나의 무위한 경지로 심화되고 있다. 제6구에는 양관의 체취가 잘 드러나 있다.

친구를 찾아가서 (訪有願居士)

한여름의 어느 날
지팡이 더불어 마을로 내려가네
들녘의 노인장 나를 알아보곤
내 손 잡고 기뻐서 어쩔 줄을 모르네
갈대뿌리로 앉을 자리 다지고
오동잎으로 임시쟁반을 만들었나니
들녘에 몇 차례 반주를 뿌린 다음
거나하게 취하여 밭둑 베고 잠드네.

孟夏芒種節 杖錫獨往還 野老忽見我 率我共成歡
蘆菱聊爲蓆 桐葉以充盤 野酌數行後 陶然枕畔眠

註 ◆유원거사(有願居士) : 良寬의 詩友. ◆망종절(芒種節) : 24절기의 하나.
양력 6월 5일경. ◆노발(蘆菱) : 갈대뿌리. ◆반(盤) : 그릇, 쟁반.

형식 : 오언율시
출전 : 양관화상시가집(良寬和尙詩歌集)

鑑賞 반가운 벗을 만나면 이때야말로 술이 있어야 한다. 주거니
받거니 거나하게 취해서 이 한세상을 깨끗이 잊어버려야 한다.
제5, 제6구를 보라. 이런 것이 바로 행복이다.

부 록

:

작자소개
작자별 찾아보기
원제(原題)별 찾아보기

작자소개

〈중국편〉

감산덕청(憨山德淸, 1546~1623)

　1546년(明) 남경(南京)에서 태어났다. 1557년 12세에 남경 보
은사(報恩寺)에 출가했다. 1564년 19세에 서하사(栖霞寺)의 운
곡법회(雲谷法會) 문하에서 선(禪)을 익혀 계오(契悟)한 바가
있었다. 그는 여러 곳에서 무차대회(無遮大會) 등 큰 법회를
열었고, 조계(曹溪)의 선당(禪堂)을 중건했다. 여산(廬山)에 머
물다 다시 조계로 돌아와 1623년 78세에 입적했다. 저서 :
《어록(語錄)》 12권과 《몽유전집(夢遊全集)》 55권 등 다수.

경당각원(鏡堂覺圓, 1244~1306)

　경론(經論)에 정통했던 그는 오지(吳地)의 모든 선지식을 두
루 찾아본 다음 천동산(天童山) 천동사(天童寺)의 환계성일(環
溪性一)에게 심인(心印)을 받았다. 그 후 선흥사(禪興寺), 정지
사(淨智寺), 홍덕사(興德寺) 등 여러 절에 머물다가 1306년(德
治 元年) 9월 26일 63세에 입적했다.

고거(高居, 1336~1374)

강소성에서 태어났다. 자는 계적(季迪), 호는 청구자(靑丘子). 16세 때 이미 동리에서 시로 명성을 얻었다. 관재(官災)에 걸려 39세의 아까운 나이로 세상을 떠났다. 저서에는 《고태사대전집(高太史大全集)》이 있다.

고월징(孤月澄, ?~?)

자세한 것은 알 수 없다.

곽진(郭震, ?~?)

사천성 성도(成都)에서 태어났다. 박학 다식했던 곽진은 관직에 잠시 있다가 신병을 이유로 은거생활을 했다. 저서로 《어주집(漁舟集)》이 있지만 전하지 않는다.

교연(皎然, ?~799)

당(唐) 때의 승려 시인. 장성(長城)에서 태어났다. 성은 사씨(謝氏). 위응물(韋應物)과 절친하였다. 시집에는 《서산집(杼山集)》 전 10권이 있다.

낙보원안(樂普元安, 834~898)

834년 섬서성(陝西省) 봉상현(鳳翔縣)에서 태어났다. 854년 20세에 회은사(懷恩寺)에 출가. 협산선회(夾山善會)의 문하에서 깨달음을 얻은 뒤 호남성(湖南省)의 낙보원(樂普院)에 주석(駐錫), 사방으로부터 납자(수행자)들이 구름같이 모여들었다. 898년 12월 2일 65세에 입적했다.

단하자순(丹霞子淳, 1064~1117)

송(宋)나라 때 사람. 천동정각(天童正覺)의 스승. 부용도개(芙蓉道楷)로부터 사법(嗣法)했다. 조동종 사람. 등주(鄧州) 단하산(丹霞山)에서 오랫동안 주석했다. 수주(隨州)의 대홍산(大洪山)으로 법좌(法座)를 옮겨 여기에서 천동정각(天童正覺)에게 제일좌(第一座)를 맡겼다.

단하천연(丹霞天然, 739~824)

젊은 시절 과거를 보러 가다가 한 선승으로부터 "선관(選官)보다 선불(選佛)이 더 위대하다"는 말을 듣고 그 길로 마조도일(馬祖道一)을 찾아가 입산하였다. 그는 마조(馬祖)와 석두(石頭)의 문하를 번갈아 가며 참선수행에 몰입하여 깨달음을 얻었다. 그의 가풍은 삼엄하기 이를 데 없는데 어느 겨울날 하남성(河南省) 혜림사(慧林寺)의 목불(木佛)을 태운 이야기는 너무나 유명하다. 824년(唐 穆宗 長慶 4) 6월에 86세로 입적하였다.

담연거사 종원(湛然居士 從源, 1190~1244)

칭기즈칸을 도와 원(元)의 건국 기초를 닦은 인물. 야율초재(耶律楚材). 1190년(金의 明昌 元年) 6월 20일에 태어났다. 1207년 18세에 진사과(進士科)에 급제하였다. 1214년(貞祐 2) 좌우사원외랑(左右司員外郞)이 되었는데 이때 부친이 머물던 성안사(聖安寺) 만송행수(萬松行秀)에게 가서 참선 정진한 지 3년 만에 만송행수의 인가를 받았다. 금(金)나라의 수도(현재의 북경)가 오랫동안 몽골군에게 포위되어 식량이 바닥나고 관리들은 밤을 틈타 도망가는 중에 오직 야율초재만은 풀뿌리를 삶아 먹으며 평소와 다름없이 직무를 보고 있었다. 이 소문이 몽골군에게까지 들어가 수도가 함락된 후 야율초재는 칭기즈칸에게 불려갔다. 훤칠한 키에 수염을 길게 기른 그의 인상에 칭기즈칸은 그를 보는 즉시 몽골의 모든 행정 책임을 그에게 맡겼다. 이렇게 하여 그는 칭기즈칸을 따라 서역 원정 길에 올라 몽골군이 정복하는 나라마다 행정체계를 다시 세우는 작업을 했다. 이 서역 원정 기간 동안 그는 스승 만송행수에게 천동정각(天童正覺)의 〈송고백칙(頌古百則)〉에 해설을 붙여 보내 달라는 편지를 수차례 했는데 그 후 7년 만에 만송행수로부터 천동정각의 〈송고백칙 해설〉이 도착했다. 그는 이 해설본에 서문을 붙여 즉시 북경으로 보내어 판각을 의뢰했는데 이 책이 바로 그 유명한 《종용록(從容錄)》이다. 《종용록》은 《벽암록(碧巖錄)》과 쌍벽을 이루는 묵조선(默照禪)의 지남서(指南書)이다. 서역 원정에서 돌아온 야율초재는 칭기즈칸의 사후(死後) 몽골이 원(元)을 세우는 그 건국 기초를 다져 주었다. 만년에는 만송(萬松)의 문하에 들어갔다. 담연거사(湛然居士) 종원(從源)이란 이름의 선객(禪客)이 되어 정처 없이 떠돌다가 1244년(南宋 淳祐 4) 5월 14일 55세로 입적했다. 저서 : 《담연거사문집(湛然居士文集)》 14권.

대각회련(大覺懷璉, 1009~1090)

복건성 장주(漳州)에서 출생. 속성(俗姓)은 진씨(陣氏). 어려서 출가해 뜻이 굳세었으며 10여 년 간 회징(懷澄)에게서 사사했다. 그는 주로 여산(廬山)의 원통사(圓通寺)에 머물렀다.

대숙륜(戴叔倫, 732~789)

강소성 윤주(潤州)에서 태어났다. 자는 유공(幼公), 무주자사(撫州刺史)를 지냈다. 워낙 성품이 온화했던 그는 많은 사람으로부터 호의를 받았다.

대양경현(大陽警玄, 943~1027)

조동종계의 선승. 호북성(湖北省)에서 태어났다. 여러 곳을 편력하다가 녹관(綠觀)의 법을 이었다. 저서 : 《대양명안대사십팔반묘어(大陽明安大師十八般妙語)》(1권)가 있다.

대위선과(大潙善果, 1079~1152)

임제종 양기파(楊岐派)의 선승. 강서성에서 태어났다. 황룡사심(黃龍死心)에게서 큰 깨달음을 얻었다. 저서 : 《월암과화상어요(月菴果和尙語要)》(1권)가 있다.

대통신수(大通神秀, 606~706)

북종선(北宗禪)의 거장. 중국 하남성(河南省)에서 태어났다. 25세에 낙양의 천궁사(天宮寺)에서 출가. 키가 팔 척이었고 미목이 수려하여 남다른 바가 있었으며 유학·노장학을 비롯하여 박학 다식하기 이를 데 없었다. 50세에 오조홍인(五祖弘忍)을 찾아가 그의 수제자가 되었다. 그에게는 언제나 제자들이 구름같이 모여들었으며 측천무후(則天武后), 중종(中宗), 예종(睿宗)의 국사(三帝國師)가 되었다. 706년 2월 28일 낙양 천보사(天寶寺)에서 101세로 입적했다. 저서 : 《관심론(觀心論)》, 《대승무생방편문(大乘無生方便門)》, 《묘리원성관(妙理圓成觀)》 등이 있다.

대헐중겸(大歇仲謙, 1174~1244)

절강성 금화(金華)에서 태어났다. 임제종 양기파(楊岐派)의 선승.

대혜종고(大慧宗杲, 1089~1163)

1089년 안휘성 영국(寧國)에서 태어났다. 1105년 17세에 동산

(東山) 혜운사(慧雲寺)에 입산하였다. 혼자 선적(禪籍) 연구에 몰두하다가 동산미(洞山微)에게서 조동종의 선지(禪旨)를 배웠다. 다음 담당문준(湛堂文準)을 찾아가 참선수행에 전념하다가 문준(文準)이 입적한 뒤(1115) 그의 유언으로 1124년 원오(圜悟)의 문하에서 각고의 수행 끝에 대오(大悟)하였다. 1134년 금(金)과의 전쟁을 피해서 복건성의 양서암(洋嶼庵)에 머물면서 묵조선(默照禪) 비판의 포문을 열며 간화선(看話禪)을 부르짖었다. 금과의 전쟁이 평화적으로 성립되자 주전론자(主戰論者) 장구성(張九成)과 함께 승적을 박탈당하고 호남성으로 유배되어 10년 동안 여기에 머물렀다. 후에 경산(徑山)의 능인선원(能仁禪院)으로 다시 돌아와 임제선풍의 재건에 힘썼다. 당시 묵조선의 거장 천동정각(天童正覺)과 그는 절친한 도반이었다. 1163년 75세에 입적하였다. 저서 :《대혜어록(大慧語錄)》외에 여러 권이 있다.

도잠(道潛, ?~?)

절강성에서 태어났다. 자는 참료자(參寥子), 성은 하씨(何氏). 시집에는 《참료자시집(參寥子詩集)》이 있다.

도전(道全, ?~?)

자세한 것은 알 수 없다.

도제(道濟, 1150~1209)

절강성(浙江省) 임해(臨海)에서 태어났다. 호는 호은(湖隱). 남송(南宋)의 시승(詩僧). 계율을 지키지 않고 고기와 술을 좋아하여 미치광이짓을 일삼았다. 저서 :《제공전전(濟公全傳)》.

동산양개(洞山良介, 807~869)

절강성에서 태어났다. 21세에 출가, 남전보원(南泉普願), 위산영우(潙山靈祐)의 문하에서 공부. 어느 날 다리 위를 지나다가 크게 깨달았다. 특히 선시(禪詩)에 뛰어났던 그는 조동종(曹洞宗)의 초조(初祖)로 추앙되었다. 저서 :《동산어록(洞山語錄)》1권.

만송행수(萬松行秀, 1166~1246)

1166년 하남성에서 태어났다. 남달리 기골이 장대했던 그는 젊은 시절에 하북성 형주(邢州) 정토사(淨土寺)에 출가했다. 승묵광(勝默光)과 설암만(雪巖滿)을 찾아가 각고정진(刻苦精進) 끝에 깨달음을 얻은 다음 정토사(淨土寺)에 돌아와 암자를 짓고 만송헌(萬松軒)이라 하였다. 1193년 금(金)의 장종(章宗) 황제에게 부름을 받았다. 1230년 원(元)의 태종(太宗) 때에는 종용암(從容庵)에 주석했는데 유명한《종용록(從容錄)》을 여기에서 집필했다. 원(元)의 정종(正宗) 1년(1246) 윤4월 7일 81세로 입적했다. 유교와 도교에도 조예가 깊었으며《팔만대장경(八萬大藏經)》을 세 번이나 독파했다고 한다.

만집중(滿執中, ?~?)

강소성 양주(揚州)에서 태어났다. 자는 자권(子權). 기타 자세한 것은 알 수 없다. 그의 시는 선기(禪氣)가 넘치는데 많은 작품이 유실되었다.

매계수상(梅溪守常, ?~?)

원나라 때 무릉(武陵)에서 태어났다. 속성은 이씨(李氏). 12세에 출가했다. 수많은 경전을 연구했으며, 20여 년 간 참선 정진했다. 만년에는 연경(燕京)에 머물렀다.

맹호연(孟浩然, 689~740)

호북성 양양(襄陽)에서 태어났다. 성당(盛唐)의 시인. 왕유(王維), 장구령(張九齡) 등과 교유하면서 일생 동안 야인(野人)으로 살았다. 저서는 《맹호연집(孟浩然集)》(4권)이 있다.

모녀니(某女尼, ?~?)

'모녀니(某女尼)'란 사람 이름이 아니라 '어느 비구니'라는 뜻이다. 자세히 알려진 내용은 없다.

무본가도(無本賈島, 779~843)

중당(中唐)의 시인. 779년 하북성 범양(范陽)에서 태어났다. 자는 낭선(浪仙). 젊은 시절에 출가하였다. 무본(無本)이란 승명(僧名)을 가졌으나 한유(韓愈)를 만나 환속, 진사(進士)에 추천되었으나 급제하지 못하고 20년 이상 낙제만 거듭하다 만년에야 겨우 장강주부(長江主簿)라는 관직을 얻었다. 그러나 그의 시만은 영원히 남았다. 백낙천의 평이한 시풍에 반대하여 한 자 한 구를 표현하는 데도 무진 애를 썼다. "이구삼년득 일음쌍누류(二句三年得 一吟雙淚流 : 題詩後)"란 구절은 그가 시구 선택에 얼마나 고심했는가를 말해 주는 좋은 예이다. 그는 연말이 되면 일 년 간 지은 시를 모두 책상 위에 놓고 향을 피우고 절하며 "이것이 일 년 간의 노작"이라고 천지 신명께 고해 바쳤다고 한다. 그런 다음에는 술에 만취했다고 한다. 서예에도 조예가 깊었다. 그가 죽자 집에는 단 한 푼의 돈도 없었으며 남은 건 오직 병든 당나귀와 낡은 거문고뿐이었다고 한다. 가도는 시인으로서 좋은 본보기가 되는 인물이다. 저서에는 《장강집(長江集)》이 있다.

무준사범(無準師範, 1178~1249)

1178년 사천성에서 태어났다. 1187년 9세에 음평산(陰平山)의 도흠(道欽)에게 출가하였다. 파암조선(破菴祖先)을 찾아가 수도 정진한 끝에 깨달음을 얻고 그의 법을 이었다. 이후 절강성 청량사(淸凉寺) 등지에 개법(開法), 후학을 지도했으며 이종(理宗)의 부름을 받고 자명전(慈明殿)에서 설법했다. 1249년(淳祐 9) 3월 18일 72세로 입적했다. 저서 : 《불감선사어록(佛鑑禪師語錄)》(5권).

문수심도(文殊心道, ?~1129)

임제종 양기파(楊岐派)의 선승. 사천성에서 태어났다. 30세에 출가하여 불감혜근(佛鑑慧勤)의 법을 이었다.

밀암함걸(密庵咸傑, 1118~1186)

임제종 사람. 성은 정씨(鄭氏), 복주(福州) 사람. 어려서부터 총명했으며, 유년에 출가하였다. 제방(諸方)을 다니다가 응암선사(應庵禪師)를 만났다. 오래지 않아 응암(圜悟克勤下 二世)의 법을 이었다. 다시 행각(行脚)길에 올랐다. 처음에는 망구(芒衢)의 오거(烏巨)에 주석했다. 후에 장산(蔣山)의 화장(華藏)에 옮기고 다시 경산(徑山) 영은사(靈隱寺)에 옮겼다. 만년에는 태백산(太白山)에 머물면서 사방의 운수(雲水)를 접득(接得)하였다. 1186년(淳熙 13) 6월 12일 69세에 입적했다.

배적(裴迪, 716~?)

관중(關中)에서 태어났다. 종남산에 머물면서 왕유(王維) 등과 친분을 맺었다. 촉주자사(蜀州刺史)를 지냈다.

백거이(白居易, 772~846)

섬서성 위남(渭南)에서 태어났다. 자는 낙천(樂天). 29세에 진
사과에 급제하여 형부상서(刑部尙書)로 관직을 그만두었다.
그는 원화시(元和詩) 형식의 완성자였는데 그의 시 〈장한가
(長恨歌)〉, 〈비파행(琵琶行)〉 등은 문인뿐 아니라 일반 서민에
게까지도 널리 애송되었다. 저서에는 《백씨장경집(白氏長慶
集)》이 있다.

백운수단(白雲守端, 1025~1072)

형주(衡州) 갈씨(葛氏)의 자(子). 어려서 출가하여 강주(江州)
승천사(承天寺), 서주(舒州) 백운사(白雲寺) 등지에서 머물렀
다. 양기방회(楊岐方會)의 법을 이었다. 48세로 입적. 문인에
오조법연(五祖法演) 등이 있다.

백장○단(百丈○端, ?~?)

자세한 것은 알 수 없다.

보본혜원(報本慧元, 1037~1091)

광동성에서 태어났다. 19세에 출가하여 각지를 편력하다가
황룡혜남(黃龍慧南)에게서 대오(大悟)하였다. 원우(元祐) 6년
(1091) 절강성 보본선원(報本禪院)에서 입적하였다.

보안○도(普安○道, ?~?)

자세한 것은 알 수 없다.

보화(普化, ?~830?)

당(唐)의 선승으로서 반산보적(盤山寶積)의 법(法)을 이었다.
그는 언제나 요령을 흔들고 다니며 만나는 사람마다 "한푼
만 달라"고 하는 등 미치광이 노릇을 했다고 한다. 특히 그
의 임종 얘기는 유명하다(해당 시 감상 참조). 예로부터 그는

광승(狂僧)의 본보기가 되는 인물로서 임제(臨濟)와 가까이 지냈다고 한다.

부대사(傅大士, 497~569)

이름은 흡(翕), 자(字)는 현풍(玄風). 24세에 계정당(稽停塘)에서 인도 승려 숭두타(嵩頭陀)를 만나 불도(佛道)에 뜻을 두고 송산의 쌍도수(雙檮樹) 사이에 암자를 짓고 스스로 이름하여 쌍수림하당래해탈선혜대사(雙樹林下當來解脫善慧大士)라 하였다. 낮에는 품을 팔고 밤에는 대법(大法)을 연설하여 이렇게 하기 7년, 소문이 사방에 떨쳐 천하의 명승들이 모였다. 547년 단식분신공양(斷食焚身供養)할 서원을 세웠다가 제자들의 만류로 그만두고 제자 열아홉 명이 대신 몸을 태웠다. 548년 송산정(松山頂)에 가서 칠불(七佛)전에 참배하고 태건 1년 4월에 입적. 나이 73세. 경(經)을 넣어 두는 전륜장(轉輪藏)을 만들었으므로 후세에 전륜장 가운데 사(師)의 상(像)을 모셨다. 저서 : 《부대사록(傅大士錄)》 4권, 《심왕명(心王銘)》 1권.

부석통현(浮石通賢, 1593~1667)

1612년 20세에 보타산(普陀山)에 들어가 출가했다. 제방(諸方)을 편력하다가 밀운원오(密雲圓悟)의 문하에서 참선 정진하였다. 밀운의 법을 잇고 1639년(崇禎 12) 이후 절강성 청련사(靑蓮寺) 등에 머물다 청(淸) 강희(康熙) 원년(1667) 7월 25일 75세에 입적했다.

부용도개(芙蓉道楷, 1043~1118)

산동성에서 태어났다. 처음에는 선도(仙道)를 공부하다가 선문에 들어와 투자의청(投子義靑)의 문하에서 대오(大悟)하였

다. 조동종계 선(禪)의 거장이다. 저서 : 《부용개선사어요(芙
蓉楷禪師語要)》(1권)가 있다.

빙탄(馮坦, ?~?)

사천성에서 태어났다. 자는 백전(伯田), 호는 수석(秀石). 나머
지는 알 수 없다.

살도자(薩都剌, 1300~?)

몽골에서 태어났다. 관직생활을 잠시 하다가 버리고 사공산
(司空山) 태백대(太白台) 밑에 풀로 집을 짓고 살았다. 살도자
의 시는 웅장하고 초탈한 맛이 있다. 시집에는 《안문집(雁門
集)》이 있다.

삼산등래(三山燈來, 1614~1685)

사천성에서 태어났다. 어려서부터 선문(禪文)에 심취하다가
30세에 출가하였다. 제방(諸方)을 편력하다가 철벽혜기(鐵壁
慧機)의 법을 이었다. 저서 : 《삼산래선사어록(三山來禪師語
錄)》(16권).

삼의명우(三宜明盂, 1599~1665)

절강성 항주(杭州)에서 태어났다. 자(字)는 우암(愚菴), 조동종
담연원징(湛然圓澄)의 법을 이었다. 저서 : 《삼의명우선사어
록(三宜明盂禪師語錄)》(11권).

삼조승찬(三祖僧璨, ?~606)

선종(禪宗) 제3조(第三祖). 서주(徐州) 사람. 2조(二祖)의 법맥
(法脈)을 잇고 서주의 일완공산(日宛公山)과 태호현(太湖縣)의
사공산(司空山)을 왕래하며 일정한 거처가 없이 지냈다. 사조
도신(四祖道信)을 만나 의발(衣鉢)을 전하고 나부산(羅浮山)에

있다가 다시 일완공산에 돌아왔다. 많은 사람이 모인 가운데
나무 아래 서서 입적했다(大業 2년 10월). 다비에서 오색사리
(五色舍利) 300과가 나왔다. 저서 :《신심명(信心銘)》.

삽계○익(霅溪○益, ?~?)

아무것도 알 수 없다.

상건(常建, 708~765)

장안에서 태어났다. 맹호연, 왕유 등의 시풍(詩風)에 가까운
시를 썼다. 저서에는《상건집(常建集)》이 있다.

서섬(棲蟾, 唐末)

당(唐) 말 절강성에서 태어났다. 방랑을 좋아하여 일생 동안
구름과 물을 벗삼아 떠돌아다녔다. 시문(詩文)에 능하여 가는
곳마다 시우(詩友)를 사귀었다. 만년에는 병풍암(屏風巖)에 머
물렀다.

서호청순(西湖清淳, ?~?)

자세한 것은 알 수 없다.

석극신(釋克新, ?~1368~?)

강서성에서 태어났다. 원말명초(元末明初)에 살았던 시승이자
학승. 내외의 학문에 두루 통달한 사람이었다. 저서 :《원석
집(元釋集)》.

석림도원(石林道源, ?~?)

명(明) 말 태창(太倉)에서 태어났다. 주로 북선사(北禪寺)에 머
물렀다는 기록 외에는 알려진 바가 없다.

석범숭(釋梵崇, ?~?)

자는 보지(寶之). 자세한 내용은 알 수 없다.

석옥청공(石屋淸珙, 1272~1352)

　1272년 강소성 상숙(常熟)에서 태어났다. 1292년 21세 때 소주(蘇州)와 흥교(興敎) 숭복사(崇福寺)에 출가했다. 고봉원묘(高峰原妙)의 문하에서 공부한 다음 급암종신(及菴宗信)의 법을 이었다. 이후 여러 곳에서 후학들을 지도하다가 1352년 7월 23일 81세에 입적했다. 그의 문하에 우리나라 고려 말의 태고보우(太古普愚) 등이 있다.

석창법공(石窓法恭, 1102~1181)

　절강성 봉화(奉化)에서 태어났다. 15세에 출가, 천동산(天童山)의 굉지정각(宏智正覺 : 天童正覺)에게서 깨달음을 얻었다.

선월관휴(禪月貫休, 832~912)

　832년 절강성 난계(蘭谿)에서 태어났다. 839년 8세에 안화사(安和寺)에 출가. 시(詩)・서(書)・화(畵)에 모두 뛰어났으며, 특히 시승(詩僧)으로서 이름이 높았다. 방랑으로 일생을 보냈으며 승속을 가리지 않고 누구하고도 친분을 두텁게 했다. 오월왕(吳越王) 전씨(錢氏)가 특히 그를 존경했으며 '선월대사(禪月大師)'라는 호를 바쳤다. 912년(乾化 2) 81세에 입적했다.

설두중현(雪竇重顯, 980~1052)

　이름은 은지(隱之), 호(號)는 중현(重顯). 운문문언(雲門文偃)의 4세법손(四世法孫). 송(宋) 태평(太平) 흥국(興國) 5년 4월 8일 출생. 진종(眞宗) 함평(咸平) 중 익주(益州) 보안원(普安院) 인선(仁銑)에게 출가(24세). 44세(1023)경 《송고백칙(頌古百則)》을 지었는데 이것이 《벽암록(碧巖錄)》의 원전이 되었다.

설두지감(雪竇智鑑, 1105~1192)

안휘성에서 태어났다. 장려산(長蘆山)의 진헐청료(眞歇淸了)에게 출가하여 후에 천동종각(天童宗珏)의 법을 이었다. 만년에는 설두산(雪竇山)에 머물다가 설두산의 동암(東庵)에서 88세에 입적했다. 문하에는 천동여정(天童如淨)이 있는데 천동여정은 일본 조동종의 시조인 영평도원(永平道元)의 스승이다.

설암조흠(雪巖祖欽, ?~1287)

송말원초(宋末元初)의 고승(高僧). 절강성 금화(金華)에서 태어났다. 5세에 출가, 18세에 대오(大悟)하였다. 원(元) 세조(世祖)의 추앙을 받았다. 저서 : 《설암화상어록(雪巖和尙語錄)》(4권).

성원혜명(性原慧明, 唐末)

법안종계(法眼宗系)의 선승. 어린 시절에 출가하여 제방(諸方)을 편력하다가 법안문익(法眼文益)의 문하에서 대오(大悟)하였다.

소만수(蘇曼殊, 1884~1918)

광동성 향산(香山)에서 태어났다. 자는 자곡(子谷). 어머니가 일본인이었으므로 청년기에 일본에서 공부했다. 1903년 중국에 돌아와 출가했다. 천재시인이었던 그는 비승비속(非僧非俗)으로 일생을 떠돌았다. 《연자감시(燕子龕詩)》,《참세계(慘世界)》등 30여 권의 저서를 남겼다.

소식(蘇軾, 1036~1101)

사천성에서 태어났다. 호는 동파(東坡). 왕안석(王安石)의 정치개혁에 반대하는 시를 썼다가 귀양 갔다. 당송 팔대가(唐宋八大家) 가운데 한 사람. 서예에도 조예가 깊어 송(宋) 4대 서가(書家) 가운데 한 사람. 선(禪)에도 깊이 통달해 상총조각선사(常總照覺禪師)의 법을 이어받아 〈오도송(悟道頌)〉을 짓기도 했다. 저서에는 《동파집(東坡集)》(115권)이 있다.

송원숭악(松源崇嶽, 1132~1202)

절강성 용천(龍泉)에서 태어났다. 23세에 출가하여 밀암함걸(密庵咸傑)의 문하에서 대오(大悟)하였다. 저서 : 《송원화상어록(松源和尙語錄)》(2권)이 있다.

수산성념(首山省念, 926~993)

926년 산동성 액현(掖縣)에서 태어났다. 고향의 남선원(南禪院)에 출가, 풍혈(風穴)의 법을 이었다. 후에는 하남성(河南省)의 수산(首山)에 머물며 후학을 가르쳤다. 993년(淳化 4) 12월 4일 68세에 입적했다.

수암요연(誰菴了演, ?~?)

송(宋)의 선승. 대혜종고(大慧宗杲)의 문하. 나머지 내용은 자세히 알려진 바 없다.

수창혜경(壽昌慧經, 1548~1618)

강서성에서 태어났다. 어린 시절에 출가하여 아봉(峨峰)에 은거하기 3년, 대오(大悟)했다. 특히 황폐한 사찰을 많이 중건했다. 저서 : 《무명혜경선사어록(無明慧經禪師語錄)》.

숭승○공(崇勝○珙, ?~?)

송대(宋代)의 선승인 듯. 자세히 알려진 내용은 없다.

습득(拾得, 766?~779?)

한산(寒山)의 친구. 천태산 국청사(國淸寺) 근방에서 얻어먹으며 일생을 보냈다. 부모는 누군지 알 수 없고 출생지도 알려져 있지 않다.

승감(僧鑒, ?~1253?)

주로 명주(明州) 설두사(雪寶寺)에 머물렀다. 시집 《설두잡영
(雪寶雜咏)》이 있다.

승상 왕수거사(丞相 王隨居士, ?~?)

수산성념(首山省念)에게서 선법(禪法)을 익혔다.

승조(僧肇, 374~414)

장안(長安)에서 태어났다. 처음에 노장(老莊)에 심취했다가
《유마경(維摩經)》을 읽고 불문(佛門)에 귀의. 구마라집(鳩摩羅
什)을 도와 많은 경전을 번역. 40세 전후의 아까운 나이에 입
적. 저서 : 《조론(肇論)》.

심문담비(心聞曇賁, ?~?)

송대(宋代)의 선승인 듯. 자세히 알려진 내용은 없다.

야보도천(冶父道川, ?~?)

송나라 때 사람으로 성은 적씨(狄氏), 이름은 삼(三). 군(軍)의
궁수(弓手)였다. 재동(齋東)의 도겸선사(道謙禪師)에게 발심(發
心), 도천(道川)이라는 호를 얻었다. 임제선의 일맥(一脈)인 정
인계성(淨因繼成, 1101~1125)에게 인가를 받았다. 고향 재동에
돌아와 〈금강경야보송(金剛經冶父頌)〉을 지었다.

야옹동(野翁同, ?~?)

자세한 것은 알 수 없다.

양기방회(楊岐方會, 992~1049)

992년 강서성 의춘현(宜春縣)에서 태어났다. 어린 시절에 출
가. 제방(諸方)의 선지식을 찾아 참선수도에 전념하다가 남원
산(南源山)의 석상초원(石霜楚圓)을 찾아가 깨달음을 얻었다.

사람들의 청에 의해서 원주(袁州)의 양기산(楊岐山)에 보통선원(普通禪院)을 열었다. 그는 절이 낡아 눈이 법당 안으로 날아 들어오는데도 고치지 않고 참선수도에만 열중하면서 이렇게 말했다. "옛 사람들은 옷 세 벌과 밥그릇 하나로 일생을 오직 수도에만 전념했다. 우리는 지금 눈이 새는 집이라도 있는 걸 다행으로 여기고 부지런히 공부에 열중하라." 이 일화는 뒷날 '방회설옥(方會雪屋)'이란 이름으로 길이 남게 되었다.

여인룡(呂人龍, ?~?)

순안(淳安)에서 태어났다. 자는 수지(首之), 호는 풍산(風山). 자세한 것은 알 수 없다. 저서에는 《풍산집(風山集)》이 있다.

열당조은(悅堂祖誾, 1234~1308)

강서성에서 태어났다. 임제종의 선승. 13세에 출가하여 개석지붕(介石智朋)의 법을 이었다.

영가현각(永嘉玄覺, 675~713)

호(號)는 일숙각(一宿覺). 자(字)는 명도(明道). 속성(俗性)은 대(戴). 온주(溫州)의 영가현(永嘉縣) 사람으로 8세 때 출가. 경전에 통달했다. 특히 천태(天台)의 지관(止觀)에 조예가 깊었다. 《유마경》을 보다가 깨침을 얻었다. 후에 육조혜능(六祖慧能)을 만나 크게 깨달았다. 〈증도가(證道歌)〉는 그가 육조를 만나 대오(大悟)한 그 날 밤의 감격을 읊은 것이다. 당(唐) 개원(開元) 1년 10월 용흥사(龍興寺) 별원(別院)에서 39세의 나이로 입적했다. 시호(施號)는 무상대사(無相大師), 진각대사(眞覺大師). 저서 : 《선종영가집(禪宗永嘉集)》, 《관심십문(觀心十門)》,

《증도가(證道歌)》.

영명연수(永明延壽, 904~975)

904년 절강성 여항(餘杭)에서 태어났다. 932년 28세에 관직을 버리고 취암영삼(翠嚴令參)의 문하에 출가. 그 뒤 천태덕소(天台德韶)의 법을 이어 법안종(法眼宗)의 3조가 되었다. 만년에는 영명사(永明寺)에 머물며 선과 염불의 겸수(兼修)를 주장했다. 그의 저서인 《종경록(宗鏡錄)》100권은 선과 염불의 겸수(兼修)를 주장한 그의 사상을 체계화한 것이다.

영운지근(靈雲志勤, ?~820?)

당대(唐代)의 사람. 복건성(福建省) 장계(長溪)에서 태어났다. 위산영우(潙山靈祐) 밑에서 복사꽃을 보고 깨달음을 얻었다 한다.

영은청용(靈隱淸聳, 五代)

복건성 복청(福淸)에서 태어났다. 법안문익(法眼文益)의 법을 잇고 절강성의 임안(臨安)에서 선풍(禪風)을 크게 드날렸다.

오석세우(烏石世愚, 1301~1370)

장안에서 태어났다. 호는 걸봉(傑峰). 어려서 출가하여 지암보성(止巖普成)의 법을 이었다. 홍무(洪武) 3년(1370) 12월에 입적했다. 법랍(法臘) 50세.

오조법연(五祖法演, ?~1104)

사천성에서 태어났다. 35세에 출가하여 백운수단(白雲守端)의 법을 이었다. 만년에는 오조산(五祖山)에서 선풍을 드날렸다. 원오극근(圜悟克勤) 등의 제자가 있다. 저서 : 《오조법연선사어록(五祖法演禪師語錄)》(4권)이 있다.

왕건(王建, 768~830)

　자는 중초(仲初). 악부(樂府)에 능하여 많은 궁사(宮詞)를 썼다. 저서에는 《왕사마집(王司馬集)》이 있다.

왕안석(王安石, 1021~1086)

　강서성 임천(臨川)에서 태어났다. 자는 개보(介甫), 호는 임천(臨川). 12세에 진사과에 급제한 후 화려한 관직생활을 하며 정치 혁신을 꾀하다가 수구파의 반대에 부딪혀 관직을 사직, 은거생활을 했다. 당송 팔대가(唐宋八大家) 가운데 한 사람. 저서에 《임천집(臨川集)》(100권)이 있다.

왕유(王維, 701~761)

　산서성 태원(太原)에서 태어났다. 자는 마힐(摩詰). 9세 때부터 시를 썼고, 21세 때부터 40여 년 동안 관직생활을 했다. 30세를 전후로 아내를 잃고 독신으로 살며 틈틈이 선 수행(禪修行)에 전념했다. 그 결과 중국 선시의 제일인자가 되었다. 안녹산(安祿山)의 난(亂)에 연루되어 죽을 뻔했다가 아우 왕진(王縉)의 도움으로 살아났다. 그는 시뿐만 아니라 음악, 그림에도 뛰어나 남종화(南宗畵 : 文人畵)의 원조(元祖)가 되었다. 저서에는 《왕우승집(王右丞集)》(6권)이 있다.

왕창령(王昌齡, 698~756)

　장안에서 태어났다. 자는 소백(少伯). 몇 개의 관직에 있다가 불우한 생을 마쳤다. 특히 이백과 더불어 칠언절구에 뛰어났다. 저서에는 《왕창령시집(王昌齡詩集)》(5권)이 있다.

요암청욕(了菴淸欲, 1288~1363)

　절강성 임해(臨海)에서 태어났다. 9세에 출가. 임제종(臨濟宗)

양기파(楊岐派)의 고림청무(古林淸茂)에게서 법을 받았다. 저서 : 《요암청욕선사어록(了菴淸欲禪師語錄)》.

우안(遇安, ?~?)

자세한 내용은 알 수 없다.

우집(虞集, 1272~1348)

사천성에서 태어났다. 자는 백생(伯生), 호는 도원(道園). 독서광이었던 우집은 《황조경세대전(皇朝經世大典)》의 편집 총책임자가 되었다. 그러나 곧 눈병을 얻어 고향으로 돌아왔다. 원대(元代)의 시인으로 제일인자였던 우집의 시와 문장은 하나같이 아름답다. 저서에는 《도원유고(道園遺稿)》가 있다.

운정덕부(雲頂德敷, ?~?)

주로 운정산(雲頂山)에서 살았다는 것 외에 자세한 것은 알 수 없다.

원수행단(元叟行端, 1255~1341)

1255년 절강성 임해(臨海)에서 태어났다. 6세 때 어머니에게 《논어》와 《맹자》를 배우고 머지않아 절강성 화성원(化城院)에 있던 숙부 무상인(茂上人)에게 출가하였다. 경산(徑山)의 장수선진(藏叟善珍)을 찾아가 그의 법을 이었다. 역대 황제들의 귀의를 받아 세 번이나 금란가사(金襴袈裟)를 받기도 했다. 1341년 8월 4일 88세에 입적했다.

원오극근(圜悟克勤, 1063~1135)

송(宋)나라 때 사람. 임제종 스님. 팽주(彭州) 숭녕(崇寧) 사람으로 어린 시절에 묘적원(妙寂院) 자성(自省)에게 출가. 오조법연(五祖法演)으로부터 사법(嗣法)하였다. 불안(佛眼), 불감(佛

鑑)과 함께 오조(五祖) 문하의 삼불(三佛)이라 일컬어진다. 거사 장무진(張無盡)의 청으로 협산(夾山)의 벽암(碧巖)에서 주석하였다. 여기에서 설두(雪竇)의 《송고백칙(頌古百則)》에 평창(評唱)·수시(垂示)·착어(着語)를 붙여 《벽암록(碧巖錄)》을 저술하였다. 만년에 소각사(昭覺寺)에 돌아가 소흥 5년 8월 73세에 입적하였다. 저서 : 《불과원오선사어록(佛果圜悟禪師語錄)》 20권, 《벽암록(碧巖錄)》 10권.

원진(元稹, 778~831)

하남성 낙양(洛陽)에서 태어났다. 자는 미지(微之). 재상으로 있을 때 부패한 정치개혁을 시도하다가 실패하여 좌천되었다. 백거이와 더불어 '원화시체'를 완성한 인물이다. 저서에는 《원씨장경집(元氏長慶集)》이 있다.

위응물(韋應物, 736~?)

장안에서 태어났고, 소주자사(蘇州刺史)를 지냈다. 성품이 고결하였던 그는 담박한 시를 많이 썼다. 저서에는 《위소주집(韋蘇州集)》(10권)이 있다.

유장경(劉長卿, 710~785)

하북성 하간(河間)에서 태어났다. 자는 문방(文房). 특히 오언절구 형식의 시를 잘 썼다. 저서에는 《유수책자집(劉隨冊子集)》(10권)이 있다.

유종원(柳宗元, 773~819)

산서성 하동(河東)에서 태어났다. 자는 자후(子厚). 당대(唐代)의 산문대가(散文大家)였던 그는 왕숙문(王淑文)의 혁명집단에 참가했다가 유주자사(柳州刺史)로 좌천되었다. 당송 팔대가(唐宋八大家) 가운데 한 사람. 문장은 한유(韓愈)와 쌍벽을 이뤘고 시는 왕유, 맹호연과 어깨를 겨뤘다. 저서에는 《하동 선생집(河東先生集)》이 있다.

육유(陸游, 1125~1210)

절강성 소흥(紹興)에서 태어났다. 비분 강개한 우국풍(憂國風) 의 시를 많이 쓴 육유는 북송(北宋)의 소동파와 더불어 송(宋) 의 2대 시인으로 일컬어지고 있다. 1만 4천여 편의 시를 지 어 고금 제일의 다작 시인(多作詩人)이 된 육유는 특히 칠언 율시에 능했다. 저서에는 《검남시고(劍南詩稿)》(85권)가 있다.

육조혜능(六祖慧能, 638~713)

남종선(南宗禪)의 거장. 중국 광동성(廣東省)에서 태어났다. 24 세 때 호북성 황매현 동선원(東禪院)의 오조홍인(五祖弘忍) 문 하에 들어가 홍인의 제자가 되었다. 그에게는 청원행사(靑原 行思), 남악회양(南岳懷讓), 하택신회(荷澤神會) 등 뛰어난 제자 들이 많았는데 후세의 중국 선종을 이끌어 간 것은 모두 그 의 제자들이다. 713년 8월 3일 76세로 입적했다. 저서 : 《육 조단경(六祖壇經)》.

이백(李白, 706~762)

그의 부친은 감숙성(甘肅省)에서 살다가 서역(西域)으로 이주, 그는 서역에서 태어나 사천성(四川省)에서 살았다. 자는 태백 (太白). 성당(盛唐)의 시인으로 젊었을 때는 한때 협객(俠客) 생 활을 했다. 42세 때 장안(長安)으로 가서 하지장(賀之章)의 소 개로 현종(玄宗)을 만나 시를 지어 올렸다. 현종은 친히 국을 끓여 그에게 식사를 대접했다고 한다. 이후 궁중을 드나들며 장안에서 주객(酒客) 생활을 하다가 장안을 떠나 각지를 방랑했다. 안녹산의 난에 연루되어 투옥되었다가 겨우 살아난 후 심양(尋陽), 금릉(金陵) 등지를 유랑하다가 당도(當塗)에서 죽었다. 전설에 의하면 그가 채석강(采石江) 가에서 술에 취해 있을 때 강에 비친 달을 건지려고 물에 뛰어들어갔다가 죽었다고 한다. 시상(詩想)이 강물처럼 흐르는 그의 시는 도교(道敎)의 심오한 세계에 근원을 두고 있다. 그래서 그에게는 '시선(詩仙)'이라는 칭호가 주어졌다. 저서에는 《이태백시집(李太白詩集)》(30권)이 있다.

인종황제(仁宗皇帝, 1022~1063)

송(宋)의 제4대 황제.

자항요박(慈航了朴, ?~?)

송대(宋代)의 선승인 듯. 자세히 알려진 내용은 없다.

잠삼(岑參, 715~770)

하남성 남양(南陽)에서 태어났다. 사천(四川)의 가주자사(嘉州刺史)를 지낸 일이 있는 그는 특히 전장(戰場)의 처절함을 잘 묘사하여 당대(唐代) 변새시파(邊塞詩派)의 대표 인물로 꼽힌다. 저서에는 《잠가주집(岑嘉州集)》이 있다.

장경혜릉(長慶慧稜, 854~932)

절강성 해녕(海寧)에서 태어났다. 13세 때 소주(蘇州) 통현사(通玄寺)에 출가. 설봉의존(雪峰義存)에게서 크게 깨쳐 그의 법(法)을 이었다. 호는 초각대사(超覺大師).

장계(張繼 ?~?)

호북성 양양(襄陽)에서 태어났다. 자는 의손(懿孫). 절제사(節

制使)의 막료와 염철판관(塩鐵判官) 등을 지냈으며 검교사부
랑중(檢校祠部郎中)을 끝으로 관직에서 물러났다.

장사경잠(長沙景岑, ?~840~?)

어린 시절에 출가하여 남전보원(南泉普願)의 법(法)을 이었다.
앙산혜적(仰山慧寂)과 법담을 할 적에 앙산혜적(仰山慧寂)을
잡아 꺼꾸러뜨렸기 때문에 앙산(仰山)으로부터 "호랑이같이
난폭한 선객(岑大蟲)"이라는 말을 들었다.

장산법천(蔣山法泉, ?~?)

송대(宋代)의 선승인 듯. 자세히 알려진 내용은 없다.

장적(張籍, 768~830)

하북성에서 태어났다. 자는 문창(文昌). 고시(古詩), 서한행초
(書翰行草)에 능했으며 많은 사회시(社會詩)를 남겼다. 저서에
는 《장사업시집(張司業詩集)》이 있다.

장주나한(漳州羅漢, ?~?)

당말송초(唐末宋初) 초에 살았던 인물. 법안문익(法眼文益)에
게서 깨달음을 얻은 다음 주로 장주(漳州) 복건성의 나한원
(羅漢院)에 머물며 납자를 제접했다.

장지룡(張至龍, ?~?)

자는 수령(秀靈). 자세한 것은 알 수 없다. 저서에는 《운림산
여(雲林刪餘)》가 있다.

장호(張祜, 792~852)

청하(淸河)에서 태어났다. 자는 승길(丞吉). 특히 궁녀들의 한
(恨)을 노래한 궁사(宮詞)에 능했다. 만당(晚唐)의 유미파(唯美
派) 시인으로 유명하다.

전기(錢起, 722~780)

　절강성 오흥(吳興)에서 태어났다. 자는 중문(仲文). 여러 차례 과거에 낙방한 뒤 겨우 진사과(進士科)에 올라 말단 관직생활을 했다. 청신 수려(淸新秀麗)한 시를 많이 남겼다.

정심수목(淨心修睦, ?~?)

　당(唐) 말에 살았던 인물. 속성(俗姓)은 요(姚)씨로 광화(光化) 중에 홍주(洪州)의 승정(僧正)이 되었다. 그 밖의 자세한 내용은 알려져 있지 않다.

정자자득(淨慈自得, ?~?)

　자세한 것은 알 수 없다.

조주종심(趙州從諗, 778~897)

　778년 산동성 조주(曹州)에서 태어났다. 어린 시절 조주의 호통원(扈通院)에 출가하였고, 후에 남전보원(南泉普願) 밑에서 깨달음을 얻었다. 그는 40년 간 참선수행을 하고 40년 간 당대의 모든 선지식을 찾아본 다음 하북성 조주(趙州)의 관음원(觀音院)에서 40년 간 후학을 가르쳤다. 897년(唐 乾寧 4년) 11월 2일 120세로 입적했다.

조천제(照闡提, ?~?)

　부용도개(芙蓉道楷)의 법을 이었다는 사실 외에는 알려진 것이 없다.

주권(周權, 1295~?)

　절강성 처주(處州)에서 태어났다. 자는 형지(衡之), 호는 차산(此山). 모든 시형식에 두루 통달했던 주권은 일세를 풍미한 시인이다. 시집에는 《차산집(此山集)》이 있다.

죽암사규(竹庵士珪, 1083~1146)

1083년 사천성에서 태어났다. 임제종 양기파(楊岐派). 사씨(史氏)의 아들. 처음 대자종아(大慈宗雅)에게 배우고, 나중에 용문(龍門)의 청원(淸遠)에게 가서 크게 깨달음을 얻었다. 정화(政和) 말 천녕(天寧)에 출세(出世), 여러 이름난 사찰에 두루 주석했다. 조(詔)를 받들어 안탕산(雁蕩山)에 개산(開山). 송(宋) 소흥(紹興) 16년 7월 18일 입적했다. 고산(鼓山)에 영골(靈骨)을 장사하였다.

중교(仲皎, ?~?)

절강성에서 태어났다. 자는 여해(如晦). 시를 잘 지어 문사들과 교류가 잦았다. 대표작으로 《매화부(梅花賦)》가 있다.

중묵종형(仲默宗瑩, ?~?)

원나라 때 의오(義烏)에서 태어났다. 속성은 안씨(晏氏), 특히 계율에 철저했다.

지옹(止翁, ?~?)

송대(宋代)의 시승. 자세한 내용은 알 수 없다.

지현후각(知玄後覺, 874~?)

당(唐) 말 사천성(四川省) 미주(尾州)에서 태어났다. 속성(俗姓)은 진(陳)씨, 사호(賜號)는 오달국사(悟達國師).

진관(秦觀, 1049~1100)

강소성에서 태어났다. 호는 회해(淮海). 남달리 혈기 왕성했으며, 젊은 시절 병서(兵書)를 많이 읽었다. 그의 시는 소동파의 극찬을 받아 '소문사학사(蘇門四學士)' 가운데 한 사람이 되었다. 소동파가 실각하면서 지방으로 좌천되어 52세에 세상을 떠났다. 저서에는 《회해집(淮海集)》이 있다.

진관(眞觀, ?~595?)

수(隋)나라 때 사람으로 속성(俗姓)은 범씨(范氏)였으며 박학
다식했고 시문(詩文), 바둑, 가야금에 모두 조예가 깊었다. 그
는 주로 항주(杭州), 천축사(天竺寺)에 살았다.

진여의(陳與義, 1090~1139)

하남성 낙양(洛陽)에서 태어났다. 자는 거비(去非), 호는 간재
(簡齋). 천성이 고매했던 그는 선문(禪門)을 드나들면서 시를
쓰기에 고심했다. 그래서인지 선승들과 주고받은 시가 많다.
저서에는 《간재집(簡齋集)》이 있다.

차암수정(此菴守淨, ?~?)

송(宋)의 선승. 대혜종고(大慧宗杲)의 법을 이었다. 저서 :《차
암정선사어요(此菴淨禪師語要)》(1권)가 있다.

천동여정(天童如淨, 1163~1228)

1163년(宋의 隆興 元年) 7월 7일 절강성에서 태어났다. 어린
시절에 출가, 19세까지 경전을 공부하다가 그것을 버리고 선
문(禪門)에 들어섰다. 설두산의 족암지감(足菴智鑑) 밑에서 정
전백수자(庭前栢樹子)의 공안을 타파, 깨달음을 얻은 다음 20
년 간 천하를 두루 돌아다니며 수행에 몰두하였다. 1224년(嘉
定 17) 태백산(太白山) 천동사(天童寺)에 주석, 당시 일본의 영
평도원(永平道元 : 일본 曹洞宗의 시조)이 와서 법을 받아 갔다.
1228년 7월 17일 66세로 입적했다.

천동정각(天童正覺, 1091~1157)

굉지정각(宏智正覺). 산서성 습주(隰州)에서 태어났다. 11세

때 정명사(淨明寺) 본종화상(本宗和尙)에게 머리를 깎았다. 14
세에 진주(晋州) 자운사(慈雲寺)의 지경화상(智瓊和尙)에게 구
족계(具足戒)를 받았다. 18세에 구도행각 길에 올랐다. 여주
(汝州)의 향산(香山)에 가서 고목법성선사(枯木法成禪師)를 만
났다. 여기에서 깨침을 얻고 법성(法成)의 지시에 따라 단하
산의 자순(子淳)을 찾아갔다. 자순에게서 확연히 크게 깨달았
다. 검소하기 이를 데 없었고, 문하에는 언제나 1,200여 납자
(衲子)가 모여들었다. 많은 납자에 비해 식량은 한정되어 있
었다. 그럴 때면 죽을 쑤어 먹었다. 죽으로도 안 되면 불어난
사람 수만큼 물을 부어서 죽을 쑤었는데 그 죽에 천장이 비
치는 정도였다고 한다. 공부하러 오는 사람은 누구라도 되돌
려 보내지 않았다. 30여 년 간 천동산(天童山)에서 조동가풍
(曹洞家風)을 드날렸다. 소흥(紹興) 27년 67세로 입적했다. 후
세 사람들은 천동정각을 일컬어 대혜종고(大慧宗杲)와 함께
'선문(禪門)'의 2대 감로(甘露)라고 했다. 저서 :《천동송고백
칙(天童頌古百則 : '從容錄'의 원전)》,《천동굉지각선사어록(天
童宏智覺禪師語錄)》(4권),《굉지선사광록(宏智禪師廣錄)》(9권) 등
다수가 있다.

천은원지(天隱圓至, ?~?)

원나라 때 고안(高安)에서 태어났다. 속성(俗姓)은 소씨(蘇氏).
중국 천하를 두루 편력했으며 고문(古文)과 시에 조예가 깊
었다.

천태덕소(天台德韶, 891~972)

절강성 용천(浙江省 龍泉)에서 태어났다. 17세에 처주 용귀사

(處州 龍歸寺)에 출가했다. 투자대동(投子大同) 등의 문하에서 수학했다. 법안문익(法眼文益)을 찾아가 오도(悟道), 그 법을 잇다. 후에 천태산에 들어가 지자대사(智者大師)의 유적을 중흥시켰다. 북송(北宋) 개보(開寶) 5년에 입적했다.

첨본(詹本, ?~?)

복건성 건안(建安)에서 태어났다. 송(宋)의 멸망 전후에 산 인물로, 말이 온화하고 행이 곧았다. 첨본이 어지러운 세상을 버리고 은거하고 있을 때 조정에서 보낸 사신이 그를 찾아왔다. 그는 마침 문 앞 바위 위에서 낚싯대를 드리우고 있었는데 사신이 "첨본은 어디 계신가" 하고 물었다. 첨본은 "곧바로 더 앞으로 가 보시게" 하고는 즉시 낚싯대를 메고 개울을 건너가 버렸다. 그 뒤로 그의 행적을 아는 사람이 없었다.

초석범기(楚石梵琦, 1296~1370)

1296년(元貞 2) 6월 절강성 상산(象山)에서 태어났다. 1305년 10세에 절강성 천녕사(天寧寺)에 입산했다. 여러 선지식 문하에서 정진하다가 원수행단(元叟行端)을 만나 깨달음을 얻은 다음 그의 법을 이었다. 이후 천녕(天寧) 영조사(永祖寺), 절강성 본각사(本覺寺) 등 여러 절에서 후학 지도와 수도에 힘쓰다가 홍무(洪武) 3년(1370) 7월 26일 75세에 입적했다.

충막(沖邈, ?~?)

북송(北宋)의 시승(詩僧). 주로 곤산(昆山)에 머물렀다. 시집에는 《취미집(翠微集)》이 있다.

투자의청(投子義靑, 1032~1083)

7세에 묘상사(妙相寺)에서 출가. 유식(唯識)을 배우고 화엄(華

嚴)을 연구하였다. 뒤에 선문(禪門)의 제덕(諸德)을 친견, 부산 법원(浮山法遠)에게서 도를 깨달았다. 대양경현(大陽警玄)으로부터 사법(嗣法)하고, 조동종의 법맥을 이었다. 송(宋)나라 원풍(元豊) 6년에 입적했다. 저서 :《투자의청선사어록(投子義靑禪師語錄)》.

팔지두타(八指頭陀, 1851~1912)

청대(淸代)의 시승(詩僧). 자는 기선(寄禪), 호남성에서 태어나 18세에 출가했다. 시집에《시속집(詩續集)》(전 8권)이 있다.

포대화상(布袋和尙, ?~916)

절강성 봉화(奉化)에서 태어났다. 언제나 어깨에 포대를 메고 시장을 돌아다니며 구걸했다. 많은 이적(異蹟)을 남긴 그는 흔히 미륵의 화신으로 일컬어지고 있다. 입멸(入滅)에 얽힌 그의 일화는 너무나 신비하다.

풍간(豊干, 766?~779?)

당(唐) 때 천태산(天台山) 국청사(國淸寺)에 은거했던 선승. 한산(寒山), 습득(拾得)과 친구였다. 그 밖의 자세한 내용은 알려져 있지 않다.

한산(寒山, 766?~779?)

당나라 때 사람. 천태산 시풍현(始豊縣) 서쪽 70리에 있는 한암(寒岩)의 굴에 살았다. 몸은 비쩍 마르고 더벅머리에 미치광이였다. 국청사(國淸寺)에 와서 친구 습득(拾得)과 함께 찌꺼기밥을 얻어 가지고 박장대소하며 돌아갔다. 태주자사(台州刺史) 여구윤(閭丘胤)이 한산(寒山)을 찾아가 옷과 약을 주었다. 한산은 큰 소리로 "이 도적놈 빨리 꺼져라" 하면서 굴

속으로 깊이 들어가 버렸다. 그 뒤로는 모습이 보이지 않았다. 후세 사람들은 한산습득을 문수보현(文殊普賢)의 화신(化身)이라 하였다.

해인초신(海印初信, ?~?)

송대(宋代)의 선승인 듯. 자세히 알려진 내용은 없다.

향엄지한(香嚴智閑, ?~898)

중국 당나라 때 청주(靑州) 사람. 계산(溪山)에게 출가. "책이나 글로 배운 것말고 태어나기 이전의 소식을 일러 보라"는 위산(潙山)의 물음에 막혀 고심하다가 책을 모조리 불질러 버리고 울면서 위산을 하직, 정처 없이 떠돌이길에 올랐다. 남양(南陽)의 충국사(忠國師) 유적지에 가서 쉬던 어느 날 채전밭을 매다가 던진 돌이 대나무에 부딪히는 소리를 듣고 홀연히 깨달아, 후세 사람은 이것을 '향엄격죽(香嚴擊竹)'이라 하였다. 평소 납자(衲子)를 제접(提接)함에는 그 말이 간략하고 곧았다. 게송(偈頌) 200여 수를 남겼다.

허혼(許渾, 791~854)

강소성 단양(丹陽)에서 태어났다. 목주자사(睦州刺史), 정주자사(鄭州刺史)를 지냈다. 저서에는 《정묘집(丁卯集)》이 있다.

협산선회(夾山善會, 805~881)

805년 하남성 현정(峴亭)에서 태어났다. 어린 시절 호남성 용아산(龍牙山)에 출가, 도오(道吾)의 권유에 의하여 강소성 화정현(華亭縣)의 오강(吳江)에서 뱃사공을 하고 있던 선자덕성(船子德誠)을 찾아가 깨달음을 얻었다. 870년경 호남성 협산(夾山)에서 선풍(禪風)을 떨쳤다. 881년 11월 7일 77세의 나이에 입적했다.

호구소륭(虎丘紹隆, 1077~1136)

안휘성(安徽省) 함산현(含山縣)에서 태어났다. 원오극근(圜悟克勤)의 법을 이어 대혜종고(大慧宗杲)와 쌍벽을 이루었다. 임제선의 거장. 저서 : 《호구화상어록(虎丘和尙語錄)》(1권)이 있다.

확암사원(廓庵師遠, ?~?)

송대(宋代) 임제종 양기파(楊岐派)의 선승으로 십우도(十牛圖)의 저자. 나머지 자세한 것은 알 수 없다.

황정견(黃庭堅, 1045~1105)

강서성 수수(修水)에서 태어났다. 호는 산곡도인(山谷道人). 23세 때 진사과에 급제한 후 소동파의 후원으로 고위 관직생활을 하다가 왕안석의 정치개혁을 반대했다는 이유로 지방으로 좌천되었다. 그의 시어는 함축성이 뛰어났으며, 강서시파(江西詩派)의 가장 중추적인 인물이었다. 서예에도 능하여 송(宋) 4대 서가(書家)의 한 사람이 되었으며 선에도 조예가 깊어 황룡조심선사(黃龍祖心禪師)의 법을 이어받았다.

회소(懷素, ?~?)

회소는 술에 취하면 긴 머리칼에 먹을 찍어 붓삼아 벽이든 책상이든 나무 바닥이든 닥치는 대로 초서를 내둘렀다고 한다. 그는 스스로도 말했듯이 이런 식으로 '초성삼매(草聖三昧)'에 들었다고 한다. 후세인들은 그를 초서(草書)의 제일인자라 불렀다.

회암지소(晦巖智昭, ?~1188~?)

임제종 대혜파(大慧派)의 선승. 제방(諸方)을 편력하기 20년

만에 천태산 만년사(萬年寺)에서 《인천안목(人天眼目)》(6권)을
간행하였다.

〈일본편〉

기타대지(祇陀大智, 1289~1366)

　일본 묵조풍 선시의 거장(巨匠). 웅본현(熊本縣) 우토군(宇土郡) 부지화정(不知火町) 장기(長崎)에서 태어났다. 7세 때 한암의윤(寒巖義尹)에게 출가하여 후에 형산소근(瑩山紹瑾)의 문하에 들어가 선지(禪智)를 깨달았다. 25세 때 중국에 들어가 고림청무(古林淸茂), 중봉명본(中峰明本) 등의 문하에서 수학, 일본에 돌아와서 명봉소철(明峰素哲)의 법을 이었다. 1366년 나이 78세로 입적. 저서 : 《대지선사게송(大智禪師偈頌)》.

난계도륭(蘭溪道隆, 1213~1278)

　일본 임제종 대각파(大覺派)의 시조. 1213년 중국 사천성에서 출생. 1226년 14세에 성도(成都)의 대자사(大慈寺)로 출가하여 여러 스승의 문하에서 정진하다가 무명혜성(無明慧性)의 법을 이었다. 1246년 도일(渡日)하여 선흥사(禪興寺)의 개산조(開山祖)가 되어 가마쿠라(鎌倉) 선종(禪宗)의 기반을 구축하였다. 1278년 7월 24일 나이 66세로 입적.

남포소명(南浦紹明, 1235~1308)

　1235년 일본 정강현(靜岡縣)에서 출생. 1259년 25세 때 입송(入宋)하여 허당지우(虛堂智愚)의 문하에서 깨달음을 얻고 그의 법을 이었다. 1267년 일본에 돌아와 태재부(太宰府)의 숭복사(崇福寺)에서 33년 간 머물렀다. 1308년 12월 29일 입적.

대우양관(大愚良寬, 1758~1831)

신사현(新潟縣) 삼도군(三島郡) 출운기정(出雲崎町)에서 태어났다. 18세 때 광명사(光明寺) 파요(破了)에게 출가하여 22세 때 대인국선(大忍國仙) 문하에서 수행에 전념하여 인가를 받았다. 이후 일본 각지를 유랑하고는 40세경 신사현 국상산(國上山) 오합암(五合庵)에 주석하다가 74세로 입적했다. 그는 조동종계의 선승이었지만 굳이 어느 한 종파에 예속되지 않고 자유로운 삶을 살았다. 그는 일생 동안 무소유의 청빈한 생활을 일관하면서 한산시풍(寒山詩風)의 섬세하고 맑은 시를 많이 남겼다. 또한 음성이 좋아 그의 독경소리를 들으면 감동하지 않는 사람이 없었다고 한다. 저서에는 《양관화상시가집(良寬和尙詩歌集)》 등이 있다.

대휴종휴(大休宗休, 1468~1549)

어린 날 동복사(東福寺) 영명암(永明庵)에 출가하여 수도 정진 끝에 특방선걸(特芳禪傑)의 법을 이었다. 1549년 8월 24일 나이 82세로 입적하였다.

동양영조(東陽英祖, 1428~1504)

일찍이 선문에 들어가 정진 끝에 설강종심(雪江宗深)의 법을 이었다. 유(儒)·불(佛)·선(仙)에 두루 통했던 그는 1504년 8월 24일 소림사(少林寺)에서 나이 77세로 입적하였다.

몽창소석(夢窓疎石, 1275~1351)

어려서 출가하여 천태교학(天台敎學)을 공부하다가 후에 선에 입문하여 고봉제일(高峰題日)의 법을 이었다. 천동사(天童寺) 등 많은 사찰을 지었으며 후학들을 지도하다가 1351년 나이 77세로 입적하였다. 그의 문하에는 춘옥묘파(春屋妙葩),

무극지현(無極志玄), 절해중진(絶海中津) 등이 있는데 일본 중세 선림(禪林)의 주류를 이뤘으며 이들에 의해서 오산문학(五山文學)의 최전성기를 맞게 되었다.

무문원선(無文元選, 1322~1390)

1322년 태어나 18세에 입산. 1342년 21세에 원(元)에 들어가 고매정우(古梅正友)의 문하에서 수도 정진 끝에 그의 법을 이었다. 중국의 불교성지를 두루 참배한 후 전란(戰亂)을 피해서 1350년 29세에 일본으로 돌아왔다. 소박한 삶을 살며 수도에 전념하다가 1390년 3월 12일 나이 69세로 입적.

발대득승(拔隊得勝, 1327~1387)

1327년 태어나 29세에 치복사(治福寺)로 출가하였다. 고봉각명(孤峰覺明)의 문하에서 수도 정진 끝에 그의 법을 이었다. 1387년 2월 20일 61세로 입적.

백운혜효(白雲慧曉, 1228~1297)

어린 시절 출가. 1266년 39세 때 입송(入宋)하여 희수소담(希叟紹曇)의 문하에서 대오(大悟)한 후 일본으로 돌아왔다. 그는 언제나 소박하게 살았는데 1297년 12월 25일 율극암(栗棘庵)이라는 작은 암자에서 나이 70세로 입적.

백은혜학(白隱慧鶴, 1685~1768)

1685년 정강현(靜岡縣)에서 태어나 동리의 학림산(鶴林山) 송음사(松陰寺)로 출가했다. 20세 때 서운사(瑞雲寺)의 마옹(馬翁)을 만나 발심(發心), 24세 되던 어느 봄날 밤 좌선 도중 먼 절의 종소리를 듣고 깨달음을 얻었다. 다시 정수암(正受庵)의 도경혜단(道鏡慧端)을 찾아가 그의 문하에서 수도 정진, 깨달음의 경계를 확실히 한 다음 그의 인가를 받았다. 32세 되는 해 봄, 고향의 송음사에 돌아와 참선수도와 후학 제접에 힘썼다. 1768년 12월 11일 나이 84세로 입적. 저서에는 《야선한화(夜船閑話)》외 다수가 있다.

송미파초(松尾芭蕉, 1644~1694)

일본 발음으로는 '마쓰오 바쇼(まつおばしょう)'. 에도(江戶)시대 하이쿠(俳句)의 대가. 이카우에노(伊賀上野)에서 태어났다. 도우도우(藤堂) 문하에 들어가 하이카이(俳諧)를 배우다가 도우도우가 죽자 교토(京都)로 가서 하이카이를 더 익힌 후 에도에 나가 하이쿠의 대가가 되었다. 그 후 파초암(芭蕉庵)에 들어가 수년 동안 빈곤과 고독을 벗삼아 자신의 시풍(詩風 : 俳風)을 확립했다. 그 후 그는 여행과 참선, 하이쿠 창작으로 남은 생애를 보내다가 51세 되던 해 여행중 병이 들어 임종 게를 남기고 숨을 거두었다. 저서에는 《파초칠부집(芭蕉七部集)》등이 있다.

실봉양수(實峰良秀, ?~1405)

교토(京都)에서 태어나 총지사(總持寺)의 아산소전(峨山韶碩)에게 사사(師事)하기 10여 년, 그의 법을 이었다. 조용히 수도에 일생을 보낸 후 1405년 6월 12일 입적.

영평도원(永平道元, 1200~1253)

1200년 출생. 1213년 14세 때 양관(良觀)에게 출가하여 명전(明全)에게 사사(師事)하였다. 1223년 명전과 함께 입송(入宋). 천동산 경덕사(景德寺)의 천동여정(天童如淨)에게 사사한 후 인가를 받은 다음 1227년 일본으로 돌아와 일본 조동종의 시

조가 되었다. 1253년 나이 54세로 입적. 저서에는 《정법안장
(正法眼藏)》(95권) 외 다수가 있다.

영평의운(永平義雲, 1253~1333)

교토(京都)에서 출생. 24세 때 선문(禪門)에 들어가 적원(寂圓)
의 문하에서 수학하기 20년, 그의 법을 이었다. 62세 때 일본
조동종 총본산 영평사(永平寺) 제5세에 취임하였으며, 대대적
인 영평사 중창불사를 하였다. 1333년 81세로 입적. 저서에
《의운화상어록(義雲和尚語錄)》이 있다.

요원조원(了元祖元, 1226~1286)

1226년 중국 절강성에서 출생. 어린 시절 절강성 정자사(淨
慈寺)로 출가. 후에 무준사범(無準師範) 문하에서 정진 후 그
의 법을 이었다. 1279년 5월 54세 때 중국 천동산(天童山)을
출발, 6월 3일 일본에 도착, 이후 8년 간 일본에 머물며 일본
임제종의 기초를 닦았다. 1286년 9월 3일 나이 61세로 입적.

우중주급(愚中周及, 1323~1409)

1323년에 태어나 1336년 14세에 몽창(夢窓)의 문하에 들어갔
다. 1341년 19세에 원(元)에 가서 즉휴계요(卽休契了)를 친견
하고 여기에서 10년 피나는 수도 끝에 깨달음을 얻고 그의
법을 이었다. 1351년 29세에 일본으로 돌아와 1409년 8월 25
일 나이 87세로 입적.

원이변원(圓爾辯圓, 1202~1280)

1202년 출생. 1207년 나이 6세에 출가하여 1235년 34세 때
입송(入宋)하였다. 무준사범(無準師範)을 찾아가 그의 의발(衣
鉢)을 잇고 1241년 일본으로 돌아가 불심종(佛心宗)을 세웠다.

이후 여러 곳에서 법을 가르치다가 1280년 10월 17일 나이 79세로 입적.

월주종호(月舟宗胡, 1618~1696)

13세에 원응사(圓應寺)로 출가하였다. 어느 날 부엌에서 밥을 짓다가 〈증도가(證道歌)〉 읽는 소리를 듣고 깨달음을 얻으니 이때가 31세 때였다. 당대 일본의 선지식들을 두루 찾아보고 정진하다가 1696년 1월 10일 나이 79세로 입적.

의당주신(義堂周信, 1325~1388)

1325년에 태어나 8세에 《임제록(臨濟錄)》을 읽고 14세에 히에 산으로 출가하였다. 17세에 몽창소석(夢窓疎石)을 만나 그의 문하에서 수도 정진 끝에 그의 법을 이었다. 특히 시문(詩文)에 능하여 많은 작품을 남겼다. 1388년 4월 4일 나이 64세로 입적.

일사문수(一絲文守, 1608~1646)

18세에 출가, 선문에 들어가 수도 정진 끝에 우당동식(愚堂東寔)의 법을 이었다. 1646년 3월 3일 나이 39세라는 젊은 나이에 입적하였다.

일산일녕(一山一寧, 1247~1317)

중국 절강성에서 1247년 출생. 어린 시절에 태주(台州) 부산(浮山)의 홍복사(鴻福寺)로 출가하여 처음에는 계율을 익히다 후에 선(禪)에 입문하였다. 완극행미(頑極行彌)의 법을 이었다. 1299년 일본에 도착하여 수많은 사람들을 제도하다가 1317년 10월 24일 남선사(南禪寺)에서 나이 71세로 입적.

일휴종순(一休宗純, 1394~1481)

일본이 제일 자랑하는 선승(禪僧)·시승(詩僧). 어려서부터 선문(禪門)과 인연이 깊었던 그는 특히 시적인 재능이 많아 하루에 한 수의 시를 지었다. 화수종담(華叟宗曇)의 문하에서 수도 정진 끝에 그의 인가를 받았지만 그 인기(印記 : 깨달았다는 증명서)를 불태워 버리고 정처 없이 방랑, 술과 여자와 시와 구름에 미쳐 일생을 보냈다. 그래서인가 그의 호는 광운자(狂雲子)이다. 1481년 11월 21일 나이 88세로 입적.

적실원광(寂室元光, 1290~1367)

1290년 일본 강산현(岡山縣)에서 태어나 13세 때 교토(京都) 삼성사(三聖寺)로 출가하였다. 1320년 31세에 원(元)에 들어가 중봉명본(中峰明本) 등 중국 당대의 최고 선지식들을 두루 찾아보고 1326년 37세에 일본에 돌아왔다. 세속의 시끄러움을 피하여 삼간의 토굴에서 25년 간 은거하였다. 후에 영원사(永源寺)를 개산하자 2,000여 명의 납자들이 모여들었다. 1367년 나이 78세로 입적.

절해중진(絶海中津, 1336~1405)

일본 선문학(禪文學 : 五山文學)의 중심인물. 1336년 일본 고지현(高知縣)에서 태어났다. 1350년 15세에 몽창소석(夢窓疎石)의 문하에 들어가 수학했으며 1368년 33세 때 명(明)으로 유학하였다. 그의 문명(文名)이 중국 전역에 알려져 각지의 문사(文士)들과 대등한 교류를 하였다. 1378년 일본에 돌아온 후 천룡사(天龍寺), 보관사(寶冠寺) 등 각지에 주석하면서 많은 제자를 가르쳤다. 1405년 4월 5일 나이 70세로 입적. 저서에는 《절해화상어록(絶海和尙語錄)》과 시집 《파견고(芭

堅藁)》등이 있다.

정수혜단(正受慧端, 1642~1721)

　장야현(長野縣)에서 태어났다. 자는 도경(道鏡). 19세 때 지도
무난(至道無難)을 만나 선에 입문하였다. 10년 후 지도무난의
법을 이었다. 무난이 사석(師席)을 물려주려 했지만 사양, 정
수암(正受庵)이라는 초암(草庵)을 짓고 은거하며 스스로를 정
수노인(正受老人)이라 불렀다. 이 정수암에서 백은혜학(白隱慧
鶴)을 만나 그에게 임제선풍(臨濟禪風)을 전했다. 나이 80세에
입적.

철주덕제(鐵舟德濟, ?~1366)

　일찍이 원(元)나라에 들어가 중국의 명산대찰을 두루 순방하
고 선지식을 찾았다. 일본에 돌아온 후 몽창소석(夢窓疎石)의
법을 이었으며 화승(畵僧)으로 알려졌다. 1366년 9월 입적.

축선범선(竺仙梵僊, 1292~1348)

　1292년 중국 절강성 상산(象山)에서 출생. 1310년 19세 때 출
가, 이후 제방의 선지식을 찾아다니다가 고림청무(古林淸茂)
의 문하에서 깨달음을 얻고 그의 법을 이었다. 1329년 6월
일본에 도착하여 후학들을 지도하다가 1348년 7월 26일 나
이 57세로 입적.

춘옥묘파(春屋妙葩, 1311~1388)

　1311년에 태어나 1328년 18세에 남선사(南禪寺)의 몽창소석
(夢窓疎石)에게 출가하였다. 몽창의 문하에서 수도 정진 후에
《원각경(圓覺經)》을 보다가 깨달음을 얻고 몽창의 법을 이었
다. 1388년 8월 12일 나이 78세로 입적.

특방선걸(特芳禪傑, 1419~1506)

어린 시절 선문(禪門)에 들어가 수도 정진 끝에 설강종심(說江宗深)의 법을 잇고 1506년 9월 10일 나이 88세로 입적했다.

작자별 찾아보기

〈중국편〉

〈일본편〉

원제(原題)별 찾아보기

〈중국편〉

〈일본편〉

선시감상사전 / 중국 · 일본편

제1판 1쇄 발행 · 1997년 10월 30일
제1판 2쇄 발행 · 2016년 4월 10일

편저자 · 석지현
펴낸이 · 윤재승
펴낸곳 · 도서출판 민족사
등록 · 1980년 5월 9일 등록 제1-149호

주소 · (110-858) 서울 종로구 삼봉로 81 두산위브파빌리온 1131호
전화 · (02) 732-2403~4 / 팩스 · (02) 739-7565
홈페이지 · www.minjoksa.org / Email · minjoksabook@naver.com

값 38,000원

ISBN 978-89-7009-609-4(04800)
ISBN 978-89-7009-607-0 (세트)